퇴근 후에 만나요

로즈빈 장편소설

퇴근 후에 만나요

2

해피북스
투유

/ 차례

너만의 아군

물리적인 시간은 마음이 흘려보내는 시간과 일치하지 않았다. 지극히 짧았던 시간 속 그녀는 영원을 경험한 것 같았으니까. 넘어지려 했고, 공간을 자유로이 이동하는 사람처럼 빠르게 그가 다가왔고, 팔을 끌었다.

……중력을 거스르며 기울던 몸이 앞으로 굽었다. 불완전한 몸짓으로 완전한 그의 품에 빨려들었고, 심장을 찌를 것처럼 그의 가슴팍에 코가 닿았다.

놀라지 말아라, 말하는 것처럼 이어진 몇 번의 토닥임은 나를 잘 아는 그대가 보내오는 시그널인 것만 같아 반응하고 싶어졌다.

후각을 점령한 향기, 시각을 점령한 너른 품, 청각을 정복해버린 그의 음성을 고스란히 담고 싶어졌다. 순식간에 벌어진 일이었지만 가슴에 오래 살아남을, 한평생을 기다려온 것처럼 새기고픈 명

장면이었다.

"아직도 심장이 뛴다……."

그녀에겐 그 어떤 순간보다 더.

채원은 가만히 심장에 손을 올리고 세찬 박동에 집중하다가 천천히 손을 내렸다. 머릿속은 새카맣게 뒤엉켰는데, 그 까만 머릿속에 온통 그의 얼굴이 가득 차올랐다.

"이러면 안 되잖아……. 안 되잖아……."

아무리 외면해보려고 해도, 그가 좋다.

"안 된다, 채원아……. 채원아, 안 돼……. 정신 차려……."

아무리 모르는 척 우겨보려고 해도, 그가 좋다. 떠나오는 순간부터 지금까지 잘라내본 적 없었으니 어쩌면 당연한 일이겠지만.

천 일 동안 그 누구의 것도 될 수 없습니다. 명심하세요.

서럽게 울리는 무속인의 음성이.

채원 씨는 대외적으로 기혼자인 것으로 그렇게 매듭지어요.

철없이 다짐했던 김 실장과의 약속이.

내 말대로 해줄 수 있죠?

우리 아들의 천도를 위해 도와줄 수 있죠?

그 마음 짓밟을 상상조차 할 수 없게 만든, 주옥선 여사의 눈빛이.

"안 된다……. 안 돼……. 안 되는 이유가 이렇게 수두룩 빽빽하다 채원아……."

하나도 아닌 둘도 아닌, 많은 사람과 엉켜 있는 현실.

"돈 받지 말걸. 그때 그거, 하지 말걸……."

……쓸데없는 후회만.

이미 터져버린 마음을 꾹꾹 눌러보려는 미련한 짓만 반복하면서, 나 하나 입 다물고 있으면 모두가 행복하다는 궤변이나 늘어놓으며, 왼손 약지에 끼고 있는 반지를 만지작거렸다.

반지를 빼는 순간 지구 종말이라도 닥칠 것 같은 불안함에 한번 빼보지도 못하는. 아니, 대표가 종이에 손끝만 베어도 모두 자신의 탓으로 여겨질까 봐, 관련된 모두가 불행해질 것만 같은 두려움에 옴짝달싹하지 못하는.

"버틸 수 있을까, 진짜……. 하…….''

겁쟁이.

채원은 답을 내릴 수 없다는 것처럼 두 손으로 얼굴을 가렸다. 긴 숨이 손 틈 사이로 흘러나온다. 이러다 죽는 건 아닐까 싶을 정도로, 가슴은 답답해왔다.

구두 굽이 허망하게 부러졌으니 호텔에서 임시로 내어준 간이 슬리퍼를 신고 터덜터덜, 채원은 산책로를 걸었다. 낮잠을 자서 그런지 쉽게 잠이 올 것 같지도 않고, 들어가 혼자 객실에 머물자니 숨이 막혀 가만히 있을 수 없을 것 같고.

세상에 무슨 이런 일이 다 있나 싶은 표정만 지은 채 그녀는 천천히 길을 따라 걸었다. 하루는 이렇게 짧은데 천 일은 왜 이렇게 긴 것이냐. 에효, 드럽게 심란하고 드럽게 착잡하다.

그러나저러나 우리 대표님은 무얼 하고 계시나. 김 실장님과 회사 일 마무리하러 가신다고 했으니 일하고 계시겠지.

"좋겠다, 김 실장님은."

대표님하고 아무 때나 같이 있을 수 있어서, 좋겠다 김 실장님은.

휴……. 채원이 마를 새 없이 흘러나오는 한숨을 쉬며 하늘을 올려다보던 그때.

[산책 중이었어요?]

[아, 다미안.]

어느 틈에 다가온 다미안이 곁에 서며 웃는다. 채원은 어쩐지 자신을 찾아내준 것 같아, 저 웃음이 마냥 따뜻하게만 느껴져 그를 따라 웃었다.

[다미안, 산책하려고 나왔어요?]

[음, 당신하고 걷고 싶어서 나왔죠.]

[내가 여기 있는 건 어떻게 알았어요?]

[잘 보이던데요.]

다미안은 자신의 숙소를 가리키듯 손가락을 쭉 올렸다. 아아, 봤구나. 채원은 그렇구나 하는 표정을 지으며 고개를 끄덕였다.

[조금 전에 벤치에 앉아 있는 거 보고 내려왔어요. 어쩐지 누군가 필요한 뒷모습이었거든요.]

[……그랬군요.]

낮의 해는 그토록 뜨겁고 강렬하더니.

[필요한 사람은 내가 아니라 대표였겠지만.]

밤의 달은 이토록 따뜻하고 부드럽다.

……무얼 알고 하는 말인가 싶어, 채원은 다미안을 바라보았다. 정작 본인은 별말 하지 않았다는 표정을 짓고 있으니 채원은 가만히 그를 바라보다가 입술을 열었다.

[다미안.]

[말해요.]

[나, 묻고 싶은 게 있어요.]

내내 묻고 싶었다. 묻지 않을 수가 없다.

[왜. 당신은 왜 나에게 잘해주는 건지, 왜 마음을 써주는 건지.]

달빛이 따사로운 이유만은 아닌 것 같았으므로. 바람이 보드라운 이유만은 아닌 것 같았으므로.

[당신이 나에게 잘해주는 이유를 알고 싶어요, 다미안.]

……밤이 깊어간다. 나에게도 길고 너에게도 길, 이 밤이.

밀려 있던 회사의 일을 어느 정도 마무리하며 성준은 내내 시선을 주었던 노트북을 닫았다.

"그럼 오늘 대표님이 말씀 주신 내용 정리해서 보도 자료 최종안 만들어보라고 할게요."

"그래, 그렇게 하자고."

성준과 함께 일을 마무리한 민권도 노트북을 닫았다.

흐어어어, 피곤하다. 성준은 가볍게 목을 돌리다가, 문득 자신의 손을 내려다보았다. 무심결에 손바닥을 쭉 펴며 엄지와 새끼손가락 사이를 넓혔다.

발이 이 정도 되려나? 더 작았던가?

"대표님 뭐 하세요?"

"손가락 스트레칭."

"아아, 스트레칭."

대수롭지 않게 말하며 성준이 손가락을 쭉 펴자 민권은 노트북을
서류 가방에 넣었다. 손목시계를 바라보던 민권이 고개를 들었다.

"아까 식사 제대로 못 하시던데 내려가서 뭐라도 간단하게 더
드실래요? 아니면 룸서비스?"

"생각 없어. 오늘은 이대로 마무리하자고. 수고했다, 김 실장."

"아, 네, 대표님."

더 큰가? 작은가?

감이 잘 오지 않는 얼굴로 손만 내려다보는 대표를 바라보다가
민권은 고개를 갸우뚱했다. 채원의 발 사이즈를 생각하고 있는 거
라곤 전혀 생각도 못 하는 거지.

아무 생각 없이 노트북 가방을 들고 일어선 민권은 은연중 바깥
으로 시선을 주었다. 언제 이렇게 밤이 되었나.

"요즘 시간이 어떻게 지나가는지도 모르겠네요."

딸아이는 하루가 다르도록 무섭게 자라는데, 시간은 체감이 되
질 않는다. 민권은 오늘도 이렇게 하루가 저무는구나, 하며 돌아서
려다가,

"어라, 채원 씨 아직 안 들어갔네."

다미안과 산책 중인 채원을 발견했다.

"어우, 깜짝이야! 인기척도 없이 오세요!"

별생각 없이 뒤를 돌리던 민권은 어느새 곁으로 다가와 창문 밖을 바라보고 있는 성준을 보고 놀라 움찔거렸다.

무슨 말을 해도 내내 시큰둥하더니 채원의 '채' 자만 들어도 격하게 반응을 한다.

"건축가랑 같이 있네. 나만 없으면 저렇게 다정하지, 아주."

허. 음성은 금세 불만투성이로 변하더니.

"어쭈. 웃어? 막 웃어? 저게 아주 그냥."

이제는 대놓고 질투까지?

"……대표님."

다미안과 함께 있는 것이 영 못마땅한지 눈꼬리가 슬슬 올라가는 성준을 바라보다가, 민권은 입을 열었다.

"지금 그거, 정채원 씨 보면서 하는 얘기 맞아요?"

민권은 성준의 시선이 닿는 곳을 바라보다가, 다시 성준을 바라보기를 반복했다. 이리 보고 저리 봐도 채원을 바라보는 게 맞는 것 같긴 한데.

"맞아요, 지금? 정채원 씨가 다미안 씨하고 있어서 질투하는 거예요, 지금?"

"안 하게 생겼냐? 아주 다정하기가 눈꼴이 시릴 정도인데."

"허."

허. 민권은 당황한 표정을 지었다. 성준이 채원을 바라보며 질투를 하는 표정에 놀란 것이 아니라,

"질투하신다고요, 지금? 맞아요?"

그런 마음을 자신의 앞에서 감추지 않는 사실에 놀란 거다. 더 이상 감추지 않는다는 것. 대놓고 채원에 대한 마음을 표현하는 것.

"맞죠, 지금? 제가 느끼는 그 촉이, 맞는 거죠?"

"맞겠지 뭐. 김 실장은 촉이 좋으니까 말이야."

……어떤 의미인가.

"아……. 어…… 그렇구나…….."

민권은 생각이 많아져 쉽게 답하지 못하고 말꼬리를 얼버무렸다. 채원이 실토했나. 끝끝내 말을 해버렸나 싶어 민권은 턱을 문질렀다.

"어이, 김 실장."

"네. 네. 대표님."

"나한테 뭐 감추고, 멋대로 일 만들고 하지 마."

"……."

그는 모든 것을 알고 있다.

"너하고 나, 일터에서 일하는 거야. 일하자고 만났는데 니가 내 인생을 쥐고 흔드는 건 아니잖아. 안 그래?"

딱히 이을 말이 없어 민권은 침묵했다.

"그거 월권이야."

"네, 대표님."

민권이 빠르게 답을 내어놓자 성준은 천천히 채원에게서 시선을 떼며 녀석을 바라보았다.

"김 실장. 노선 확실하게 하자, 우리."

화를 누르는 걸까, 음성이 내려간다.

"그렇게 회사가 불안하면 사표 써. 너 받아줄 곳 많은 거 알아. 내가 그 정도로 능력 없는 대표면 갈라져야지. 놓아줄게, 내가 너."

"……."

"그런데 그럴 생각 없으면 내 옆에 있어. 의심 없이. 불안해하지 말고."

스페인에서 귀국한 선배 성준은, 소주를 다섯 병째 비웠을 때 그런 말을 했다.

민권아 너, 나랑 회사 하나 차려볼래?

"너 실망시키기 싫어서라도 나 안 무너져. 그러니까 그냥 믿고 따라와."

따분하게 다니던 대기업을 때려치우고 그의 비서를 자처했을 때가 떠오른다. 그때의 대표는 지금과 같은 눈빛을 하고 있었다.

그 눈빛, 막무가내로 밀려오는 확신에 어쩐지 인생을 내걸어보고 싶은 충동을 일게 했다.

"알겠습니다. 알았다고요. 무섭게 목소리에 힘은 주고 그러세요."

민권이 두 손을 들며 항복하는 것처럼 행동하자 성준은 눈썹을 꿈틀거렸다.

……시켜준다는 임원도 마다하고, 떼어준다는 사업체도 마다하며 곁을 지켜주는 고마운 녀석.

"정채원 씨 결혼 안 한 거 알아. 니가 나한테 말하지 않은 것도 알고."

"언제부터 아셨어요?"

"뭐, 얼마 안 됐어. 우연히 알게 됐는데 그건 말하자니 좀 복잡

하고."

"저한테는 왜 말씀 안 하시고."

"지금 하잖아. 언제쯤이나 기회를 잡으려나 했는데 오늘이었네."

민권은 머쓱하다는 표정을 지으며 머리를 긁적였다.

"그럼 왜 정채원 씨가 기혼이라고 말했는지도 아세요?"

"알아. 전부 다. 어쩌다 알게 됐어."

"정채원 씨도 대표님이 안다는 거, 알아요?"

"아니. 그건 아니고."

성준은 다시금 채원에게로 시선을 주었다. 저 두 사람은 무슨 이야기를 나누는 걸까. 무슨 이야기를 나누는데, 시간도 계절도 잊은 사람들처럼 서로를 바라보고 있는 걸까.

"아. 그리고 말이야. 너 예전에 정채원 씨한테 법카 안 쓰고 개인 카드 쓰면서 그러고 싶었네 마네, 왜 그랬어?"

"아아. 그날요."

오래도 담아뒀다. 민권은 황당해서 웃음이 터졌다. 채원의 첫 출근 점심을 말하는 것 같았다.

"법카를 사무실에 두고 나가서요. 지갑에 없어서 그냥 제 카드 쓴 건데."

"아오."

성준이 경쟁자 한 명을 제거했다는 눈빛을 쏘자 민권은 허탈하게 웃었다. 그러다가 창밖을 바라보고, 채원을 응시했다.

"갑자기 정채원 씨가 불쌍하게 보이는 이유는 뭘까요."

"볼일 끝났으면 나가. 헛소리하지 말고."

민권은 성준의 원픽이 되어버린 채원이 불쌍하다는 표정을 짓다가 에라, 나도 이젠 모르겠다, 한숨을 푸욱 내쉬었다.

"나 진짜 몰라요. 내 인생 책임진다고 했으니까 책임져요, 망하지 말고. 우리 딸의 미래가 대표님 손에 달렸다는 거 잊지 마시고요."

"그래. 부담되고 참 좋다. 부담스러워 밤잠 설쳐도 원망은 하지 않을게. 들어가 쉬어."

성준의 대꾸에 민권은 피식 웃었다.

"아군은 물러갑니다. 건투를 빌어요."

"그래. 쉬어."

민권은 노선을 정했다. 선장은 성준이었다.

[당신이 나에게 잘해주는 이유를 알고 싶어요, 다미안.]

[……아.]

[사실 당신의 친절한 말들은 고맙지만. 음…… 고맙지만…….]

스페인에서 그를 몇 번이나 보았을까. 안간힘을 써서 떠올려 봐도 손에 꼽히는 횟수. 그나마 마주친 시간을 모두 다 더해도 채 30분이 되지 않는 짧은 시간.

그의 누나인 이사벨의 병실에서 드문드문 마주쳤던 동생 다미안은 자신에게 눈길도 제대로 주지 않던, 지금과는 무척 다른 분위기였다. 제게 보여주는 친절함과 자상함이 납득되지 않는 건 당연한 일이었다.

다미안은 잠시 침묵했다. 어디서부터 어떻게 이야기를 꺼내야 할까, 하는 표정을 지으며 흐리게 미소를 짓다가.

[맞아요. 사실 난 당신을 잘 몰랐어요.]

채원은 마른 주먹을 쥐었다.

[누나의 병실에서 당신을 몇 번 보긴 했지만 그게 전부였죠. 관심이 있었을 리 없고.]

……그래. 그녀의 기억과 그가 가진 기억은 일치했다. 그에게 특별한 기억이 남았을 리 없다. 그럴 기회도 순간도 없었으니까.

[당신이 특별해진 건 누나가 죽고 난 뒤였어요.]

사랑하는 누나를 보내고 난 뒤, 그녀의 유품을 정리하던 어느 날.

[누나가 쓴 다이어리를 봤는데, 가장 친한 친구에 당신 이름이 적혀 있더군요.]

[아…….]

채원은 낮은 탄식을 터트렸다. 다미안은 자신도 의외였다는 듯 어깨를 으쓱 올려 보였다.

[생각해보니 그랬어요. 누나 병문안을 오던 사람은 당신뿐이었죠. 누나는 병약했고, 학교를 다닐 때도 친구가 없었으니까.]

누나의 다이어리에 적혀 있던 빼곡한 일기. 대다수의 이야기에 채원이 있었다.

건강해지면 채원을 따라 꼭 한국을 방문해보고 싶다는 이야기도, 채원에게 소원이 있다면 꼭 들어주고 싶다는 바람도.

[그래서 당신을 찾으려고 애를 썼는데, 찾을 수가 없었어요. 그

러다가 이렇게 만났죠. 운명처럼.]

[아…… 그랬군요…….]

[얼마나 놀랐겠어요. 이사벨이 당신에게 나를 보냈나. 내가 당신을 도와야만 하는 순간인 걸까. 말도 안 되는 상상을 했을 정도로.]

다미안은 어쩐지 많은 생각에 감겨 쉽게 표정을 짓지 못하는 채원을 바라보다가 부드럽게 웃었다.

[누나는 당신을 선물 같은 사람이라고 했어요.]

……누나가 아끼던 벗, 가장 아끼던 친구.

[나도, 당신에게 선물 같은 사람이 되어주고 싶어요.]

다미안의 이야기를 들으며 채원은 웃음이 예쁘던 이사벨을 떠올렸다. 그 시절 우리는, 이런저런 미래를 하나도 모르면서 어쩌면 그렇게도 해맑게 웃었을까.

목이 메어 말이 잘 떨어지지 않았다. 채원은 온몸이 아득하게 저려오는 안타까움에 침묵했다.

[아, 맞다.]

다미안은 무엇이 떠올랐는지 잠시 혼자 웃다가 그녀의 어깨에 얼굴을 내리며 귓속말을 했다. 채원은 두 눈을 꼭 감았다.

[당신의 대표는 스페인어를 할 줄 알더군요. 그것도 꽤나 유창하게.]

[…….]

[당신의 비밀을 지켜주고 있는 중이라고도 하더군요.]

깊고 검은 파도가 휘몰아친다.

[너무 오래 헤매지 말라고 알려주는 거예요. 당신에게 나침반 정

도는 필요할 것 같아서. 물론 대표는 당신을 해고히지 못할 테고.]

휩쓸려 과거로 흘러갈 것 같은.

[이런 말들, 당신에겐 선물이 되었으면 해요.]

힘찬 소용돌이를 동반한 크고 사나운 물결이.

나를 다 알고 미래를 다 아는 어떤 이가 보내준 듯, 잠시 머물렀던 다미안이 떠난 공간. 채원은 혼자 남아 발끝만 내려다보았다.

애먼 발끝만 꼼지락거리다가 파르르, 떨리는 애꿎은 입술만 잘근잘근 씹다가 피식 숨을 토했다.

"하하, 진짜. 내가 못 살겠다."

눈물이 날 것 같다는 생각과는 달리 웃음이 흘렀다. 가슴이 미어져 숨은 콱 막히는데, 정신 나간 사람처럼 그냥 웃음만 터졌다.

"하…… 하하, 하…… 미치겠다."

열이 나는 건가 어지러운 건가, 채원은 이마에 손을 올렸다.

"아…… 하하, 하하, 그랬구나. 그랬어. 하하, 하하."

당신의 대표는 스페인어를 할 줄 알더군요. 그것도 꽤나 유창하게.

다미안의 음성과 성준의 지난 음성이 기억 속에 뒤섞인다.

스페인에서 있었던 것들은 하나도 빠짐없이 다 잊었어. 기억하는 게 하나도 없을 정도로.

……잊었다더니.

전부. 싹 다. 내 인생에서 스페인은 통째로 파버렸다고.

지웠다더니. 떠난 내가 미워서, 원망스러워서, 인생 어느 한편에 머무는 것조차 용납할 수 없어 드러내 파버렸다더니.

"아…… 아, 미치겠다. 하하, 말을 대충하는 것도 아니고 엄청 유창하게 한대. 하하, 아…… 미치겠다, 하하."

다시금 다미안과 성준의 목소리가 차례대로 마음을 울린다.

당신의 비밀을 지켜주고 있는 중이라고도 하더군요.

웃음이 뚝 끊겼다.

그러니까. 너 유부녀니까. 나 여기서 멈췄잖아. 그렇지?

두 눈을 질끈 감았다. 밀려오는 괴로움을 잊고 싶은 손과 발이 산만하게 움직였다.

손을 쥐었다가 폈다가, 앞으로 뻗었다가 위로 올렸다가, 잠시도 가만히 있지 못하며 자리를 서성였다.

"하, 미치겠다. 대체 어디서부터 어디까지, 뭘 어떻게 알고 있는 건데 도대체."

다미안이 회사로 찾아왔을 때 결혼하지 않았노라 답했던 것을, 아마도 대표가 들었을 것이다. 그럼 그것뿐인가? 다른 것은 없는가?

"와…… 모르겠다. 몰라서 미치겠다. 진짜 미치겠다, 미치겠다……."

생각은 반드시 이어지라는 보장이 없어, 같은 구간에서 끊기고 처음으로 돌아가기를 반복했다. 하염없이 생각하는 것처럼 보였지만 사실은 사고가 멈춘 거였다.

분명히 말하는데 멋대로 선 긋지 마.

나 넘어간다.

"그래서 그렇게……. 그래서 그렇게……."

어설프지만 나름은 괜찮게 속이며 지냈다고 생각했는데. 완벽하진 않아도 기혼이라 믿어줄 정도의 정황은 많았다고 생각했는데.

다리에 힘이 풀려 털썩 쭈그리고 앉았다. 막막함은 고스란히 눈빛에 배어 나왔다. 곽씨의 스산한 눈빛과 음침한 웃음은 시시때때로 생각의 빈틈을 채웠다.

"하……."

나 이제 어떡하지. 나 이제 앞으로 어떡하지. 나 이제 진짜 어떡하지. 나 이제 정말로 어쩌면 좋지.

"와, 돌아버리겠다. 와, 와……. 진짜, 와……."

반지 아닌 수갑처럼 여겨지는 약지손가락, 반짝거리는 다이아를 만지작거리다가. 진짜로 이걸 뺀다고 무슨 일이 생길까, 약간의 의심을 하다가.

"안 돼. 이런 생각 자체가 위험한 거야. 무슨 일 나면 진짜 어쩌려고."

생각만으로 부정한 기운이 드러날까 봐, 제 마음의 소리를 거부하며 고개를 세차게 저었다.

"정신 차려. 변하는 건 아무것도 없어. 정신 바짝 차리라고, 정채원."

그래, 아무것도 아니다. 이건 아무것도 아니야.

"아무것도 아니야. 정말 아무것도 아니야……."

마음은 참으면 그만인 거고, 그럼 정말로 아무 일 아닌 것처럼 지나갈 거야. 지나갈 거야. 지나가야 해. 할 수 있어.

"의자도 많은데 굳이 그렇게 앉아 있어, 다리 아프게."

……지나치지 못하고 멈춰 나를 부르는 목소리.

뒤에서 들려오는 음성에 채원은 눈물에 잠기듯 천천히 눈을 감았다. 음성보다 조금 뒤늦게 실려 온 그의 향이 전신을 아찔하게 했다.

"어디 불편해? 두통이 아직인가?"

"……아뇨. 괜찮아요."

까마득해지는 감각을 서둘러 깨우며 답했다. 다가오지도 않고, 물러서지도 않는 그의 시선이 제게 닿아 있음은 보지 않아도 알 수 있었다.

차마 고개를 돌려 그를 바라볼 용기는 나질 않아, 눈물이 찰랑거리는 무거운 시선을 땅에만 고정한 채 물었다.

"나 여기 있는 거 어떻게 알았어요? 이것도 우연인가요?"

"그럴 리가."

"……."

"그럴 리가 없잖아."

채원은 천천히 일어서며 목소리를 따라 뒤를 돌았다. 그러자 봐주기만을 기다렸다는 듯, 그가 들고 있던 작은 구두 한 켤레를 올려 보이며 편안하게 웃는다.

아무것도 아니기를 희망하지만. 안 될 일이라며, 우리의 미래를 떨어트려보지만.

"뭐, 우연이라고 생각해도 좋아. 너는 편한 대로 생각해."

말해봐요. 이게 사랑이 아니면, 도대체 뭐예요.

"너마저 운명이라고 생각하면 나, 당장 어떻게 변할지 몰라."

도대체, 뭐겠어요.

곽씨가 주문해놓은 주얼리의 제작이 끝났다는 전화를 받은 비서 단희는 숍을 찾았다.

개당 수억을 호가하는 주얼리는 브랜드의 이름값을 하듯 제작에만 몇 달이 걸렸다. 공임만 수천에 달하는 그것을 꼼꼼하게 확인한 단희는 화려한 쇼핑백을 들고 숍을 나섰다. 그러곤 차에 오르기 전 곽씨에게 먼저 전화를 걸었다.

"선생님, 지금 숍에 들러 물건 찾았습니다."

— 알았어. 집으로 가져와.

"네, 선생님."

— 올 때 나 자주 가는 레스토랑 들러서 캐비아 샐러드 좀 포장해 와. 저염식으로.

"네. 알겠습니다, 선생님."

자다가 깬 듯한 곽씨와 통화를 짧게 종료한 단희는 시계를 들여다보았다. 아슬아슬하게 주문이 끝날 시간.

단희는 식당에 미리 전화를 넣을 생각에 휴대폰으로 검색을 한 뒤 전화번호를 찾았다. 종종 포장을 해서 가니 길게 말하지 않아도 알 거다.

"네. 포장 좀 부탁합니다. 캐비아 샐러드 저염식……."

그때였다. 쌩 하는 소리와 함께 오토바이가 곁을 아슬아슬하게 스쳐 지난다. 단희가 반응을 하기도 전에 오토바이 뒤에 타 있던 헬멧을 쓴 사내가 그녀의 손에 들린 쇼핑백을 낚아챘다.

"……아!"

삽시간에 벌어진 일에 쇼핑백을 허무하게 놓친 단희는 두 눈을 크게 떴다. 쇼핑백을 훔친 오토바이는 쌩하니 앞으로 전력 질주를 했고, 단희는 너무 놀라 휴대폰을 떨어트렸다.

부아아앙. 오토바이는 굉음을 내며 속도를 높였다. 얼마나 빠른지 이미 저만치 달아나고 있다.

"아, 도, 도둑, 도둑이야!"

소리를 크게 질러보지만 질주를 막을 수는 없을 것만 같다.

"도둑이야아아아!"

지나가는 사람들이 멈추고 바라보지만 도움을 주기엔 오토바이가 너무 빨랐다. 하지만 이대로 오토바이를 놓치면. 놓치면?

"아, 차, 일단 차로."

허겁지겁 단희는 차에 올라타려 애썼다. 차 키를 찾는 손이 덜덜 떨리고, 그사이 오토바이는 시야에서 벗어나려 했다. 놀란 심장이 발악하는, 바로 그때.

우당탕탕탕! 꽤나 소란한 소리가 들려 단희는 황급히 시선을 들었다. 앞뒤 정황은 잘 보지 못했지만 오토바이가 넘어진 것 같다. 단희는 정신없이 앞으로 뛰어갔다.

구두가 벗겨졌지만 신경 쓸 겨를이 없다. 미친 듯이 달려가니 조금씩 사람들이 모여들기 시작하고, 주변에 나뒹구는 두 사내가 보였다. 그 와중에 단희는 쇼핑백을 먼저 찾았다. 어, 없다.

"어디 갔지, 어디 갔지……."

모든 것이 정지한 도로 주변으로 아무리 시선을 돌려보아도 쇼핑백이 보이질 않는다. 심하게 찌그러진 자전거가 보이지만 그런 것을 시선에 담을 정신도 없다.

누군가는 경찰에 신고를 하고, 누군가는 응급차를 부르고, 누군가는 사진을 찍는 정신없는 와중에.

"이거 찾는 거 맞죠?"

화들짝 놀란 단희는 뒤를 돌았다.

"아!"

시선에 쇼핑백만 보인 단희는 서둘러 받아 그 안을 확인했다. 화려한 포장지에 싸여 있으니 그 안이 어떻게 되었을지는 알 수 없다만 개수는 모두 맞았다.

"하…… 하……."

단희는 맥이 풀리듯 주저앉았다. 만일 되찾지 못하고 잃어버렸다면, 곽씨의 표정과 다음 일은 상상도 하고 싶지 않았다.

"아…… 감사합니다……. 정말 감사합니다……."

뒤늦게 현실이 찾아온다. 쇼핑백을 찾아준 사람에게 인사를 하며 고개를 든 단희는 아무도 없음에 주변을 두리번거렸다.

"이거, 신발도 그쪽 거 맞죠?"

"아……."

단희는 홱 뒤를 돌았다. 떨구고 달려온 자신의 신발을 들고 있는 사람을 확인한 단희는 천천히 고개를 올려 얼굴을 바라보았다.

"아…… 맞아요……. 감사합니다……."

단희는 신발을 공손히 받으며 일어섰다. 어디선가 희미하게 사이렌 소리가 들려오기 시작했다.

"날치기당하는 거 봤어요. 일단 급한 김에 타고 있던 자전거 던져서 잡긴 잡았는데."

날치기 일당이 커브를 꺾으려고 속도를 확 줄이던 그때, 급한 김에 타고 있던 자전거를 도로로 던지며 주행 방해를 했단다.

"저 사람들, 오토바이 속도가 확 줄었을 때 넘어진 거라 크게 다치지는 않았을 거예요. 나머지는 경찰이 알아서 해줄 거니까 걱정 마요."

이윽고 사내는 찌그러진 자신의 자전거를 바라보며 미간을 좁혔다. 심각하게 찌그러진 자전거를 바라보더니 마음이 아프다는 것처럼 중얼거렸다.

"하, 고쳐서 탈 수도 없겠다. 아깝네."

단희는 사내에게 시선을 고정한 채 쇼핑백을 꽉 쥐었다. 잔숨이 차올라, 입을 열기가 힘들었다.

"아, 신경 쓰지 마세요. 자전거는 없어도 다리는 튼튼하니까."

희미하게 울리던 사이렌 소리가 점점 더 가까워지고.

"저, 경찰서에 조사받으러 같이 가야겠죠? 오래 걸리면 안 되는데. 일찍 끝나야 할 텐데."

경찰차와 응급차가 모습을 드러냈다. 단희는 소란스러워진 공간 속에서 사내만 바라보았다.

"아, 제 이름은 정이든이고요. 동행해드릴게요. 걱정 마세요."

기적처럼 나타나준 이 사내. 채원의 동생이라는 사실은 꿈에도 생각하지 못했다.

벤치를 찾아 앉은 채원은 성준이 건넨 구두를 내려다보았다. 반들반들, 매끄럽게 윤이 나는 구두는 만져보지 않아도 가죽이 보드라워 보였다.

사이즈 확인차 신어보았던 구두를 벗은 채원은 다시금 호텔 간이 슬리퍼로 바꿔 신었다. 성준은 힐끔, 그녀 발을 내려다보았다.

"왜 벗었어. 불편해?"

"아, 그건 아니고요. 그냥 신고 있기 아까워서요."

채원은 구두를 자신의 옆에 올려놓았다. 숨이 붙어 있는 것을 만지듯 조심스럽게 구두를 어루만진 채원은 피식, 웃음을 터트렸다.

"그런데 사이즈는 어떻게 알았어요?"

"그게 맞는다는 게 신기하다. 발이 어쩌면 그렇게 작아."

"그러니까 발 사이즈를 어떻게 알았는데요?"

"뭐, 직원 추천."

"아아. 직원이 감이 좋네요. 한 번 보지도 못한 사람 발 사이즈도 척척 알려주고."

채원이 거짓말 말라는 표정을 지으며 웃자 성준은 더 이상의 대꾸를 삼갔다. 굽이 부러진 구두를 손 뼘으로 빠르게 쟀지만, 막상 호텔 지하 숍으로 구두를 사러 갔을 땐 반신반의했다.

여자 구두 사이즈를 알 리가 없으니 어림잡았던 손 뼘을 그대로 직원에게 보여주었다. 이만한 크기의 구두를 보여 달라며 손을 쭉 뻗으니 직원이 알아서 구두를 가져왔다.

'이게 성인 여성의 발 사이즈가 맞습니까?'

'네. 맞습니다, 손님.'

아동화는 아닌가, 의심스러워 직원에게 재차 물었다. 그녀가 착화하기 전까지만 해도 믿을 수가 없었다. 이건 뭔가 착오가 있다. 저게 들어갈 리가 없다.

……그런데 딱 맞더라. 맞춘 듯이.

"취향에 안 맞으면 내일 아침 숍에 내려가서 교환해."

"아뇨. 좋은데요. 예뻐요."

"그럼 겸사겸사 잘 신든지."

"고맙습니다. 이런 것까지 신경 써주시고. 감사해요."

"출장 안 왔으면 구두도 안 부러졌을 거 아냐. 구두 산재 처리 정도로 하자고."

채원이 고개를 숙이며 웃자 성준은 그녀의 옆모습을 바라보았다. 뭐랄까, 어쩐지 지금의 그녀는 기운이 없어 보였다.

"무슨 일 있었나?"

"……아뇨. 없었는데, 아무 일도."

시선을 마주하기가 힘이 든다. 채원이 의도적으로 눈길을 피하는 느낌이 들어, 성준은 시선을 돌렸다. 각자 바라보는 풍경이 비슷하지만 전혀 다르게 느껴지는 공간.

"사는 건 왜 이렇게 후회투성이일까요."

그녀는 툭, 하고 말을 뱉었다.

"잘 살아보겠다고 딴에는 열심히 사는데, 왜 이렇게 후회만 늘어갈까요. 순간순간 제대로 살지도 못하고, 후회만 쌓이고."

이렇게 당신과 앉아 있는 순간에도 후회만 늘어간다. 하고 싶은 말이 많은데. 뱉으면 후회할까, 묻으면 후회할까.

갈팡질팡하는 생각조차 후회로 고스란히 남는 시간들.

"대표님. 있잖아요."

"니가 나 그렇게 부르면 내가 너무 무섭거든."

채원은 텅 빈 웃음을 흘리며 곁에 놓아둔 구두로 시선을 돌렸다. 다시금 소중함을 실어 구두를 어루만졌다.

"그거 알아요? 구두 선물해주면 선물 받은 사람이 도망간대요."

"앤가? 아직도 그런 미신이나 믿고 살게."

"아뇨. 뭐, 완벽하게 믿는 건 아니지만 그냥 알고 계시나 해서."

구두를 신는 순간 멋대로 움직이는 발을 따라 다시 도망치게 될까 봐. 그래서, 신어보는 것조차 겁이 나는 지금.

"선물 받은 사람이 도망을 간다라."

"……."

"도망가. 도망치는 거 전문이잖아, 정채원 씨."

그녀는 멈칫했다. 구두를 쓸어내리던 손가락을 말아 쥐었다.

"후회, 그래, 후회. 많이 하지. 나도 그래. 후회 많이 해, 하루에도 몇 번씩."

한없이 낮은 그의 음성에, 그녀의 세상이 잠긴다.

"스페인에서 너 사라지고, 후회 많이 했어. 차라리 붙잡고 이유라도 물어볼걸. 물어나 볼걸."

"……."

"그런데 한편으로는 그런 생각도 들어. 물어봤다고 후회가 없었겠나, 듣고 나면 무엇이 달라졌겠나. 이유를 모르는 쪽이 훨씬 더 속 편하다고 여기진 않았을까."

아는 것이 많아져도 정작 아무것도 할 수 없는 시간. 너만큼이나 많은, 나의 상념들.

"미적거리다가 후회하지 말고 도망갈 거면 가. 구두도 샀겠다, 도망칠 명분 얻었으니 마음 편안하게."

삐끔거리는 숨이 버거워, 그녀의 맥이 빨라진다. 끝끝내 잠겨버린 시선 사이로, 속세의 풍경은 조금씩 흐려졌다.

가만히 음료수 캔을 내려다보던 성준은 자리에서 일어섰다. 그녀 곁에 놓아둔 구두를 들고 바닥에 내리며 무릎을 굽혔다.

허락도 없이, 의사도 묻질 않은 그가 호텔 슬리퍼를 벗기고 구두를 신겨준다. 채원은 자신의 발목을 잡은 그의 손에 이끌려 구두를 신었다. 꼭 맞는 구두가 그녀의 발을 감싼다.

"그런데 너, 도망갈 거면 이건 말해주고 가야 할 거야."

이게 당신의 답인 것만 같다. 언제든지 돌아서 달릴 준비가 된 나를 알고, 새 구두를 신겨주며.

도망치다가 다치지 말라고. 부디 조심히 가라고.

"내가 너한테 듣고 싶었던 게 몇 개 있는데 성의껏 답해줬으면 좋겠어."

넘어지지 말라고.

"나, 너랑 왜 헤어졌어?"

……도망쳐야 할까. 신은 구두에 핑계를 싣고, 당신의 세상을 헝클어트리기 전에.

"내 마음이 모자랐나? 아니면 미래가 불안했나?"

터진 마음에 당신의 숨마저 잠기기 전에.

"나한테만 이렇게 시간이 길었어? 나 어떻게 잊었어?"

석 달. 그는 넉넉할 것 같지 않은 시간 앞에 초조했고.

천 일. 그녀는 더디고 느린 시간 앞에 망연자실했다.

"대답 좀 해봐. 나 어떻게 잊었는지."

"……."

"갈 거면, 알려주고 가."

"그래서, 수리 기간이 얼마나 걸린다는데?"

"두 달 정도 걸릴 거라고 합니다, 선생님."

"다음 주에 필요해서 간신히 시간 맞춘 건데, 하는 일이라곤. 에효……."

에효……. 곽씨는 마음에 들지 않는다는 듯 미간을 좁혔다.

날치기 일당이 훔치려 들었던 곽씨의 주얼리는 큰 호를 그리며 땅에 떨어졌고, 그 충격으로 연결 고리가 끊어졌다. 숍의 담당자는 새것처럼 완벽하게 수리를 하려면 꽤 오랜 시간이 걸릴 수밖에 없다고 했다.

단희는 곽씨의 한숨에 고개를 숙였다.

"죄송합니다, 선생님."

어제부터 죄송하다는 말을 얼마나 많이 반복하고 있는지도 모르겠다.

"됐어. 니가 하는 일이 그렇지 뭐. 사람이 조심성이 없어, 그게 얼마짜리인데. 진짜로 날치기라도 당했으면 어쩔 뻔했어?"

"……죄송합니다."

"어흐, 그 말도 듣기 싫어. 죄송할 일은 하질 말아야지. 맨날 말로만 수습하려 들고. 애, 너 그 버릇 고쳐."

단희는 입술을 꾹 깨물었다. 어찌 되었든 자신의 잘못이니 입이 열 개라도 할 말이 없는 거다.

백화점 쇼핑에 나선 곽씨는 입술을 꽉 닫은 단희를 바라보다가 쯧쯧 혀를 찼다. 그러곤 이내 시선을 돌려 진열된 구두를 바라보았다.

"저거. 저것 좀 보여줘요. 내 사이즈 알지?"

"네, 손님. 신어보시겠습니까?"

직원이 굽이 높은 구두 한 켤레를 내려주자 곽씨는 구두를 갈아 신었다. 구두 라인을 요리조리 살펴보던 곽씨는 문득 단희의 다리를 바라보았다.

"다리는 왜 그래? 설마 어제 다쳤니?"

"아. 아뇨, 아무것도 아닙니다."

긁힌 것이 선명한 단희의 다리. 무릎까지 내려오는 치마 아래로 상처가 여실했다. 곽씨는 종전보다 더욱 미간을 좁히며 혀를 찼다.

"가지가지 한다. 정말 가지가지 해. 다쳤어 또? 얘, 흉 져. 약이라 도 좀 발라."

"네. 알겠습니다, 선생님."

단희는 무안하다는 듯 들고 있던 많은 쇼핑백을 앞으로 하며 다리를 감췄다. 곽씨는 별 관심 없다는 듯 다시 구두로 시선을 돌렸다.

"이것도 줘요. 아까 고른 거랑 다 해서."

"네. 다섯 켤레 준비해드리겠습니다. 잠시만 기다려주십시오."

직원은 황급히 사라졌고, 단희는 들고 있는 쇼핑백을 반동으로 들어 올렸다. 혼자 들고 있기엔 쇼핑백이 너무 많고, 무거웠다.

"얘, 단희야. 내가 저번에 판 하나 짜보라는 건 어떻게 됐어? 정채원."

"준비 중입니다. 섭외 끝났습니다."

"굼떠. 너무 굼떠. 그게 언젠데 아직도 섭외야. 빨리빨리 좀 해."

"네, 선생님."

"다음 주에 노인네랑 자리 한번 만들어주고. 또 가서 살살 긁어 줘야지. 에효, 바쁘다 바빠."

곽씨는 폭신한 소파에 앉아 거울 속 자신의 얼굴을 들여다보다 가 주름을 지우듯이 손으로 톡톡 건드렸다.

세상에 영원한 젊음이 있다면 얼마나 좋을까. 살 수만 있다면 무슨 짓을 해서라도 사고 싶은데.

"신경질 나네. 돈을 그렇게 쏟아도 주름은 없어질 생각을 안 해. 환장하겠다 정말."

에효. 곽씨는 한탄만 늘어놓다가 거울로 비치는 단희를 바라보았다. 뽀얀 얼굴, 매끈한 피부, 검고 풍성한 머리.

"얘, 가서 빨리 구두 꺼내오라고 해. 늦어서 쇼핑 못 하면 니가 책임질 거야? 시키지 않으면 애가 움직이질 않아."

"네, 선생님."

단희가 뒤돌아 움직이자 곽씨는 단희의 뒷모습을 바라보았다. 부드러운 곡선이 그대로 드러난 단희의 몸매가 부러운 듯, 곽씨는 한참 단희를 바라보다가 중얼거렸다.

"좋겠다 넌. 젊고 예뻐서."

곽씨가 단희를 만난 건 10년 전, 단희가 열일곱 살이던 해. 집과 가족을 잃고 거리를 떠돌던 아이를 손에 넣었다.

먹여주고 재워주었다는 이유로 곽씨에게 묶인 단희는 평범하게 산다는, 그런 삶이 어떤 것인지 알지 못했다.

곽씨의 말이 곧 법이고 세상이었다. 먹구름을 뚫고 나오는 햇살 한 줌을 모르는, 그런 캄캄한 세상.

"수고 많으셨습니다."

출장 이틀 차. 하루가 어떻게 지나가는 건지 모르겠다. 이른 아침부터 회의가 이어졌고, 인공 숲이 들어설 부지를 다시 한번 돌아보고, 다시 회의. 다시 회의.

오후 8시. 드디어 오늘의 모든 일정이 끝났다. 수고했다는 말로 일정의 끝을 알린 성준이 자리에서 일어섰다. 그의 곁에서 내내 통역을 했던 채원은 하, 드디어 끝인가, 하는 얼굴을 하며 소파에 등을 기댔다.

"어후, 머리가 띵하고 울리네."

삽시간에 긴장이 풀린다. 다미안과 관계자는 따로 회의할 것들이 있다며 빠르게 사라지고, 김 실장은 슬쩍 눈치를 보더니 전화 통화를 할 것처럼 휴대폰을 들고 사라졌다.

모두가 약속이나 한 듯 채원과 성준을 두고 사라진 자리. 아무 생각 없이 소파에 축 늘어졌던 채원은 어제 성준에게 선물 받은 구두를 내려다보았다.

나, 너랑 왜 헤어졌어?

오늘 하루 종일, 대표는 사적인 대화를 걸어오지 않았다.

내 마음이 모자랐나? 아니면 미래가 불안했나?

나란히 걷고, 나란히 앉아 있음에 시선을 마주할 일이 사라졌다.

의도적으로 고개를 돌리지 않으면 상대를 바라볼 수 없는 나란한 동행. 질문을 던진 그도, 답을 하지 못한 그녀도 마음이 편했을 리 없었던 하루.

대답 좀 해봐. 나 어떻게 잊었는지.

가슴에 열이 차올라 밤새 잠을 설쳐댔다. 말을 하지 못하는 답답한 심정에 온종일 몸을 뒤척거렸다. 그렇게 밤이 지나고, 별반 다르지 않은 아침을 보내고, 점심이 지나 또다시 밤이 찾아온다.

휴. 오늘은 아무 생각 없이 잠을 자고 싶은데 될까 모르겠다, 채원은 생각하며 아무 뜻 없이 시선을 올렸다.

"아, 깜짝이야!"

소파에 늘어진 자세로 무방비하게 있던 채원은 폴짝 뛰어오르듯 상체를 일으켰다. 모두 사라진 줄 알았는데 성준이 팔짱을 끼고 서서 내려다보고 있는 게 아닌가.

"어, 언제부터 계셨어요. 놀랐잖아요!"

"언제부터 있었긴, 내내 여기 있었는데."

"가신 줄 알았어요. 조금 전에 제일 먼저 일어나셔서."

"바늘이 일어나면 실도 따라와야지. 왜 그러고 앉아서 뜸을 들여 그러니까."

제가…… 실인가요……. 꿰이고 싶지 않은데…….

"진이 다 빠져서 기운이 하나도 없어요. 통역을 하루 종일 했어, 이건 진짜, 하……."

"초과 근무 시간에 대한 보상금 올려줄게."

"오늘도 정말 수고 많으셨습니다, 대표님."

채원은 벌떡 일어나 두 손을 공손히 모으고 성준에게 허리를 굽혀 인사했다. 얼씨구. 성준은 그 모습을 바라보다가 허, 낮은 탄식을 터트렸다.

"자본주의 인사. 잘 받았어."

"이 정도로 뭘요. 그리고 더 열심히 일해서 대표님께 보답하겠습니다."

"그러든지. 하여튼 오늘 수고 많았어. 고생했다."

"대표님도요. 종일 회의하시느라 피곤하시죠?"

어제의 일을 모두 지운 듯 편안하게 대화를 이어간다. 아무 일도

없었던 것처럼 굴어보지만 그렇다고 해서, 그렇다고 해서,

"일 때문은 아니고 어제 잠을 못 잤어. 그래서 좀 피곤하네."

없어지거나 기억에서 사라지진 않을 것이다.

채원은 목을 풀듯 가볍게 돌리며 중얼거리는 성준을 바라보았다. 사실은 나도 잠을 설쳤다고, 말하고 싶지만 말할 수 없다.

"안타깝네요. 저는 어제 잘 잤는데."

"잘 잤겠지. 머리만 대면 어디서든 매우 쾌청하게 잘 주무시는 분이 아니시던가?"

"맞아요. 전 남친 어깨에서도 꿀잠은 거뜬하죠. 하물며 호텔 침대인데."

"그래. 수면의 질과 양이 좋았다니 다행이다. 너라도 잘 잤으면 된 거지. 무병장수해라."

성준은 손을 팔랑팔랑 내저으며 짐을 챙기라는 듯 신호를 보냈다. 채원은 그의 손길을 따라 소파에 두었던 가방을 들었다. 고된 하루가 어찌어찌 지나간다.

"들어가셔서 푹 좀 쉬세요. 잠을 못 자면 사람이 괴로워지거든요."

"그러게 심정은 술이라도 한잔 마시고 푹 자고 싶다."

객실로 돌아가기 위해 엘리베이터로 향하는 길. 의도적으로 가벼운 말들을 내놓지 않으면 금세 어두운 침묵이 물드는, 나란한 동행.

"저, 있잖아요 대표님."

"그렇게 부르지 말라고 했지. 무섭다고."

그는 올라가는 엘리베이터 버튼 눌렀다. 호텔 엘리베이터는 빠르게 도착했다.

"대표님, 그럼 저랑 술 한잔하실래요?"

"네."

넵. 그러죠. 성준은 빠르게 내려가는 버튼을 눌렀다. 0.1초의 망설임도 없는 그의 답에 채원은 피식 웃음을 터트렸다.

"왜 웃어. 사람 가볍다고 무시해?"

"무시는 누가 무시를 했다고 그래요. 술 마실 생각에 좋아서 웃은 건데."

띵동, 엘리베이터 문이 열린다. 성준은 먼저 올라타며 지하로 향하는 버튼을 눌렀다.

채원이 조심스럽게 엘리베이터에 올라타자 성준은 관찰하듯 그녀 얼굴을 바라보았다. 피부에 그의 시선이 닿는 느낌이 어색해 채원은 버릇처럼 머리를 쓸어 넘겼다.

"통역 그렇게 오래 하고도 오늘은 두통이 없는 모양이야. 괜찮나?"

"아직까진요. 괜찮아요."

"그러다가 갑자기 온다, 뒤늦게. 조심해."

"늦게 오는 두통을 먼저 오는 취기로 밀어내보겠어요."

금세 지하에 도착하고 두 사람은 엘리베이터에서 내렸다. 출장의 마지막 밤이기도 했다.

대표님, 그럼 저랑 술 한잔하실래요?

조금 전 그녀는 엄청난 제안을 해왔다. 술 한잔할래요?라니. 미련 남아 질척거리는 전 남친에게 술 한잔할래요라니…….

수만 가지 긍정적인, 지나치게 농염한 기대에 메뉴판을 보는 둥 마는 둥 하던 성준은 시선을 들었다. 무방비 상태로 자신을 바라보던 그녀의 눈빛이 금세 변한다.

"와인, 괜찮나?"

"좋아요. 뭐든요."

"그래. 그럼 오늘은 와인으로 하자."

성준은 적당한 와인을 골라 주문했다. 빠르게 세팅이 되는 테이블. 채원은 크리스털로 만들어져 반짝이는 디캔터를 바라보다가 작게 웃었다.

디캔터에 와인을 모두 따르고 직원이 사라지자 그녀는 입을 열었다.

"리치리치 하신 분이라 좋네요. 똑똑 두드리면 와인도 나오고, 구두 굽 부러지면 새 구두도 생기고."

"돈도 많고 시간도 많은데 너한테 관심도 많고. 나 같은 사람이 흔치는 않지."

"네네. 물론 흔치 않죠."

"아, 물론 자네 남편분이 압도적으로 우월하겠지만."

그가 와인을 따라준다. 채원은 차오르는 적색의 포트 와인을 응시하다가 다시금 작게 웃었다.

"맞아요. 남편은 대표님보다 압도적으로 우월하죠."

"긍정하지 마. 별로 듣고 싶지 않으니까."

"남편 얘기는 본인이 먼저 꺼냈으면서."

"치즈 괜찮지? 훈제."

"그럼요."

언제나 느끼는 거지만 불리한 상황에서 말 돌리는 실력이 보통 아니다. 채원은 끝으로 자신의 잔을 채우는 성준을 바라보는 시선에 긴 여운을 담았다.

……진실을 알고 당신을 바라보니, 너무나 많은 것이 새롭게 보이기 시작한다.

"한잔해. 천천히 마시고."

"네, 대표님."

당신도, 그랬을까.

"이봐, 그거 음료수 아니야."

소름 끼치게 어색해서 스스로도 어쩔 바를 모르던 거짓말을 바라보며 대표는 무슨 생각을 했을까. 얼마나 우스웠을까. 얼마나 한심했을까.

"어이, 그거 음료수 아니라니까 그러네. 벌써 다 비웠어?"

"맛있네요. 오랜만에 마시니까."

따라준 한 잔을 홀짝 비워내자 그가 놀란다. 채원은 입가를 닦으며 잔을 내밀었다.

성준은 눈을 가늘게 떴다.

"왜 이래. 이건 무슨 수작질이야."

"뭐가요. 왜 또 이러실까, 저 이 정도는 거뜬하거든요?"

닥치고 따르라는 것처럼 잔을 흔들자 의심에 가득 찬 눈초리로 와인을 졸졸 따라준다. 쳇. 아까보다 현저하게 양이 줄었다.

"인심 좀 봐. 아까워요?"

"그래, 아깝다. 어어, 이봐. 천천히 마시라니까?"

이번에도 가볍게, 홀짝 비웠다. 허. 기도 안 찬다는 듯한 눈빛으로 그가 바라보자 채원은 입가를 닦았다. 와인 병을 들고 도수를 다시 한번 확인한 성준은 안 되겠다는 듯 손을 내저었다.

"너 이럴 거면 맥주 마셔. 4.5도 이하에서 놀자고."

"4.5도가 아니라 심정은 45도쯤에서 놀고 싶거든요. 따라요, 그러니까."

"허······."

성준은 전투적으로 잔을 내미는 채원을 바라보다가 낮은 탄식을 터트렸다.

"이봐, 할 말 있으면 곱게 해. 겁주지 말고."

술 한잔 마시고 푹 자고 싶다던 자신의 말이 마음에 걸려 술친구 해주려는 건가 보다 했더니, 진짜로······.

"왜 이렇게 쫄보예요? 와인 두 잔에 주사라도 부릴까 봐 그래요?"

진짜로 그냥 술이 마시고 싶었던 거냐!

끙. 성준은 더 이을 말이 없어 관두기로 한다. 홀짝, 와인을 입에 대는 둥 마는 둥 하며 그녀 얼굴을 관찰해보니 입은 애써 웃고 있지만 눈빛은 전혀 그렇지 않다.

마음에 걸리는 일이 많으리라. 불어오는 모든 일들이 시간의 파도를 타고 하루빨리 과거가 되었으면, 하고 바라는 너의 마음이 고스란히 전해지는 것만 같다.

그녀가 세 번째 잔을 조용하게 비웠지만 성준은 더 이상 그만 마시라 채근하지 않았다.

"후…… 좋네요. 와인도 맛있고."

"……."

급하게 고인 술에 머리가 무거워지는지 그녀가 턱을 괴고 빈 와인 잔을 바라본다. 성준은 다시금 그녀의 잔을 채워주었다. 그렇게, 비우고 채우기를 얼마나 반복했을까.

"대표님은 왜, 안 변했어요?"

그녀는 질문인지 혼잣말인지 구분하기 힘든 말을 툭 하고 뱉었다.

"전부 다 변하는데 왜 안 변했어요. 조금은 변해야 하는 거잖아, 시간이 이렇게 흘렀는데."

모두 그런 것은 아니지만 대부분이, 쉽게 그런 것은 아니지만 어렵지도 않게, 시간은 낡고 사람은 변한다.

그런데 당신은 왜. 대체 어쩌다가, 이렇게까지.

"변해야지. 변했어야지. 내가 다짜고짜 헤어지자고, 그렇게 나쁘게 말하고 돌아섰는데. 하나도 변하지 않고 나를 그때처럼 대하면 어떡해요, 도대체."

"……."

"돈도 많이 벌었겠다, 성공도 했겠다, 쉽게 넘볼 수도 없는 사람이 됐으면서 미련이 대체 뭐예요, 미련이. 궁상맞게."

"맥락상 도출은 나 궁상맞다, 인가?"

이 와중에도 지 욕하는 건 못 들어주겠다는 것처럼 눈썹을 꿈틀거린다. 채원은 맥이 풀리는 느낌에 피식 헛웃음을 흘렸다.

"멋있게 살아야죠, 대표님. 멋있게. 근사하게. 그러다가 연애도 하고, 네? 결혼도 하고."

"인생 설계까지 해주는 건가 이제? 그런데 어쩨 플랜이 좀 시시하다?"

"바닥까지 한순간에 곤두박질치는 게 뭔지, 대표님 알아요?"

그는 멈칫했다.

"우리 대표님은 그런 거 모르고 승승장구하셔야죠. 한눈팔 시간이 어딨어요? 연애 안 한다면서요. 일하는 것만도 벅차다면서요."

내게만 유독 쓰게 느껴지는 것 같은 와인을 삼켰다.

"나도 그래요. 나도 한눈팔 시간이 없어요. 아니, 아니다. 한눈을 팔 수가 없잖아. 나는 유부녀인데."

유부녀. 채원은 잊어버렸던 게 기억난 것처럼 피식피식 웃었다. 뭐가 그렇게 웃긴지 쉽게 웃음이 그치지 않는다.

그는 조용히 잔을 응시했다.

"하고 싶은 말이 뭐야. 빙빙 돌리지 말고 얘기해."

"하고 싶은 말이요? 나 진짜 해도 돼요?"

"술김이라고 안 봐줘. 뱉은 말은 되돌릴 수 없을 테니 참고하고."

듣기 무서운 말이 튀어나올까 봐, 그는 연거푸 와인만 삼켰다. 읽히지 않는 공기. 해석할 수 없는 눈빛.

"그때도 말했지만 나, 도망 안 쳐요."

……내 마음도 따라 어지러워진다.

"죽이 되든 밥이 되든 여기 있을 거예요. 대표님 옆에."

휴. 숨기고 싶지만 멋대로 터진 안도의 숨이 공기를 가른다. 성준은 태연한 척 다시 와인 잔을 들어 입가로 가져갔다.

"대신에 대표님이 나 좀, 기다려주면 안 될까요."

"……"

"한 3년. 3년만요."

얼추 비운 와인 한 병. 그녀의 몸이 비스듬히 기운다. 당황한 눈빛을 들키고 싶지 않아 들고 있는 와인 잔만 바라보던 성준은 피식 웃었다. 당장 마음을 밀어내고 싶은 그녀가 계산되지 않은 미래를 읊는 것처럼 여겨져.

허한 웃음만 흘렀다. 그러다가 기도 안 차 고개를 절레절레 저었다.

"3년 기다리면 올 것처럼 얘기하네. 남편분과 끝이라도 내고 오겠다는 거야, 뭐야. 무슨 그런 농담을 하……."

"끝내고 올게요."

"……"

"끝내고 온다고요."

웃음은 밀려나고 그의 얼굴에 표정이 사라진다. 천천히 돌린 시선이 그녀의 취한 얼굴에 닿는다.

"술김이라고 안 봐준다고, 뱉은 말 무효 안 된다고 나 분명히 말했다."

더 마시면 위험할 것 같다. 반쯤 남은 그녀의 와인 잔을 걷어올 생각에 그는 자리에서 일어나 그녀의 잔으로 팔을 뻗었다.

그러자 예고 없이 그녀의 팔도 동시에 뻗어온다. 얼굴에 닿은 그녀 손에, 그는 그대로 멈췄다.

사실은 어루만지고 싶었다고, 사실은 닿고 싶었다고, 그녀 손끝이 말하는 것만 같아 그의 세상은 잠시 멈추었다.

"아무것도 묻지 말고 그냥 나, 기다려주면 안 돼요? 3년만. 딱 아니, 한 9백 일만요."

이게 다 사랑 때문이다.

지긋지긋한, 징글징글한.

"그렇게는 해줄 수, 없을까요?"

돈으로 환산도 안 될 그 미련, 그 사랑 때문에.

이제부터 우린 친구

무슨 말을 어떻게 지껄인 걸까. 채원은 몸을 뒤척이며 어제를 떠올렸다.

술과 밤이 합쳐진 때에만 잠시 찾아오는 용기. 그 무모한 용기를 빌려 그에게 기다려달라 청했던 순간이 떠오른다.

내내 마음에 움켜쥐고 있었던 말이니 취기에 뱉은 실수일 리도, 홀로 곱씹고 또 곱씹다 굳어버린 응어리를 털어냈으니 후회가 남을 리도 없다.

기억은 드문드문 끊어졌고, 그러다가 후의 일은 통째로 날아가 버렸다.

"아…… 머리야……."

어느 순간 잠에서 깬 채원은 어제 일을 복기하다가 관자놀이를 짚었다. 대단했던 취기도 어쩌지 못하고 남은 기억 몇 조각을 연달아 돌려 감기 하듯 떠올리던 채원은 천천히 눈을 떴다.

호텔 객실의 낯선 천장. 채원은 멍하니 천장만 올려보다가 휴대폰을 찾으려고 더듬더듬 오른쪽으로 팔을 뻗었다. 텅 빈 공간에 손을 허우적거리던 채원은 힐끔, 옆을 바라보았다.

……응? 어제까지 있었던 침대 옆 사이드 테이블이 없다. 이상한 생각이 들어 반대편으로 고개를 돌렸다. 사이드 테이블이 왼쪽에 놓여 있다.

"오른쪽에 있었는데, 분명."

잠시 이상했지만 착각한 모양이다, 채원은 아무 생각 없이 팔을 뻗어 휴대폰을 잡았다. 오전 10시. 오늘은 서울로 돌아가는 날이라 체크아웃 시간까지 예정된 스케줄이 없었다.

"일어나 씻어야겠다. 아으으으……."

채원은 씻고 서둘러 짐 정리를 할 생각에 침대에서 몸을 일으켰다. 허. 눈앞에 펼쳐지는 낯선 풍경.

"뭐, 뭐야."

이틀 동안 보았던 객실 풍경이 아닌, 지나치게 넓고 화려한 공간을 자랑하는 객실에 채원은 두 눈을 크게 떴다. 아찔한 생각이 들어 채원은 침대 주변을 휘휘 둘러보았다.

아뿔싸. 아무렇게나 널브러진 가방, 신발.

"흐익!"

그리고 옷. 채원은 이불을 들춰보며 자신의 상태를 확인했다.

"오, 오, 오, 옷이 왜 없어, 왜!"

옷이 바닥에 널브러져 있으니까 없겠지 괜히 없겠나.

오우 쉣. 채원은 눈알이 튀어나올 것처럼 크게 뜨고 겁에 잔뜩 질린 얼굴을 한 채 사방을 살폈다. 이 상황 대체 무엇……?

"망했다. 망했다, 망했다. 뭐야, 대체 뭐냐고……."

망했다, 는 단어를 초당 세 번씩 뱉어내며 채원은 슬그머니 자리에서 일어났다. 누가 보는 것도 아닌데 빛의 속도로 달려 가운을 입은 채원은 단단하게 끈을 동여매고 침대가 있는 공간을 벗어났다.

착. 벽에 달라붙어 바깥 공간을 살폈다. 아무도 없다. 발소리를 죽인 채 살금살금 밖으로 나간 채원은 휙, 휙, 주변을 둘러보다가 멈췄다.

"아……."

아…… 모르고 싶지만 저거…….

"대표님 방이다……."

대표의 노트북이다…….

저쯤 테이블에 놓여 있는 노트북, 그리고 의자에 걸린 재킷. 오며 가며 보았던 대표의 캐리어.

뒤로 넘어갈 것처럼 어지러움이 밀려와 채원은 휘청였다.

"으아아아어어아아아……."

털썩 주저앉았다. 어우, 생각이 아무것도 안 나. 어우, 어우!

앞이 깜깜해서 이마를 짚다가 같은 말만 반복했다. 와, 망했다. 이거 뭐지, 어떡하지, 와, 대박 사건. 어떡하지, 어떡하지!

채원은 일어나 비틀비틀하며 침실로 들어갔다. 침대에 털썩 주저앉아 눈만 깜빡거렸다.

"아, 아냐. 대표님이 일단 나를, 어, 나를 눕혀놓고 나가셨을 거야. 맞아. 그런 거야."

지금 필요한 건 정신 승리다.

"대표님이 여기 없잖아. 안 그러면 같이 있었겠지, 여기 없⋯⋯."

의자에 걸쳐놓은 재킷이 어제 그가 입고 있던 재킷이라는 사실이 충격적으로 떠올랐다. 멍하니 눈만 깜빡거리던 채원은 휘휘 고개를 저었다.

우욱, 격하게 흔들었더니 토할 것 같다.

"하⋯⋯ 미쳤다⋯⋯. 인정. 인정, 인정."

우선 휴대폰을 다시 들었다. 무엇부터 해야 하는지 감이 오질 않아 눈앞이 캄캄하던 그때.

[일어나면 연락해.]

그가 보낸 문자 메시지를 확인한 채원은 후우우⋯⋯ 하며 숨을 내쉬었다.

"눕혀놓고 가셨을 거야. 맞아, 그런 거야. 암, 그렇지. 그런 거지."

채원은 두어 번 마른침을 삼키고 그에게 전화를 걸었다.

― 일어났나?

"뭐예요? 저 왜 여기 있어요?"

― 니가 거기 있었으니까.

"그러니까요. 제 객실 두고 왜 제가 여기 있냐고요."

― 그걸 왜 나한테 물어. 기억 안 나, 어제?

침대 위에서 펄쩍 뛰어오른 채원은 무릎을 꿇고 앉았다.

"마, 말씀 아찔하게 하지 마시고요. 왜, 왜 제가 여기 있냐고요."

— 일단 나 방 앞이니까 들어간다.

뚝. 전화가 끊긴다.

"잠시! 여보! 여보세요!"

끊긴 휴대폰을 내려보던 그때, 띠리릭, 하며 문이 열리는 소리가 들린다. 채원은 겁을 잔뜩 집어먹은 얼굴로 마른침을 삼켰다.

"여어."

그가 등장했다.

"좋은 아침."

무슨 일이 있었기에 저렇게 밝은 표정인가, 싶은 얼굴을 하고선.

가운을 갑옷처럼 입고, 채원은 슬쩍 일어나 성준을 바라보았다. 놀라울 일은 하나도 없는지 그는 여전히 태평했다.

"해장해야지. 룸서비스 주문해뒀으니까 오면 먹자."

"대표님 운동……하셨어요?"

"운동했지. 할 일도 없고, 남아도는 힘은 주체가 안 되고."

남아도는 '힘'이 주는 의미가 어쩐지 아찔하게 들려 채원은 눈만 부릅떴다. 묻고 싶은 게 너무 많은데, 답을 들으면 어쩐지 폭망할 것 같아 질문도 쉽지가 않다.

"여기서…… 주무신 건 아니죠?"

"여기 내 방인데?"

"여기서 주무셨어요?"

"정말 기억 안 나?"

"……장난치지 마요. 오늘 자 다잉 메시지는 대표님이 쓸지도 모르니까요."

"너 카드 키 어디다 뒀어. 찾을 수가 있어야지 말이야."

"카드 키요? 휴대폰 뒤에……."

채원이 말꼬리를 흐리자 성준은 성큼 다가가 그녀 이마에 딱밤을 놓았다.

"아!"

기습 공격에 채원이 이마를 움켜쥐며 눈을 크게 뜨자 성준은 혀를 끌끌 찼다.

"정신 안 차리냐? 만취를 해? 전 남친 인내심 시험하는 퀘스트 정도 되나?"

"아니, 그게 아니라!"

"위험한 사람이네, 이거. 만취 전적 있어, 없어. 이거 처음이야 뭐야. 바른대로 이실직고해."

"어, 없어요. 와인이 안 맞아서 그런 거잖아요."

"죽어도 지가 많이 마셔서 그런 건 아니다 이거지."

"하……."

채원은 눈썹을 씰룩거리는 성준을 바라보다가 어깨를 축 늘어트렸다. 살살 때릴 법도 한데 진짜 세게 때리더라. 얼얼함에 정신이 번쩍 드는 것만 같다.

"정신 좀 드냐 이제?"

"네. 얼얼하니 술이 다 깨네요. 대표님 어제 어디서 주무셨어요?"

"사우나. 스위트룸을 두고 사우나에서 잘 잤네. 아주 몹시."

"수면의 질과 양이 좋으셨다니 다행이네요. 만수무강하세요."

채원이 한시름 놓았다는 표정을 지으며 침대 끄트머리에 앉자 성준은 가만히 그녀를 내려다보았다. 뭐가 이상한지, 전혀 모르는 눈치다.

"그나저나 옷……."

"아아아아악!"

아아아아악! 채원은 '옷'이라는 단어가 나오자마자 격한 소리를 내지르며 이불을 집어 들었다. 이불을 앞으로 끌어당겨 몸을 가리며 채원은 눈꼬리를 추켜올렸다.

"이봐, 소리 좀 곱게 못 지르냐? 귀청 떨어지겠네."

성준은 조금 앞으로 걸어 허리를 숙이며 그녀의 옷을 집어 들고는 침대로 풀썩, 던지며 입을 열었다.

"방 뺏긴 것도 억울한데 누명 씌우지 마. 난 모르는 일이니까 눈빛 넣어둬."

"진짜 모르는 일이에요? 맞아요?"

"허, 얘 봐라."

성준은 다시 다가갔다. 또 딱밤을 맞나 싶어 채원은 이마를 가리며 눈을 꽉 감았다. 인기척이 없어 슬그머니 채원이 눈을 뜨자 가까이에서 성준이 바라보고 있다.

"생각을 해봐라. 내가 아는 일이었으면 사우나로 내려갔겠어? 모르는 일이니까 내려갔겠지."

"아오어으…… 으으…… 아……."

"그리고 나는 성격이 극단적이라 아니면 아니고 기면 끝까지 기……."

"그만! 알았어요! 알았다고요! 워, 원래 자다가 불편하면 잘 벗어던지니까 제가 그랬을 거예요! 오케이! 그만!"

허우. 매운 고추장 발라놓은 것처럼 얼굴이 화끈거려 죽겠다. 채원은 고개를 푹 숙인 채 알았으니 어서 비키라고, 손을 팔랑팔랑 움직였다.

"정말 기억 안 나?"

"뭐, 중간중간 나는 것도 있고 안 나는 것도 있고 그래요."

"내 대답, 기억 안 나겠네?"

"무슨 대답요?"

"니 질문에 대한 답. 기억 안 나?"

"……답을 하셨어요? 뭐라고 했는데요?"

전혀 모르겠다는 표정을 짓자 성준은 피식 웃었다. 그러곤 잘 생각해보라는 눈빛을 했다.

"두 번 반복은 안 해. 내 답은 알아서 복기해."

"뭐라고 말했는데요! 알려주면 되지 치사하게!"

"싫어. 두 번 말 안 할 거야. 알아서 답을 찾든지 말든지. 난 분명 말했으니까."

"치사해……."

채원은 도무지 생각이 안 나 미간을 찌푸렸다. 대체 뭐라고 말을 한 거지? 대표님께 기다려달라고 했고, 그 말에 대답을 했다고? 난 기억에 없는데?

"아무튼 씻어."

"네에에에?"

생각하다가 화들짝 놀랐다.

"씻어야 밥을 먹을 거 아니야, 이 사람아. 조식 곧 올 거야. 그전
에 들어가 씻으라고."

"아, 어, 어, 내려가서 씻을 거예요!"

채원이 경계 가득한 목소리를 하자 성준은 뚱한 표정으로 그녀
를 바라보다가 다시 고개를 내렸다. 고개를 내리면 그녀의 상체가
자동적으로 뒤로 밀렸다.

"나 자꾸 이상한 사람 만들면 그냥 이상한 사람으로 방향 바꾼
다, 정채원 씨."

햇살이 닿는 침대 아래, 그녀의 모습은 사랑스러웠다.

"이상한 사람은 뭘 해도 개연성이 충분하거든. 원래 이상하니까.
안 될 말과 행동이 없다고. 원해, 그런 쪽?"

그녀가 입술을 꾹 다물고 고개를 좌우로 흔들자 성준은 그럼 어
서 일어나라는 듯 눈을 지그시 감았다가 떴다.

"그럼 간단하게 세수랑 양치만 좀 할게요."

"그러든가. 조식 메뉴는 적당한 걸로 주문한다."

"네."

채원은 자리에서 일어났다. 비켜주면 좋겠는데 코앞에 서서 진
로 방해를 한다. 왼쪽으로 움직이면 왼쪽으로, 오른쪽으로 움직이
면 오른쪽으로 따라 움직이며 앞을 가로막았다.

"우씨! 씻으라면서요! 비켜요!"

"그러게. 비켜주고 싶은데 또 왜 이렇게 괴롭히고 싶지?"

"……정상 아니시네요."

"정상인이었으면 내가 어제 그 밤에 사우나에 내려가서 잤겠어? 정상 아니니까 내려갔겠지. 감사해라, 나 정상 아닌 거."

"아오…….."

채원은 힘껏 그를 노려보다가 보폭을 크게 하며 그를 지나쳤다. 비켜서는 그녀를 멈춰 세우듯 성준은 그녀의 손목을 붙잡았다.

"너, 어제 나한테 하나도 안 변했다고 했지? 이건 기억나?"

대표님은 왜, 안 변했어요?

"아, 어제요. 네. 그랬죠."

"그런데 변했어 나. 그것도 많이."

성준이 고개를 돌린다. 처음과 다른, 어제와 또 다른,

그의 눈빛을 바라보자니 대체 어제 그는 무슨 답을 했을까, 채원은 미치도록 궁금해지기 시작했다.

"그리고 나는 더 변할 거야, 앞으로."

"……."

"기대해도 좋아. 변한 내가, 네 마음에도 들었으면 좋겠다."

마치 그는 달려오는 중인 것 같았다. 내게.

조식을 먹은 채원이 본인 객실로 돌아가고 난 뒤, 성준은 정리한 짐을 들고 로비로 내려왔다. 체크아웃을 하고 느긋하게 소파에 앉

아 있는데 다미안이 나타났다.

서로를 발견한 두 사람의 눈빛이 일그러진다. 너무나 불편한 기색을 하며 터덜터덜 다미안이 걸어오자 성준은 비치된 신문 하나를 무작정 뽑아 들었다.

[며칠 내부 회의가 있을 겁니다. 마치는 대로 연락드리죠.]

다미안이 먼저 말을 걸어오니 성준은 신문을 넘기며 심드렁하게 고개를 끄덕였다.

[그러시죠. 편한 대로.]

[…….]

[…….]

말은 금세 끊긴다. 통역이 없어도 말이 통하니 더 불편하다. 차라리 서로 말이 안 통할 땐 입 다물고 있는 상황이 부담스럽지 않았는데.

[언제까지 비밀로 둘 겁니까?]

[뭘 말입니까?]

[당신이 스페인어를 할 줄 안다는 사실.]

[아, 뭐, 사업이 끝날 때까지?]

설마하니 다미안이 채원에게 이실직고했을 거란 걸 상상조차 하지 못하는 성준은 별생각 없이 답했다. 흐응. 다미안이 의미심장하게 웃지만 성준은 관심도 없는 신문에 시선을 고정했다.

그러자 다미안이 다시금 물어온다.

[당신, 그 여자 좋아합니까?]

[지금 그거, 일과 관계있는 질문입니까?]

[그냥 궁금해서 묻는 겁니다.]

[궁금할 리가 있나. 모르는 것도 아닐 텐데.]

흥. 성준은 다시금 신문을 넘겼다.

다미안은 고개를 끄덕이다가 흥미가 떨어졌는지 휴대폰을 꺼내 들었다. 그러더니 사진첩을 열고 한참 무엇을 들여다본다.

성준은 관심 없는 척 힐끔, 다미안이 바라보고 있는 사진을 보고는 멈췄다. 넘기는 사진마다 낯선 여자의 사진이다.

[사진 속 여자, 누굽니까?]

[지금 그거, 일과 관계있는 질문입니까?]

……끙. 성준은 본전도 못 찾았다는 얼굴을 하며 다시 시선을 돌렸다. 성준이 굵은 헛기침을 하며 신문을 들여다보자 다미안은 반가운 얼굴인 듯 바라보다가 입술을 열었다.

[약혼녀입니다. 결혼을 앞둔.]

[뭐, 뭐라?]

성준은 홱, 고개를 돌리며 다미안을 바라보았다. 그 반응 뭐야. 왜 이래? 이런 표정을 하며 다미안이 쳐다본다.

[약혼녀가 있었습니까?]

[있으면 안 됩니까?]

[겨, 결혼을 앞두고 있다고?]

[앞두고 있으면 안 됩니까?]

아니, 그게 아니라. 아니 내 말은 그게 아니라.

성준은 사진을 한 번, 다미안을 한 번 번갈아 바라보았다. 뭐야 당신. 정채원을 좋아하는 거, 아니었어?

[사랑합니까?]

[질문이 뭐 그렇습니까? 당연한 거 아닙니까?]

[아니 내 말은, 아니, 뭐, 당연하겠지만.]

성준이 차마 채원을 좋아하는 게 아니었냐고 묻지 못하고 말을 빙글빙글 돌리자 다미안은 사진에 손 키스를 남기고는 휴대폰을 주머니에 넣었다. 못 볼 꼴을 봤다는 것처럼 성준의 표정이 험악해지지만 관심 없다.

[내년 봄에 결혼할 겁니다. 청혼도 했고.]

[호우.]

호우. 성준은 환호가 섞인 반응을 보였다. 다미안은 껄끄럽다는 듯 성준을 바라보았다.

[뭡니까, 그 반응. 일에는 지장 주지 않을 테니 걱정 마시죠?]

[하하, 사람, 하하하.]

성준은 크게 웃으며 다미안의 등을 두드렸다. 채원을 좋아하는 게 아니었다니 세상 이렇게 든든한 파트너로 보일 수가 없다.

[미리 축하, 하하. 축하합니다. 결혼식엔 꼭 초대해주길 바랍니다.]

성준은 다미안의 등을 두드리다가 손을 잡고는 크게 흔들었다. 하하, 하하하. 속을 긁으며 나오는 시원한 웃음소리가 로비에 울려 퍼졌다.

[불편한 것이 있으면 뭐든 말해요, 다미안. 뭐든지.]

[허.]

[당신은 우리의 소중한 파트너입니다, 다미안.]

[허…….]

다미안은 다정하게 변한 성준의 자세에 눈꼬리를 올리며 질색했다. 저쯤, 준비를 끝마친 채원이 오고 있다.

"오래 기다리셨어요? 죄송해요!"

채원이 캐리어를 끌며 다가오자 성준이 벌떡 일어났다.

"아냐, 우리도 금방 왔어. 일단 나가자고."

성준은 자연스럽게 다미안의 캐리어를 끌었다.

"자, 가시죠 다들. 다미안, 이쪽으로. 이쪽으로."

어서 오라 손짓하며 성준이 캐리어를 끌어주자 다미안은 허, 하며 혀를 찼다. 어인 일로 캐리어를 끌어주나. 곧 죽어도 해맑은 표정만 짓고 계시던 분께서.

[대표, 오늘따라 왜 저래요?]

[글쎄요. 잘 모르겠는데요.]

다미안을 따라 채원은 앞서 걷는 성준을 바라보았다. 어럽쇼, 뒤돌아 손까지 흔들어주며 웃는다.

……변한다는 말은 저런 뜻이었을까.

"어서! 어서 와! 다미안 씨 조심히 모시고, 어서! 가자고!"

어쩐지 좀, 무섭다 대표님.

"고객들을 위한 공간을 리뉴얼하며 대대적 홍보 수단으로 사용할 예정이니 앞으로 잘 부탁드립니다."

"에어밸런스의 자부심을 걸고 최상의 제품으로 보답하겠습니다. 감사합니다."

백경백화점 대표실에서 긴 회의를 끝낸 성준은 대표이사와 악수를 했다. 백화점은 옥상에 고객들을 위한 공원 설립을 기획했고, 개방형 공간에서도 공기 청정이 가능한 제품을 개발한 에어밸런스와 손을 잡았다.

미세먼지가 연일 치솟는 요즘, 사람들은 다른 무엇보다 맑은 공기를 원했다. 실내가 아닌 실외에서도 맑은 공기를 마실 수 있다면 다른 무엇보다 큰 홍보 수단이 될 거다. 백화점에도 에어밸런스에도 좋은 기회였다.

계약을 순조롭게 마친 뒤 대표실을 나선 성준은 대기 중이던 민권을 바라보며 씩 웃었다. 둘은 엘리베이터에 올랐다. 그제야 성준은 긴장을 풀었다는 듯 가볍게 목을 돌렸다.

"어우, 몇 시간 동안 떠들었더니 진이 다 빠진다."

"수고하셨습니다, 대표님."

"일거리 처리하려면 직원 더 충원해야겠어, 김 실장."

민권은 빠르게 태블릿 PC를 꺼내 그의 지시를 저장했다.

"인사팀하고 상의해서 일정 조율하겠습니다."

"그러자고."

대답을 마친 성준은 엘리베이터 버튼을 가만히 바라보다가 1층을 눌렀다. 민권은 뚱한 표정을 지었다.

"쇼핑하시게요?"

"어머님 화장품이나 사 가. 백화점 온 김에."

"어우, 됐어요. 어머니 화장품은 어머니가 알아서 사시는데요."

"사라면 좀 사."

성준은 민권의 어머님께 화장품을 선물할 생각을 하며 1층에 내렸다.

"진짜 괜찮은데요, 대표님."

"됐어. 네 불효의 7할은 나 때문인 거 알아."

무안한지 민권이 머리를 긁적이자 성준은 힐끔, 녀석을 바라보았다. 한집에 살아도 어머니는 아들 얼굴 보기가 하늘의 별 따기일 것이다.

매번 출장이니 야근이니, 몸이 여러 개라도 모자란 김 실장이었으니까. 자신이 모자 사이를 갈라놓은 원흉이니 어머님께 죄송한 마음만큼 잘할 수밖에.

"저기 한번 가보자."

"네, 대표님."

적당한 브랜드를 찾은 성준은 걸음을 옮겼다. 그러다가 우뚝 자리에 멈췄다. 성준의 시선이 멈춘 곳을 따라 보던 민권도 눈을 동그랗게 떴다.

"……어라? 저분?"

굳이 아는 사람이 아니라 해도 시선을 강탈할 만한 패션, 분위기.

"맞죠, 대표님? 그때 강형재 군 위혼제 치러준 무속인이요."

"그런 것 같은데."

백화점 1층, 가장 큰 메인의 자리에 위치한 고가의 주얼리 가게에 곽씨가 머물고 있다.

성준은 매장 유리창 너머에 있는 곽씨를 가만히 바라보았다. 그 뒤엔 낯이 익은 곽씨의 비서가 서 있다. 한차례 쇼핑을 끝낸 뒤였는지 비서가 들고 있는 쇼핑백의 개수가 살벌하다.

"대표님. 그런데 저분, 무속인치고 좀 독특하지 않아요?"

문득 위혼제 때 마주했던 곽씨의 눈빛이 떠올라, 성준은 곽씨에게서 시선을 떼지 못했다.

"뭐랄까, 보통 무속인이라고 하면 그려지는 일반적인 이미지가 아니라서 그런 걸까요?"

"독특하긴 한 것 같다. 유명한 사람인가?"

"주옥선 여사님이 위혼제를 맡길 정도면 명성깨나 있으신 분이겠죠. 아무에게나 맡기진 않았을 테니까요."

반짝거리는 것에 정신이 팔려 세상을 다 가진 듯한 표정을 짓고 있는 곽씨는, 민권의 말대로 좀 독특한 구석이 있어 보였다.

"주 여사님 비서 통해 들은 이야기인데, 저분이 강형재 군의 사망 일자와 사인을 정확하게 맞췄다고 합니다. 보통 실력은 아닌 모양이에요."

뭐라고 콕 집어 말할 수는 없는데 어딘가 석연치 않은 구석이 있는 건 정말 무속인이라는 사실 때문인지 아닌지 잘 모르겠다.

어차피 아는 사람은 아니니 걸음을 돌리려던 그때. 그를 발견한 단희가 곽씨에게 빠르게 다가가 귓속말을 했고, 곽씨는 고개를 돌려 유리창 밖 성준을 바라보았다. 손에는 커다랗고 휘황찬란하게 빛나는 주얼리를 들고, 곽씨는 씨익, 그를 향해 웃었다.

곽씨가 고개를 약간 숙이며 인사를 건네오니 성준도 얼떨결에 따라 인사를 건넸다. 무언가 꿰뚫어 보고 있다는 것처럼 여유 있게 웃는 곽씨의 표정이 달갑지 않아, 성준은 그대로 시선을 돌렸다.

"가자."

"네, 대표님."

아. 이거 하나만은 확실하다.

"저 사람, 김 실장이 좀 알아봐."

"네. 알겠습니다, 대표님."

만날 때마다 기분 나쁜 사람이다.

"선생님, 에어밸런스 대표가 밖에서 선생님을 보고 있습니다."

"에어밸런스? 대표? 그래?"

반짝거리는 것을 보면 광적으로 홀려 눈을 빛내던 곽씨는 천천히 옆으로 시선을 돌렸다. 매장 바깥에 에어밸런스 대표가 서서 자신을 바라보고 있다.

곽씨는 태연하게 웃었다. 그러곤 까딱, 목을 움직이며 인사를 건넸다.

필러를 맞아 그다지 자연스럽지 않은 입꼬리가 올라가자 별 대응 없이 대표가 돌아서 갈 길을 간다. 곽씨는 그가 돌아서자마자 웃음을 뚝 그쳤다.

"별로 달갑지 않은 인물을 만났네. 쇼핑할 맛 떨어지게."

주옥선 여사와 가까운 인물이니, 마주친 것이 반가울 리는 없다. 짜증이 난다는 것처럼 곽씨는 들고 있던 주얼리를 직원에게 건넸다.

억 소리 나는 보석이니 장갑을 끼고 두 손으로 받아 든 직원이 잠시 자리를 비우자 곽씨는 흥미가 떨어진 눈빛으로 단희를 바라보았다.

"얘."

"네, 선생님."

"공사 오늘이라고 했어?"

"네, 오늘입니다."

"너도 좀 가봐. 내 뒤만 졸졸 따라다니지 말고."

"아…… 네, 선생님."

곽씨는 먼지 한 톨 묻어 있지 않은 거울로 자신의 얼굴을 바라보았다. 백화점을 유달리 좋아하는 건 조명 아래 자신의 얼굴이 다른 어느 곳보다 만족스러웠기 때문이다.

"작은 공사니까 별일은 없겠지만 얘, 그렇게 일을 남의 손에만 맡기고 뒷짐 지고 서 있는 거 아니야."

"알겠습니다, 선생님."

"그럼 난 이따가 걔랑 통화 좀 할게. 시간 잘 맞추고."

"네, 저…… 그런데요."

웅? 거울을 들여다보던 곽씨는 시선을 돌리며 거울 속에 비치는 단희를 바라보았다. 노상 단답형으로 끝나던 말 뒤에 '그런데요'가 붙으니 당황스러운 거다.

"선생님께 여쭤고 싶은 것이 있어서……."

"뭔데?"

"선생님 하시는 일에 크게 도움은 되지 않을 것 같은데 굳이 이렇게까지 하시는 이유가⋯⋯."

"뭐야?"

곽씨는 빙글, 의자를 돌려 단희를 바라보았다. 이게 말이야 방귀야? 이런 눈빛을 하며, 이번엔 황당하다는 표정을 지었다.

"너는 하라면 할 것이지 뭔 그런 질문을 해? 내가 너한테 하나하나 다 설명해야 하니? 응?"

"⋯⋯죄송합니다, 선생님."

"얘가 이제 맞먹으려고 드네. 오갈 곳 없는 비행청소년 데려다가 이만큼 키워놨더니, 내가 호랑이 새끼를 키운 거야? 응?"

"아닙니다. 죄송합니다."

곽씨는 질문 자체가 불쾌하다는 표정을 짓고 단희를 바라보다가 입술을 삐죽거리고는 다시 거울로 시선을 돌렸다.

"재미있잖아."

곽씨의 답에, 단희는 움찔했다.

"재미있지 않아? 별것도 아닌 일에 벌벌 떠는 사람들 보면, 난 그게 그렇게 재밌더라."

"⋯⋯."

"내 말 한마디에 다른 사람 인생이 바뀌는 거, 너무 짜릿하잖아. 내가 무슨 낙으로 살겠니. 이런 거나 사고 그런 거나 보면서 사는 거지."

"네, 선생님."

"단희야, 신이 별거니? 그거 별거 아니야. 남의 인생 쥐락펴락하면 그게 신인 거지. 천하를 호령하는 것 같잖아."

때마침 새로운 주얼리를 들고 직원이 나타난다.

재미있잖아.

단희는 입술만 사리물었고, 곽씨는 다시 눈을 빛냈다.

평범한 직장인이 2억을 갚을 수 있는 확률은 얼마나 될까?

"주말 알바를 하고…… 번역 일을 좀 더 하면……."

몸이 부서져라 미친 듯이 일만 해서 벌어들이면 추가 소득 180만 원 예정. 그걸로 2억을 갚으려면.

"1년에 2천만 원 정도 잡으면, 2억에 10년……."

채원은 빙글빙글 돌리던 볼펜을 툭 던지듯 내려놓았다.

벌어서 갚는다는 것은 불가능한 일이다. 120개월 할부를 해주지 않는 이상 가망이 없다, 가망이 없어.

"후…… 꼼짝없이 그냥, 뭐, 방법이 없는 거니까."

채원은 잡생각을 지우려는 듯 다시 볼펜을 들었다. 쓱쓱 종이에 적었던 숫자들을 지우며 시무룩한 표정을 지었다.

돈을 받았으니 책임을 져야 한다. 2억은 적은 돈이 아니다. 아니, 돈이 적건 많건 간에 할 수 있다고 수락을 했다면 약속은 지켜야 하는 거다.

"나도 안다……. 안다고……."

휴……. 채원은 연거푸 한숨만 내쉬며 턱을 괴었다.

"뭘 알아. 뭘 아는데 그렇게 한숨이 깊고 길어."

들려오는 성준의 음성에 채원은 고개를 들었다. 빠르게 다이어리를 덮으며 채원은 입을 열었다.

"뭘 알긴요. 제가 뭘 알겠어요. 아무것도 아는 게 없는데."

"야근인 거 눈치챈 건 아니고?"

"그거야말로 정말 모르고 싶은 일이네요."

아아. 야근 확정인가. 채원이 미래를 보고 온 사람처럼 너털웃음을 흘리자 성준은 손목시계를 들여다보았다.

서울에 올라온 다미안은 본격적으로 일에 착수했고, 채원은 때때마다 보내오는 그의 메일을 번역했다. 성준은 무심결에 채원의 눈이 충혈된 것을 보고는 그녀의 책상을 내려다보았다.

"아직 일이 많은가?"

"야근 확정 지으신 분께서 하실 질문은 아닌 것 같은데요."

"농담이지. 전부 퇴근했는데 무슨 야근."

"일은 거의 다 했어요. 남은 건 집에 가서 해도 될 것 같긴 해요."

으자자자, 채원은 기지개를 켜며 스트레칭을 했다.

"대표님도 퇴근이세요?"

"가야지. 너도 없는데 내가 남아서 뭐 해."

"회사 운영 잘하고 계신 거 맞죠? 월급 걱정이나 노동청 전화번호 같은 건 모르고 살아도 되는 거죠?"

"이 사람이, 내가 오늘 밖에서 얼마나 바쁘게 일거리를 물어왔는데 그런 섭섭한 소리를."

성준이 눈썹을 꿈틀거리며 답하자 채원은 전보다 밝은 웃음을 터트렸다. 외근하랴, 돌아와 회의하랴, 결제하랴, 사업 추진하랴, 그는 온종일 바빴다.

"이거."

"네?"

뒤에 걸어놓은 가방에 짐을 넣던 채원은 성준의 음성에 책상 앞으로 고개를 돌렸다. 그가 책상에 명품 쇼핑백을 내려놓자 채원은 눈을 동그랗게 떴다.

"이게 뭐예요?"

"열어봐."

채원은 뜻밖의 로고 앞에 주저주저하다가 빼꼼, 안을 들여다보았다. 어라, 뭐가 자잘하게 많이 들어 있다.

"이게 뭔데요?"

물어도 답이 없다. 채원은 가만히 성준을 바라보다가 쓱, 손을 넣어 포장된 작은 상자 하나를 꺼냈다.

"설마 화장품? 아? 화장품 맞네? 갑자기 웬 화장품?"

서둘러 포장을 뜯었다. 기초화장품이 종류별로 들어 있다. 멀뚱멀뚱 화장품을 바라보던 채원은 서글픈 표정을 지으며 손으로 제 뺨을 가렸다.

"제 피부가 그렇게…… 별로예요……?"

"아, 아니. 뭔 소리야."

"그럼 갑자기 이런 건 왜 주시는 건데요?"

"……그냥?"

그냥? 성준이 시원찮은 대답을 내어놓자 흠, 채원은 숨을 크게 내쉬었다. 아니 이렇게 비싼 브랜드의, 그것도 가장 고가 라인을 들고 와서 느닷없이 선물이라니.

그냥? 채원은 성준의 얼굴을 빤히 바라보았다. 뚫어지게 쳐다보자 그의 얼굴이 점점 붉게 변한다.

"반응이 상상했던 것과 첨예하게 다른데, 혹시 나 뭐 실수했나?"

"예상한 반응은 뭔데요?"

"아니, 뭐, 어떻게 이런 걸 골랐냐, 센스 있다, 잘 쓰겠다, 너무너무 마음에 든다, 등등등."

"뜬금없잖아요. 갑자기 이런 비싼 선물을 주시니까."

"김 실장 어머님 드릴 선물 사러 갔다가 직원이 영업을 잘해서. 영업당한 것뿐이야."

"아……."

채원은 화장품을 내려다보다가 웃음을 터트렸다. 화장품이 슬슬 떨어져가던 건 또 어떻게 알고.

"만나는 직원분들마다 눈썰미가 좋네요. 구두 사이즈도 추천해주고 화장품도 추천해주고."

"……."

"감사하고 좋긴 한데, 자꾸 이런 거 빈손으로 받기 무안하단 말예요."

얼마 전, 구두의 값을 인터넷으로 확인하고 기절초풍할 뻔했다. 호텔 지하에서 구매한 것을 감안하였음에도 예상한 단가를 우습게 넘기는 가격을 보고 나니, 구두를 못 신겠더라. 안 그래도 덥석 구두를 받은 것이 마음에 걸려 어떻게 갚아야 하지, 내내 그 생각뿐이었는데.

"대표님 혹시 오늘 저녁에 뭐 하……."

"없어. 아무것도. 나 스케줄 없어. 집에 가서 혼자 외롭게 혼밥해야 하는 일정밖엔 남은 거 없어."

세상에. 질문이 끝나기도 전에 답을 한다.

"왜, 뭐, 나랑 놀아주게?"

"……너무 전투적이시라 갑자기 생각이 복잡해지네요."

"뱉은 말 무를 생각 말고 일어나 빨리. 시간 없어."

어서 일어나라며 주섬주섬 화장품을 쇼핑백에 담아주는 성준을 바라보다가, 채원은 일어났다.

그래. 저녁 한 끼 정도 사드려야겠다.

"그럼 제가 저녁 사드릴게요."

"여어……."

저녁을 사주겠다 하니 대책 없이 좋아한다. 채원은 그런 성준을 바라보다가 마저 짐 정리를 했다.

가방을 가지고 나올 생각인지 대표실에 들어간 성준은 잠시 PC 모니터를 바라보다가 썩은 표정을 하며 다시 나왔다.

"아, 미안한데 나 30분, 아니, 15분만 시간 줘라. 메일 하나 급하게 처리해줘야 해서."

"네, 그러세요. 천천히 하셔도 돼요."

성준은 일분일초가 급하다는 듯 서둘러 대표실로 들어갔고, 채원은 투명한 유리창 안으로 보이는 성준을 물끄러미 바라보았다.

……2억, 갚고 싶다. 돈을 돌려드릴 테니 영혼결혼식 같은 건 없던 일로 되돌릴 순 없겠느냐고, 사정사정하고 싶다. 이런저런 비난을 감수해야 한대도 전부 다 할 테니.

"사내 연애 하는 것 같다. 기분이 꼭 퇴근 같이하려고 기다리는 여자친구 같네."

갚고 싶다. 없던 일로, 되돌리고 싶다.

"여보세요?"

성준이 빠른 퇴근을 위해 업무에 돌입한 그때, 화장실에 들른 채원은 걸려온 전화를 받았다.

— 나예요, 정채원 씨.

"네, 안녕하세요."

곽씨의 전화다.

— 요즘 어떻게 지내고 있는지 궁금해서.

"아…… 그냥 뭐, 똑같아요."

— 똑같으면 쓰나. 매일매일 더 열심히 정성을 바쳐야지.

손을 씻은 채원은 탈탈 털고 휴지를 뽑아 들다가 잠시 멈췄다. 별말을 하지 않아도 뭘 알고 하는 이야기처럼 들려, 가슴 언저리가 뜨끔했다.

— 요즘 정성이 부족한 모양이야. 해이해진 모양이지?

"……나름 열심히 하고 있습니다."

뱉는 말에 따가움이 일어 마른침을 삼켰다. 무슨 까닭인지 곽씨의 말이 이어지질 않는다. 오히려 그것이 더 긴장되었다.

— 이봐요, 정채원 씨.

"네."

— 나는 여기서도 당신을 다 보고 있다고.

온몸에 소름이 돋았다. 목소리에 한기가 느껴져 채원은 거울 속 자신을 바라보았다. 딱딱하게 굳은 자신의 얼굴이 낯설게 느껴졌다.

— 천도제까지 먼 길인데, 벌써부터 그렇게 해이해지면 되겠어요?

"아…… 그게요."

— 그럴 수 있어. 그럴 수 있지만 전부를 다 믿어야 한다니까. 내 말이 무슨 말인지 모르나 봐, 정채원 씨.

진심으로 정성을 다하고 있다는 반발은 할 수 없었다. 거짓말이 들킨 것처럼 머리가 두두두두 울려 눈앞이 캄캄해졌다가 밝아지기를 반복했다. 휴대폰을 쥐고 있는 손에 땀이 고여 들었다.

— 정성을 다하지 않으면 주변에 불순한 일이 벌어질 거라고 했잖아요.

"네……?"

입술이 말라 버석거렸다.

— 아버지가 병원에 계신다고 했지?

"아…… 그건 갑자기 왜……."

초점을 잃은 동공이 커졌다. 손이 덜덜 떨려 잡고 있는 휴대폰을 놓칠 뻔했다.

아찔한 이야기를 전하는 와중에도, 곽씨의 음성은 편안했다.

— 이건 시작에 불과할 거야. 당신이 정성을 다하지 않거나, 내 말을 새겨듣지 않으면.

"……."

— 어서 아버지 병원에 가봐요. 기도하던 도중에 어쩐지 좋지 않은 광경을 본 것 같으니까.

어쩐지 곽씨는 웃고 있는 것도 같았다.

"……어라?"

낯선 사내의 음성이 단희의 귓가에 걸린다. 곽씨의 명에 따라 사람을 섭외한 단희는 채원의 아버지가 있는 병원에 작은 소란을 일으켰다.

먼발치서 문제가 없다는 걸 확인한 뒤, 단희는 섭외한 사내가 자리를 무사히 빠져나가는 것을 보고 나서야 걸음을 틀었다.

"어어?"

서둘러 병원을 빠져나가려던 단희는 코앞에서 마주친 사내의 음성에 우뚝 멈춰 섰다.

"안녕하세요. 저 기억나세요? 그때 그 날치기."

"아……."

날치기 사건 때 자전거를 내던져 도와준 사내를 마주쳤다. 뜻밖의 상대를 마주쳤음에, 단희의 두 눈은 커졌다.

아아. 이 사람. 이름이 뭐였더라. 정든이라 했던가? 그런 이름이 었던 것 같은데.

"네, 안녕하세요."

상냥하게 웃고 있는 사내를 바라보던 단희는 건조한 인사를 건넸다. 그의 이름이 정확히 기억나질 않는다.

"네, 안녕하세요. 이런 곳에서 또 만나네요. 단희 씨, 맞죠?"

"네."

타인이 자신의 이름을 기억하고 있음은 그다지 반가운 일은 아니다. 단희의 표정은 딱딱하게 굳었다.

"그런데 단희 씨가 여긴 어쩐 일이세요? 누구 문병 오신 거예요?"

"아, 뭐, 네."

빨리 자리를 떠야 하는데, 어쩐지 발이 묶여 옴짝달싹을 할 수 없다.

"그렇구나. 저는 아버지가 여기 계세요."

"네."

병원에 계신다는 그의 아버지가 정채원의 아버지와 같은 사람인 줄은 모르고 단희는 흘려 넘겼다. 살면서 그런 희박한 우연이 닿을 거라고는 한 번도 생각해본 적 없었으니까.

꽤 가까운 거리에서 누군가와 시선을 마주한다는 것이 껄끄러워 단희는 고개를 숙였다. 그런 시선에 스치는 꽃다발.

그는 꽃을 들고 있었다. 그녀의 시선이 꽃에 닿자 이든은 자신이 쥐고 있던 꽃을 내려다보다가 웃었다.

"저희 아버지가 꽃을 좋아하시거든요. 요 앞에 산책로에 떨어진 꽃들 주워왔는데, 예쁘죠?"

"네, 예쁘네요."

"꽃병에 꽂아놓으려고요. 간호사 누나가 병실에 꽃 꽂아놓는 거 별로 안 좋아하는데, 가끔은 봐주거든요."

처음 보는 사람과도 경계 없이 사사로운 대화를 나눈다. 그것이 생경하게 느껴져 단희는 머뭇거리다가 이든을 올려다보았다. 한 줌의 의심도 불신도 없는, 그의 눈빛.

"아 맞다. 그때 날치기 일은 잘 처리된 거죠? 그 후로 어떻게 됐나 궁금했는데."

"네. 잘 처리했습니다."

"그래요? 다행이네요."

이든은 다행이라며 웃었다. 그 웃는 얼굴에 가슴이 뜨끔거려, 단희는 서둘러 시선을 피했다.

시간이 없다. 이젠 정말 자리를 떠야 한다.

"그럼 가볼게요."

"아, 저기, 이거."

그를 스쳐 지나려던 단희는 다시 멈췄다. 제 앞으로 내미는 꽃 한 송이에, 단희는 입술을 작게 벌렸다.

"비 온 뒤에 떨어진 거라 모양새가 좀 별로긴 한데, 그나마 제일 멀쩡한 걸로 드릴게요."

"……."

"달맞이꽃인데, 시기상 원래 좀 더 있어야 꽃이 피거든요. 요즘은 더워서 그런지 벌써 꽃이 폈더라고요."

"이런 걸 저한테 왜 주는 거죠?"

"네? 아, 달맞이꽃은 꽃말이 좀 많은데, 기다림, 마법, 소원 등등?"

이든은 연약한 꽃을 둥글게 돌렸다.

"가져가서 소원 하나 빌어보세요. 이대로 버려지긴 너무 예쁘잖아요."

이대로 버려지긴 너무 예쁘잖아요.

단희는 뜻 없는 그의 말에 입술을 꾹 깨물었다. 낯선 이에게 무얼 받아본 적이 없는 그녀는 고민하는 눈매를 하다가 어색하게 손을 내밀었다.

……꽃을 받았다.

"감사……."

그때였다.

"이든 씨! 이든 씨!"

누군가 부르는 소리에 이든은 뒤를 돌았다. 간호사가 파랗게 질린 얼굴을 하고 크게 손을 흔든다.

"빨리 와요! 빨리! 큰일 났어! 빨리 와요!"

"네에? 큰일이요?"

이든은 가보겠다는 말도 하지 못한 채 주춤하며 단희를 바라보다 곧장 달려갔다. 단희는 뛰어 들어가는 그의 모습을 바라보다가 꽃을 내려다보았다. 빙그르르, 노오란 빛깔의 꽃을 돌렸다.

이대로 버려지긴 너무 예쁘잖아요.

잠시 생각에 잠긴 눈을 하던 그녀는 다시금 몸을 움직여 병원을 빠져나갔다. 가져가 소원을 빌어보라니. 지금이 어느 시대인데 그런 얼토당토않은 말을 잘도 내뱉는다.

단희는 비치된 쓰레기통에 꽃을 버리려고 했다가 다시 팔을 내렸다. 망가질까 봐 주머니에 넣을 수도 없겠고, 가져가려면 들고 있는 수밖에.

"……소원. 빌고 싶어도 빌 것도 없는데."

단희는 병원을 빠져나갔다.

소원 같은 게 있을 리가. 그런 게, 있을 리가.

"이든아!"

곽씨의 전화를 받고 그대로 병원으로 달려온 채원은 동생을 발견했다.

"어? 누나!"

"뭐야, 무슨 일이야. 무슨 일인데!"

"무슨 일이냐니? 그게 무슨 소리야?"

화장실에서 화병에 물을 받아 나오던 이든은 겁에 질린 누나의 얼굴을 바라보았다. 앞뒤 잘라버리고 무슨 일이냐고 물으니.

아니, 사실은 질문보단 지금 누나의 표정이 더.

"무, 무, 무슨 일 있는 거 아니야? 없었어? 아빠는, 아빠는 괜찮아?"

누나는 얼이 빠져 있었다.

"아빠 어딨어? 병실에 아빠 없던데? 아빠 어딨어?"

"아빠? 아빠 조금 전에 병실 옮겼어."

"왜? 왜? 왜?"

"아니, 병원 복도에서 작은 불이 났는데 아빠 병실하고 가까워서 연기가……."

"불? 불이 났다고? 불이 났다고?"

누나는 금방이라도 울 것 같은 표정을 했다. 이든은 누나의 이런 모습이 당황스러워 느리게 눈을 감았다가 떴다.

"아빠 괜찮아? 아빠, 아빠 괜찮아? 다친 곳은 없어?"

"어…… 다친 곳은 없는데……."

"아니, 내 눈으로 봐야겠어. 아빠한테 가자, 빨리. 어디야? 병실 어딘데? 아빠 어디 있어?"

"아니, 잠깐 누나. 잠깐만."

막무가내로 자신을 끌어당기니 이든은 누나의 팔을 잡으며 멈춰 세웠다. 넋이 나간, 겁에 질린 누나의 얼굴엔 핏기가 없었다.

"누나 왜 그래? 무슨 일 있었어?"

"불이 났다며…… 불이……."

"작은 불이었어. 금방 껐고. 연기가 좀 들어가서 환기하는 동안 병실 옮겨주신다고 해서 바꾼 거야. 아빠는 괜찮아, 누나."

"……."

"누나, 괜찮아? 내 눈엔 누나가 안 괜찮아 보이는데?"

"하……."

채원은 병원 복도에 털썩 주저앉았다. 심장이 터질 듯 뛰어올라

숨을 헐떡거렸다. 이든은 무릎을 굽혀 앉으며 누나의 얼굴을 관찰했다.

"왜 그래. 무슨 일인데. 응? 누나."

초점도 제대로 맞질 않는 눈빛을 한 채, 누나는 거칠게 숨을 내쉬었다.

"누나, 그런데 병원엔 갑자기 왜 왔어? 온다는 말 없었잖아."

……이상하다. 별일 아니었기에 누나가 걱정할까 봐 말하지 않으려고 했는데.

누나는 어떻게 알고 이 밤에 뛰어온 걸까. 병원에서 연락이 갔을 리도 없는데.

"누나, 누나."

"나 때문이야, 나 때문이야……."

"그게 무슨 말이야."

누나는 공포에 질려 있었다. 기어이 표정을 잃어버린 얼굴로, 누나는 울음을 터트렸다.

"나 때문…… 나 때문이야……."

한기가 든 것처럼 몸을 벌벌 떨면서.

"화재 원인 찾아봤는데 복도 휴지통에서 붙었어."

"휴지통요? 휴지통에 무슨 발화 물질이 있어서 불이 붙어요?"

병원 보안실에 내려간 이든은 화재 원인을 찾고 있는 관계자를 만나 대화를 나누었다. 평소 친분이 있는 관계자는 고개를 갸우뚱했다.

"내 말이 그 말이야. 우리도 지금 그게 의심돼서 CCTV 돌려 보고 있는 중인데 아무 정황 없이 갑자기 휴지통에 불이 붙네? 희한하게."

"좀 볼 수 있을까요?"

"잠깐만."

관계자는 CCTV를 돌려 휴지통에 불이 붙는 정황을 보여주었다. 아무도 없는 텅 빈 복도. 휴지통에서 연기가 올라오더니 금세 불이 붙는다.

화면을 몇 번이고 돌려보던 이든은 허리를 펴고 일어났다.

"고의 방화는 아니고요?"

"모르겠어. 일단 방문객들 현황을 조사하고 있는데 그건 시간이 좀 걸릴 것 같고."

"확인해주세요. 병원 휴지통에 불이 붙는 것도 쉬운 일은 아니잖아요."

"알았어. 찾아볼게."

"경찰에 신고도 해주시고요."

"기다려보라니까 그러네. 뭐가 나와도 나오겠지."

휴지통 바로 옆은 아버지 병실이었다. 느닷없이 불이 붙는다는 것도 미심쩍거니와, 고의 방화라면 그냥 넘어갈 일은 아니었다.

이든은 보안실을 나서며 잠시 병원 밖 벤치에 앉았다.

나 때문이야……

누나는 왜 그런 말을 했을까. 이든은 이해가 되지 않아 염려가 많은 시선을 들어 하늘을 올려다보았다.

상태가 영 좋지 않은 누나를 어르고 달래 집으로 돌려보낸 이든은 들고 나온 휴대폰만 만지작거렸다. 그러다가 용기가 난 듯 누군가에게 전화를 걸었다.

— 네. 한성준입니다.

다름 아닌 누나의 회사 대표였다.

"안녕하세요, 대표님. 저는……."

— 네. 정이든 씨죠. 알고 있습니다.

어라, 내 전화번호를 어떻게 알지.

이든은 잠시 당황한 듯 눈을 깜빡거리다가 그래, 맞다, 대리운전을 하며 대표님과 통화를 했으니 번호가 남았겠구나, 라고 생각했다.

명함에 있던 전화번호를 저장한 까닭에, 미처 자신의 번호가 상대에게 남았을 거란 걸 잊었던 이든은 머쓱하게 웃었다.

"늦은 시간에 죄송합니다."

— 아닙니다. 아무 때나 연락주셔도 전혀 문제없습니다.

저녁 10시. 갑자기 왜 대표님께 전화를 걸었을까. 이 상황에 왜 대표님이 떠올랐을까.

이든은 어쩐지 하면 안 될 일을 충동적으로 저질러버린 것 같은 생각에 입술을 꾹 깨물었다.

"대표님 아직 회사세요?"

팩스 받는 소리가 들려온다. 말과 말 사이의 묵음이 길어져, 이든이 물었다.

— 네, 아직 회사입니다. 밥을 사겠다던 사람이 갑자기 증발해서.

"아."

그게 본인 누나일 거라곤 생각도 못 한 채 이든은 고개를 끄덕였다.

"그럼 아직 식사도 못 하셨어요?"

— 증발한 사람 기다리는 중입니다. 갑자기 사라져서 걱정도 되고.

말을 섞다 보니 어쩐지 증발한 위인이 누나인 것 같다는 생각이 강력하게 밀려들기 시작했다.

"혹시 그 증발한 사람이 저희 누나……."

— 뭐, 부정은 못 하겠네.

"아……."

이든은 잠시 침묵하다가 입을 열었다.

"누나는 집으로 갔어요."

— 네, 그렇군요.

"저, 뭐 하나만 여쭐게요. 혹시 오늘 회사에서 누나 무슨 일 있었나 싶어서요."

너무 많은 의미가 깃든 질문을 하자 당황한 건지 생각이 많아진 건지, 대표의 답은 이어지지 않았다. 이든은 다시 말을 이었다.

"조금 전에 누나가 아버지 병원에 잠깐 왔다가 갔는데, 뭐가 좀 이상했거든요."

— 아버님 병원에…… 말입니까?

"네. 뭐, 병원에 작은 일이 있었는데 어떻게 알고 온 건지 미친 듯이 달려와서는 이상한 소리만 해대더라고요."

— ……아.

의자를 끄는 소리가 들린다. 대표가 일어선 건지, 앉은 건지, 알 수는 없었지만.

— 자세히 좀 들을 수 있겠습니까? 안 그래도 정채원 씨가 가방을 그대로 두고 사라져서, 무슨 일이 있나 했는데.

"아, 그게요. 그러니까."

이든은 생각이 나는 대로 조금 전의 상황을 회상하며 설명했다. 왜 이런 설명을 대표에게 하고 있는 건지, 왜 누나의 안위를 회사 대표에게 묻고 있는 건지, 본인도 혼란스러웠지만.

어쩐지 자신만큼이나 누나의 현재 상황을 진지하게 들어주고 걱정해줄 사람, 대표뿐인 것 같았다.

— 병원에 불이 났다는 얘기입니까?

"네. 소란에 비해 불은 금방 꺼졌어요. 그런데 병원에서도 그렇고 저도 그렇고 누나한테 딱히 연락을 한 건 아니었거든요."

— 아버님은 괜찮으신 겁니까? 계속 얘기해주세요.

어쩐지 그런 생각이 맴돌았다.

'누나가 좀 이상했어요. 자신 때문에 불이 났다는 말만 되풀이하고 몸을 막 떨고. 무서워하는 것 같더라고요.'

성준은 통화가 끊긴 휴대폰을 내려다보았다.

'뭔가에 쫓기는 사람 같기도 했고, 뭐랄까요, 아…… 저도 잘 모르겠어요. 모르겠는데 이를테면 귀신이라도 본 사람처럼…….'

동생도 경황이 없는지 횡설수설했다. 누나의 그런 모습은 생전 처음이라며, 회사에서 무슨 일이 있었던 건 아닌지 재차 확인을 하더라.

문제는 없었다. 화장품을 선물할 때만 해도, 15분만 기다려달라 말했을 때만 해도 그녀는 평온해 보였으니까.

"귀신이라도 본 사람처럼……."

귀신. 귀신이라.

성준은 어쩐지 잊히지 않는 단어를 곱씹었다. 낮에 무속인과 마주친 까닭인지, 단어가 머릿속으로 깊숙하게 박히는 느낌이 들었다.

'혹시 채권자 중 누군가 의도적으로 불을 지른 건 아닙니까?'

'그건 아닐 거예요. 빚쟁이들이 그랬다면 분명 자신들이 그랬다는 정황을 남겼을 테니까요.'

가방도 놓고 겉옷도 의자에 걸어둔 채 그녀가 사라졌다. 두어 번 전화를 걸어보았는데 받질 않더라.

갑자기 사라질 만한, 짐작이 가는 이유가 하나도 없어 무작정 기다렸다. 내일로 미뤄두었던 일들을 하나하나 처리하며, 가끔 밖을 살펴보기도 하고 울리지 않는 휴대폰으로 시선을 주기도 하고. 그러다가 그녀 동생에게 전화가 걸려왔다.

"뭐가 뭔지 하나도 모르겠네."

흠. 성준은 연결 고리가 없는 단어들만 종이에 쓱쓱 적었다. 갑자기 달려간 이유도 모르겠고, 무얼 알았기에 그토록 겁을 먹었는지도 모를 일이고.

……정신이 쏙 빠진 누나를 부축해 택시 태워 집에 보냈다고 하니, 우선 마음은 좀 놓겠다.

성준은 유리창 너머 보이는 채원의 가방과 재킷을 바라보았다. 대표실 서랍에 보관해줄까, 그냥 저대로 놓고 가도 되려나.

채원의 가방을 대표실에 보관해줘야 하나 말아야 하나, 그런 것들이 고민으로 다가오던 그때.

"뭐야."

구두 소리가 천천히 들리더니 그녀가 모습을 드러냈다.

성준은 빠르게 의자에서 일어섰다. 급하게 걸어 앞으로 나아갔고, 대표실 문을 열었다.

"뭐야, 집에 안 갔어?"

그녀는 떨며 서 있었다.

"왜 그래, 무슨 일인데."

성준은 채원의 두 팔을 붙잡았다.

"말해봐. 괜찮으니까 다 말해봐. 무슨 일인데."

다리가 후들거려 바르게 서 있지도 못하는 그녀의 상태를 보다가, 성준은 그녀 얼굴로 시선을 올렸다.

……몇 시간 사이 그녀는 전혀 다른 사람이 된 것만 같았다. 풀린 눈빛에 눈물이 매달려, 작아진 어깨가 더욱 연약하게만 느껴졌다.

"채원아, 채원아."

채원아.

어떤 말에도 반응 없던 그녀가 천천히 시선을 들어 올린다. 무엇이 일치한 걸까. 불러준 제 이름에 연인이었던 기억을 끄집어낸 것처럼, 그녀의 시선엔 더욱 눈물이 끓어올랐다.

바라보기만 해도 뜨거워, 데일 것만 같았다.

"괜찮아. 말해봐. 다 말해, 괜찮으니까."

무엇이 너를 이토록 위태롭게 만들었을까. 내가 알고 있는 너의 비밀이, 전부는 아닌 것 같다는 생각이 밀려드는데.

"괜찮아. 말해봐. 내가 여기 있는데 뭐가 걱정이야. 말해봐."

연거푸 괜찮다고, 괜찮다고, 그녀를 위로하던 그는 심장이 터질 것 같아 입술을 꽉 깨물었다.

바들바들 떠는 어깨를 붙잡고도 성에 차지 않아 안았으면 좋겠는데. 너를, 안고 위로하면 좋겠는데.

"무슨 일 있었어? 누가 뭐라고 했어? 무슨 일인데. 응? 무슨 일인데."

……너도 힘들고 나도 힘든 시간.

말을 잃고 차오른 눈물만 쓱쓱 지워내던 그녀가 조금씩 어깨를 들썩거리기 시작했다.

"나 믿지? 나 믿고 다 말해. 전부 다. 내가 다 해결해줄 테니까 전부 다 말……."

"대표님……."

그녀는 또 한번의 눈물을 터트렸다. 도대체 어떻게 참고 여기까지 올라왔나 싶을 만큼, 쉴 새 없이 눈물이 흘렀다.

"대표님……."

"그래. 나 여기 있어. 듣고 있으니까 말해봐."

그는 침착하게 굴었다. 너의 힘든 일이 나의 것이라면 얼마나 좋을까, 하는 마음은 점점 커져가는데.

흔들리는 어깨만 붙잡고 있기엔, 내가 지금 너를 가만히 두고 있기가 너무 힘이 드는데.

"내가요, 대표님께 결혼했다고 거짓말도 하고, 잘못한 일 많은 것도 아는데요……. 다 아는데요……."

그의 세상은 흐르는 것을 포기했다. 내가 지금 너에게 무슨 말을 들은 건가, 귀를 의심해볼 여유도 없었다.

"그래도 진짜, 진짜 열심히, 뭐든 끝까지 열심히 다 해보려고…… 해보려고…… 했는데……."

두서없이 쏟아지는, 이어질 다음 말을 미리 들은 것만 같은, 그녀 목소리는 늦은 밤의 사무실을 처량하게 물들였다.

"미안해요……."

"……."

"나…… 이제 대표님이랑 일 못 할 것 같아요……."

그녀를, 끌어안았다.

멀어지지만 말아

안았다. 안아버렸다.

내가요, 대표님께 결혼했다고 거짓말도 하고,

잘못한 일 많은 것도 아는데요…….

내 안에 너를 밀어 넣고 싶은 심정으로, 더 이상 끌어올 수 없을 만큼 꽉 안아 품에 가뒀다. 이 작은 몸에 얼마나 많은 것이 쌓여 있었던 건지, 가늠도 할 수 없었다.

미안해요…….

그녀가 쏟아내는 눈물로 가슴팍이 젖어들었다.

나…… 이제 대표님이랑 일 못 할 것 같아요…….

엉겁결에 결혼하지 않았다는 말을 들었으나 기쁘지 않았다. 언젠가 진실을 알게 되면 느낄 것만 같던 환희도, 감동도, 무엇도 찾아오지 않았다.

"미안해요……. 미안해요……. 나 진짜, 나 진짜 열심히, 열심히 해보고…… 싶었는데……. 끅, 끅…….."

"괜찮아. 괜찮아. 다 괜찮아."

"못 할 것 같아요……. 하면 안 될 것 같아요……."

"괜찮아. 괜찮다니까 그러네. 괜찮아. 괜찮아."

몸 안 가득했던 물기를 전부 끄집어낼 작정인지, 울음은 쉽게 그치지 않았다. 심장이 터질 듯 뜨겁게 뛰는 건지, 스며든 그녀의 눈물이 뜨거운 까닭인지 알 수는 없었지만 가슴이 타들어갈 것만 같았다.

미안하다는 말만 연거푸 뱉어내는 그녀를 끌어안고서, 그는 등을 토닥였다. 해주고 싶은 건 산처럼 쌓여가는데, 할 수 있는 일이라곤 고작 이런 것들뿐.

……괜찮다, 괜찮다. 니가 겪는 일, 그게 무엇이든 전부 다 괜찮다.

"괜찮아. 괜찮아. 여기 나 있잖아, 괜찮아."

"미안해요……. 진짜로…… 미안해요……. 미안합니다……."

가까이 올 필요 없으니, 멀어지지만 말아다오.

"지금은 그냥 울어. 펑펑 울고 다 쏟아버려. 괜찮아. 다 괜찮아."

잡는 건 내가 할게. 너는 그냥 잡을 수 있는 거리에만 있어줘.

"괜찮아?"

얼마의 시간이 흘렀을까. 예고 없이 퍼붓던 빗줄기가 소강하듯 그녀 눈물도 조금씩 잦아들었다.

간헐적으로 움직이던 어깨의 흔들림도 사라지자 성준은 키를 낮춰 그녀의 얼굴을 바라보았다.

"다 울었어?"

"……얼굴 보지 마요. 엄청 흉할 텐데."

다 젖어버린 휴지로 남은 눈물을 찍어내던 채원은 고개를 숙였다. 살면서 이렇게 미친 듯이 울어본 적이 있었나 싶을 만큼, 복받치는 모든 것을 끄집어냈다.

괜찮았던 것이 아니라 참아왔던 모양이다. 스페인에서 허겁지겁 귀국을 하며 지금에 이르기까지.

"화장품 좋은 거 쓰는 모양이네. 하나도 안 번졌어."

"거짓말하지 마요."

머리끝까지 찰랑거리는 눈물을 삼키고 먹으며, 괜찮지 않은 많은 것을 괜찮다고 억지 부리며.

"그래서, 속은 좀 시원해졌고?"

"네. 엄청요."

휴……. 채원은 끓어오르고 남은 수증기를 뱉듯 긴 숨을 내쉬었다. 성준은 책상에 걸터앉으며 그녀를 바라보았다.

혀끝에 맴도는 말은 많은데, 생각의 정리 없이는 뱉을 수 없는 시간.

"밥을 사주기 싫으면 싫다고 말을 해. 얼마나 싫으면 뭐 이렇게까지 곡을 해."

"뭐, 뭔 소리예요. 그런 거 아닌 줄 알면서."

채원은 찌릿, 하는 눈빛으로 그를 흘겨보았다. 이제야 시선을 맞춘다는 표정을 지으며, 성준이 미소를 그린다.

"함께 울어주지 못해 대단히 미안하네. 내가 보기보다 건조한 구석이 있어서."

"됐어요. 한바탕 울고 나니 저도 좀 민망해지고 있으니까 모르는 척해줘요."

"비웠으니 채워야지, 이제."

"……네?"

네? 채원이 완벽하게 고개를 들자 성준은 곁에 있던 티슈를 뽑아 그녀에게 건넸다. 그녀가 쥐고 있던 젖은 휴지를 휴지통에 버리며, 그는 걸터앉아 있던 책상에서 일어섰다.

"나가자. 나 아사 직전이야."

"아…….'

어디를 다녀왔냐는 질문도.

"밥심으로 일하는 사람 이렇게 굶겨서 되겠어? 말해봐."

"……안 되죠."

도대체 무슨 일이냐는 질문. 다 울었으면 이제 말해보라는 재촉도. 무엇도.

"나가자. 나갈 수 있지? 걸을 수 있나? 업어주랴?"

아무것도.

"내일 회사 자유게시판에 이름 올리고 싶으세요?"

"올리지 뭐. 나 이름 오르내리는 거 좋아해."

이상할 정도로 아무것도 묻지 않으며 성준은 나가자고 말했다.

채원의 가방을 챙기고 겉옷을 들어주며, 여전히 속에 고인 것을 한숨으로 뱉고 있는 그녀의 손을 잡았다.

놀란 채원이 올려보지만 그는 그대로 걸음을 옮겼다.

"아, 아, 대표님, 대표님."

엘리베이터 문이 열리자 그는 안으로 들어섰다. 잡은 손을 빼보려고 하지만 그럴수록 그는 더욱 힘주어 그녀의 손을 잡았다.

"아…… 대표님. 내려가면 사람들 있……."

"미안한데 내가 지금 그런 것까지 신경 쓸 여유가 없어서."

그의 마음이 흘러들어 와, 잡힌 손이 저린 것만 같았다.

"없어 지금. 그런 걸 계산할 여유가."

"하지만……."

회사에 남아 있는 사람들의 시선을 피할 수는 없을 것이다. 채원은 1층을 향해 빠르게 바뀌는 층수를 바라보며 아찔함에 마른침을 삼켰다.

문이 열리기 전에 손을 놓아야겠는데. 놓아주면 좋겠는데.

"아, 정신없는 줄 알아서 별 이야기는 안 하고 싶은데, 그래도 이 말은 해야겠다."

그럴수록 놓고 싶지 않은, 놓지 말았으면 하는 이율배반적인 마음. 채원이 다음 말을 기다리며 아직 마르지 않은 눈동자를 올리자 그는 고개를 돌렸다.

"고맙다. 결혼하지 않았다는 거, 말해줘서."

"아……."

"아니, 결혼하지 않아서 고마워."

잡힌 손끝에서 맥이 뛰었다. 시간 이동이라도 한 것처럼 조금 전까지 벌어졌던 일들이 아득해진다. 안전한 것만 같고, 무사한 것만 같았다.

나, 당신의 곁에서.

"환영해. 미혼의 정채원 씨."

문이 열렸다.

— 여사님, 저예요.

"그래요, 곽 선생. 이 시간에 웬일이신가?"

이미 시간이 이슥해진 밤. 주옥선 여사는 뜬금없이 걸려온 곽씨의 전화를 받았다.

아들의 사고 이후 지독한 불면증에 시달리는 주 여사는 흔들의자에 앉아 멍한 시선을 들었다. 이렇듯 만사가 침묵에 잠기는 어둠이 밀려올 때면, 주 여사의 곁으로 극심한 고통이 따라왔다.

— 여사님, 요즘도 잠 설치시죠? 마음이 밝지 못하시고.

"마음 밝을 일이 뭐가 있겠소. 해 지면 눈 감고 해 뜨면 눈 뜨는 게 일인 게지."

— 여사님의 어두운 마음이 제게 전달이 되어서 말이에요. 여사님의 깊은 슬픔이 느껴진답니다.

대화의 종류와는 관계없이 곽씨의 음성엔 밝은 구석이 있다. 자나 깨나 아들 생각뿐인 주 여사는 시선을 돌려 이곳저곳에 걸려 있는 아들의 사진을 바라보았다.

청춘, 그 어느 시절에 멈춘 아들의 얼굴은 봐도 봐도 닳지 않았다.

— 제가 지금 기도 중이었는데, 여사님께 마침 전해드릴 이야기가 있어서요.

"이야기? 무슨?"

주 여사는 아들의 사진을 바라보다가 시선을 떼었다. 층고가 높고 널찍한 주 여사의 서재는 불을 켜지 않아 다소 음침한 기운이 느껴지기도 했다.

— 그…… 제가 지금 정성껏 기도를 드리다가 뭘 봤는데 말예요.

커다란 창을 뚫고 들어오는 달빛은 핀 조명을 켠 듯 흔들의자를 비추었다.

— 어디서 많이 본 얼굴이 자꾸 나오는데, 더듬어보니 여사님께서 주주로 계신 그, 회사 있잖아요.

"회사? 에어밸런스 말하는 건가요?"

— 네네. 맞아요. 회사 이름이 에어밸런스군요.

"그 회사가 어쨌다고?"

— 거기 회사 대표님이 저번 위혼제 때 오셨지요?

"그렇소만?"

— 그 대표라는 분의 기운이 매우 좋지 않아요, 여사님.

주 여사는 그게 무슨 소리냐는 듯 고개를 들었다.

— 기운이 아주 불길해요. 여사님이 가지고 있는 기운을 해치거든요.

"불길하다고? 한성준 대표가?"

— 네. 가까이 두지 마세요, 여사님. 세 치 혀를 놀리며 여사님의 눈과 귀를 닫을 사람이네요.

끼익, 끼익, 움직이던 흔들의자가 멈춘다. 주 여사는 침묵했다.

— 전부 말씀은 드릴 수 없지만 가까이 두거나 마음을 주시거나, 믿음을 주진 마세요. 여사님께 좋은 영향을 끼칠 사람은 아닙니다.

"한성준 대표가…… 그렇단 말인가요?"

— 네. 조만간 여사님을 이용하려 할 거예요. 아주 불길한 기운이 몰려오고 있답니다.

……주 여사는 시선을 옮겨 다시금 아들의 사진을 바라보았다.

— 한성준 대표를 조심하세요, 여사님.

웃고 있는 아들의 얼굴 위로 한 대표의 얼굴이 그려졌다. 주 여사는 알 수 없는 표정을 지으며 한참이나 사진을 바라보다가 입술을 열었다.

"잘 알겠으니 이만 끊읍시다."

— 그러지 말고 제가 회사 대표실에 부적을 하나 써 드릴까요? 좋지 않은 기운을 막아주는 부적 말예요. 어느 정도 도움은 될 텐데.

"그러든가. 내가 한 대표에게 잘 얘기를 해볼 테니."

— 네, 여사님. 회사 대표께는 좋은 부적이라 적당히 둘러대주세요. 제가 제대로 된 부적 하나 써서 연락드리겠습니다.

"그러지요."

무엇이건 곽씨가 시키는 대로 따라온 주옥선 여사는 이번에도 단숨에 곽씨의 청을 들어주었다. 곽씨가 하겠다는 것은 무엇이건 내버려두었다.

— 편한 밤 되세요. 저는 아드님을 위해 밤샘 기도를 드릴 예정입니다. 괴로움은 다 절 주시고, 편안히 주무세요.

"그럼 수고하시오."

— 네, 여사님.

전화는 종료되었다.

테이블이 서너 개밖에 되지 않는 작은 식당을 찾은 성준과 채원은 나란히 앉았다. 적당한 메뉴를 주문한 그는 물을 따라 놓아주고, 식기를 챙겨주었다.

"로비에서 열두 명이나 봤어요."

"그래? 늦게까지 일하는 직원들이 많네."

"대체 어쩌려고 그러세요?"

"뭘. 나 뭐 잘못했나?"

"다들 표정 봤어요? 어? 대표님? 어? 손? 어? 어…… 이랬다고요 다들!"

"뭐, 처음이긴 해. 뭐든 처음은 충격적인 거지. 다음부턴 그다지 놀라지 않을 거야."

"아…… 그렇구나……가 아니잖아요!"

채원은 정색하며 눈에 힘을 주었다. 딱히 할 말은 없는지 물을 삼킨 성준은, 생각해보니 억울하다는 표정을 지으며 물잔을 내렸다.

"너도 적극적으로 내치지 않던데?"

"내, 내가 뭘요? 봐달라고 했잖아요."

"니가 빼면 뺄 수 있었는데. 나 그렇게 막 힘줘서 잡고 있지 않았는데."

"……말을 말죠."

어후. 어떻게 알았지. 채원은 속내를 읽힌 것만 같아 급히 대화의 맥을 끊었다. 눈치가 어찌나 빠른지 혀를 내두를 지경이라니까.

작은 가게 안, 숙주를 볶는 향긋한 향이 주방에서 흘러나온다. 갑자기 말이 끊기니 채원은 고개를 바쁘게 움직이며 가게 안을 둘러보는 시늉을 했다.

턱을 괴고 그녀를 바라보던 성준은 잠시 뜸을 들이다가.

"식사 나오기 전에 끝낼까, 식사를 마치고 시작할까."

"뭘요?"

"나, 지금 너한테 묻고 싶은 말이 너무 많은데."

성준이 웃음기를 지워낸 얼굴을 하며, 입을 열었다.

"또 먼저 말해줄 때까지 기다려야 하나, 그냥 물어도 되나, 고민하는 중이라고 얘기하는 거야."

"……."

"이번에도 기다릴까? 아니면 그냥 물어도 될까? 어떡할까?"

그녀는 입술을 잘근 물었다. 설움이 복받쳐 정신없이 쏟아내고, 정신없이 울었던 조금 전의 상황이 떠올랐다.

차근차근 짚고 넘어갈 만큼 정신을 차린 것은 아니지만, 그렇다고 이대로 넘길 수 있는 문제는 아닐 것이다. 어떻게 해야 하는지, 잠시 고민하다가.

"처음에."

"……."

"처음에, 결혼했다고 거짓말한 건 경황이 없어서 그랬어요. 대표님을 다시 만날 줄 몰랐으니까요."

그가 알아도 문제가 되지 않을 정도의 이야기만 꺼내, 들려주기로 했다. 그것들을 빠르게 선별하는 것이 관건이었으니 말은 느리고, 목소리는 낮아졌다.

"집이 갑자기 좀 어려워졌는데, 그래서 웨딩 아르바이트를 하는 중이었어요."

결국, 여기까지 왔다.

"집이 어려워졌단 건 대표님한테 말하고 싶지 않았어요. 지금도 말하고 싶지 않아요. 아니, 막상 말하고 나니까 별거 아니긴 하네요."

음성은 허무했다. 집이 어려워졌다는 말만큼은 하고 싶지 않아서 발악을 했던 지난날들이 우스워질 만큼, 뱉어낸 말의 무게는 빈약했다.

듣고 있는 성준 역시 크게 충격을 받은 표정은 아니었다.

"그게 뭐라고 지금까지 말을 못 했어."

"성공한 전 남친한테 이제 와 속사정 이야기하면서 불쌍한 척, 감성팔이나 하는 전 여친은 되고 싶지 않았어요."

드러내놓고 나면 별일 아닐 것들을 끌어안고, 우리는 얼마나 긴 시간 동안 깊은 번뇌에 시달리는가.

"전부 말씀을 드릴 수는 없지만…… 제가 모든 걸 속 시원히 이야기할 수 있다면 그건 3년 정도 시간이 흐른 뒤일 거예요."

결혼반지는 쓸데없이 반짝거렸다.

"제가 3년, 천 일 정도 연애를 하면 안 되는, 아, 그러니까 그게요, 너무 허무맹랑하게 들리시겠지만 그게."

핵심을 빼고 말을 하려니 개연성이 없고 현실성이 떨어진다. 역시나 그는 알아듣지 못하는 눈빛을 하고 있다.

"일단 총정리. 저는 앞으로 3년 정도 연애를 할 생각이 없습니다, 대표님."

"⋯⋯."

"스스로에게 다짐한 일이 있거든요. 절대로 그 안엔 누구도 만나지 않을 생각이에요."

그래. 차라리 이렇게 말하는 편이 훨씬 설득력 있겠다고, 그녀는 생각했다.

"절대로, 절대로 누구도 만나지 않을 거예요. 무슨 일이 있어도 생각은 바뀌지 않을 거고요."

"알아."

응? 알아? 채원은 눈을 동그랗게 떴다.

때마침 식사가 나온다. 뜨거운 불판에 지글지글 끓어오르는 철판 요리의 고기를 썰며 성준은 입을 열었다.

"니가 그랬잖아. 천 일만 기다려달라며."

"아⋯⋯ 네, 그랬죠."

"내가 궁금한 건 그게 아니고. 왜 일을 못 할 것 같다고 말한 건지, 그게 궁금한 건데."

"……대표님한테서 도망쳐야 할 것 같아요."

해도 되는 말을 재단하기 전에 입술이 먼저 열려버렸다. 누구든 위험해질 수 있다는 위기를 맛본 두려움은 몇 번이고 제 안에서 되살아났다.

"솔직하게는 자신이 없어요. 하지만 분명한 건 내가 결혼을 하지 않았다고 해서 대표님과 연애를 할 생각은 없다는 거."

"……"

"그러니까 저 회사 잘 다닐 수 있도록 자꾸 밀고 들어오지 마세요. 3년, 저 진짜 3년은 연애할 생각이 없다고요, 대표님. 제발 도와주세요."

"그래서. 3년 후의 답은 나야?"

스테이크를 마저 썰고 그녀 앞의 접시와 바꾼 성준은 시선을 내린 채 물었다. 그가 가지런히 썰어준 스테이크 접시를 내려다보다가, 채원은 느리게 눈을 감았다가 떴다.

"3년 후의 답은 나냐고. 확신할 수 있어?"

"일단 저 밥 먹을래요. 대표님도 식사 맛있게 드……."

"칼리굴라 현상이라는 말, 혹시 알아?"

"네? 칼라? 아뇨?"

갑자기 화제를 전환하니 채원은 고개를 들어 성준을 바라보았다. 그는 여전히 스테이크 썰기에 열중이다.

"하지 말라고 하면 더 하고 싶어진단다. 그게 사람 심리라네."

"……"

"난 앞으로 너에게 아무것도 질문하지 않겠어. 니가 무엇으로부터 구속되어 있고, 무얼 두려워하는지도 잘은 모르겠지만 묻지 않을게."

마음은 갈피를 잃고 지난하게 흔들렸다.

"어차피 물어도 지금 말한 것 이상으로는 답 안 해줄 테니까. 이젠 묻지 않겠어. 포기."

"……."

"대신 내가 알아낼 거야. 너의 도움 없이. 네게 무슨 일이 있는 건지, 전부 다."

"아……."

그녀의 입에서 낮은 탄식이 흘렀다. 채원의 텅 빈 손에 포크를 쥐여주며, 성준은 쥐고 있던 나이프를 내렸다.

"말리면 더 하고 싶어져. 간다고 하면 못 가게 만들고 싶고, 선 그으면 넘어가고 싶어진다고, 나는."

……이상한 힘에 끌린다.

"그러니까 말리지 마. 아무것도 못 하고 너 보낸 거, 한 번이면 족해. 두 번은 못 한다, 나도."

태엽이 뒤로 감기듯, 그래서 시계가 거꾸로 돌아가듯, 이치와 관계없고 순리와도 거리가 먼, 아주 기이하고 괴상한 힘이 덮쳐온다.

"대표님, 그게 아니라 제 얘기는……."

"너도 니가 하고 싶은 대로 했잖아. 멋대로 떠나고, 멋대로 사라졌잖아."

"……."

"아닌가?"

같은 극의 자석이 달라붙는, 해가 서쪽에서 떠오르는, 밀어낼수록 가까워지는, 세상에 없는 것만 같은 희한하고 기묘한 공간.

그의 말엔 반박의 여지가 없어 더욱 힘에 부쳤다. 멀어지는 것만이 능사가 아닌 것만 같은 지금, 그에게 닿고 싶어 안달 난 마음을 퍼트리고만 싶은 지금.

"그러니까 넌 나를 말릴 자격이 없어. 불충분."

자격이 불충분해서, 이 얼마나 감사한 일인지 당신은 모르겠지만.

"밥 먹어 이제. 그리고 늦었으니까 집에 데려다줄게."

"아, 지, 집은 혼자 갈 거예요. 집을 왜 대표님이……."

"말리는 거야, 지금?"

마법의 문장이다. 말문을 가로막고 다음 말을 꿀꺽 삼키게 만드는, 아주 무시무시한 마법의 문장.

"좋아해달라는 말 같은 건 안 해. 지금 당장 연애하자는 것도 아니니 염려 마."

더는 그를 설득시킬 자신이 없다.

"다만 세상에 공짜 없어. 너도 니 뜻대로 했으니 나도 내 뜻대로 할 거야."

"……."

"그러니까 짝사랑이라도 지치고 물릴 때까지 실컷 하게, 내버려 둬."

멀리멀리 사라질, 그의 세상을 두 번이나 무너뜨릴 자신은 더더욱 없었다.

"그러니까 뭔가 이상하단 말이지."

"네. 뭐, 특이 사항이라고 할 건 없는데 그런 이력이 더 특이한 거죠."

이튿날. 성준은 출근하자마자 김 실장에게 곽씨에 대한 보고를 받았다.

"주 여사님 비서 중에 백 팀장 아시죠, 대표님?"

"알지. 여사님 오래 모시지 않았나?"

"네. 제가 백 팀장하고 친분이 좀 있어서 이번에 슬쩍 물어봤는데, 그쪽도 무속인에 대한 정보가 거의 백지상태더라고요."

"백지라. 아무것도 모른다는 말인가? 그게 말이 돼?"

"보통은 곽 선생으로 통하고, 계좌이체 없이 현금으로만 주고받는 상황이라 실명도 정확하게 알 수 없다고 하던데요."

"허, 이름도 모른다."

이름도 모른다. 이름도.

"가능한가? 이름 석 자도 제대로 모르는 사람 말만 믿고 눈에 보이지도 않는 아들의 영혼을 찾는다는 게?"

"가능하지 않다고 말하기엔 실제 누군가는 겪고 있으니 할 말은 없죠."

"모르겠다. 도대체 이해가 되는 구석이 조금도 없네."

성준이 중얼거리며 미간을 좁히자 민권은 다소 목소리를 낮췄다.

"곽 선생이라는 무속인에게 들어간 돈이 상당하다고 합니다. 여사님이 곽 선생에게 엄청나게 퍼다 바쳤다고 해요."

"여사님께 받은 돈으로 흥청망청 쇼핑하고 다니는 모양이지?"

"그때 무속인이 집어 들었던 목걸이, 가격 알아보니 8천만 원 정도 하더라고요. 보통 아닙니다."

"흠."

뭔가 석연치가 않다. 성준이 나만 이렇게 찝찝한 거냐, 하는 눈길로 민권을 바라보자 녀석의 표정도 난해하다.

"야, 너도?"

성준이 묻자 민권은 뜨뜻미지근하게 고개를 끄덕였다. 다른 사람도 아닌 주옥선 여사께서, 그 진취적이고 현명했던 분께서 이런 거래를 하고 있다는 것이 믿기지 않았다.

"어찌 되었든 여사님처럼 지혜로운 분이 그 많은 돈을 쓰며 곁에 두는 건 신통력이 대단하기 때문 아닐까요?"

"그렇게 대단한 사람의 정보가 왜 하나도 없는데. 하늘에서 뚝 떨어진 것처럼. 이상하지 않아?"

그런 세상에 발을 담그지 않은 사람은 무엇도 이해할 수가 없는 관계.

"잘은 모르겠지만 그토록 신통한 사람이면 이미 많이 알려졌거나, 자신을 알렸거나 했겠지. 하다못해 감춰도 입소문을 타야 정상인 거고. 상식선에서 생각해보자고."

"그럼 조금 더 알아보겠습니다. 저도 좀 찝찝하긴 해요. 희한하게."

"물론 넌 촉이 좋으니까. 더 알아봐."

"네, 대표님."

민권이 이야기를 정리하자 성준도 대화를 종료했다. 채원은 아직 출근 전이고, 그는 그녀의 자리를 바라보았다. 주인이 오지 않아 텅 빈 책상, 그리고 의자.

아직 출근 시간이 남았음에도 불구하고 그녀의 빈자리가 이토록 불안하게 여겨지는 건.

"대표님, 오늘 신입 사원 출근일입니다. 알고 계시죠?"

"알아. 김 실장이 알아서 잘 가르치고."

"네, 대표님."

시간이 흘러도 고쳐지지 않으리라. 눈앞에 네가 나타날 때까지, 매일매일이 불안하고 또 답답하리라.

"내일인가? 주 여사님 뵙는 날이."

"네, 대표님. 그리고 모레 윤필목 회장님과 식사는 중식당 어떠세요?"

"괜찮아. 회장님 중식 좋아하시니까. 적당한 곳으로 잡아줘."

"네, 대표님."

그럼에도 나는 네가 나타나면 언제 그랬냐는 듯 웃겠지. 세상을 다 가진 사람처럼, 잃어본 적 없는 사람처럼.

"저기 채원 씨 출근하네요, 대표님."

"알아."

매일매일 반복하겠지. 너로 인해 나의 세상이 저물고 뜨는 일을.

"보고 있어."

사랑 참, 대단하다. 그렇지?

"채원 씨, 어제 대표님 손잡고 퇴근했어?"

"네? 아, 어제요?"

회사는 발칵 뒤집혔다. 출근하기가 무섭게 득달같이 달려드는 직원들을 바라보며 채원은 머쓱하게 웃었다. 예상하지 못한 일은 아니었다.

"맞아요. 대표님이 어제 퇴근길에 손을 잡아주셔서."

"헐, 대표님이 손을 잡아주셨어? 왜? 뭐야? 왜?"

로비에서 만난 직원이 최소 열 명 이상이었으니 소문은 밤사이 빠르게 퍼졌으리라. 채원은 가방을 내려놓고 대표실에 앉아 있는 성준에게 가볍게 묵례를 하고 난 뒤 입술을 열었다.

"제가 어제 갑자기 어지러워서 사무실에서 넘어졌거든요."

"어머, 넘어졌어?"

"네네. 빈혈이 좀 있어서."

이야기를 듣는 직원들의 표정이 사뭇 진지하다. 채원은 머리를 쓸어 넘기며 말을 이었다.

"대표님도 퇴근길이셨는데 제가 넘어지고 나서 비틀거리니까 부축해주셨어요."

"어머나…… 그랬구나……. 대표님이 부축해주셨구나……."

이야기는 쉽게 풀리는 듯했다.

"난리 났어. 다른 부서 직원들이 아침부터 메신저 보내고 정황 물어보는데 아는 게 있어야지. 그랬구나, 그냥 부축해주신 거였구나."

"네. 제가 하도 비틀거리니까, 감사했지 뭐예요."

"아유, 그럼 별일 아니었네."

"별일이 있었겠어요, 설마하니 대표님하고 제가 손을 꼭 붙잡고 퇴근할 일이 뭐가 있다고. 그것도 회사에서요."

"그러니까 내 말이. 미치지 않고서야 회사에서 응? 그럴 순 없는 거잖아."

미쳤었다, 어젠.

"하하, 그럼요. 당연하죠."

"그럼 됐어. 다른 부서 사람들 오해하기 전에 빨리 진실을 알려야겠다. 채원 씨 유부녀인데 대표님하고 손잡고 나갔다고 난리거든."

"아…… 잘 좀 얘기해주세요. 다른 오해 생기지 않게요. 대표님 착한 일 하시고 괜한 구설수 생길까 봐 겁나요."

"됐어, 채원 씨! 우리만 믿어! 우리 대표님이 어떤 분인데! 걱정 마, 걱정 마!"

대표 이미지 관리가 업인 비서실 사람들은 전투력을 끌어올렸다. 채원은 빙긋 웃으며 자리에 앉았다.

여전히 자신을 뚫어지게 바라보고 있는 성준의 시선이 거슬렸지만, 모르는 척하기로 한다.

"참, 채원 씨. 우리 오늘 신입 왔는데 아직 못 봤지?"

"네. 못 봤죠."

"이따가 소개해줄게. 그리고 우리 아침 회의 20분 뒤에 있어."

"네, 알겠습니다."

직원들이 각자 자리로 돌아가자 채원은 PC를 켰다. 띵동, 휴대폰으로 메시지가 온다.

[일찍일찍 좀 다녀.]

그의 메시지다.

[출근 시간 전에 도착했는데 얼마나 더 일찍 와요?]

[그게 아니라 기다리기 힘들어서 그래.]

"헐."

헐. 채원은 빠르게 도착한 성준의 메시지를 확인하고 낮은 탄식을 터트렸다. 아니 이 남자가, 어제 내가 한 이야기는 대체 뭐로 알아듣고!

[알겠어요. 일찍일찍 다닐게요.]

하지만 별수 있나. 애가 타 죽겠다고 일찍 오라 하면 일찍 도착하는 수밖에. 그를 애태울 수는 없으니까.

[그리고 어제는 제가 어지러워서 대표님이 부축해주신 걸로 정리했어요. 그렇게 알고 계세요.]

[싫은데.]

"아, 진짜."

또다시 육성으로 험한 말을 대신한 탄식이 터진다. 직원들이 힐끔, 바라보자 채원은 헛기침을 하며 액정을 터치했다.

[유부녀 손잡고 퇴근했다는 오명 쓰기 싫으시면 말 좀 듣죠?]

[니가 유부녀 아니라고 말하면 되겠네. 거짓말은 니가 하고 왜 내가 오명을 써야 하지?]

[이제 와서 어떻게 유부녀 아니라고 말을 해요! 생각 좀 하고 얘기하시죠?]

[남의 일에 크게 관심 없는 사람들이야. 너 고용 기간 끝나기 전엔 밝혀라, 꼭. 알겠어?]

"쳇. 치사해. 내가 죽어도 말하나 봐라."

메롱. 채원은 답을 보내는 대신 휴대폰을 바라보며 혀를 쏙 내밀었다.

잠시 후, 사수를 따라 사옥 이곳저곳을 살피고 올라온 신입 사원이 도착했다. 폭풍이 지나간 제법 평화로운 아침의 풍경이었다.

"정채원 선배님이시죠?"

회의가 끝나고 시원한 커피 한잔이 절실해진 채원은 탕비실에 들어섰다.

습관대로 컵에 얼음을 채우고 있는데, 신입 사원이 들어왔다.

"아, 네. 안녕하세요."

"안녕하세요, 선배님. 남서훈입니다."

에어밸런스는 대대적인 신입 사원 채용이 있었고, 비서실엔 한 명의 비서가 충원되었다. 몸집이 커져가니 사옥 확장에 대한 이야기도 조심스럽게 흘러나오는 상황이었다.

참으로 비약적인 발전이 아닐 수 없다. 그 가장 선두에, 그가 있다.

"네, 남서훈 씨. 반갑습니다. 저는 석 달만 채용된 임시직이라, 선배는 아니에요."

"아."

"그냥 이름으로 불러주시면 될 것 같아요."

채원이 웃으며 호칭 정정에 나서자 서훈은 머리를 긁적였다. 신입 사원의 출근 첫날. 팽팽한 긴장감과 다소 과한 열정이 함께 공존하는 에너지.

……좋을 때다. 다른 무엇보다 뭐든 할 수 있을 것만 같은 꿈과 포부가 부러운.

"그래도 저보다 먼저 입사하셨으니 선배님이죠. 그냥 선배님이라고 부르면 안 될까요?"

"아, 뭐, 제가 어색하긴 하지만 편하신 대로 하세요. 중요한 일은 아니니까요."

"네, 선배님. 앞으로 잘 부탁드립니다!"

"네. 저도 잘 부탁드립니다. 그리고 에어밸런스에 입사하신 거, 축하해요. 대표님도 직원분들도 좋은 분들이시거든요."

커피를 내렸다.

"서훈 씨, 커피 한 잔 드릴까요?"

"아닙니다, 선배님. 선배님 커피 제가 타 드릴까요?"

"어우, 아뇨. 저는 이미 내렸고요. 한 잔 드릴게요. 아메리카노 괜찮으세요?"

말끝에 채원은 아메리카노 캡슐을 챙겨 커피를 내렸다. 언제 맡아도 나른한 기분을 들게 하는 커피 향. 채원은 저도 모르게 숨을 깊게 들이마셨다.

"선배님, 커피 내리는 법 알았으니 앞으로 선배님 커피는 제가
타겠습니다."

"아닙니다, 아니에요. 우리는 그런 거 없고 그냥 마시고 싶은 사
람이 각자 타서 마시니까, 편하게 해요."

"아, 네. 제가 지금 의욕만 앞서서요. 죄송합니다."

"긴장했죠?"

"너무 많이요."

서훈은 숨도 잘 못 쉬겠다는 것처럼 캑캑거렸고, 채원은 알 만하
다며 웃음을 터트렸다.

"자, 여기 서훈 씨 커피요."

"감사합니다, 선배님. 아끼고 아껴서 잘 마시겠습니다."

"아낄 필요까지야. 마시고 힘내요."

"네! 선배님, 잘 마시겠습니다!"

또다시 웃음이 번진 때, 마침 탕비실 문이 열리며 성준이 들어선
다. 그의 두 눈에 번쩍하고 불이 붙는 건, 채원만 보았으리라.

"……나도 커피나 좀 마실까 해서."

"네? 아, 그럼 제가 내려드릴게요."

채원은 다시 캡슐 통을 열었다. 나가질 않고 쭈뼛거리던 서훈은
그 틈에 끼어들었다.

"어…… 선배님, 죄송한데 얼음은 어디서…….."

"아! 서훈 씨도 아이스로 마시는구나! 다시 줘요, 얼음 타줄게요."

"알려주시면 제가 하겠습니다, 선배님!"

"알려줄 것도 없어요. 여기 누르면 되거든요. 아이스를 마시다니, 반가운데요? 다들 따뜻한 거 드셔서."

"곧 죽어도 커피는 아이스죠."

"역시. 반가워요."

채원과 서훈은 다정하게 웃었다. 문 앞에 서 있던 성준은 눈썹을 일그러트렸다.

"나 바쁜데, 정채원 씨. 그럴 거면 내가 내리고."

"네네. 지금 다 내렸습니다. 바로 드릴게요."

채원이 따뜻한 김이 모락모락 올라오는 커피를 머그잔에 담아 성준에게 내밀자 손가락을 들더니 까딱까딱 움직인다.

"난 왜 얼음 안 줘?"

"에? 얼음요? 아이스로요?"

"줘. 나도 얼음."

"네. 드릴게요."

채원은 생전 찾지 않는 아이스커피를 찾는 성준의 태도에 갸우뚱하며 얼음을 찾았다.

"아아, 정채원 씨. 부군께선 잘 지내시지? 가내 두루두루 평안하고?"

"네?"

얼음을 담던 채원은 휙, 고개를 돌려 성준을 바라보았다.

"정채원 씨는 결혼 정말 잘한 것 같아. 아주 훤칠하고, 사람 좋고."

"선배님 결혼하셨습니까? 와, 배우자님이 멋진 분이신가 봐요."

"아…… 뭐, 네……. 하하."

"저는 그럼 이만 나가보겠습니다."

서훈이 깍듯한 인사 끝에 탕비실을 나서자 채원은 이를 꽉 깨문 얼굴로 성준을 바라보았다. 얼음을 가득 채운 채원은 뒤를 돌았다.

"아까는 사람들한테 유부녀 아니라고 밝히라면서요. 밝히라면서요?"

"됐고, 노선 변경. 너 그냥 유부녀로 남아. 그게 낫겠어."

"왜요?"

"그냥 남으라면 남아. 어디 가서 미혼인 척하고 돌아다니기만 해 봐라. 어? 하다가 걸리기만 해봐."

미혼인 척이 아니라 나 미혼이라니까…….

"무슨 소리를 하는 건지 당최 모르겠네요. 커피나 드세요. 전 나가보겠습니다."

"그리고 노파심에 하는 말인데, 신입 사원과 괜한 친분 쌓지 않길 권고할게. 나도 신입 사원의 미래가 화창하길 바라거든."

"커피에 얼음 한번 넣어줬다고 지금 신입 사원 경계하시는 거예요?"

"안 하게 생겼냐? 그리고 얼음 넣어줘서 이러는 게 아니라 너 웃었어. 활짝. 제대로 알고 말해."

"헐."

"3년 동안 연애 안 하겠다는 말은 나한테만 적용된 거 아니야, 이거? 어?"

못 말리겠다. 채원은 말을 말자는 식으로 손을 내저었다.

얼씨구. 이제 일을 하러 나가려는데 앞을 막아선다. 말을 듣지 않으면 비켜주지 않겠다는 얼굴을 하고는 쓰윽, 얼굴을 내린다.

"나 권고했다. 어?"

"비켜요. 진로 방해 마시고."

어후. 채원은 종종종 옆으로 걸어 성준의 곁을 스치며 탕비실을 나섰다. 뒤따라 나오지 말라는 듯 문까지 꽉 닫고 나가는 채원의 뒷모습을 바라보던 성준은 커피 속에 들어 있는 얼음 하나를 우그적우그적 깨물어 먹었다.

"하…… 기류가 옳지 않아, 옳지 않아."

어쩐지 신입 사원이 오고 난 이후 비서실 분위기가 화기애애해졌다.

"나만 없으면 화기애애한 건 인류 불문이었구만."

별로다. 너어어무 별로다.

"왔어?"

"응, 선배. 김 실장은?"

"그게 인사냐? 인사야?"

여기 별로인 사람, 또 있다.

대표실 문을 열고 태리가 들어서자마자 김 실장을 찾는다. 기분이 너어어무 별로인 성준은 턱 끝으로 바깥을 가리켰다.

"자리에 없으면 신입 사원 데리고 교육 갔을 거야."

"아아, 교육. 회사 일은 김 실장이 다 하니? 맨날 이렇게 김 실장만 바빠? 선배는 뭐 하고?"

"그럼 교육을 내가 하랴?"

"맞다. 선배가 대표지. 자꾸 잊어버려."

허! 정말 너어어무 별로다. 성준은 기도 안 찬다는 듯 눈꼬리
를 올렸다.

모레 태리의 부친인 윤 회장과 식사가 예정되어 있으니 수순상
태리를 먼저 만났다. 윤 회장의 현재 심중과 동향 파악에 태리만
한 정보원이 없다 보니 어쩔 수 없었다.

"선배하고 김 실장, 둘이서 사부작사부작거리면서 회사 차린다
고 하던 때가 엊그제 같은데, 신입 사원도 꾸준히 뽑고 직원도 많
고. 진짜 순식간이야. 그렇지?"

"회장님 안 계셨으면 아직도 한참 먼 이야기였겠지."

"그나저나 나 밥 뭐 사줄 건데? 모레 아빠 만나기로 했다며. 나
비싼 거 사줘야 입 연다? 알지?"

"니가 언제는…… 저렴한 거 먹었냐……?"

"김 실장 없이 선배랑 나랑 둘이 나가서 먹을 거면 그냥 여기서
셋이 배달시켜 먹어. 난 짜장면."

"코를 꿰어서라도 김 실장 데리고 나가줄 테니까 나가서 먹어.
내 사무실에 냄새 흘리지 말고."

"얘는 대체 언제 와? 왜 안 와? 내가 왔는데 코빼기도 안 비쳐?"

"너 온 지 1분도 안 지났다……."

흐. 정신 사납다.

성준은 의식의 흐름대로 말을 하는 태리에게 벌써부터 기가 빨

리는 느낌이 들어 고개를 절레절레 저었다. 그러다가 유리창 너머 채원의 자리를 힐끔 바라보았다. 저거저거, 또 어딜 갔는데 자리에 없어.

엇. 투덜거리고 있는데 자리로 돌아온다. 동료와 함께 자리로 돌아오며 방글방글 웃는데, 희한하게 전염된 것처럼 따라 웃음이 흐른다.

"공사가 다망하시구만, 아주."

"나? 그냥 SNS 보고 있는……."

데…….

본인한테 하는 이야기인 줄 착각한 태리가 말하다 말고 성준을 바라보니, 바깥을 바라보며 흐뭇하게 웃고 있다.

뭘 보고 저렇게 웃어? 태리가 성준의 시선을 따라 밖을 바라보니 직원 둘이 서서 대화를 나누고 있다.

다시 성준의 얼굴을 한 번 보고, 그의 시선이 고인 직원의 얼굴을 한 번 보고.

"……어?"

그때였다. 태리는 뭔가 이상한 기운을 감지했는지 직원의 얼굴에 시선을 고정하며 눈을 동그랗게 떴다.

지나치게 미소를 지었나, 싶은 생각에 뒤늦게 웃음을 지워보지만 태리의 시선은 이미 직원에게 멈췄다.

"나가자. 로비에서 기다렸다가 김 실장 내려오면 바로 출……."

"선배. 있잖아, 저 여자분."

"……."

"맞지? 선배 그때, 언제더라? 우리 아빠 만나러 가던 날. 숍 앞에서 만났던, 그날 결혼하시던 분."

성준은 마른침을 꿀꺽 삼켰다. 처음 채원을 마주쳤던 그날, 곁엔 태리가 있었다.

"맞아. 어쩌다가 우리 회사에 단기 입사했어."

"아…… 맞지? 내 기억 맞는 거지?"

"맞다고. 일어나, 나가서 김 실장 기다리게."

성준은 자리에서 일어섰다. 태리의 시선이 채원에게 박혀 움직이질 않자 성준은 소파로 걸어 나왔다. 그런데 태리는 뜻밖의 말을 했다.

"선배. 나 저분 그날 위혼제 때 봤다?"

"……무슨 소리야."

"위혼제 있잖아, 위혼제. 주옥선 아줌마 아들 위혼제. 거기서 봤다고."

"헛소리하지 마. 우리 직원은 나 말고 김 실장밖에 없었거든."

"아냐, 확실해. 내가 그때 어디서 봤더라, 봤더라, 했더니. 맞네, 저분."

비교적 기억력이 좋은 태리는 그날의 일을 기억해냈다. 성준은 굳은 표정을 했고.

"그날 위혼제 치러준 무속인 있지? 그 사람 따라서 어디로 들어가더라고. 위혼제 치르던 옆방으로."

태리는 고개를 돌려 성준을 바라보았다. 이건 무슨 상황이냐는, 의문만 품은 서로의 시선이 부딪친다.

"확실해? 확실하게 본 거 맞아?"

"당연히 확실하지. 선배, 내가 허언하는 거 봤어?"

"글쎄. 자주 보긴 했는데."

"우씨. 확실하다니까."

성준은 천천히 시선을 들어 채원을 바라보았다.

아무것도 모르는 그녀는 여전히 웃고 있었다. 햇살 품은 푸른 하늘처럼.

선배. 나 저분 그날 위혼제 때 봤다?

성준은 생각에 잠긴 눈빛을 했다. 툭, 툭, 만년필 끝으로 책상 위를 느리게 두드리며, 유리창 너머 채원을 응시했다.

주옥선 아줌마 아들 위혼제. 거기서 봤다고.

어느덧 퇴근이 다가오는 시간. 책상을 정리하는 직원들의 움직임이 부산해진다.

성준은 자꾸만 기분이 묘하게 이상해지는 까닭에 미간을 눌렀다. 툭, 툭, 느리고 일정하게 책상을 두드리던 만년필을 내렸다.

"대체 무슨 이유로 거기에 있었단 거지?"

아무리 생각을 해봐도 채원과 주옥선 여사 사이에 접점이 있을 것 같지 않다. 그렇다면 죽은 강형재 군과 생전에 아는 사이였다는 결론밖에 남질 않는데.

어디로 들어가더라고. 위혼제 치르던 옆방으로.

그저 단순한 지인이었다면 무속인을 따라 다른 공간으로 갔을 이유는 무엇인가. 모두가 모여 위혼제를 치르던 공간에 초대받지 않고 다른 공간에 있었던, 이유는?

"도저히 모르겠네. 뭔가 기분이 싸하긴 한데."

종잡을 수도 없는 일들 가운데 기분만 심란해진다. 아직 생각은 정리를 다 못 했는데 직원들이 하나둘 자리에서 일어선다.

그녀도 따라 가방을 들며 일어선다. 퇴근길이 반갑고 기쁜지 웃음꽃이 폈다.

"제일 싫다, 퇴근."

퇴근하면 볼 수 없는 얼굴. 성준은 눈 깜짝할 사이에 다가온 퇴근 시간이 원망스러운 듯 시계를 힐끔 바라보았다.

뭘 했다고 벌써 퇴근 시간이란 말이냐. 출근해서 한 일이라곤 정채원 얼굴 들여다본 일밖에 없는데.

"할 일이 산더미네, 산더미."

점심에 찾아온 태리가 뱉은 말에 내내 신경이 쓰여 종일 일을 하지 못했다. 그 대가로 수북하게 쌓여 있는 일거리들을 보니 머리가 지끈거린다. 남들 일할 때 짝사랑하고, 남들 놀 때 일하려다 보니 하루 종일 바쁘지만 어쩔 도리 있겠나.

성준은 본격적으로 일을 해야겠다는 생각에 소매를 걷어 올렸다. 그때, 직원 중 한 명이 똑똑, 노크 후 문을 열고 들어왔다.

"저, 대표님."

"아아, 퇴근?"

"아뇨, 그게 아니고요. 바쁘세요?"

"보다시피 조금. 뭔데?"

서류를 넘기며 대충 답을 하니 직원이 가까이 다가온다.

"저희 오늘 서훈 씨도 입사했고 해서 간단하게 저녁이나 먹을까 하는데요, 다 같이."

"아아, 다 같이?"

"대표님 바쁘시면 그냥 저희끼리 조촐하게 먹고 헤어질까 해요."

"그래요. 내가 껴봤자 불편하기만 하지 뭐⋯⋯가 아니라 잠깐만."

"네?"

직원은 눈을 동그랗게 떴다.

"전원 참석인가? 한 사람도 열외 없이?"

"네? 아, 네, 대표님."

"저기 모여 있는 사람들 싹 다? 얼굴을 한 명 한 명 잘 봐봐. 다가? 저기 있는 사람들?"

"네, 맞아요. 모인 지가 좀 오래돼서 전부 가기로 했어요. 채원 씨도 한 번도 같이 식사해본 적이 없어 이번 기회에."

"갑니다. 참석."

"⋯⋯네?"

네? 아, 이게 아닌데? 직원은 당황한 표정을 지었다. 비서실 사람들끼리 간혹 저녁을 함께 먹을 때도 한번 모습을 드러낸 적 없는 대표가 아니었던가?

에어밸런스엔 회식 문화가 없었다. 부서 회식비는 사라지고, 대신 균등하게 나뉘어 연말 성과급에 포함되었다. 자발적인 소모임이 아니고는 직원들의 저녁 시간을 해치지 않겠다는 성준의 철학이었다.

"아…… 대표님 참석하신다고요?"

"나 가면 안 되겠지? 불편하겠지? 그럼 여기 남고. 괜찮아. 어차피 난 할 일도 많아."

"아, 아뇨! 그게 아니라 너무 놀라서요! 불편하긴요, 저흰 좋죠!"

"그럼 새로운 식구 충원도 했으니 모처럼 나갑시다. 가서 맛있는 거 먹자."

"네, 대표님! 직원들 좋아하겠네요. 그럼 정리하고 나오세요, 저희 기다릴게요."

직원은 다소 놀란 마음을 안고 대표실을 나섰다. 대표의 참석 소식을 접한 오래된 직원들은 화들짝 놀란 표정을 지었고, 채원은 유리창 안으로 비치는 성준을 바라보았다.

진짜? 참석한다고요? 채원이 눈을 크게 뜨며 의외라는 표정을 짓자, 성준은 자리에서 일어나며 피식 웃었다.

"일 미뤄보는 것도 처음이네. 해이해졌어, 한성준."

일을 남겨두고 하는 퇴근이란 상당한 정신적 부담감을 안겨주었지만, 한편으로는 마음이 가벼워졌다.

"아, 모르겠다. 일단 퇴근. 내일의 한성준이 수고하겠지. 주말이지만 출근해야겠네."

그래, 빈틈. 사람은 빈틈이 있어야 한다. 바람 한 점 뚫지 못할 빡빡한 돌담은 되고 싶지 않았으니까.

그리고.

"자, 퇴근! 갑시다! 다들 뭐 먹을래?"

"대표님! 소고기요! 소고기!"

"대표님, 소고기요! 소고기 사주세요!"

"가자! 가서 한우 한 마리 잡자!"

너도 보고 싶었으니까.

❧

"선배님, 저희 보쌈 집 간다고 하지 않았어요? 저 그렇게 들었는데."

"아아. 대표님 참석하시면서 메뉴 업그레이드됐어요. 한우."

채원은 두리번거리는 서훈에게 설명하며 웃었다.

점심쯤 결정된 오늘의 모임. 메뉴는 투표 결과에 따라 회사 근처 보쌈 집으로 확정되어 있었다. 듣던 메뉴와 전혀 관계없는 식당으로 이동하니 갸우뚱하던 서훈은 대표가 참석한다는 말에 눈을 크게 떴다.

"대, 대표님도 여기 오세요?"

"네. 그러신다네요. 원래 같이 퇴근했는데 김 실장님하고 대화할 일이 남으셨다고, 차로 이동하신대요. 곧 오실 거예요."

"와, 대표님도 참석하시는구나."

"처음 있는 일이라고 합니다. 서훈 씨 환영회라고 하니 대번 참석하신다고 했대요."

채원이 의미를 부여해주자 서훈의 얼굴이 밝아진다. 누구보다 오늘 하루를 긴장감 속에 보냈을 신입 사원이 아니겠나.

"서훈 씨, 맛있는 거 많이 먹고 긴장 풀어요."

"네, 선배님. 고기는 제가 굽겠습니다. 고기 진짜 잘 굽거든요."

서훈은 자연스럽게 채원의 옆에 앉았다.

눈코 뜰 새 없이 바쁜 비서실 직원들을 대신해, 상대적으로 서훈과 자리가 가까웠던 채원이 틈틈이 업무를 보아준 까닭일까. 처음 눈 뜨고 엄마를 만난 오리 새끼처럼 서훈은 채원을 따르기 시작했다.

"자, 에어밸런스 한성준 대표님 들어오십니다!"

"와아아아아!"

누가 비서실 직원들 아니랄까 봐, 일사불란하게 자리에서 일어나 박수를 치며 뒤늦게 등장한 그를 맞이한다. 채원은 다소 과장된 비서실 직원들의 행동에 웃음을 터트리며 따라서 박수를 쳤다.

누군가는 빠르게 의자를 내주고, 누군가는 성준의 재킷을 받아 들고, 누군가는 빠르게 물잔을 채우며, 누군가는 빠르게 간장약을 꺼내 그에게 내밀었다.

"대표님! 대표님! 우웃빛깔 대표님!"

자본주의 환영이다.

"다들 왜 이래, 낯설게. 소 한 마리로는 부족한 거야?"

"부족해! 부족해!"

대동단결은 이럴 때 쓰는 말인 것 같다. 직원들이 작정한 듯 목소리를 높이자 성준은 진지한 표정으로 손사래를 쳤다.

"일단 먹어봐. 먹고 마셔봐. 중간에 먹다가 지쳐 쓰러지면 버리고 간다."

"우와아아아아!"

지금 이곳은 끊이지 않는 술과 고기가 흐를 예정인, 이른바 현대판 오병이어의 현장. 성준은 유쾌한 직원들의 환호에 따라 웃음을 터트렸고 김 실장, 민권은 알아서 주문을 마쳤다.

성준은 직원이 따라주는 술을 받으며 힐끔 채원을 바라보았다. 누군가의 고의는 아니겠으나 주변이 전부 남자 직원이다.

그녀도 신입 사원에게 술을 받고 있다. 서로서로가 정중한 모습에 피식, 또다시 웃음이 흐른다.

성준이 잔을 들자 모두 따라 잔을 들었다.

……청춘의 사내 둘이서 일군 회사. 에어밸런스.

"오늘도 수고하셨습니다!"

"수고하셨습니다아아아!"

이렇게 성장했다.

"자, 다 구웠습니다. 더 구우면 맛이 없으니까 어서 드십시오."

"맛있게 먹겠습니다!"

서훈과 채원이 앉은 테이블은 본격적인 식사에 나섰다. 고기를 잘 굽는다더니 예술적으로 고기를 구운 서훈이 채원의 접시에 고기를 내려주었다.

"어서 드세요, 선배님."

"네. 서훈 씨도 어서 드세요. 고기 굽느라 수고했어요."

채원은 시원한 맥주에 곁들여 잘 구워진 고기 한 점을 입에 넣었다.

"녹는다……. 넣자마자 고기가 사라졌어……."

진심 감동이라는 표정을 지으며 채원이 격한 반응을 보이자 앞에 앉은 직원들도 따라서 격한 반응을 보였다.

"카아, 녹는다 녹아. 와, 녹는다 그냥. 와……."

그 이상의 감상평은 못 하겠다는 듯 서로 눈으로 말하며 자연스럽게 술잔을 들었다. 채원의 접시가 비워지기가 무섭게 서훈이 고기를 내려준다.

"제가 먹을게요. 서훈 씨도 빨리 먹어요."

"사실 제가 지금 제일 많이 먹고 있습니다, 선배님."

"오늘 채원 씨가 서훈 씨 많이 챙겨줬지? 우리가 오늘 바빴어. 고마워요."

"뭘요. 한 거 없어요. 서훈 씨가 일을 잘해서 놀란 일밖에 한 게 없네요."

도란도란 이야기를 나누며 너 한 점, 나 한 점.

웃음꽃이 끊이질 않는, 마블링이 환상적인 고기 앞에 모두는 하나가 되었다. 서훈은 중간중간 끊임없이 채원과 직원들의 접시에 고기를 내려주었고, 유쾌한 선배들의 입담에 함께 웃음을 터트렸다.

"서훈 씨, 이제 제가 구울게요."

채원은 손을 내밀었다.

"아뇨. 제가 구울게요. 제가 사실 고기 굽는 부심이 좀 있어서요."

"너무 좋다. 너어무 올바르다. 그런 부심, 우리 완전 좋아해, 서훈 씨."

서훈이 집게를 사수하자 맞은편의 직원은 박수를 쳤다. 제일 친하게 지내야 하는 유형의 사람 중에 고기 잘 구워주는 사람이 있으니, 이 얼마나 반가운 신입 사원인가.

"제가 구운 고기 맛있게 드셔주시면 뿌듯하더라고요. 신경 쓰지 말고 드십시오, 선배님."

"그럼 서훈 씨의 뿌듯함을 위해서라도 열심히 맛있게 먹겠습니다. 제가 술이라도 한잔 따라드릴게요."

"옙! 그건 마다하지 않겠습니다!"

서훈이 잔을 내밀자 채원은 공손하게 따랐다. 여기저기 화기애애한 분위기.

성준의 곁에서 고기를 굽던 민권은 은연중 성준이 채원을 보고 있음을 확인하고는 피식, 웃음을 흘렸다.

대표 옆에서 눈치 보지 말고 마음껏 먹으라는 배려로 민권과 둘이 떨어져 자리를 잡은 성준은 그냥 눈치 없는 척 채원의 옆으로 갈걸, 후회가 막급이다. 저건 나만 없으면 화기애애하지.

"이봐, 김 실장."

"네, 대표님."

술이 쓰다, 써.

"무속인 신원 빨리 확인해봐. 뭔가 자꾸 느낌이 좋지 않아. 여러모로."

"네, 곧 알아보겠습니다. 그런데 그날 정채원 씨는 왜 위혼제에 있었을까요."

"나도 모르겠다. 짚이는 게 하나도 없어."

자꾸만 무속인의 기분 나쁜 얼굴이 신경을 긁어댄다.

성준은 눈을 가늘게 뜨며 술을 마시다가, 버릇처럼 다시 고개를 돌려 채원과 신입 사원을 바라보았다. 무속인도 무속인이지만 재네 둘이 너무나 화기애애해서 정말이지 꼴도 보기 싫다.

"대표님."

"왜."

술은 왜 이렇게 쓴가.

"썸 타는 남녀 사이에 등장하는 관계 중 가장 위험한 유형의 관계가 뭔지 아세요?"

"글쎄. 모르겠는데."

다시 만난 전 남친? 난 위험하니까. 사랑하니까?

성준은 드럽게 쓴 술을 마시고 잔을 내렸다.

"뭐, 썸 중에 구남친 구여친 정도 등장해줘야 위험한 관계 아니야? 뭔데."

"아니죠. 새로운 사람요."

민권은 고기를 뒤집으며 말을 이었다.

"새로운 사람. 새로운데 알고 싶은 사람. 알다 보니 내 스타일인 사람. 내 스타일인데 내게 관심을 보이는 사람."

민권은 잘 익은 고기 한 점을 성준의 접시에 내려주었다.

"이 모든 게 3분 안에 일어날 가능성을 가지고 있죠. 전 남친과의 재회보다 훨씬 더 스펙터클한 만남이라고요, 새로운 사람은."

"……."

"서훈 씨는 새로운 사람인데 심지어 남자가 봐도 훈훈하게 생겼어요. 비서실이 아주 몹시 환해졌습니다. 그렇죠, 대표님?"

녀석이 작정하고 염장을 지르자 성준의 얼굴은 흉하게 일그러졌다.

"뭐, 그러고 보니 3분이나 걸릴까요? 3초면 상대에게 반한다는 속설도 있는데."

"숨질래? 거둬줄까?"

"고기 드시죠, 대표님. 잘 익었습니다."

너나 먹어!

아오, 성준은 눈꼬리를 사정없이 끌어올리며 벌컥벌컥 술을 마셨다. 불타는 눈빛으로 다시 그녀 테이블을 바라보니 주거니 받거니, 너무나 지들끼리 웃음꽃밭이다.

"신입 사원 귀양 보낼 곳 없어? 뭐 출장이라든지 파견이라든지."

"오늘 첫 출근입니다. 보낼 곳 없어요."

"쟤 누가 뽑았어. 얼굴 보고 뽑은 거야? 요즘 세상에 사람 얼굴 보고 뽑는 회사가 어디 있나? 어? 누가 뽑았냐고."

"대표님이 직접 뽑으셨습니다."

"……."

성준은 비어 있는 술잔에 술을 가득 채웠다.

"김 실장, 너부터 귀양을 좀 보내야겠어. 저기 멀리 한직으로."

"듣던 중 반가운 말씀이네요. 한직은 언제나 환영입니다."

무슨 말을 해도 본전도 못 뽑는다. 성준은 편안한 얼굴로 고기를 굽는 민권을 바라보다가 휙, 집게를 빼앗아 들었다.

신경질 난다는 듯 가지런히 민권이 구워놓은 고기를 사정없이 헤집어놓고, 그중 하나를 들어 민권의 접시에 패대기쳤다.

"내가 병이 생기거든 병명은 화병이야. 원인은 너고."

"그럼 잘 먹겠습니다!"

아, 끓는다.

성준은 중간중간 염탐하듯 채원의 자리를 바라보았다. 눈길 한 번 줄 법도 한데, 아예 등을 돌리고 서훈이 있는 방향으로 앉아 어깨까지 흔들면서 웃고 있다.

"나 여기 누가 데려왔어. 일이 산더미인데. 어? 일이 산더미인데 여기 나 누가 데려왔냐고."

"대표님이 직접 오셨습니다. 직접요."

아, 끓는다. 으어어! 끓는다!

"어, 비 오네?"

시끌벅적했던 회식이 끝나가는 자리. 채원은 동생에게 전화를 걸기 위해 먼저 밖으로 나왔다가 하늘을 올려다보았다.

회식을 시작할 때만 해도 맑았던 하늘은 어느새 비를 머금은 구름으로 가득했다.

"일기예보에서 비 온다고 하더니, 이제 오네요."

"아, 실장님."

채원은 들려오는 민권의 음성에 곁을 바라보았다. 민권은 후식으로 나온 매실차 한 잔을 채원에게 건넸다.

"많이 먹었어요?"

"그럼요. 엄청 많이 먹었어요. 배가 터질 것 같아요."

채원은 민권이 건네는 매실차를 받으며 생글생글 웃었다. 그러다가 잠시 후 웃음을 뚝 그쳤다.

"저, 실장님."

민권과 언제고 풀어야 할 숙제가 남았다.

"네, 채원 씨."

그의 음성은 언제나 그렇듯 편안하고, 유쾌했다.

"실은 제가 어제…… 대표님한테 사실대로 이야기를 하고 말았어요."

"어제? 사실대로? 뭘 말이죠?"

"그게…… 제가 사실은 결혼한 게 아니라는……."

"아, 그거요."

"죄송합니다. 이야기 안 하기로 했는데, 제가 약속을 못 지켰어요."

채원은 무안함에 애꿎은 종이컵만 내려다보았다. 석 달의 계약 기간이 끝날 때까지 성준에게 미혼임을 비밀로 하자던, 민권과의 약속을 지키지 못한 것이 못내 마음에 걸렸다.

"이미 대표님은 다 알고 계시던데요, 뭐. 채원 씨가 한발 늦었네요."

"아……."

"알고 계시더라고요. 저 되게 혼났어요, 대표님한테. 자기 인생에 끼어들지 말라고 하던데요."

민권은 그때의 일이 떠올랐는지 웃음을 터트렸다. 우리 둘 사이를 갈라놓으면 무엇도 용납하지 않겠다는, 그때 대표는 표정으로 많은 말을 뱉어내고 있었다.

"느낀 게 있어요. 아, 내가 수습할 수 있는 관계는 아니구나. 누구보다 대표님이 원치 않는구나. 그럼 저는 그런 대표님의 의견을 또 존중할 수밖에 없으니까요."

"죄송합니다."

"죄송은요. 그런 말 마세요. 채원 씨가 잘못한 건 하나도 없으니까."

민권은 채원의 손에 들린 빈 종이컵을 가져가며 잘못 아니라고, 외려 잘못은 내가 한 것 같다 말했다. 빗줄기는 조금씩 굵어졌다.

"선배님! 비가 많이 오는데 우산 있으세요?"

뒷정리를 끝마치고 나온 서훈이 우산을 들어 보이며 묻는다. 채원과 민권은 동시에 서훈을 바라보았고, 그 뒤에 따라 나오는 성준에게 시선을 옮겼다.

지옥에서 온 사신처럼 눈을 번쩍거리며 신입 사원의 뒤통수를 태울 듯 바라보고 계신다.

"선배님, 지하철 타고 가실 거죠? 제가 그럼 지하철역까지 바래다드릴게요."

"아, 아네요, 서훈 씨. 우산이야 사면 그만이지. 괜찮아요."

"에이, 아깝잖아요. 제가 바래다드릴게요."

아니야……. 너 지금 뒤돌아서 대표님 표정 보면…… 그런 말 안 나올걸…….

"신입 사원의 기사도 정신을 부디 헤아려주십시오! 선배님!"

아니야……. 아니라고 하면 그냥 아닌 줄 알면 좋겠어…….

나는 대표님 표정이 다 보이거든…….

"하하, 이 친구. 하하하, 기사도 정신 아주 좋네."

이대로 두면 지옥행 급행열차에 곧 올라탈 것 같은 서훈을 구제하려는 웃음이 퍼진다. 약간의 취기가 올라 목소리가 커진 서훈에게 다가간 민권은 껄껄 웃으며 우산 속으로 들어섰다.

자연스럽게 서훈에게 팔짱을 낀 민권은 어느덧 우산을 점령했다.

"그럼 기사도 정신 발휘해서 나 좀 데려다줘. 지하철역까지만."

"예? 실장님을요? 실장님도 지하철 타십니까?"

"오늘부터 타기로 했어. 자, 우리 먼저 가자고."

저희는 먼저 갑니다! 민권은 이러려고 준비한 우산이 아니라는 것처럼 떨떠름한 표정을 짓고 있는 서훈을 끌며 사라졌다.

직원들마저 하나둘, 결국은 모두 사라진 자리. 대리운전 기사를 기다린다는 핑계로 마지막까지 남은 성준은 채원을 바라보았다.

"어쩌나. 나는 누구처럼 큰 우산도 없고, 그래서 지하철역까지 안전하게 바래다줄 수도 없겠는데."

앞이 보이지 않을 정도로, 비는 쏟아졌다. 가게 앞 천막 아래 서서 그를 바라보던 채원은 둥글게 미소 지었다.

"그럼 그냥 서훈 씨 우산 쓰고 갈 걸 그랬어요."

"보기보다 잔인한 구석이 있네. 고작 하루밖에 안 된 신입 사원의 미래를 이렇게 해치나."

"나는 대표님 미래도 해치는 사람인데요, 이 정도쯤이야."

"선택해. 여기 서서 비가 그칠 때까지 기다리는 방법이 있고, 내 재킷 속으로 피신하는 방법이 있어."

채원은 마른침을 삼키며 그의 재킷을 바라보았다. 더 이상 아무 말도 하지 않으면 그는 반듯하게 잠근 단추를 풀고 재킷을 열어줄 것이고.

어쩌면 그 안에서, 세상 어디에서도 느끼지 못할 행복을 느낄지 모른다. 쏟아지는 비에 감사할 지경으로, 우산이 없다는 사실에 감동할 지경으로, 그의 품은 따뜻하고 안전할 것이다.

안다. 알고 있다.

"좀 있으면 가게 문 닫을 텐데, 그냥 뛰어갈까요? 비를 맞을 거면 같이 맞아야죠. 의리 없이 혼자 피하고 싶지 않아요."

"나한테 의리 지키고 그러면 곤란한데. 난 너하고 친구 하고 싶은 생각, 눈곱만큼도 없는데."

답은 정해졌다는 것처럼 그는 천천히 재킷 단추를 풀었고, 예상 대로 품을 열어주었다.

내게 귀한 인생을 형편없이 내던져버린 이 남자.

더 받을 게 없다.

"들어와."

이미 다, 받아버렸다.

보내고 싶지 않아

비는 기가 찰 지경으로 많이 쏟아졌다. 거리엔 사람들이 사라졌고, 앞을 분간하기도 어려워 둘만 남은 세상처럼 여겨졌다.

성준도 채원도 형편없이 젖은 모습을 한 채 무작정 걸었다. 대책 없이 쏟아지는 비를 맞고 있자니 어쩐지, 인생을 둘러싼 수많은 걱정거리가 씻겨 내려가는 것만 같아 속이 시원해지고 정신이 맑아졌다.

우산을 쓰고 갔다면 느끼지 못했을 감정인 것만 같아, 다소 무모한 지금의 행동에 후회가 남지 않았다.

"저기로 들어가자."

재킷 속을 파고들었지만 별수 없이 홀딱 젖은 그녀에게 그가 말을 건넨다. 함께 걸은 지 30분 만의 일이었다.

주상복합 건물이 늘어선 공간. 채원은 두리번거리며 물었다.

"여긴 어딘데요?"

"우리 집."

"……뭐요? 누구 집?"

"우리 집. 내 집. 한성준의 하우스."

"여, 여길 왜 오는데요! 대표님 집엔 왜요!"

'집'이라는 단어에 화들짝 놀란 채원은 펄쩍 뛰듯 하며 되물었다. 재킷 속에서 빠져나가려고 하자 성준은 팔에 힘을 꽉 주며 빠져나가지 못하게 그녀를 압박했다.

"어딜 도망가려고. 비도 많이 맞았고, 우리 집엔 큰 우산이 많고, 라면도 있고. 일단 가자고."

"드, 들어가자고요? 안으로?"

"온 김에 집이나 구경해. 물기나 좀 닦고."

"아, 아뇨. 대표님 아뇨, 아뇨. 제가 대표님 집엘 어떻게 가요. 저 그냥 여기서 갈게요."

팔 좀 놔라, 인간아!

채원이 애를 쓰며 팔을 빼보려고 하지만 올가미에 걸린 것처럼 뺄 수가 없다. 힘은 또 어찌나 좋은지, 당황한 채원은 성준을 올려보았다.

"집엘 제가 어떻게 들어가요. 왜 이래요, 진짜."

"누가 뭐라고 했어? 집에 가면, 무슨 일이 막 생겨? 내심 기대하는 바가 있나?"

"아, 아뇨. 무슨 말씀 하시는 거예요. 집은, 집은 좀 그렇잖아요."

"하나도 안 그래. 뭐, 좀 그래준다면 나야 더 환영이지만."

"아오……."

"안 잡아먹어. 들어가서 옷이나 말리고 가. 누가 이러고 정신 나간 사람처럼 비를 맞고 다녀? 사람들이 욕한다고."

"멀쩡한 사람 지가 다 젖게 해놓고……."

"뭐라고?"

"됐다고요! 진짜 이상한 사람이야! 우씨. 앞장서요!"

결국 재킷 속에서 빠져나온 채원이 인상을 한껏 구기며 빠르게 뛰자 성준은 큰 보폭으로 그녀를 따라잡았다.

……아아, 그 시절 우리의 이별도 어쩌지 못한 게 있다. 함께 있고 싶은 마음.

"라면 있어요, 진짜?"

"달걀도 풀어줄게."

"걷느라 소화 다 됐어요. 아까워. 얼마 만에 먹은 한우인데 이렇게 소화를 시키나."

느린 밤에 네가 있었으면 하는, 마음.

"단희 씨!"

예고 없이 비가 쏟아지는 바깥을 바라보며 카페에 앉아 있던 단희는 자신을 부르는 소리에 옆을 바라보았다. 정든이가 나타났다.

"네, 안녕하세요."

단희는 엉거주춤 일어서며 등장한 이든에게 인사를 했다. 정이든이라는 이름도 정든이로 기억할 만큼 아는 바가 많이 없는 사내였지만, 이렇게 따로 만나서라도 해야 하는 숙제가 남아 있었다.

"어우, 갑자기 밖에 비가 많이 와요. 단희 씨 우산 있으세요?"

"아뇨, 뭐. 비가 갑자기 와서 준비 못 했습니다."

"비가 많이 와요. 내일 아침까지 온다던데."

이든은 옷에 묻은 물기를 툭툭 털며 자리에 앉았다.

짜여 있는 스케줄대로 하루 일과를 마치는 이든이 마지막 스퍼트를 올리던 그때. 단희에게 만날 수 있겠느냐는 전화가 걸려왔다. 영문도 모른 채 카페로 나온 이든은 표정이 단조로운 단희를 바라보았다.

"아, 이거."

단희는 작은 봉투를 하나 꺼내 내밀었다.

"이게 뭐예요?"

이든은 봉투를 내려다보았다.

"그때 망가진 자전거랑 같은 걸로 구했어요. 다른 건 필요 없다고 하셔서."

"어? 그걸 어떻게 구하셨어요? 아마 단종됐을 텐데?"

"일단 구했어요. 모레 찾으러 가시면 돼요. 교환증 넣어놨습니다."

"헐."

헐. 이든은 봉투를 열어보았다. 자전거를 던져 날치기범을 잡고, 사례하겠다는 단희의 제안을 한사코 거절했었다.

꽤나 오래된 자전거였다. 집이 부유했던 시절, 아버지는 아들을 위해 특별히 한정판 자전거를 구해주었고, 이래저래 수리를 하며 지금껏 문제없이 타고 다닌 추억의 자전거였다.

"와, 이 자전거를 어떻게 구하셨는지 모르겠네요. 없었을 텐데."

값도 값이거니와, 그 당시 한정판이었기에 지금은 판매도 하지 않는.

이든은 믿을 수 없다는 듯 교환증을 바라보았다. 다른 자전거는 필요가 없다는 말이 마음에 걸렸던 것 같다.

"제 말은 이 자전거 아니면 안 된다는 뜻이 아니었는데. 오해하셨나 봐요."

"아뇨. 저 때문에 망가졌으니까 제가 당연히 보상해야 하는 게 맞죠. 받아주세요."

"아…… 이거 진짜, 어떻게 구하셨는지 모르겠네요. 받아도 될지."

이든이 머뭇거리자 단희는 조용히 커피를 마셨다.

그의 한정판 자전거는 구할 수가 없었다. 수소문 끝에 어느 수집가에게 정가보다 훨씬 비싼 가격을 주고 구매를 했다. 최신형으로 부품 수리를 끝마치고, 이제 그에게 전달해줄 수 있게 되었다.

"감사합니다. 생각지도 못했는데, 기분이 이상하네요."

비싼 가격을 치렀지만 날치기당할 뻔했던 보석값에 비하면 터무니없이 저렴했다.

단희는 여전히 단조로운 표정을 지은 채 커피를 마시다가 자리에서 일어섰다. 볼일은 끝났으니 헤어져야 할 시간이다.

"그럼 이만 가보겠습니다. 조심히 들어가세요."

앉은 지 5분도 안 돼 단희가 일어서자 이든은 당황하는 표정을 지으며 따라 일어섰다. 자전거를 받은 인사를 충분히 했는가, 이든은 다시 한번 곱씹었다.

"식사라도……."

"아닙니다. 들어가봐야 해서요."

타인과 섞이는 일이 자연스럽지 못한 단희는 묵례했다. 이든은 얼떨떨한 얼굴로 따라서 인사를 하다가, 급하게 자신의 우산을 내밀었다.

"이거 우산, 쓰고 가세요."

"아뇨. 괜찮습니다."

"쓰고 가세요. 비가 너무 많이 와요."

한사코 싫다 거절해보지만 이든은 기어코 단희의 손에 우산을 쥐여주었다. 백팩을 앞으로 메며, 이든도 나갈 준비를 마쳤다.

"저한테 우산 주시면, 그쪽은 어떻게 가시려고요?"

"저는 이게 있거든요."

이든은 웃으며 후드 티셔츠의 모자를 뒤집어썼다. 커다란 모자가 그의 작은 머리를 폭 감쌌다.

누군가에게 무얼 받아본 적이 없는 단희는, 이걸 받아도 되는 건가 아닌 건가 난처한 눈빛을 했다.

"사실 제가 며칠 뒤에 오래 준비한 시험을 보는데요."

뚱딴지같은 그의 말에 단희는 힐끔, 이든을 바라보았다.

"그때 자전거 타고 갈게요. 덕분에 좋은 기운 듬뿍 싣고, 시험 잘 치르고 올게요. 감사합니다."

"아아, 네. 합격하시길 바라겠습니다."

"먼저 가세요. 저는 가시는 거 보고 갈게요."

"아, 네, 뭐."

그럼 안녕히 가세요. 단희는 카페 문을 열고 나와, 그가 준 우산을 펼쳤다. 험한 빗줄기가 떨어지는 밖으로 걸음을 옮기고 슬쩍 뒤를 돌아보자, 카페 안에서 그가 잘 가라며 손을 흔들어준다.

저도 모르게 따라 손을 흔들 뻔한 단희는 움찔하다가 짧게 고개를 숙여 인사를 했다.

빗방울은 이곳저곳을 적셨다. 이곳저곳이 물들었다.

"무슨 비가 이렇게 엉망진창으로 내려. 앞이 보이지를 않네, 보이지가."

엉망진창으로 비가 내리니 와이퍼를 빠른 속도로 움직여보지만 닦아내는 일이 무색할 지경으로 젖어든다.

평소보다 속도를 줄이며 운전 중이던 곽씨는 인상을 쓰며 핸들 앞으로 상체를 붙인 채 어두운 도로를 달렸다.

"단희 얘는 말도 없이 어디를 갔어. 하여튼 개똥도 약에 쓰려면 없다고, 내가 심야 운전 못 하는 거 뻔히 알면서 어딜 간 거야."

애먼 원망이 단희에게 꽂힌다. 피로나 풀 겸 최고급 스파와 피부 관리를 마치고 나온 곽씨는 연신 불안한 표정을 지으며 운전대에 매달리다시피 했다.

야간 운전이 익숙하지 않을뿐더러, 이렇게 비가 쏟아지는 날의 운전은 더더욱 최악이었다.

"어우, 무서워. 어우, 무서워."

곽씨는 쉴 새 없이 좌우를 살피며 바짝 신경을 곤두세웠다. 우르르 쾅쾅! 번쩍하며 하늘이 쪼개지는 듯 환한 빛이 머물더니 이윽고 굉음이 들린다.

"꺄아아, 엄마아아!"

곽씨는 눈을 질끈 감았다가 떴다. 어두컴컴한 차 안의 공기는 을씨년스러웠고, 곽씨는 잔뜩 겁을 집어먹은 채 불안에 떠는 표정을 했다.

"단희 이 망할 기집애! 이런 날씨에 대체 어디를 간 거야! 아오 씨!"

유난히 비 오는 날씨가 무서운 곽씨는 험한 욕을 잔뜩 쏟아내며 신경질을 냈다. 마치 뒷좌석에 누군가 앉아 있을 것만 같고, 내비게이션에서 흘러나오는 기계음도 섬뜩하게 느껴지는 지경이었다.

차는 간신히 신호에 멈췄고, 곽씨는 긴장으로 참고 있던 숨을 몰아 내쉬었다. 그때였다.

쿠과아아아앙!

"꺄악! 엄마야!"

뒤에서 일어난 충격에 곽씨가 탄 고급 세단이 앞으로 덜컹한다. 곽씨의 몸도 따라 앞으로 휘었다가 제자리로 돌아왔다.

"뭐야! 무슨 일이야!"

하……. 곽씨는 목에서 느껴지는 통증에 목덜미를 잡으며 뒤를 살폈다. 누군가 자신의 차량을 받은 게 분명했다.

"하……. 진짜 이런 썅……."

곽씨는 짜증이 폭발한다는 표정을 지었다. 이런 날씨에 사고까지, 이게 뭔 난리란 말이냐.

사고를 낸 뒤쪽 차량 운전자는 우산을 쓰고 뛰어왔다.

"괜찮으세요? 저기, 괜찮으세요? 비가 너무 많이 와서 앞을 잘 못 봤어요! 죄송합니다!"

일진이 사납네, 사나워. 그냥 집에 있을걸. 곽씨는 오만상을 찌푸리며 긴 한숨을 내쉬었다.

"이게 얼마짜리 차인데, 미쳤어? 이걸 들이받아? 인생 새로 쓰고 싶은 모양이지?"

곽씨는 단단히 화가 난 얼굴로 우산을 들고 차에서 내렸다. 우르르쾅쾅! 하늘은 다시 한번 쪼개졌다.

"우와."

성준을 따라 집 안으로 들어선 채원은 우와, 작은 탄성을 내지르며 주변을 살폈다. 들어서는 입구부터 범상치 않다 했더니, 내부는 넓고 고급스러웠다.

"여기서 혼자 사시는 거예요?"

"둘이 살아도 되긴 해."

"대박. 방이 몇 개예요?"

"침실은 하나야."

질문에 헛소리만 잔뜩 해대더니 큼직한 수건을 가지고 온다. 채원은 수건을 받아 들고 뚝뚝 물이 흐르는 머리를 감쌌다.

"머리 짜니까 물 나오는 거 보여요? 보고 있어요, 지금?"

"수건 많아. 열심히 말려."

"멀쩡한 사람 다 젖게 해놓고 진짜, 아오."

"뭐, 솔직하게 말하자면 안 젖었을 때도 그렇게 멀쩡해 보이진 않았어."

"……말이나 못 하면."

"라면 두 개?"

"하나요."

젖었으니 어딜 앉을 수도 없고, 채원은 우두커니 서서 수건으로 여기저기를 닦았다.

이렇게 닦는다고 홀딱 젖은 옷이 마를 리가 없다. 쳇. 어디로 사라지나 했더니 지만 옷을 갈아입고 나온다.

"너도 좀 갈아입을래? 여자 옷이 있긴 한데."

허. 여자 옷이 있단다. 채원은 어처구니가 없다는 듯 실소했다.

"혼자 사신다더니 여자 옷이 구비되어 있나 봐요?"

"뭐, 준비가 철저해서 나쁠 건 없으니까."

"아하, 준비."

준비란다. 채원은 기가 막힌다는 듯 눈꼬리를 올렸다.

"준비, 거참 신박하게 좋네요, 그럼 준비는 어디까지 되어 있는 거죠? 평상복? 외출복? 잠옷? 아니면, 속옷까지?"

불리한 진술은 하지 않겠다 이건가? 성준이 말없이 옷을 가지러

들어간다. 허 참, 채원은 열이 올라 손부채질을 시작했다.

이 집에 대체 여자 옷이 왜 있는데? 왜? 왜? 왜?

"말해봐요. 이 집에 입성한 여자가 내가 처음은 아니죠? 미리 준비해둔 게 아니라 누가 놓고 간 옷은 아니고요? 나 그런 옷 안 입어요. 분명히 말하지만 다른 여자가 입었던 옷 같은 건 절대로 안……."

방에서 돌아온 그가 불쑥 옷을 내민다. 채원이 입지 않겠다는 듯 턱을 들며 콧방귀를 뀌자, 그는 옷을 흔들며 입을 열었다.

"입어. 원래 니 옷인데."

채원의 고개가 빠르게 내려간다.

"……제 옷이 여기 왜 있어요?"

"여기 있었으니까."

헐. 스페인에서 그와 함께 입었던 시밀러 룩, 원피스다.

사랑에 눈이 멀어 정말 가지가지 했다. 스페인에선 커플 룩도 서슴없이 입고 다녔으니까. 낯 뜨거운 기억에 얼굴이 붉어진다.

"이걸 왜 가지고 있어요? 설마 이걸 한국까지 가지고 온 거예요?"

"얼마 전에 자료 좀 찾을 게 있어서 안 뜯었던 박스를 뜯었는데 거기서 튀어나왔어. 부러 챙긴 건 아니야."

"그럼 그때 버리지 그랬어요."

"버려서 끝날 일 같으면 버렸겠지."

빳빳하게 다려진, 지나온 시간이 무색하게 관리가 잘되어 있는 오래된 원피스를 내려다보던 채원은 멈칫했다.

꼭 같이 입었으면 좋겠다고. 그 시절, 시밀러 룩을 낯설어하던 그에게 매달리고 매달려 억지로 입혔다.

뭐든 같았으면, 뭐든 함께했으면 좋겠다며 기념이 될 만한 모든 것을 같은 것들로 묶고, 엮었다. 그가 머물던 숙소를, 온통 함께하는 것들로 가득 채웠다.

"옷에서 스페인 냄새가 나는 것 같아요."

"드라이 냄새일 텐데."

"그냥요. 기분이 그렇다고요."

그런 공간에, 그를 남겨두고 사라졌다.

눈을 뜨면 아무것도 변한 것 없는 공간에 그를 가둬둔 채, 나 홀로 새로운 세상에 뚝 떨어져버렸다. 짐을 챙길 정신이 없었으니 그와 관련된 물건은 아무것도 가져오지 못했다.

"이거 말고⋯⋯ 또 뭐 있어요?"

"뭐가?"

"그냥요. 스페인에서 가져온 다른 물건이 또 있냐구요."

어느 날은 그랬음에 감사했다. 지척에 당신이 묻은 것들을 두고, 내가 온전했을 리 없으니까.

"더 있는 것도 같은데 잘 모르겠어. 뭐가 너하고 관련된 물건인지 아닌지, 나중엔 그것도 헷갈리더라고."

그는 수건 하나를 들고 다가왔다. 멍청하게 서서 원피스만 내려다보고 있자니, 그가 등 뒤에 서서 수건으로 머리를 말려주었다.

채원은 가만히 서서 숨을 낮게 내쉬었다.

"사람 미안하게 만드는 데 뭐 있네요, 대표님."

"이 정도 복수는 복수도 아니지. 내가 너 때문에 어떻게 살았는데."

"잊고 싶어서 떠났던 건 아니었어요."

머리를 말리는 그의 손길이 느슨해진다.

"잊어본 적이 있었던 것도, 아니에요."

처음 들어온 그의 집이었고 낯섦이 당연한 공간이었지만 희한하지, 스페인에서 그가 머물렀던 작은 숙소의 공간처럼 금세 익숙해지고 안온해진다.

발끝을 적신 술김, 전신을 적신 빗물, 이 밤이 만들어낸 쓸데없는 용기를 쥐고 그녀는 처음으로 감춰뒀던 마음을 토했다.

많은 것이 느껴지는 그의 숨이 뒷덜미에 내려앉는다. 채원은 시야에 그가 보이지 않음에 안도하며, 씁쓸해지는 입술을 꽉 닫았다.

……얼마 전, 그와 출장길에 와인을 마시고 무작정 기다려달라 말했던 날이 떠오른다. 술에 취해 그의 답을 기억하지 못했던 그날의 그 순간이 불현듯 밀려든다.

취한 눈빛을 한 나를 앞에 두고, 그는 취기라도 용납하지 않겠다는 눈빛을 하며.

기다릴지 말지는 내가 결정해.

니 허락 같은 거 받고 싶은 생각 없어.

나한테 오는 길, 멈추지 않겠다고. 방해 말라고.

버텨봐. 나 없인 못 살게 만들어볼 테니까.

"떠난 주제에 할 말은 아니지만 그땐 정말 대표님 좋아했어요. 잘은 생각나지 않지만 내가 대표님을 더 많이 좋아했던 것 같아요."

뒤들 돌면 그를 안을 수 있다. 안을까, 미친 척 돌아서 안겨볼까. 억누르기 힘든 충동이 전신에 달라붙는다.

채원은 간신히 누르고 눌렀다. 오늘의 끝보다 내일의 아침이 더 두려웠으므로.

"아니. 나도 잘은 생각이 나지 않지만 내가 더 좋아했을 거야."

"……."

"그냥. 그랬다고."

그녀는 몸을 뒤로 뉘며 그의 가슴팍에 등을 기댔다. 채 마르지 않은 머리를 그의 어깨에 기댔다.

"술도 위험한데, 비는 더 위험하다. 그렇죠?"

갈 곳 잃고 허공에 멈춘 그의 손이 느껴져, 채원은 잠시 눈을 감았다.

"옷 갈아입고 나올게요. 라면은 됐고 저 그냥 이제 가볼……."

"자고 가라."

채원은 천천히 눈을 떴다.

"난처하게 만들지 않을 테니까, 자고 가."

비는 하염없이 내렸다.

"그냥, 그렇게 해줘."

"여보세요? 이든아, 누난데."

— 어, 누나. 비 많이 온다. 아직 회식 중이야?

"아, 어. 회식 중인데 어, 그게, 나 오늘 찜질방에서 자고 들어가려고."

— 왜? 우산 없어서 그래? 내가 데리러 갈까?

"아, 아냐! 그건 아니고! 같이 일하는 여직원 한 명이 집이 멀어서 모, 못 갈 것 같다고 해서!"

채원은 그의 침실로 들어가 동생 이든과 통화를 시도했다. 거짓말을 하는 불안함에 심장은 쿵덕쿵덕 널을 뛰었다.

— 그래? 알았어. 찜질방 불편할 텐데. 아니면 우리 집 데리고 와서 자. 내가 아빠 병실로 갈…….

"아냐! 아니야! 그, 그냥 자고 갈게! 내일 일찍 갈게!"

— 알았어. 그럼 조심하고. 연락해.

"알겠어. 일찍 자. 끊을게."

어후. 채원은 휴대폰을 내리며 한숨을 내쉬었다. 체질에 맞지 않는 거짓말은 할 때마다 난처했다.

"이래도 되나 모르겠다……."

휴……. 채원은 가만히 휴대폰을 내려다보다가 고개를 들었다. 깔끔하게 정리된 그의 침실을 두리번거리다가, 준비가 되었다는 듯 뒤를 돌아 문을 열었다.

얼씨구. 엿듣고 있었는지 그가 문 앞에 가까이 서 있다.

"동생이랑 통화했어요."

"아, 그래? 잘했어? 허락받았고?"

"……네."

채원이 쭈뼛거리며 말하자 성준은 눈썹을 추켜올리며 샤워실을 가리켰다.

"그럼 일단 씻어."

"네에? 씨, 씻으라고요?"

"씻어야 할 거 아냐! 비 쫄딱 맞고, 감기라도 걸리면 내가 곤란해진다고."

"괜찮아요. 다 말랐어요."

"드러워. 드러우니까 가서 씻어. 자꾸 사람 이상하게 만들면 지금이라도 진로 변경할……."

"새 칫솔 있어요? 저쪽에서 씻으면 돼요?"

채원이 말을 콱 씹으며 씻겠다는 의사를 내비치자 성준은 다른 손에 쥐고 있던 칫솔을 건넸다.

"욕실은 저쪽. 가면 필요한 건 얼추 있을 거고."

"네."

"깨끗하게 씻어."

쭈뼛거리며 욕실로 걸음을 틀던 채원은 홱, 뒤를 돌아 그를 바라보았다. 깨끗하게 씻으라는 그 말이 어쩜 이렇게도 드럽고 음흉하게 들릴 수 있는 건지.

"감기 안 걸리게 깨끗하게 씻으라고, 이 사람아."

"……다녀올게요."

"필요한 거 있으면 얘기해. 중간에 가져다줄게."

"중간에 뭘 가져다줘요! 어딜 들어오겠다는 거예요!"

다시금 쭈뼛거리며 걸음을 옮기던 채원이 째진 눈을 하고 홱, 돌아보자 성준은 웃었다.

"씻으라는 거 맞아요, 지금?"

"알았어. 그만 놀릴 테니까 씻어."

"우씨. 씻는 동안 근처에 얼씬도 말아요. 알겠어요?"

"알았어. 알았다고."

영 못 믿겠다는 표정을 지으며 채원이 슬금슬금 뒷걸음으로 멀어진다. 성준은 멀뚱멀뚱 그 얼굴을 바라보다가 어서 들어가라, 손을 휘저었다.

"내가 내 발을 묶어서라도 여기 있을 예정이긴 한데, 혹시 모르니까 문은 꼭 잠가."

"아오! 진짜! 대표님!"

결혼은 하지 않았고, 그렇다고 연애할 생각이 있는 것도 아니라던 그녀가 씻고 나와 슬금슬금 소파에 앉는다. 성준은 긴장한 까닭에 딱딱하게 굳은 채원의 발걸음 소리가 귀여워 피식 웃음을 터트렸다.

따뜻한 차를 끓여 거실로 가지고 나온 성준은 그녀에게 건넸다.

"따뜻하게 차 한잔 마시고 자."

"감사합니다. 잘 마실게요."

성준은 그녀의 반대편에 앉았다. 후룩, 두 손으로 찻잔을 움켜쥐고 그녀가 차를 마신다.

이 집에 있는 그녀의 모습은 너무나도 낯선데, 이렇게 함께 있는 지금의 분위기는 또 한없이 익숙하기만 하다.

"저는 그러면 어디서 자요?"

"내 방에서 자. 침대는 그 방에 하나뿐이라."

"그럼 대표님은요?"

"난 뭐, 알아서 잘게. 베개와 홑이불 한 장이면 어디서든 잘 수 있지."

"주객이 전도되어서 어떡해요. 괜히 자고 간다고 해서 대표님 불편하게 만들었나 봐요."

"너 없는 게 더 불편한 사람이야, 나는."

"……."

"짝사랑이라도 실컷 하게 내버려두라고 하고는 자고 가라 마라, 곁에 있어라 마라, 나도 참 말 따로 행동 따로 논다. 그렇지?"

따뜻한 찻잔에 서린 김을 내려다보던 채원은 그의 말을 곱씹다가 흐릿하게 웃었다.

조금이라도 그의 마음에 보탬이 되는 일을 하고 싶다. 그래서 자고 가라는 그의 청을 뿌리칠 수 없었던 거라고, 머리는 끊임없이 정당방위라 속삭였다.

"말 따로 행동 따로 노는 건 대표님이 아니라 제가 더 그런 것 같은데요."

사실은 누구보다 돌아서기 싫었다. 까만 밤이 지나고 거센 비가 그칠 때까지 그와 함께 있고 싶었다고, 가슴은 틈새를 엿보며 머리에 가려진 진실을 속삭였다.

……휴. 마음을 밀어 넣듯 따뜻한 차를 연거푸 삼킨 채원은 찻잔

을 내렸다. 앉아 있는 소파를 이리저리 바라보다 툭툭 치더니, 마음에 든다는 것처럼 입을 열었다.

"저 오늘 여기서 잘게요."

"침실 가서 자라니까."

"그냥, 여기가 더 좋은 것 같아요."

채원은 반듯하게 접혀 있던 블랭킷을 펴고 소파에 털썩 누웠다. 옆으로 누워 그를 바라보니 쟤가 왜 저러는 걸까, 싶은 표정을 지으며 보고 있다.

"니가 그렇게 누워 있는데 내가 퍽이나 침대에 누워 잠이 오겠다, 정채원 씨."

"그럼 대표님도 거기서 자면 되겠네요."

"나는 원래 여기서 자려고 했어. 너 들어가서 자라니까?"

"의리 없이 혼자 침대 차지하고 싶진 않네요. 그냥 이 정도 영역에서 합의 보죠?"

으아, 편하다. 채원이 꼬물거리며 자리를 잘 잡고 블랭킷을 이불삼아 덮자 성준은 흠, 하며 낮은 숨을 내쉬었다. 못 말리겠다는 것처럼 고개를 절레절레 흔들다가 그도 따라 소파에 누웠다.

옆으로 누워 앞을 바라보자 그녀가 바라보고 있다. 지금의 상황이 황당하다는, 하지만 꽤 나쁘지 않다는 듯 약간의 취기가 묻은 눈빛을 한 채 그녀가 웃는다.

"우리 너무 웃기지 않아요? 지금 이 상황, 너무 웃긴 것 같아요."

"그래, 웃기긴 하다. 멀쩡한 침실 놔두고 굳이 서로 소파에서 자겠다고 하는 게."

비를 많이 맞아서 머리가 어떻게 된 건 아닐까. 바라보고만 있어
도 품이 닿은 것만 같은 착각이 인다.

성준은 스르륵 눈을 감은 그녀의 얼굴을 한참이나 바라보며, 느
리게 눈을 감았다가 떴다. 얼마나 시간이 흘렀을까. 일정한 숨소리
를 내는 그녀의 얼굴을 보자니 깊은 잠에 빠진 것 같다.

성준은 조용히 일어나 침실에서 이불을 가져와 그녀가 덮고 있
는 담요를 걷어내고 덮어주었다. 소파 아래 앉아, 잠든 그녀 얼굴을
한참이나 들여다보고 있자니 만감이 교차한다.

"니가 계속 여기 있었으면 좋겠다, 나는."

너 없이 살았던 나의 나날은 어땠을까.

계절이 바뀌는 횟수만 의미 없이 쌓아온 시간들. 다시는 반복하
고 싶지 않은, 빈곤한 감정만 갉아먹은 나날들.

"보고 싶었어, 진심으로."

그는 하염없이 그녀의 얼굴을 바라보았다. 아침 같은 건 오지 말
았으면 하는. 붙잡을 수 있는 좋은 핑계가 되어준, 내리는 비가 그
치지 말았으면 하는.

그런 마음만 가득 안고서.

"여사님, 식사는 입에 맞으셨습니까?"

"아주 좋았어요. 한 대표 덕분에 모처럼 입맛에 맞는 걸 먹었지
뭐야."

이튿날. 성준은 예정되어 있던 주옥선 여사와의 점심 식사를 마쳤다.

"입맛에 맞으셨다니 다행입니다."

그는 안도하듯 웃으며 시간을 슬쩍 확인했다. 깊은 잠에 빠진 그녀가 일어나기도 전에 집을 빠져나왔으니 자세히 알 수는 없지만, 지금쯤이면 잠꾸러기 그녀도 일어났으리라.

대충 먹을 만한 것들을 차려놓고 나오긴 했는데, 먹었으려나? 설마 아직도 자는 건 아니겠지. 차라리 지금까지 자고 있으면 좋겠다. 내가, 다시 들어갈 때까지.

"한 대표."

"네, 여사님."

잠시 잠깐 채원을 생각하던 성준은 주옥선 여사의 음성에 고개를 들었다. 후식으로 나온 따뜻한 차를 마시며 주 여사는 입을 열었다.

"실은 내가 부탁할 것이 있어서 한 대표를 보자고 했어요."

"편히 말씀 주십시오."

"에어밸런스 대표실에, 부적 하나를 두었으면 하는데 말예요."

"네? 부적…… 말씀이십니까?"

부적? 성준은 전혀 예상하지 못한 경로의 이야기에 다소 당황하는 목소리로 되물었다.

"부적이라면 어떤 부적을 말씀하시는 건지…….'

"다른 건 아니고, 대표실에 두면 두루두루 좋은 기운이 흐른다는 부적이니 마다하지 않았으면 좋겠습니다."

"아……."

성준은 차마 원대로 하시라는 답을 하지 못한 채 말꼬리를 흐렸다. 안 그래도 오늘 여사님을 만나면 묻고 싶었던 것들이 있었는데, 이런 이야기가 기다리고 있을 줄이야.

말의 매듭을 짓지 못한 적이 없는 성준이 탄식을 흘리자 주옥선 여사는 조금 무안하다는 것처럼 쓰게 웃었다.

"역시, 조금 버거운 일이겠지요? 한 대표는 그런 것들을 조금도 믿지 않으니까."

"네. 저는 믿지 않습니다, 여사님. 하지만 부적을 쓰고 놓고, 그런 것이 문제가 되는 것은 아닙니다."

"그런 것들이 문제가 되지 않는다면 그냥 날 위해서 해줄 수는 없겠어요?"

단 한 번, 회사에 어떤 것도 요구한 적이 없던 여사님이다. 그런 여사님께서 부적을 하나 써 올 테니, 대표실에 붙여달란다.

"저, 여사님. 그럼 저도 하나만 여쭙겠습니다."

단지 부적이 싫어서, 그런 미신이 싫어서, 그의 마음이 불편한 것은 아니었다.

"그 부적은 누가 만들어주는 겁니까?"

"내가 아주 잘 아는 분이 써줄 겁니다."

"혹시 그…… 아드님의 위혼제를 치러준 분을 말씀하시는 겁니까?"

"그래요. 맞아요."

주 여사가 순순히 긍정하자 성준은 마른침을 삼켰다. 다음에 이어질 질문을 신중하게 곱씹고 곱씹다가, 성준은 다시 입술을 열었다.

"그분은 어떻게 알게 되신 분인지, 여쭤봐도 되겠습니까?"

"우연히 만났지요. 한이 쌓인 영혼의 부름을 따라 걷다 보니 내가 있었다고 하더군요. 곽 선생은 우리 형재의 혼을 보는 사람입니다."

"그럼 그 무속인이 먼저 여사님께 다가온 거네요."

"그랬지요. 처음부터 모든 것을 다 알고 내게 알려주었으니까요. 곽 선생은 우리 형재에 대해 모르는 게 없었습니다."

주 여사는 죽은 아들을 볼 수 있다며 자신을 찾아온 곽씨와의 첫 만남을 떠올렸다. 아들의 죽음을 받아들이지 못해 반쯤 정신을 놓고 있던 그 시절.

곽씨는 억울하게 죽은 아들의 상태를, 마음을, 억울함이 그득한 한을 있는 그대로 보여주었다.

"곽 선생은 내가 기댈 수 있는 유일무이한 사람입니다. 우리 형재의 혼과 접하는 사람이고, 또 우리 형재의 천도를 위해 상시 정성을 들이는 사람이니까요."

"……그러셨군요."

성준은 더 이상 말을 이을 수가 없어 고개만 끄덕였다. 절대적으로 '믿는다'는 것을 강조하는 주 여사에게, 곽씨를 의심하는 듯한 질문들은 무례했다.

"한 대표가 왜 이런 것들을 묻는 건지 궁금합니다."

질문이 뜬금없기는 마찬가지였는지 주 여사가 눈을 맞춰오며 묻는다. 성준은 편안하게 웃었다.

"별건 아닙니다. 사실 조금 궁금했습니다. 제가 알고 모시던 여사님과 그런 일들엔 간극이 있는 듯하여."

"곽 선생이 없었다면 지금쯤 나는 죽었을지도 모릅니다."

"……."

"죽었을 거예요. 살지 못했을 겁니다. 곽 선생은 내게 숨을 주었고, 우리 형재를 위로해줍니다. 그런 사람입니다."

"네, 여사님. 잘 알겠습니다."

서로가 바라보는 세상이 다르니 접점을 찾을 수가 없다. 그렇게 대화는 끝나는 듯했다.

"얼마 전엔 우리 형재가 영혼결혼식을 치렀지 뭡니까. 곽 선생의 도움으로 잘 치렀지요."

"영혼……결혼식 말씀이십니까?"

다소 믿지 못할 일이라는 것처럼 성준이 놀란 표정으로 반응하자 주 여사는 희미하게 웃었다. 누군가에게 처음 털어놓아보는 이야기라며 주 여사는 시선을 내리깔았다.

"형재가 외로워서 떠돈다고 하더군요. 그 젊은 나이게 억울하게 죽었으니, 아들의 혼을 위로할 수 있는 방법이 그런 것들밖에 없다고 알려줘서."

"아…… 네, 여사님."

"영혼결혼식을 시작으로 천도제를 지내고 있고. 그 기간이 끝나면 우리 형재, 좋은 곳으로 갈 거라고 하니 그땐 정말 모든 게 끝이겠지요."

성준은 어쩐지 주옥선 여사의 얼굴을 바로 보기가 어려워 천천히 시선을 내렸다.

영혼결혼식을 치렀다니. 픽션이 아닌 실제, 우리가 사는 세상에서 벌어지는 일이 맞는다는 것이 다소 충격이었다.

상대가 그녀인 줄도 모르고. 당연히 영혼결혼식이니 상대 역시 망자일 것이라 자연스레 가늠하며.

"내가 한 대표에게 별소리를 다 해, 이런 건 누구에게도 말하지 않고 묻어두는 건데."

"묻어두기만 하면 응어리가 생깁니다. 털어낼 건 털어내셔야죠."

"그럴까. 가끔 우리 한 대표 만나서 이렇게, 털어놓으며 지낼까."

"네, 여사님. 언제든지 환영입니다."

주옥선 여사는 진심으로 대하는 성준을 바라보며 빙긋 웃었다. 이런저런 대화 끝에 대표실에 부적을 붙이는 일은 성사가 되었고, 날짜는 다시 알려주겠노라 대화를 매듭지었다.

아. 성준은 때를 엿보다가 문득 생각이 난 것처럼, 스치듯 묻는 것처럼 입을 열었다.

"여사님. 혹시 아드님 위혼제 때 아드님의 지인분들도 오셨습니까?"

"아닙니다. 형재 주변 사람들과는 더 이상 연락하지 않습니다."

"손님이 꽤 많던데, 전부 여사님과 연이 있는 분들이셨나 봅니다. 너무 많은 분이 계셔서 다소 놀랐습니다."

"감사한 일이지요. 나는 아들이 죽었지만 그저 타인의 일에 불과할 것에 모두가 마음을 써주니 말입니다."

주 여사는 감사한 일이라며 웃었고, 성준은 따라 웃으며 찻잔을 쥐었다.

"자, 이만 갈까요?"

"네, 여사님."

알아낸 사실 하나. 채원은 강형재 군의 지인이 아니었다.

빛의 속도로 집에 귀가한 성준은 가스 불 켜고 나갔다가 들어오는 사람처럼 급히 집 앞으로 달려갔다.

현관 비밀번호를 누르려고 섰다가, 잠시 호흡을 가다듬고, 옷을 정리하고, 망설이고 망설이다가 초인종을 눌렀다. 요란한 벨 소리가 집 안에 가득 울려 퍼진다. 갔을까. 집에 있을까.

갔나. 없으려나.

"깜짝 놀랐잖아요. 벨은 왜 눌러요?"

문이 열리며 그녀 음성이 들린다. 성준은 저도 모르게 한가득 미소를 지었다.

"있었어?"

"알고 온 거 아니에요? 어디 갔다가 오는 거예요?"

"일이 좀 있어서. 볼일 보고 왔어."

"주말에도 바쁘시네요. 대표님 없어진 줄도 모르고 세상 꿀잠을 잤지 뭐예요."

헝클어져도 예쁘기만 한 얼굴을 하고 그녀가 돌아서 거실로 들어간다. 성준은 구두를 벗을 생각도 하지 못한 채 채원의 뒷모습을 바라보았다.

일을 마치고 집에 들어서는 길.

"왜 안 들어오고 서 있어요?"

"그냥. 좋아서."

"……싱겁긴."

집 안에 네가 있는 풍경. 오래도록 기억에 남겨두고 싶은 마음에 긴 시선으로 그녀를 바라보던 성준은 안으로 들어섰다.

"밥은?"

"실은 조금 전에 일어났어요."

"미인이다 이건가?"

"그냥 덜 자란 잠꾸러기죠."

헤헤. 채원이 웃으며 이불이 어지러운 소파 위를 정리한다. 성준은 포장해 온 음식을 슬그머니 식탁에 올렸다.

"그건 뭐예요?"

"혼자 먹고 오기 미안해서 식사 포장했어. 맛있더라."

"오, 센스가 보통 아니시네요."

처음부터 이곳에 함께 살았던 사람처럼 채원이 자연스럽게 행동한다. 오히려 그런 것들이 낯설게 느껴져, 성준은 다소 부자연스럽게 행동했다. 일어나자마자 집에 갔을 줄 알았는데.

"나 기다렸나?"

"그럼요. 기다렸죠."

"전화하지."

"대표님도 안 하셨잖아요."

"나는 너 잘까 봐."

"나는 대표님 바쁠까 봐."

채원은 이불을 말끔하게 정리하고 뒤를 돌아섰다. 그가 웃는 얼굴을 하고 있자 그녀의 얼굴 위로 웃음이 따라 번진다.

"왜 웃어요? 내가 기다리고 있어서 좋아요?"

"세상을 다 가진 것 같네."

"실은 어제 입고 온 옷이 다 안 말라서 기다린 것뿐이에요. 괜한 오해 마시죠?"

"날개옷이었구만? 알았으면 욕조에 담가두는 건데."

성준이 진심으로 안타까운 탄식을 내뱉자 채원은 웃음을 터트렸다. 이토록 나른하고 여유로운 주말, 얼마 만인지 모르겠다.

"저 이제 씻고 가봐야 해요. 동생이 기다려서."

"데려다줄게."

"밤새 내 얼굴 보고 있느라 피곤하셨을 텐데, 그냥 쉬어요."

엇. 어떻게 알았지.

성준은 당황한 듯 눈썹을 꿈틀거렸다. 역시 아무렇지 않게 다가와 쇼핑백 안을 바라보던 채원은 슬쩍 고개를 들었다.

애써 아무렇지 않은 척해보려고 해도, 그의 곁으로 다가가니 심장이 콩닥콩닥 널을 뛴다.

"밤새 얼굴 뚫리는 줄 알았다구요."

"곱게 쳐다봤어. 뚫리면 쓰나."

넉살 좋게 대꾸하자 채원이 믿지 않게 흘겨본다. 그때였다.

"아, 잠깐만. 나 전화 한 통만 받고."

"네. 그러세요. 전 그럼 씻고 올게요."

채원이 욕실로 사라지고 성준은 걸려온 전화를 받았다. 민권의 전화였다.

"여보세요. 안 그래도 전화하려고 했어."

— 대표님, 주 여사님 잘 만나고 오셨어요?

"아아, 조금 전에 헤어졌다. 채원이 강형재 군의 지인은 아니었던 것 같더라고."

— 그래요?

성준은 혹시 채원이 서성댈까 싶은 마음에 거실 쪽을 힐끔 바라보았다.

"그리고 그 무속인이 여사님께 먼저 접근했어. 냄새가 난다. 안 그러냐?"

— 대표님, 그 무속인 신원 알아냈어요.

목소리를 낮추고 이야기를 나누던 성준은 고개를 들었다.

"알아냈다고? 그래?"

— 대표님, 그런데 이 사람 사기꾼인데요?

성준은 두 눈을 크게 떴다. 일순 목덜미로 소름이 끼쳐, 성준은 저도 모르게 마른 주먹을 쥐었다.

"맞아? 확실해?"

— 네. 확실합니다.

"하."

하. 성준은 짧은 숨을 토했다. 조금씩 앞뒤의 윤곽이 선명해지는 기분이 밀려든다.

"너 어떻게 알아낸 거야? 정보가 하나도 없다더니."

─ 제가 누굽니까. 다 알아내는 방법이 있죠.

김 실장은 웃었다. 성준은 눈을 질끈 감았다가 뜨며 미간을 문질렀다.

곽진미. 58세. 베일에 싸여 있던 무속인 곽씨의 정보가 드러났다.

"운전면허증을 확인했다고? 무속인 면허증?"

채원을 데려다주고 회사로 출근한 성준은 먼저 와 기다리고 있던 민권을 만났다. 사기 전과가 다수인 무속인 곽씨의 신원을 알아낸 민권은 정리한 자료를 성준에게 내밀었다.

"알고 보니까 보통이 아니던데요. 전국을 떠돌면서 사기를 쳤더라고요."

성준은 빠르게 자료를 훑었다. 처음부터 좋지 않았던 예감 때문인지 너저분한 곽씨의 행적을 보아도 크게 놀랍지는 않았다.

말없이 자료만 내려다보며 성준이 시간을 흘려보낸다. 민권은 그런 그의 표정을 살피다가 조심스럽게 입을 열었다.

"대표님, 이제 어쩌실 거예요?"

"그러게. 어떻게 할까."

손에 쥔 자료를 들고 주옥선 여사를 당장이라도 찾아갈까. 사기꾼이라고 알리며 지금이라도 놀아나는 일을 멈추셔야 한다고 말해야 할까.

"문제가 몇 개 있어."

"네, 대표님."

"첫째. 이 사람이 진짜 무속인이 아니라는 증거가 부족해."

사기꾼이라는 전과만으로 주옥선 여사의 신뢰를 깨기가 쉽지 않아 보였다. 주옥선 여사에게 필요한 것은 무속인 곽씨이니, 사기꾼 곽씨라는 사실이 그것들을 무효할 수 없다.

"둘째. 내가 여사님의 주변을 사찰했다는 오점을 남겨야 해."

"그렇죠. 여사님께서 그 부분을 어떻게 받아들이실지, 그게 관건이긴 해요."

무속인에 대한 의심의 시작을 아무리 잘 설명해도 의혹을 씻을 순 없을 것이다. 하여 지극히 개인주의 성향을 가진 주옥선 여사가 어떻게 반응할지는, 어느 정도 예상되었다.

어렵게 쌓아온 서로 간의 신뢰와 신용이 깨질 수 있었다.

"셋째. 정채원이 무속인과 무슨 관계인지를 알아야 해. 그게 감이 잡히질 않아서 선뜻 나설 수가 없어."

그리고 아직 풀지 못한 숙제 하나. 정채원은 왜 그곳에서 무속인을 따라다녔을까.

"뭔가 석연치 않은 기분이 들어서 물어보지도 못하겠어. 의외로 단순할 수도 있는데."

"확실한 건 채원 씨가 일반 손님은 아니었다는 거죠. 분명 무속인과 관련이 있긴 해요."

채원은 주옥선 여사의 손님이 아니라, 무속인이 초청한 사람일 것이다. 성준과 민권의 현재 결론은 그러했다.

……잠시 침묵이 깃든다. 생각이 너무 많아 눈빛이 복잡한 성준을 바라보다가, 민권은 분위기를 환기하듯 손을 비비며 목소리를 높였다.

"대표님, 그럼 부적 붙이는 날은 언제예요?"

"글쎄. 여사님께서 조만간 가지고 오신다고 했으니 오래 걸리진 않겠지."

흠. 민권은 대표실을 휘휘 둘러보았다. 아무래도 이 공간에 부적과 어울릴 만한 부분은 없다 여겼는지 웃음을 터트렸다.

"대표님 사무실에 부적이라. 별일이 다 있습니다."

"내 말이 그 말이다. 살다 살다 이젠 부적까지 붙이고 일을 해야 하니, 나 원."

민권과 성준은 서로 바라보다가 헛웃음을 흘렸다.

"어쨌든 하루빨리 여사님께도 알려야 할 텐데요. 너무 괘씸하지 않습니까?"

"방법을 구상해보자. 완벽한 증거를 잡아서 여사님께 드릴 수 있어야 하니까."

"네, 대표님."

성준은 들고 있던 자료를 내리며 조용히 숨을 내쉬었다. 좋지 않은 일로 무속인과 채원이 연결되어 있을 거라는, 불길한 예감은 쉽게 사라지지 않았다.

"방화? 방화였다고?"

집에 돌아온 채원은 동생 이든과 만났다. 생전 하지 않던 외박을 하고 온 터라 슬금슬금 눈치를 보며 방으로 들어서는데, 동생은 뜻밖의 말을 꺼냈다.

"그랬대. 방화였다고 하더라고."

병원에서 발생했던 화재의 원인이, 방화였다고 한다. 채원은 가방을 내리며 마루에 털썩 앉았다.

상을 펴고 책을 보고 있던 동생의 곁에 바싹 다가가, 눈을 크게 떴다.

"누가? 누가 왜 그런 짓을 했는데?"

"아직 잡지는 못했어. 병원에서 계속 CCTV 돌려 보다가 수상한 사람을 발견했나 봐."

"수상한 사람?"

"그렇다네. 나도 전화로 들은 거라 자세히 알지는 못하지만, 일단 발견을 했다고 하더라고."

"아니, 대체 왜? 누가 무엇 때문에 병원에 방화를?"

"몰라. 나도 이해가 안 돼. 하여튼 이따가 병원에 들르기로 했어. 과장님이 늦게 출근한다고 하셔서."

"경찰에 신고는 한 거야?"

"말 새어 나가고 일 커질까 봐 방화인 거 확인하고 늦게 신고했나 봐. 나도 잘 모르니까 가서 자세히 알아 올게. 누나는 신경 쓰지 말고 있어.”

“아……”

채원의 입에서 탄식이 흐른다. 가만히 눈만 감았다 뜨며 숨을 죽이던 채원은 조용히 일어나 방으로 들어갔다.

숨을 헐떡이게 만들던, 곽씨의 음성이 귓가에 고여 들었다.

이건 시작에 불과할 거야. 당신이 정성을 다하지 않거나, 내 말을 새겨듣지 않으면.

기분이 이상해서 견딜 수가 없다.

어서 아버지 병원에 가봐요. 기도하던 도중에 어쩐지 좋지 않은 광경을 본 것 같으니까.

채원은 천천히 반지를 내려다보았다.

방화. 누군가의 고의. 그것들을 미리 알아챈 무속인의 예지력.

“방화……”

예지. 정말 예지일까? 그런 일까지 전부 알아낼 수 있다고?

이건 시작에 불과할 거야. 당신이 정성을 다하지 않거나.

그게 정말 가능한 일일까?

내 말을 새겨듣지 않으면.

“뭔가…… 뭔가 좀 이상한데…….”

의심. 처음으로 무언가 석연치 않다는 기분이 들었다. 경황이 없어 흘려들었던 곽씨의 말들에 묘한 의구심이 생겨난 것이다.

“아니, 아냐. 의심하면 안 돼. 안 돼.”

채원은 무언가에서 깨어나듯 눈을 크게 뜨며 고개를 가로저었다.

무속인이 그렇게까지 자신을 속이며 정성을 바랄 이유가 없다.

방화까지 일으키며 자신을 협박해서, 무속인이 얻어낼 만한 것들이 없다.

자신에게 바란 것은 정성, 단 하나. 천도제 기간까지 홀로 버티면 된다는, 그것 하나.

"그렇지. 말도 안 되는 일이지. 나한테 그렇게까지 해서 얻는 게 없는데, 말도 안 되는 거지."

채원은 자신의 생각이 너무 멀리 갔다는 생각에 피식 웃었다. 천재지변처럼 벌어진 일인 줄 알았던 화재가 누군가의 방화였다고 하니, 잠시 의심했던 것뿐이라고 가볍게 제 안에 벌어졌던 생각을 정리하려 들었다.

옷을 갈아입으려고 단추를 풀다가, 채원은 다시 멈칫했다.

"그런데 대체 왜 이렇게 기분이 이상하지? 정말 이상한데."

한번 시작된 의심은 쉽게 가라앉지 않는다. 채원은 다시 한번 자신이 끼고 있는 반지를 내려다보았다.

방화가 사실이라면? 혹시 무속인이 연관되어 있다면?

"⋯⋯아닐 거야. 아니야. 말도 안 돼. 앞뒤가 하나도 맞는 게 없어."

채원은 다시 고개를 들며 옷을 갈아입었다. 그러다가 문득 주옥선 여사를 떠올렸다. 아들의 천도를 위해 못 할 일이 없다 말하던 눈빛이 떠올라, 채원은 깊은숨을 내쉬었다.

"불 지르고 도망간 사람, 누군지 빨리 잡혔으면 좋겠다."

방화의 범인을 찾아야 한다. 생각의 종결은 그것으로부터 얻을 수 있을 것만 같았다.

"수출 역량 우수 기업 선정이요?"

주말은 눈 깜짝할 사이에 날아가고 실화인가 싶은 월요일 아침. 출근하자마자 기쁜 소식이 그녀를 반긴다. 채원은 눈을 동그랗게 떴다.

"우수 기업 선정이면 대표님 상 받으러 가시는 거예요?"

"그런가 봐. 대통령께서 직접 주시는 상이래. 대박이지?"

"대, 대통령께서 상을 주신다고요?"

헐. 채원은 놀라 까무러치는 얼굴을 했다. 유리창 안으로 비치는 성준을 힐끔 바라본 채원은 멍하니 벌어진 입을 다물지 못했다.

"와…… 대박이다…….”

사람이 다시 보인다. 잘한다 잘한다 했지만 이 정도일 줄이야.

"우리 바쁘게 생겼어. 보도 자료 엄청 만들어야 하거든. 그래도 너무 좋다. 그렇죠, 채원 씨?"

"그러게요. 대단하시네요, 대표님."

"우리 애가 학교 가서 처음 상 받을 때도 이런 기분은 아니었는데. 내가 키운 자식처럼 뿌듯하네."

비서실 직원들은 한마음으로 기뻐했다. 누군가에게 인정받는 오너를 모신다는 것은 보람찬 일이기도 했으니까.

아침부터 민권과 일에 열중인 성준을 다시 바라본 채원은 직원을 따라 활짝 웃었다. 어쩐지 월요일 아침부터 희한하게 출근길이 설레더니, 이렇게 좋은 일이 기다리고 있을 줄이야.

"대표님께 축하 인사 드려야겠죠?"

"그러게. 조금 있다가 케이크라도 사서 축하해드려야겠어. 조회 끝나고 하자고요."

"네, 대리님."

직원과 대화를 마친 채원이 자리에 앉자 성준이 고개를 들고 바라본다. 얼굴을 한번 바라보더니 시간을 확인하고.

[일찍일찍 다니라고 했다.]

바로 메시지가 온다.

채원은 짧은 메시지에 그의 목소리가 들리는 것만 같아 웃음을 터트렸다. 요즘, 아침부터 웃는 일이 잦아졌다.

[아예 회사에서 먹고 자고 할까 봐요. 더 일찍 나올 자신은 없거든요.]

[우리 집 여기서 가까워. 종종 숙식 해결해.]

[살림 차리자는 거예요, 지금?]

[프러포즈는 너무 이르지 않나? 너만 괜찮다면 나는 뭐.]

또다시 웃음이 터진다.

채원이 느닷없이 웃자 직원들이 그녀를 바라보았다. 넋 빠진 얼굴을 하며 혼자 실실 웃으니 영, 사람이 달리 보인다.

"채원 씨. 월요일 아침이라서 미친 거야, 아니면 평소엔 미쳐 있다가 잠깐 제정신이 든 거야?"

"잠깐 제정신이 들었어요. 다시 미쳐볼게요."

채원은 웃음기를 지우며 PC를 켰다. 아우. 연락을 하지 말아야지, 연락만 닿았다 하면 터지는 웃음은 막을 도리가 없다.

[아. 미리 축하드려요. 얘기 들었어요.]

PC를 켜다 말고 채원은 다시 메시지 하나를 보냈다. 다른 건 몰라도 이런 이야기는 먼저 해야 해야지. 다른 누구보다도 더 빨리.

[밥 사. 빈말로 축하하지 말고.]

[네네. 살게요. 상도 받고, 정말 멋있으시네요.]

[더 멋있는 일이 있을 예정이야. 오늘은 실컷 반해둬.]

응? 더 멋있는 일? 그게 뭐지?

채원은 고개를 갸우뚱하며 휴대폰만 오래 내려다보았다. 띵동, 한 통의 메시지가 더 도착한다.

[오늘 니 월급날이야.]

아! 그녀는 또 한 번 웃음을 터트리고 말았다. 오늘은 바야흐로 대표님이 제일 멋있어 보일 날이었다.

"헐……."

점심시간이 지난 회사. 채원은 입금된 급여 알람에 휴대폰을 바라보다가 입을 멍하니 벌렸다.

"아니, 왜 이렇게 많이 들어왔지?"

들어온 액수가 계약 당시 들었던 것과 차이가 많아, 채원은 은행 사이트에 접속했다. 분명 급여가 맞긴 한데. 이 낯설고 당황스러운 금액은 대체 뭐란 말이냐?

"대박. 이게 급여라고?"

"왜, 생각했던 것보다 적어?"

복도에 서서 휴대폰을 바라보던 채원은 성준의 음성에 휙 뒤를 돌아보았다. 홍보부서와 회의가 있다더니 끝마치고 돌아오는 길인 듯하다.

채원은 자본주의 미소를 장착했다.

"대표님, 오셨어요? 바쁘시죠? 격무에 고생이 많으십니다."

"얼씨구?"

목소리는 저절로 나긋나긋해진다.

"피곤하진 않으세요? 제가 커피 한잔 타드릴까요?"

"하."

"에어밸런스 너무 좋은 회사예요, 대표님. 정말 감동이네요."

"허."

성준은 눈에서 하트를 쏟아내는 채원을 바라보다가 탄식을 흘렸다. 이런 말 저런 말, 오만 가지 속에 있는 진심을 고백할 때도 보지 못했던 반짝이는 눈빛이다.

"너를 오래 알았지만 그런 눈빛, 처음 본다."

"월급이 너무 많이 들어왔어요. 진짜 깜짝 놀랐어요."

"왜? 언제는 루팡도 안 가져갈 하찮은 급여라더니?"

"너무 많이 들어왔는데, 이거 혹시 잘못 들어온 거 아녜요?"

오입금되었다는 상상만으로도 서글픈지 금세 눈빛이 변한다. 성준은 채원이 휴대폰으로 보여주는 급여 액수를 확인하고 고개를 들었다.

이것저것 다 때려 넣었으니, 그녀가 생각했던 것보단 많으리라.

"이번 건축 계약 건 관련해서 정채원 씨 덕을 상당히 많이 봤어. 공로 인정을 안 할 수가 없어서."

"아, 그러면 감사는 다미안 씨에게 드려야겠네요."

됐어. 나한테 해도 돼.

…….

나한테만 해! 나한테만!

"좋냐? 그렇게?"

"그럼요. 기대도 안 하고 있다가 이게 얼마나 기쁜 일인데요."

마치 복권에 당첨된 사람처럼 생글생글 웃자 성준은 그녀를 바라보다가 피식 웃었다.

사실은 더 줄 수 있다면 더 주고 싶었다. 무엇을 어떻게 줘도, 아깝지 않으니까.

"밤이고 낮이고 상관없이 열심히 일해준 대가야. 농땡이 피우면 어림도 없어."

"대표님 오늘 진짜 근사하시네요."

"그만해. 월급 숫자 이길 만한 멘트가 없어서 슬플 지경이니까."

하. 슬프다 슬퍼. 심장 꺼내 보여주면 뭘 하나. 휴대폰에 찍힌 월급 숫자 하나를 이기지 못하는데.

"아니, 그렇게 리치리치 한 게 좋으면 그냥 나한테 오라니까?"

"누가 들어요. 왜 이렇게 방정이에요?"

바, 방정…….

"어쭈. 볼일 다 끝났다 이거냐? 월급 받았다 이거야? 눈빛 왜 이래?"

"대표님이 이상한 이야기 하니까 그렇죠."

"아니, 너 숫자 좋아하는 것 같아서. 나 숫자 많아. 어필 좀 되지 않나, 이만하면?"

"저 그렇게 속물 아니거든요."

"그렇다 말하기엔 눈빛이 너무 적나라했는데."

"사람이 없이 살다 보면 다, 그렇게 되는 거예요. 저는 뭐 처음부터 이랬는 줄 아세요?"

어려운 환경 이야기가 놀랍도록 쉽게 튀어나온다. 채원은 제 입에서 나온 이야기가 맞나 싶어 다소 놀랐고, 정작 들은 성준은 별생각이 없는지 편안해 보였다.

"하여튼 밥 사. 짤없어. 니 월급 내가 다 탕진할 테니까 각오해. 탕진하면 리치리치 한 나한테 좀 기대오겠지."

"계획 단계부터 말씀해주시는 거예요?"

이래저래 기분이 좋아진 채원이 입을 가리고 웃자 성준은 눈썹을 꿈틀거렸다. 아무리 신경을 쓰지 않으려고 해도, 아무리 별거 아닌 거라 모른 척해보려 해도 드럽게 신경 쓰이는 하나.

"이제 반지 좀 빼고 다니면 안 되나?"

"……네?"

"반지. 그거, 꼭 끼고 다녀야 해?"

채원은 빠르게 손을 내리며 뒤로 감췄다. 성준은 신경질이 난다는 듯 눈썹을 더욱 꿈틀거렸다.

"볼 때마다 거슬러서 신경을 쓰지 않을 수가 있어야. 그거 어디서 났어? 이실직고해. 누구 거야?"

"누, 누구 거긴요. 제 거예요."

"오호라. 전 남친이 있었다? 잊지 못할 흔적이다?"

"뭔 소리예요. 암튼 제 거예요. 그리고 못 빼요."

모, 못 빼? 성준의 얼굴이 더욱 흉하게 일그러진다.

"못 빼? 내가 빼줄까? 손 좀 줘봐. 간단하게 해결해줄게."

"그냥 액세서리예요, 액세서리. 신경 쓰지 마세요."

"신경이 쓰여. 너무나. 대단히."

"아니, 언제는 끼고 다니라고 하더니?"

"언제부터 내 말을 그렇게 잘 들었는지? 유독 그 말만 집착하는 이유는 또 뭐고?"

눈꼬리를 잔뜩 올리며 반지를 빼라고 하니 채원은 뒷걸음을 걸었다. 딱히 설명할 수 있는 이야기도 없고, 그렇다고 뺄 수도 없는 노릇.

"아, 몰라요. 이건 못 빼요. 이미 저는 반지와 한 몸이라고요."

"그 한 몸은 나랑 하고 반지 빼."

"그럼 저는 이만 들어가보겠습니다. 남은 하루도 힘내세요, 대표님."

채원이 얼렁뚱땅 넘어가려 들며 눈웃음을 치자 성준은 두고 보겠다는 식으로 손짓을 하다가 시선을 돌렸다.

성준의 시선이 돌아가고 멈추자 채원도 따라 시선을 돌렸다. 저쪽에서 등장한 인물이 이곳과 어울리는 구석이 없어, 보고 있는 상황 자체를 의심하다가.

이곳이 에어밸런스가 맞나, 다시 한번 생각하게 만드는 순간.

"……어머나."

들리는 목소리보다 더욱 소름 끼치게 만드는 얼굴. 채원은 당황
함에 눈을 크게 떴다.

"여기 계셨군요."

무속인 곽씨였다.

곽씨의 눈길이 빠르게 채원을 훑고 성준에게 닿았다. 두 사람이
함께 있을 거란 상상은 해본 적이 없어 당황했지만, 편안한 표정을
유지했다.

"그동안 안녕하셨어요, 대표님?"

채원을 모르는 척하기로 한다. 곽씨는 성준에게 다가가며 살갑
게 웃었다.

너도 날 모르는 척해, 라고 말하는 것만 같은 곽씨의 얼굴을 바
라보다가 채원은 급히 고개를 돌렸다. 성준은 다소 서걱거리는 두
사람의 분위기를 읽으며 입술을 열었다.

"여긴 어떻게 오셨습니까?"

"심부름으로 왔답니다. 미리 들으셨지요?"

"아, 심부름."

성준은 부적을 붙이러 왔음을 깨닫고는 느리게 고개를 끄덕였
다. 의도적으로 채원을 바라보지 않으며, 곽씨는 성준에게 더욱 가
깝게 다가섰다.

지독하리만치 강하게 풍기는 향수 냄새가 역겨울 지경이다.

"대표님은 나날이 얼굴이 좋아지시네요. 따로 관리라도 받으시는 분처럼."

"그럼 안으로 드시죠."

성준은 헛소리 말라는 것처럼 짧게 말을 자르며 몸을 돌렸다. 시시콜콜한 농담이나 주고받던 대표님의 모습은 온데간데없이 사라지고.

"정채원 씨. 대표실로 따뜻한 차 좀 준비해줘."

"네, 대표님."

불청객을 맞닥뜨린 성의 주인처럼 날카로워졌다.

성준은 앞장섰고, 또각또각 높은 구두 굽 소리를 내며 따라 걷던 곽씨는 채원을 스치며 미간을 구겼다. 할 말이 많은 얼굴로 잠시 채원을 노려보던 곽씨는 이내 상냥한 얼굴로 낯을 바꾸고는 성준의 곁에 바짝 붙어 대표실로 사라졌다.

"여긴 왜 온 거지? 대체 무슨 심부름?"

아무리 바라봐도 전혀 어울리지 않는 대표님과 곽씨의 뒷모습을 길게 바라보던 채원은 입술을 꾹 깨물었다.

곽씨는 불길한 사람이었다. 그런 불길한 사람과, 대표님이 함께했다.

"이곳이 대표님께서 계신 곳인가요?"

곽씨는 성준을 따라 사무실로 들어섰다. 풍기는 분위기가 범상치 않으니 비서실 직원들은 곽씨의 정체를 궁금해하는 눈빛을 했다.

성준은 곽씨가 대표실 안으로 들어서자 문을 닫았다. 반투명 블라인드로 바꾸어 바깥과 차단했고, 곽씨를 바라보았다.

"오신다고 미리 연락을 주셨으면 좋았을 텐데요."

"길일이라는 게 미리 보일 때도 있지만 갑자기 몸에 닿는 기분이 들 때도 있어서요. 오늘이 그렇더군요."

"주옥선 여사님과 함께 오시는 게 아니었습니까?"

"여사님께서 오늘 컨디션이 별로라 충분한 휴식을 취하시라 권고드렸습니다. 부적 붙이는 일은 저 하나로 충분하니까요."

곽씨는 사무실 인테리어가 꽤 마음에 든다는 것처럼 입꼬리를 끌어올리며 웃었다.

성준은 팔짱을 낀 채 곽씨를 바라보다가 입술을 열었다. 조금 전. 곽씨는 채원을 모르는 척했고, 채원도 곽씨를 모르는 척했다. 서로가 달가운 관계는 아닌 성싶었다.

"일정이 빡빡합니다. 서둘러주신다면 좋겠군요."

"저도 그러고 싶지만 대표님, 일에는 절차가 있는 법입니다. 단순히 두고 간다 하여 되는 일은 아니고, 전부 다 정성이 들어가야 하는 일입니다."

"……그렇군요."

"실례가 되지 않는다면 제가 대표실을 좀 둘러봐도 될까요? 이곳에 들어서자마자 기운이 좋지 않아서요."

"그러시죠."

성준은 편안하게 둘러보라는 뜻으로 손짓했다. 곽씨는 성준의
표정과 몸짓을 빠르게 캐치하며 돌아서 이곳저곳을 살폈다.

가방에서 꺼낸 화려한 봉투 속 엉터리 부적을 들고, 마치 무언가
를 읽고 느끼는 것처럼 연기했다. 성준은 표정 없는 눈길로 곽씨를
바라보았다.

"믿지 않으시는군요."

곽씨는 천천히 눈을 뜨며 성준을 향했다. 마치 마음을 들여다보
았다는 것처럼, 너의 속내를 읽고 말았다는 것처럼.

"믿지 않는 자에겐 효과가 없습니다, 대표님. 아무리 효험이 좋
은 부적이라 해도 믿지 않으면 모든 게 다 무용지물, 쓰레기에 불
과하죠."

"믿습니다."

곽씨의 눈썹이 미세하게 움직인다.

"믿기로 했습니다. 여사님께서 믿으신다 하니."

꽤 많은 사람을 속여보고, 꽤 많은 사람에게 사기를 쳐보았지만
이런 사람이 가장 어렵다. 눈빛에 마음 길이 읽히지 않는 자. 참과
거짓이 드러나지 않는 자. 사람이라면 응당 있어야 할 반응을 모르
는 자.

"대표님, 진심이십니까?"

"그렇습니다."

희로애락에 무딘 자.

"그럼 대표님께선 이제 저를 온전히 믿으십니까?"

"믿습니다. 그러니 이렇게 대표실도 내어드리는 게 아니겠습니까?"

겁이, 없는 자.

곽씨는 덤덤히 믿는다 말하는 성준을 바라보다가 부적을 움켜쥐었다. 백화점 보석 가게 앞에서 마주쳤을 때만 해도, 자신을 바라보던 성준의 눈빛은 매우 불쾌했다. 불신이 가득했고, 온통 경계뿐이었다.

"대표님, 대표님의 안전은 제가 귀히 모시는 주옥선 여사님과 직결되어 있고, 주옥선 여사님의 안전이 곧 죽은 강형재 군의 천도와도 연결되어 있습니다. 모든 것이 긴밀하죠."

그때 곽씨는 결심했다. 세상 물정 모르는 어린놈의 기를 꺾어버리리라. 반드시 저 사나운 눈매를 내리깔게 해주리라.

"말인즉슨 대표님의 안전이 죽은 강형재 군의 천도와도 관련이 있다는 말입니다. 그것이 제가 찾아온 이유고요."

감히 내 앞에서 고개를 드는 일 같은 건, 없게 만들어보리라.

"선생님, 그럼 제가 어떻게 하면 되겠습니까?"

……되었다.

곽씨는 그 어느 때보다 짜릿하게 다가오는 순간을 맞이하며 눈썹에 힘을 주었다.

"대표님, 대표님께선 무척 잘하고 계시지만 곧 어둠이 밀려올 겁니다."

너도 곧 내게 무릎 꿇게 될 거다. 너 역시 내게 네 인생을 바치며, 가르침을 달라 애원하게 될 거야.

"하지만 제가 전부 거둬드릴 거예요. 대표님께서 더욱 승승장구 하실 수 있도록, 제가 곁에서 보필해드리겠습니다."

곽씨는 길고 매끈하게 정리한 손톱 끝으로 성준의 어깨를 톡톡 쳤다. 그러고는 어린아이를 다루듯 다정하게 팔을 쓸어내렸다. 나를 믿으라고, 나만 믿으라고 귓가에 주문을 외듯 속삭였다.

"부적은 대표님의 책상 서랍에 두고 가는 게 좋겠어요. 항시 그곳에 보관해주시기 바랍니다."

"네, 알겠습니다."

"조만간 다시 연락드리죠. 대표님께 안 좋은 일이 생기기 전에 제가 먼저 찾아올게요."

곽씨는 성준의 책상으로 걸어갔다. 그의 의자에 함부로 앉아 서랍을 열고, 내키는 대로 부적을 넣었다.

대표실 의자에 앉은 기분이 꽤 즐길 만한지 곽씨는 금방 일어날 생각 없이 의자를 빙그르르 돌리며 웃었다. 성준은 아무래도 좋다는 표정을 짓고 있다가, 시계를 들여다보았다.

"잠깐만 계셔주실 수 있겠습니까?"

"왜 그러죠?"

"경영에 도움이 되는 부적을 주신다기에 회사에서 감사 차원으로 작은 선물을 준비했습니다."

"······선물?"

선물이라니. 내게?

곽씨는 흥미롭다는 듯 손깍지를 끼며 책상에 기댔다. 성준은 빙그레 웃으며 고개를 끄덕였다. 눈빛은 실로 정겨웠다.

"귀한 부적인데 빈손으로 받을 수 있겠습니까. 잠시만 기다려주십시오."

"그러지 않아도 되는데. 준비하셨다니 일단 기다려보죠."

곽씨가 기다리겠다며 웃자 성준은 대표실을 나섰다. 반투명 블라인드 속, 대표실 안에 홀로 남은 곽씨는 어리고 한심한 것을 길들였다는 표정을 지으며 헛웃음을 토했다.

"이참에 나도 회사 하나 가져볼까? 보석이니 돈이니 말고 이제 경영권 좀 가져봐?"

원하는 건 뭐든지 가질 수 있을 것만 같은 기분에 휩싸인 곽씨는 조심스럽게 열리는 문을 바라보았다. 뭘 가지고 오는 걸까, 내심 기대하던 곽씨의 표정은 이내 일그러졌다.

"드실 차를 가져왔습니다."

채원이었다.

대표실을 빠져나온 성준은 빠르게 움직였다. 엘리베이터를 타고 내려갈까 하다가 비상구 계단을 이용하기로 한 성준은 뒤로 돌아섰다.

채원이 찻잔을 들고 대표실로 들어가는 모습을 바라본 성준은 비상구로 걸어가 계단을 뛰어 내려갔다. 서너 층 아래에 도착한 성준은 한 걸음에 달려 닫혀 있는 공간의 문을 단숨에 열었다.

"켰어?"

"네, 대표님."

그곳엔 김 실장이 자리하고 있었고.

"잘 들려?"

"네. 잘 들립니다."

"줘봐."

쓰고 있던 헤드셋을 벗어 성준에게 넘겨주었다.

성준은 민권이 주는 헤드셋을 끼며 의자에 앉았다. 잠깐의 침묵이 흐르다가, 곽씨의 음성이 들리기 시작했다. 성준은 민권을 향해 고개를 돌렸다.

"준비한 건 가지고 있어?"

"네. 준비해뒀으니 가지고 올라가시면 됩니다."

성준은 민권의 답을 끝으로 소리에 집중하듯 눈을 감았다. 대표실엔 실시간 도청이 진행되고 있었다.

채원이 들어서자 곽씨의 표정은 금세 일그러졌다.

"마침 잘 왔어요. 정채원 씨가 대체 여기 왜 있는 거지? 내가 얼마나 놀랐는지 알아?"

"제가 묻고 싶은 말인데요. 선생님께서 저희 대표님과 무슨 볼일이 있으신 거죠?"

채원은 찻잔을 곽씨 앞에 내리며 꼿꼿하게 섰다. 대표와 함께 있을 줄 알았는데, 들어와보니 곽씨가 혼자 있다.

그것도 대표의 자리에 앉아서. 마치 이곳의 주인이라도 된다는 것처럼.

"대표님과 무슨 볼일이 있냐고? 지금 그거 나한테 하는 질문인가?"

그녀의 질문이 당돌하다 여겨졌는지 곽씨는 더욱 미간을 찌푸렸다. 꽤나 불쾌한지 손톱으로 책상 위를 톡톡 건드렸다. 여전히 대표 의자에 앉아, 곽씨는 거만한 자세를 취했다.

"당신 설마, 여기서 일해?"

말은 자연스럽게 짧아졌다.

"네. 저 여기서 일해요."

"언제부터?"

"한 달 정도 됐어요."

"여기서 일을 하는 거면 나한테 말을 했어야지, 말을. 어? 왜 말을 안 해?"

"제가 그런 것까지 하나하나 다 말씀드려야 해요?"

"당연! 당연하지! 나 몰래 여사님을 만났나? 만나서 일자리 좀 달라고 구걸했어?"

곽씨는 진심으로 짜증을 부렸다. 채원이 이게 무슨 뚱딴지같은 소리냐는 표정을 짓자 곽씨는 휴, 한숨을 내쉬었다.

"이 회사가 누구 회사인지 알고 다니는 거예요? 알고 온 거야, 모르고 온 거야. 뭐야 이거 대체?"

"제가 이 회사 다니는 게 무슨 문제라도 되는 건가요?"

"문제지! 당연히 문제지!"

문제란다. 채원은 마른침을 꿀걱 삼켰다. 질문하고 싶은 사람은 본인인데, 외려 다다다 질문을 해대며 공격하는 곽씨가 황당할 지경이다.

"여긴 죽은 강형재 군의 모친."

마른 주먹이 저절로 쥐어졌다.

"주옥선 여사님께서 대주주로 계신 곳이라고, 여기가. 대주주. 대주주가 뭔지는 알지?"

"……네?"

네? 채원이 쉽게 이해하지 못하고 느리게 반응하자 곽씨는 답답하다는 듯 연거푸 한숨을 내쉬었다.

"정채원 씨가 영혼결혼식을 올린 형재군의 모친께서 이 회사 대주주라고. 내 얘기가 그렇게 어려워? 머리가 모자란 건가?"

"아……."

"됐고. 길게 말할 시간은 안 되는 것 같으니까 따로 만나서 얘기하죠."

곽씨는 어서 나가보라는 듯 손을 내저었다. 성준이 돌아오기 전에 채원을 내보내고 싶었다. 하지만 바람과는 달리 놀란 채원은 움직이질 않고.

"내가 노파심에 물어보는데, 영혼결혼식을 올렸다고 누구한테 말한 건 아니겠지?"

"무, 무슨 말씀 하시는 거예요. 아녜요!"

"2억이나 받았으면 똑바로 처신하란 말야. 당신이 여기서 일하고 있는 걸 주 여사님께서 알게 되시면 뭔가 이상하지 않겠어요?

안 그래?"

곽씨는 한심하다는 듯 채원을 바라보고는 따뜻한 차를 한 모금 삼켰다. 채원은 말문이 막힌 눈빛으로 곽씨를 응시하다가 홀린 것에서 깨어나듯 턱을 들어 올렸다.

후룩, 차를 마시던 곽씨는 잠시 멈칫했다.

"일전에 예감이 좋지 않다고 아버지 병원에 가보라고 하셨죠."

"아아, 그랬지. 어때, 별일은 없었고?"

"불이 났어요, 병원에."

갑자기 치고 들어오는 이야기에 뜨끔하다. 곽씨는 부러 목소리를 편안하게 내렸다.

"불? 그래? 생각보다 큰일이었네?"

"그런데 방화였다고 하더라고요. 누군가의 고의."

고의라는 단어가 유난히 거슬린다. 곽씨는 찻잔을 내렸다.

"그래서? 방화건 나발이건 미리 알려줬으면 고마워해야 하는 거 아닌가?"

"그렇다고요. 알고 보니 방화였다고요."

어딘가 모르게 채원의 분위기가 변했음을 깨닫는 것은 그리 오래 걸리지 않았다. 불신이 시작된 거였다.

"범인은 잡았고?"

"쫓고 있다고 하네요. 곧 잡히겠죠."

"정채원 씨, 내게 뭔가 따지고 싶은 눈빛인데?"

"선생님께서 미래를 전부 다 맞히거나 알 수 있는 건 아닌가 봐요."

"뭐야?"

곽씨는 눈을 크게 떴다. 채원은 지지 않는 눈빛을 했다.

"그렇잖아요. 전부 다 알 수 있는 건 아니시죠? 모든 걸 보고, 미리 알고, 그런 건 아니라는 거잖아요."

"이봐요, 정채원 씨. 돈을 받아 갈 땐 좋다고 따르더니 이제 딴 생각이 드나 봐? 그딴 소리로 무례하게 굴 거면 위약금 열 배 물고 관둬."

물러터진 줄 알았더니 저 사람 찌르는 눈빛 좀 보소. 곽씨는 불안할수록 목소리가 높아지고 말이 거칠어졌다.

"내가 누군지 알고 그딴 불경한 마음을 드러내? 내가 가만히 두고 보고 있을 줄 알아? 어디서 건방 터지게 하늘 무서운 줄도 모르고 말이야, 불경하게. 어? 관둬, 이럴 거면!"

그때였다. 마침 자리를 비웠던 성준이 돌아왔고, 곽씨는 종전과는 전혀 다른 표정을 지으며 그를 맞이했다.

그는 언급한 대로 화려하게 포장된 선물 꾸러미를 들고 있었다. 채원이 옆으로 비켜서자 곽씨는 곁눈질로 그녀를 바라보고는 미소를 지었다.

"회사 직원분들이 전부 친절하시네요, 대표님."

"아, 그렇습니까. 이만 나가보세요, 정채원 씨."

"네, 대표님."

성준은 대단한 클라이언트를 모시듯 곽씨에게 웃으며 다가갔다. 채원은 입술을 꾹 깨물며 대표실을 나섰다.

그의 자리에 앉아 턱을 치켜들던 곽씨의 모습이 몸서리치게 싫어 토악질을 할 것 같았다. 이곳이 주옥선 여사님께서 대주주로 계신 회사이건, 자신의 입사가 곽씨를 난처하게 하건 말건, 그런 건 마음에 남지도 않았다.

"되게 기분 나쁘네. 뭔데 우리 대표님 의자에 앉아 있어? 아 진짜, 아 기분 나빠."

자신을 옭아매듯 대표님을 옭아맬까 봐, 채원은 굵은 숨을 내쉬었다. 어딘가 묻혀 있던 감각이 살아나고 현실로 돌아오는 느낌이 들었다.

"나한테 그러듯이 우리 대표님 괴롭히기만 해봐라. 가만 안 둘 거야. 우씨."

정신이 번쩍 든 것이다.

곽씨가 떠난 뒤 대표실엔 긴 침묵이 깃들었다. 한참이나 말없이 입술을 닫고 있던 성준은 미간을 일그러트렸다.

대표실에서 채원과 곽씨가 나눈 이야기가 실로 믿기지 않는 건 김 실장, 민권도 마찬가지였다. 무슨 말이라도 해보고 싶지만 성준의 분위기가 어찌나 험악한지 입도 떼기 힘들었다.

"김 실장."

"네, 대표님."

한참의 시간이 더 지난 후 그의 입술이 열렸다. 튀어나오려는 것을 애써 참는 것이 느껴질 만큼 그의 목소리는 낮고 위협적이었다.

"여사님하고 만나야겠어. 날짜 잡아. 가급적 빠르게."

"네, 알겠습니다."

후……. 깊은숨이 공간을 물들였다. 오장육부를 긁으며 쏟아지는 것 같은 그의 숨소리를 듣다가, 민권은 조심스럽게 입을 열었다.

"여사님께 알리실 생각이세요, 대표님?"

"알려야지. 이 말도 안 되는 상황을 내가 두고 볼 수 있겠어?"

아들의 천도가 절실한 어머니의 마음을 악용하고, 돈이 절실한 그녀의 마음을 이용했다.

"대표님, 충분히 생각하셨겠지만 부작용은 없는지 다시 한번 잘 생각……."

"생각 같아선 이성적으로 해결하고 싶지 않아."

"……."

"이성적으로 해결하고 싶지 않다고, 생각 같아선."

성준은 고개를 들었다. 세게 말아 쥔 손등에 핏줄이 섰지만 느끼지 못하는 것 같았다. 지금껏 보아왔던 분노와는 결이 다른 분노였다.

"우선 여사님 측과 연락해보겠습니다. 오늘 저녁에 준호 선배하고 대표님 약속 있으신데, 연락해서 미뤄드릴까요?"

"됐어. 그럴 필요까진 없고."

성준은 그녀와 곽씨의 음성이 남은 만년필형 녹음기만 내려다보았다. 그러다가 한참 만에야 건조한 눈빛으로 만년필을 집어 들었다.

"내가 지금 화가 많이 나는데, 도대체 이걸 어떻게 가라앉혀야 하는지 모르겠다."

여과되지 않은 감정이 음성에 실린다. 치밀어 오르는 것들이 감당되지 않는지, 간혹 긴 한숨이 이어졌다.

"김 실장."

"네, 대표님."

"현금 정리해서 2억만 인출해줘."

"네, 알겠습니다."

그는 의자를 돌려 창밖을 바라보았다. 일렁이는 많은 것이 가라앉을 때까지, 그는 창밖의 건물 사이로 시선을 고정했다.

마지막까지 자리를 지키고 앉아 있던 채원은 대표실을 힐끔 바라보았다. 여전히 그는 일에 열중이었다. 아마 시간이 이렇게 흐른 줄도 모르겠지.

이럴 거면 위약금 열 배 물고 관둬.

"열 배를 물어내라니, 기가 차서 말도 안 나오네."

아오…….

문득 곽씨의 말이 떠올라 채원은 탄식했다. 2억도 까마득했는데 20억을 토해내란다. 와닿지도 않는 액수에 가만히 눈만 감았다 뜨던 채원은 자리에서 일어났다.

똑똑, 대표실 문을 두드렸다.

"대표님, 퇴근 안 하세요?"

"해야지. 나 기다렸나?"

"아뇨, 뭐, 딱히 그런 건 아닌데 어쩌다 보니 마지막까지 남았네요. 할 일도 없이."

"기다렸다고 말을 해. 안 잡아먹을 테니까."

채원은 조심스럽게 안으로 들어가 소파에 앉았다. 휴. 그녀가 한숨을 쉬니 자연스럽게 그가 고개를 들었다.

"월급의 기쁨이 하루도 안 가는 모양이야."

"월급 따위 통장을 스쳐 지났어요, 이미."

휴우우우우. 채원이 더욱 깊게 숨을 내쉬자 성준은 턱을 괴고 그녀를 바라보았다.

"스치지 않을 만큼 통장 잔고 채워주면 근심 걱정이 한 번에 사라질까?"

"눈먼 돈은 사절이네요. 대가가 따르거든요."

"대가는 너도 알다시피 세대 합가 정도면 충분한데."

시도 때도 없는 프러포즈에 웃음이 터진다. 채원은 순식간에 날아가는 웃음을 끝으로 천장을 올려다보았다. 멀고 아득한 것이, 지금 사는 인생 같다.

"대표님, 오늘도 리치리치 하시죠?"

"말해 뭐 해."

"그럼 저 돈 좀 빌려주세요."

"얼마나? 말해봐. 당장 통장으로 쏴줄 테……."

"한 20억만요."

"……."

천장만 바라보며 중얼거리던 채원은 말이 없는 성준에게 시선을 돌렸다. 심각한 표정으로 PC 모니터를 바라보고 있다.

"뭐 하세요?"

"회사 매각하면 돈이 얼마나 나오는지 확인하고 있었어."

"됐어요. 농담이에요!"

모니터를 바라보던 성준의 시선이 닿는다. 채원은 농담도 못 하느냐는 표정을 지으며 볼 바람을 불었다.

"돈 필요해? 진지하게 묻는 거야."

"돈은 항상 필요하죠. 말했잖아요, 집이 어려워졌다고."

"얼마나 필요한데. 빚이 얼마나 있는 건데."

"그걸 대표님이 왜 물어봐요. 내 부채고 내 신용인데."

"좀 기대 살면 안 되냐? 어려울 때 서로 돕고 사는 거지."

"그런 건 이웃끼리 하는 거예요. 저는 대표님하고 이웃이 되고 싶지 않거든요."

에효오오. 채원이 난데없이 한숨만 늘어놓자 성준은 턱을 괴고 바라보다가 눈썹을 꿈틀거렸다. 그녀 입장에선 입에 담고 싶지도 않았을 '돈'이라는 단어가 자연스럽게 오고 간다.

서로 이만큼 편해지기가 실로 얼마나 어려웠는지. 그래, 이렇듯 조금씩 좁혀가면 되는 거다.

"밥 사기 싫어서 불쌍한 척하는 건 아니겠지, 설마."

"엇, 들켰다. 그러고 보니 무슨 밥을 맨날 사래."

채원이 눈을 동그랗게 뜨며 억울하다는 듯 말하자 성준은 눈꼬리를 올렸다.

"내가 먹으면 얼마나 먹는다고, 너무 치사한 거 아닌가?"

그리고. 실제로 니가 산 적 있어?

"아, 산다고요. 누가 안 산대요? 그래서 언제 퇴근하실 건데요."

빨리 퇴근하자고 종알거리는 채원의 목소리에 성준은 피식 웃음을 터트렸다. 자연스럽게 출근해서 눈을 맞추다가, 자연스럽게 함께 퇴근하는 이 풍경.

이래서 사내 커플, 사내 커플 하는 건가. 마음에 든다. 아주 마음에 들어.

"우리 집에 배달 음식 맛있는데. 없는 게 없는데."

그는 PC를 끄며 중얼거렸다. 채원이 노려보는 게 느껴져 서둘러 일어났다.

"제가 대표님 집엘 왜 가요. 자꾸 위험한 초대 하실 거예요?"

"초대하면 위험해질 생각이 있긴 하냐?"

"뭐, 사람 일은 모르는 거니까 장담은 할 수 없죠."

뭐라? 성준은 재킷을 입다가 당황한 듯 그녀를 바라보았다. 들은 말이 빠르게 해석되질 않아 눈만 감았다가 떴다. 채원은 포기한 듯 말을 이었다.

"뭐, 그렇잖아요. 사람 앞일 아무도 모르더라고요. 아무도 모르는데 이런 제가 뭘 알겠어요."

"가겠다는 거야, 말겠다는 거야."

"당연히 안 간다는 말이죠. 아무것도 모르지만 가면 안 된다는 정도는 알고 있어요."

낚였다! 잠깐 설렜잖아!

성준은 불만이 많은 얼굴로 재킷을 입고 서류 가방을 들었다.

"일어나. 안 그래도 너랑 같이 갈 곳이 있어."

"저랑요? 어디를요?"

"소개해주고 싶은 사람이 있어서."

여전히 소파에 앉아 다리만 흔들고 있는 채원은 그를 바라보다가 눈을 동그랗게 떴다. 그는 채원에게 다가갔다.

"일어나. 가자."

"⋯⋯어라?"

성준을 기다리던 준호는 문을 열고 들어서는 녀석을 바라보다가 눈을 크게 떴다. 그러다가 급히 자리에서 일어섰다.

"뭐야. 이건 무슨 그림이야."

함께 들어서는 여자. 누군지 물어보지 않아도 대번 알겠다. 채원이었다.

"인사해. 나하고 친한 그저 그런 형이야."

"아⋯⋯ 안녕하세요. 정채원이라고 합니다."

"안녕하세요, 박준호입니다. 잘 왔어요."

준호는 악수를 청하고자 손을 내밀었고, 채원은 조심스럽게 손을 잡았다. 위아래로 한 번이나 흔들었나. 성준이 급히 손을 갈라내며 의자에 앉으란다.

채원의 의자를 빼준 성준은 그녀가 앉자 준호를 바라보았다.

"야 인마. 모시고 올 거면 미리 말을 했어야지. 놀랐잖아."

"자고 있는 사람 집에 말도 없이 쳐들어와 형수님 처음 소개해 준 사람이 누구더라."

……끙. 준호는 말을 말자는 듯 입술을 닫았다. 언제나 그렇듯 일과 끝에 가볍게 술이나 한잔하려고 했더니, 녀석이 손님을 데려왔다.

"갑자기 찾아와서 죄송해요. 대표님께서 꼭 소개해주고 싶은 분이 계시다고 해서."

"아, 잘 왔어요. 잘 왔어요, 채원 씨. 안 그래도 성준이한테 말씀 많이 들어서 궁금하던 차였어요. 잘 왔습니다."

성준이. 대표를 누군가가 이름으로 부르는 것이 어색해 채원은 작은 미소를 지었다.

조금 전 그의 차 안에서, 대체 누구를 소개해주려는 것이냐고 물었더니 그는 이렇게 말했다. 인생을 통틀어 몇 명 건지지 못한 사람 중의 한 명이라고.

"채원 씨 배고프죠? 우리 일단 식사합시다. 성준아, 니가 알아서 주문해."

게다가 스페인에서 만난 것부터 지금에 이르기까지 대부분의 일을 알고 있는 사람이라고 했다.

설명하지 않아도 되는 관계. 그런 사람이 대표의 곁에 있다는 것이 신기하고, 한편으로는 다행이라는 생각도 들었다.

"저, 그런데 제가 뭐라고 불러야 할지……."

"준호 형이라고 불러. 형. 나도 형이라고 부르니까 너도 형이라고 부르면 돼."

제발 좀 닥쳐요……. 말 같지도 않은 소리 하지 말고…….

형이라고 부르라며 억지를 쓰자 채원은 성준의 무릎을 가볍게 쳤다. 준호는 물을 따르며 웃었다. 저 녀석 이상한 거야 하루 이틀의 일은 아니니 신경도 쓰이지 않는다.

"편한 대로 불러요. 준호 씨, 준호 오빠. 뭐, 마음에 드는 대로. 원한다면 형도 좋고."

성준이 뜨악한 표정을 짓는다.

"허, 오빠? 오빠 같은 소리 하고 있네. 나도 한번 못 듣는 호칭을. 꿈도 야무져."

"저, 의사 선생님이라고 하셨죠. 그럼 선생님이라고 불러도 될까요?"

"아…… 그 호칭만은 피하고 싶었는데."

준호가 웃으며 안타깝다 말하자 채원은 허락의 뜻으로 알고 따라 웃었다. 사진으로 먼저 보았던 그녀는 첫인상이 무척 좋았다.

"정말 반갑습니다, 채원 씨."

"네, 선생님. 저도 정말 반갑습니다."

그녀로 인하여 녀석이 시름시름 앓던 때가 떠올라, 준호는 웃음을 터트렸다. 이후로 많은 정황을 듣진 못했지만 듣지 않아도 알 것만 같았다.

"해산물 요리 괜찮지? 그걸로 하자."

"네, 대표님. 뭐든 좋아요."

두 사람은 다정했다.

“형이 입버릇처럼 신혼여행으로 세계 일주를 하고 싶다더니 진짜로 일주를 하더라고.”

“대단하시다. 신혼여행으로 세계 일주를 하셨다고요?”

“저보단 와이프가 대단했죠. 생각만큼 달콤하지 않았거든요. 고생만 잔뜩 하고. 생명이 위태했던 적도 실제로 있었고.”

평범한 대화가 오고 간다. 첫 만남에 공통점을 찾기 힘들다 보니 준호의 결혼 생활에 대한 이야기가 주를 이루었고, 채원은 집중해서 그의 이야기를 들었다.

“정말 좋은 추억이겠어요. 싸우진 않으셨어요? 보통 여행 가면 많이 싸우기도 하던데.”

“뭐 딱히……. 집에 있다고 싸우지 않는 건 아니니까…….”

“아…….”

채원이 진지하게 탄식하며 깨달음을 얻었다는 표정을 짓자 준호는 웃음을 터트렸다. 성준의 빈 와인 잔에 와인을 따르며 준호는 말을 이었다.

“남녀 관계라는 게 그런 것 같더라고요. 모든 호시절엔 대부분의 관계가 좋지. 갈등의 요소가 그만큼 사라지니까.”

세계 일주를 하며 정점에 다다른 극한 피로와 오지의 두려움을 만났을 때, 말이 통하지 않는 곳에서 아찔한 위험에 처했을 때, 부부는 서로의 밑바닥을 보았다.

널찍하고 쾌적한 집에 살면서, 주말이면 모든 것이 준비된 곳으로 여행을 떠나는 삶에선 절대 알 수 없었을, 서로의 밑바닥.

"상대에게 평생 좋은 모습만 보여주고 싶지만 사실 우린 그럴수 없잖아요. 그런 것들을 얼마나 빨리 받아들일 수 있느냐도 정말 중요하거든요."

"네, 그런 것 같아요."

"어차피 봐야 할 밑바닥이라면 서로 빨리 보자는 마음이 있었어요. 기억은 동력이 될 테니까요."

……기억은 동력이 된다.

때마침 성준이 민권에게 걸려온 전화를 받고자 자리에서 일어난다. 채원은 밖으로 나가는 그의 모습을 바라보다가 흐릿하게 웃었다.

"스페인에서 저는 대표님께 좋은 모습만 보여드리고, 좋은 모습만 남겨두고 싶었어요."

손님이 없어 한적한 식당 안. 그녀의 음색은 듣기 좋았다. 준호는 가만히 그녀의 이야기를 경청했다.

"밑천을 드러낼 엄두가 나질 않더라고요. 제가 짊어진 것 또한 나누어 주고 싶지 않았어요. 무슨 일이 있어도 그런 일은 하고 싶지 않더라고요."

"그래서 헤어졌군요. 스페인에서."

"……네."

가진 밑천이 전부 드러나기 전에, 그래서 당신이 실망하기 전에 도망치기 급급했다. 그를 힘들게 만들기 전에 놓아주어야 한다고 머리가 명령했다.

딴에는 사랑해서, 애틋해서, 그를 망치면 안 되는 거라고. 헤어짐만이 한 치의 오차도 없는 정답이라 믿었다. 나란 여자는 영원히 당신의 기억 속에 무너지지 않은 사람으로 남았으면, 바랐다.

"아픈 건 저만 하고 싶었어요. 힘든 것도 저만 했으면 좋겠더라고요. 대표님을 놓고 가야 대표님이 안전하게 살 수 있을 거라고, 내내 믿었어요."

"네. 이해합니다."

이해한다는 그 말이 서럽게도 고마워, 채원은 또다시 작은 웃음을 지었다.

나 이제 진흙탕 속으로 들어가려 하는데. 이제 나, 그런 세상 속으로 가려 하는데 우리 함께하면 안 되겠느냐고. 그 시절 감히 내가, 당신에게 그런 말을 하면 안 되는 거였다.

"어쩌면 다시 돌아간대도 똑같은 결정을 할지 몰라요. 아무리 생각해봐도 그때 대표님을 두고 온 게 잘한 일처럼 느껴져서."

"잘했어요. 잘한 일이에요. 누구도 채원 씨의 선택을 비난할 수 없어요."

타인의 말이라 흘려듣기엔 가슴이 뜨거워져, 굳었던 상처가 녹는 것 같았다.

"그런데 성준이는 많이 힘들었어요. 받아들이지 못했고, 이겨내지도 못했고."

"……."

"물론 회사는 키웠지. 저도 성준이가 이렇게 빠른 시간에 성공할 줄 몰랐어요. 미친 듯이 일에 매달리더니 결국 해내더군요. 아마도 발악이었을 거예요."

그녀는 고개를 숙였다.

"그 시절 채원 씨와 헤어지지 않았다면 지금 한성준의 성공은 없을지도 모르지. 이렇게 빨리 무언가를 이루지 못했을지도 모르고, 어쩌면 에어밸런스라는 회사 자체가 없었을지도 모르고."

"……."

"그런데 저는 그렇게 생각해요. 조금 늦게 갔다고, 혹은 멀리 돌아갔다고 녀석이 해내지 못했을까. 빨리 가는 것만이 능사였겠나, 하는."

준호는 모든 건 지난 일이라며 웃었다. 차마 따라 웃지 못하는 그녀를 바라보며, 그는 입술을 열었다.

"힘든 것을 나누어 주고 싶지 않아서 상대를 놓는 마음도 이해해요. 사랑한다는 말이 헤어지자는 말과 다르지 않다는 걸 깨닫는 사람도 분명 있으니까요."

"……."

"하지만 함께 짊어지는 일이, 채원 씨와 헤어지는 일보단 쉬웠을 수도 있거든요, 성준이한테는."

그가 얼마나 엉망진창으로 살아왔는지를 직접 듣는 것보다, 마음은 더욱 깊게 쓰라렸다.

"물론 채원 씨라고 쉬웠겠느냐마는."

아직도 무엇이 옳은 일인지, 그의 발목을 잡고 진흙탕을 함께 걸었어야 하는 게 진정 맞는 일인지, 여전히 혼란스러웠지만.

한 가지 선명해지는 의지가 있다.

"선생님께 상담받는 것 같아요. 어쩐지 마음이 편안해지는 게."

"술 마시고 하는 헛소리 깊게 담지 말아요. 저도 의사 가운 벗으면 평범한 사람이니까요."

그를 위해서라도 진흙탕에서 벗어나야겠다. 그를 끌고 들어갈 수 없다면, 내가 그곳에서 벗어나야겠다.

"성준이하고 종종 봐요. 셋이서 같이 식사도 하고, 오늘처럼."

"네, 편하게 대해주세요. 정말 감사합니다."

"내가 더. 내가 더 고마워요, 채원 씨."

당신이 사는 세상으로, 내가 달려가야겠다.

"나 없는 동안 무슨 얘기 했어?"

성준이 돌아오자 이번엔 준호가 아내와 통화 좀 하고 오겠다며 밖으로 나선다. 채원은 별 이야기 하지 않았다며 생글생글 웃었다.

"별 이야기 하지 않은 얼굴이 아닌데. 내 험담을 끝낸 개운한 얼굴을 하고 있는데, 지금?"

"어? 어떻게 알았지? 대표님 험담 엄청 했는데."

……끙. 성준은 그러면 그렇지 하는 표정을 지었다. 딱히 준호 형이 좋은 말을 했을 거라는 기대는 하지 않았지만 무슨 욕을 얼마나 해댔기에 채원이 사이다 백 잔쯤 마신 표정을 짓고 있는 건지 모르겠다. 망할 인간. 좋은 이야기나 좀 해주지.

"대표님."

홀짝, 와인을 마시며 그녀가 부른다. 휴대폰을 테이블에 내려놓으며 고개를 돌려보니 어느덧 채원이 웃음기를 지운 얼굴을 하고 있다.

"스페인에서 나 없어져서, 많이 힘들었어요?"

"······."

"받아들이지 못하고, 이겨내지 못했어요?"

무슨 이야기를 나누었는지, 알 것만 같았다.

"내내 그렇게 살다가. 그러다가 나, 다시 만난 거예요?"

딱히 답을 바란 건 아니었는지, 꽉 다문 그의 입술이 열리기 전에 그녀가 말을 이었다.

"그때. 아버지가 쓰러지셨다는 연락을 받고 바로 한국행 비행기를 끊고, 반나절 정도 남았었나 봐요."

짐을 싸야 했다. 다시 돌아오지 못할 예감이 들었으니, 많은 것을 정리해야 했다. 그 모든 일을 제쳐두고 당신에게 달려갔다.

"대표님을 만나러 가는 동안은 사실 생각이 많았거든요. 그때까지만 해도 사실대로 알리고 가야 한다는 생각이 지배적이었는데, 그랬는데."

그 햇살, 그 점심. 당신이 들고 나온 사업 계획서 한 장.

오래 준비해온 당신의 사업을 이제 시작할 수 있게 됐다던, 기쁜 웃음.

"겁이 나더라고요. 내가 지금 한국으로 돌아가야 한다고 말을 하면 어떻게 되는 건지, 눈앞이 깜깜했어요."

사랑하는 나의 당신은 많은 것을 책임지려 했을 것이다. 당신의 날개를 잠시 접고, 어렵게 찾아온 기회를 놓아주며, 내게 집중했을 것이다.

그럼에도 불행한 줄 모르고 당신은 나의 곁을 지켰으리라.

"그렇게 일방적으로 받고, 그렇게 대표님에게 기대고 살다가 어느 날 대표님이 지쳐버리면? 나에게 등을 돌리면? 나 그땐 어떡하지? 막, 별생각이 다 들더라고요."

당신에게마저 버려지면 낭떠러지였다. 회생이 불가한, 발버둥도 멈출 인생이었다.

"그래서 그랬어요. 너무 무서웠거든요. 말은 대표님을 위하는 일이라고 했지만, 다시 생각해보니 날 위한 길이었던 것 같기도 해요. 대표님한테 버려질까 봐, 그땐 감당이 안 될까 봐."

그때. 그 스페인의 햇살 아래. 사업 계획서를 내려다보다가 입술이 멋대로 열렸다. 웃음뿐이던 당신의 얼굴 위로 신랄한 슬픔을 뿌렸다.

헤어지자고, 돌이킬 수 없는 말을 뱉어버리고 말았다.

"너무 웃기죠. 이런 말을 하게 되는 날도 오네요. 인생 진짜 너무 웃긴 것 같아."

안 그래요? 채원이 만감이 교차한다는 것처럼 웃으며 말을 던져보지만 돌아오는 답이 없다. 그가 어떤 표정을 짓고 있는지 알기가 어려워 힐끔, 바라보니.

"왜 그렇게 쳐다봐요?"

"……."

할 말이 많은 눈빛도 아니요 할 말이 없는 눈빛도 아닌, 무게를 가늠할 수 없는 심각한 것들을 가득 안은, 그런 표정을 짓고 있다.

채원은 와인 잔을 내리며 상체를 비틀었다. 그를 똑바로 바라보며 표정을 살폈다.

"대표님 표정 너무 안 좋은데? 조금 전에 통화하고 온 일이 문제예요? 혹시 회사에 무슨 일 있어요?"

"아니, 무슨 일이 있는 건 아닌데, 무슨 일이 생길 것 같아서."

"네? 무슨 일이요?"

무슨 일이 생길 것 같다니 더럭 겁이 난다. 불안함을 감지한 눈동자가 그의 시선을 따라간다.

"무슨 말이에요, 대표님. 무슨 일이 어떻게 생길 것 같다는 건데요. 말을 해봐요."

"그게, 무슨 일이냐면."

그는 직접 알려주겠다는 듯 손을 뻗어 그녀의 손을 잡고, 끌어당겼다. 순식간에 균형을 잃고 그녀의 상체가 앞으로 기운다.

입술이 포개지고, 그의 따뜻하고 다정한 손길이 그녀의 목덜미를 감쌌다. 여운이 가득한, 오래 참아온, 온기를 새긴 입술이 떨어지고 나서야 그는 작게 속삭였다.

……기억은 동력이 된다.

"이런 일."

어쩌면 이런 사랑을 할 수 있을까요, 우리는.

"왜 이렇게 죽을상을 하고 있어? 한숨만 푹푹 쉬고?"

친구 해경은 유난히 어두운 얼굴을 하고 한숨만 쉬는 채원을 바라보았다.

세상이 뒤집어지는 입맞춤을 끝으로, 아무 일 없다는 듯 자신의 세상으로 돌아간 대표와의 식사가 끝난 뒤, 채원은 친구 해경을 만났다.

피곤하다는 친구를 막무가내로 불러냈다. 지금 이 심정으로는 집에 들어가 잠을 청할 자신이 없었다.

휴.

"야, 정채원. 그 정도로 한숨 쉬어서 땅이 꺼지겠어?"

"……해경아."

"그래. 왜왜. 말해봐, 무슨 일인데."

채원은 상체를 뒤로하며 기둥에 머리를 기댔다. 초점이 흐려진 눈으로 천장을 바라보다가, 입술을 열었다.

"준비해. 이제 곧 지구 종말이 올지도 몰라."

"지구 종말? 세기말 감성 찾는 시간이야, 지금?"

"농담 아니고, 진짜로. 종말이 올지도 몰라. 마음의 준비를 하렴."

"준비는 무슨 준비. 올 게 오는 모양이지. 너하고 술이나 마시다가 종말을 맞이하고 싶다."

호들갑을 모르고 무슨 말을 해도 시큰둥한 해경에게 시선을 돌리며 채원은 미간을 좁혔다.

"야, 넌 무슨 애가, 멘탈이, 어? 멘탈이 스테인리스야? 아니면 인생이 아무도 모르게 2회차야? 인간이 뭐 이렇게까지 겸허해, 재미없게."

리액션이 시시했는지 채원이 타박하자 해경은 맥주 캔을 따며 웃었다.

"왜. 무슨 일인데. 무슨 일이 있었는데 지구 종말까지 걱정해, 오지랖 넓게."

"하……."

채원은 깊은 탄식을 흘렸다. 버릇처럼 수시로 입술을 꾹꾹 물다가, 대표와의 입맞춤을 떠올렸다.

아니, 떠올리지 않아도 사실은 온통 머릿속이. 아무리 생각을 고쳐봐도 내내 머릿속은.

"해경아, 아무리 생각해도 내가 하늘의 노여움을 산 것 같아. 하지 말라는 짓을 기어이 했거든."

"하지 말라는 짓을 해서 하늘의 노여움을 산다면 난 이미 요단강 도하를 시작했을 거다."

"진짜야. 나 정말 심각하다구. 사태의 심각성을 좀 헤아려줄래?"

"주어도 없이 말하면서 무슨 사태의 심각성을 알아달래. 아, 몰라 몰라, 맥주나 마셔. 하늘의 노여움보단 내 노여움이 너와 가까이에 있으니까."

해경은 만사가 귀찮다는 듯 손을 내저었다. 입술만 뻐끔뻐끔하며 사리물던 채원은 반쯤 남은 맥주 캔을 들었다.

"해경아, 나의 어떤 선택 때문에 다른 사람이 피해를 보면 어떡하지? 만약에 있잖아, 만약에."

"피해? 어떤 피해?"

"뭐, 종잡을 순 없어. 일신상에 문제가 생긴다거나, 피할 수 없는 불행이 닥친다거나, 하는."

"너 때문이라고 확신해?"

"……어쩌면."

해경은 고개를 꺾으며 맥주를 마셨다. 생각하는 시간을 벌고 싶은 건지, 아니면 별생각 없이 맥주를 들이켜는 건지는 알 수 없었지만.

"크어어, 좋다. 야, 채원아."

누구라도 좋으니, 괜찮다고 말해주면 좋겠다.

"그럴 땐 있잖아, 있는 힘껏, 열과 성을 다해서 모르는 척해."

"모르는 척?"

괜찮아. 일은 일대로 흘러갈 뿐이야.

"내가 저번에도 말했잖아. 어쩌라고. 어쩌라고? 이런 마음이 필요하다니까?"

"……."

"나 때문에 누군가 피해를 보는 거지만, 그래도 일단 모르는 척해. 눈길도 줄 것 없어. 알겠어, 정채원?"

"넌 참, 인생 편하게 산다."

"인생을 편하게 사는 게 아니라 편하게 살고 싶은 사람일 뿐이야. 니 인생에 너보다 중요한 사람이 어딨어. 없단다, 친구야."

모르는 척하란다. 그런 피해, 나 때문이 아니라며 눈길도 줄 것 없단다.

채원은 쌩뚱맞은 친구의 조언에 웃음이 터지고 말았다. 웃자고 꺼낸 이야기는 아니었는지 해경의 표정은 사뭇 진지했다.

"야, 새겨들어. 어쩌라고, 응? 어쩌라고. 이렇게 살란 말이야. 물러 터져서 이거저거 다 챙기고 신경 쓰지 말고."

"맥주나 마셔. 내가 오늘 너무나 고퀄의 상담을 받고 와서 너의 상담이 썩 와닿지가 않는다."

채원은 새 캔을 따서 친구의 손에 건네주며 그를 떠올렸다.

일은 저질러버렸고, 나는 그를 밀쳐내지 않았고. 이제 와 무엇을 어떻게 되돌려본들 아무것도 제자리를 찾아가지 못할 것이다.

……밤은 깊어갔다.

"아, 내일 출근하기 싫다. 으아아, 출근하기 싫어."

"난 출근하고 싶은데. 빨리 아침이 왔으면 좋겠어."

"출근이 하고 싶다고? 미쳤다, 정채원."

"그래, 나 미쳤다. 어쩌라고?"

"헐. 적응력보소. 그래, 그렇게 어쩌라고, 하며 사는 거야. 우리 채원이 잘한다 잘해!"

받는 사랑보다 하는 사랑이 충만해지는, 그런 당신과 나 사이의 까만 밤이.

이튿날. 수출 역량 우수 기업에 선정된 에어밸런스 비서실은 아침부터 분주했다.

자는 둥 마는 둥 출근을 마친 채원은 시상식을 준비하는 성준을 힐끔힐끔 바라보았다. 평소보다 일찍 나왔는데, 얼마나 바쁘신지 눈길 한번 주지 않는다.

보도 자료를 만들고 검토하느라 정신이 없는 비서진 사이에서 채원은 평소와 다름없이 PC를 켰다. 때마침 민권이 대표실 문을 열고 밖으로 나온다.

"채원 씨, 혹시 바빠요?"

"네? 아뇨."

다미안에게 온 메일이 아직 없음을 확인한 채원은 고개를 들었다. 흠. 민권은 비서실 사람들의 얼굴을 한번 훑고는 다시 채원을 바라보았다.

"이런 일 부탁해서 미안한데, 지금 비서실 사람들이 너무 바빠서."

"괜찮아요. 뭐든요. 뭐든 할 수 있어요."

아아, 또 일거리가 할당되는구나. 채원은 웃으며 고개를 끄덕였다.

"지금 대표님께서 시상식 때문에 나가셔야 하는데, 채원 씨가 대표님 모시고 먼저 가줄 수 있을까 해서요."

"네? 제가요?"

할 일이 태산인 비서실 직원들은 일제히 고개를 숙이며 업무 모드에 돌입했다. 오전 중에 끝마쳐야 할 일이 산더미인데, 지금 끌려나가면 업무 마비가 예상되었다.

"아…… 저는 괜찮은데 제가 따라간다고 도움이 될지."

"괜찮아요. 할 일은 없고 그냥 대표님 곁에서 보좌만 해주시면 돼요. 나도 오전 업무 끝나면 바로 출발할 거고."

민권은 꽤나 난처한 부탁을 하고 있다는 표정을 지었지만 채원은 알 수 있었다. 둘이 함께 나갈 수 있는 기회를 만들어주려고 부탁하는 척하는 김 실장님이라는 걸.

채원은 활짝 웃었다. 마다할 이유가 없었다.

"그럼 제가 김 실장님 오실 때까지 최선을 다해서 대표님을 보좌하겠습니다."

"고마워요. 그럼 채원 씨만 믿고 우리 일 좀 하겠습니다."

"네, 실장님."

으아. 제가 다 감사한걸요.

채원은 방실방실 웃으며 자리에서 일어섰다. 나갈 준비를 마쳤는지 성준이 대표실에서 나온다.

"준비 다 됐나?"

"네, 대표님. 정채원 씨하고 일단 이동하시면 될 것 같습니다."

"차량 준비해줘."

"네, 대표님."

헤헤. 채원이 속없는 미소를 짓자 성준은 그녀를 바라보다가 피식, 헛웃음을 흘렸다. 이렇게 좋은 날 가까이에 있을 수 있어서 얼마나 기쁜지.

일부러 어쩔 수 없는 듯 채원과 오붓한 시간을 만들어준 김 실장의 노고와 재치에 성준은 연신 감탄했다. 역시 김 실장이야. 역시 김 실장의 센스는 알아줘야 해.

"대표님 차량 준비됐다고 합니다!"

그때였다. 로비에서 걸려온 전화를 받은 신입 사원 서훈이 자리에서 일어서며 차량이 준비되었음을 알렸다.

그러더니 재킷을 입고, 의자를 돌아 나온다. 성준은 멀뚱멀뚱 바라보았고, 민권은 빙그레 웃었다.

"좋은 날인데, 대표님이 직접 운전을 하실 수는 없으니까요."

"……그래서?"

"서훈 씨가 운전해줄 거예요."

"아…… 그렇구나……. 김 실장…… 그냥 내가 운전해도…… 되는데……."

"무슨 소리세요. 이런 날 에스코트도 없이 안 됩니다. 절대 안 돼요."

"아…… 그렇구나……. 김 실장…… 안 되는 거였구나……."

아…… 그렇구나……. 우리 둘이…… 가는 게 아니었구나…….

김 실장 놈에게 놀아났다는 듯 성준의 얼굴이 흉악하게 일그러진다. 해맑은 음표를 달고 서훈은 채원의 옆에 섰다.

"가시죠, 대표님! 제가 안전하게 모시겠습니다!"

"……."

김 실장. 너는 언젠가 한직으로 보내버릴 거야.

성준은 분노에 찬 눈빛으로 민권을 바라보았다. 결국 성준은 뒷좌석, 채원은 보조석, 서훈은 운전석에 앉았다.

"그럼 출발하겠습니다!"

불만 많은 성준의 시선은 애먼 차창 밖을 향했다.

"이렇게 아침부터 운전대 잡으니까 어디 여행 가는 것 같고, 좋은데요?"

서훈은 회사를 탈출한 것이 좋은지 연신 흥얼거렸다. 여행? 성준은 기도 안 찬다는 표정을 지었다.

하! 여행 가는 거면 자네가 여기 있을 이유가 없지 싶은데?

"날씨도 좋고 출근 시간 지나서 차도 안 밀리고. 뭔가 좋지 않아요, 채원 선배님?"

"네, 그러네요. 좋네요."

"선배님 아침은 드셨어요?"

"아뇨. 아침 먹는 버릇이 없어서요. 서훈 씨는 먹었어요?"

"저는 편의점에서 샌드위치 사서 먹었어요. 아침 안 먹으면 허전하더라고요."

나…… 뒤에 있다……. 잊지 마라…….

"아, 대표님은 아침 식사 하셨습니까?"

"커피 한 잔. 루틴이라."

또 묻는 말엔 고분고분 답이 나온다. 여전히 창밖에 시선을 고정한 채 성준이 답하자 서훈은 감탄사를 연발했다.

"캬, 역시, 뭔가 성공한 오너의 출근길이 상상되네요. 근사하십니다, 대표님."

죽을 것 같아서 마시는 커피가…… 근사해……?

단둘이 데이트할 생각에 뿅뿅 올라왔던 하트가 박살 나고 저기 압으로 변한 대표의 기분을 서훈이 알 리 없다.

그저 적막한 차 안의 분위기가 싫어 서훈은 이런저런 말을 늘어 놓았다. 채원은 조용히 웃었다.

"선배님, 결혼하면 뭐가 좋습니까?"

"네? 겨, 결혼이요?"

서훈이 느닷없이 훅 치고 들어오자 채원은 당황했다. 어우, 서훈 씨. 이거 되게 위험한 주제야. 살고 싶다면 멈춰.

"2세는 있으세요?"

"아, 아뇨. 아뇨. 서훈 씨, 우리 조금 천천히 갈까요? 속도가 빠른 것 같은데."

자연스럽게 말을 돌려보았다.

"죄송합니다. 천천히 가겠습니다. 저는 결혼하면 부인과 취미가 같았으면 좋겠어요. 항상 뭐든 같이 할 수 있을 테니까요."

"아아, 네. 하하."

씨알도 먹히지 않는다. 채원은 뒤에서 풍기는 성준의 검은 기운 을 느끼며 웃음으로 마무리를 지었다. 성준은 째진 눈꼬리를 하며 신입 사원의 뒤통수를 바라보다가 물었다.

"남서훈 씨는 애인이 있나?"

"저요? 없습니다. 그러고 보니 애인도 없는데 제가 결혼 생각을 하고 있네요. 하하."

"아…… 애인이 없다……?"

성준이 의미심장한 목소리로 중얼거리지만 서훈은 룸미러로 뒤를 바라보며 웃었다.

"대표님, 대표님은 애인 있으십니까?"

헐. 금기의 영역이 신입 사원의 입에서 펼쳐진다. 채원은 놀란 듯 입술을 멍하니 벌리며 서훈을 바라보았다.

서훈 씨 대체 왜 이래…….

"애인. 있었는데."

난 안 듣고 싶단 말야…….

"지금은 뭐, 없다고 해야 할 것 같은데."

"아아. 헤어지셨어요? 아이고. 죄송합니다, 제가 괜한 걸."

"피차 없기는 마찬가진데 죄송할 것까지야."

어후. 채원은 뜨끔하는 표정을 지으며 마른침만 삼켰다. 신호에 걸린 차량이 멈추고, 서훈은 손가락으로 핸들을 툭툭 치다가 다시 입을 열었다.

"대표님, 혹시 왜 헤어지셨는지 여쭤봐도 되겠습니까? 대표님의 연애담 궁금해서요."

"서, 서훈 씨."

이럴 거면 나 내려줘. 내려달라고, 이 양반아!

시상식장으로 가는 차량인 줄 알았는데, 장례식장으로 가는 차량에 올라탄 모양이다. 이 겁 없고 눈치 없는 신입 사원의 말로가 눈앞에 훤히 보여 채원은 이마를 짚었다.

대표에게 연애사를 묻는 신입 사원의 패기라니.

"그땐 회사 차리기 전이었는데 뭐, 차였지. 대차게."

1타 2피로 나가지 죽잖아! 이거 어쩔 거야, 서훈 씨!

"헐, 대표님께서 차이셨다고요? 대체 어쩌다가요?"

"난들 아나. 차니까 차였지."

"서훈 씨, 우리 노래 들을까요? 라디오 켤까?"

"켜세요, 선배님. 아니, 대표님. 세상 어떤 여성분이 우리 대표님 같은 분을 뻥, 찰 수 있다는 겁니까? 와, 놀랍네요."

"나도 놀라워. 격하게."

……이를 꽉 문 채원이 라디오를 켠다.

서훈은 세상에 존재하면 안 될 일이라는 듯 고개를 가로저었다. 어쭈구리. 혀까지 끌끌 찬다.

"여성분께서 혜안이 없으시네요. 남자가 봐도 이렇게 멋지고 훌륭한 분을 못 알아보시고 제 발로 복을 차다니."

가시방석이 실제로 존재한다면 이런 느낌일까……?

채원은 묵직하게 눈을 감았다. 와중에 다소 통쾌한 기분이 드는지 성준의 음성이 편안해진다.

"혜안이 없어도 너무 없었지. 나 같은 남자를 차다니."

"와, 진짜, 와, 그 여성분은 모르긴 몰라도 엄청 땅을 치고 후회하고 있을 겁니다."

뒤에서 피식 웃는 소리가 난다. 채원은 수치심에 마른침을 꿀꺽 삼켰다.

"대표님, 제가 장담합니다. 그 여성분, 진짜 땅을 치고 후회할걸요?"

그만해.

"대표님 차버리고 발 뻗고 자겠습니까? 절대 못 자요. 대표님 이렇게 승승장구하는 거 보면 자신을 원망할 겁니다."

그만하라고. 좋은 말로 할 때.

"글쎄, 발 뻗고 못 자는 건 모르겠고. 원망하는지도 음, 잘은 모르겠고."

대표님도 그만해요, 좀……. 나 숨 좀 쉬게…….

하……. 채원은 말도 못 하고 한숨만 내리 쉬었다.

"대표님 성공하셔서 정말 다행이네요. 아주 그냥, 사이다입니다, 사이다. 복수 제대로 하시네요."

서훈은 같은 남자 대 남자로 느끼는 바가 많은지 주먹을 움켜쥐었다.

"제가 다 짜릿하고 통쾌합니다. 그 여성분, 아마 내내 후회할 거예요. 아후, 속이 다 시원하네."

서훈은 대표님의 성공이 뿌듯한지 어후, 어후, 를 연발하며 눈에 힘을 주었다. 사이다급 결말이라며 혼자 흡족해하는 서훈이 다시 운전에 집중하려 할 때.

"어때? 나 성공한 거 알고 내내 후회했어?"

허. 뒤에서 말도 안 되는 음성이 들려온다.

내내 침묵만 지키던 채원은 입술을 쩍 벌렸다. 서훈은 무슨 소리인가, 운전을 하며 채원을 슬쩍슬쩍 바라보았고.

"나 차고 발 뻗고 잤어, 못 잤어. 정채원, 말해 봐."

성준은 상체를 일으켜 채원의 뒤에 가까이 다가와 어땠느냐고, 질문했다.

"헐……."

3, 4초 뒤, 무슨 말인지 알겠다는 듯 서훈의 입에서 탄식이 흐른다. 채원은 도저히 뒷감당이 되질 않아 입술만 점점 더 크게 벌렸다.

"아니, 말하다 보니 나도 궁금하잖아. 말해봐, 당사자가 직접."

"헐……. 그럼…… 그…… 선배님이…… 어…… 대표님의…… 어……."

얼마나 놀랐는지 멘탈이 무너진 표정으로 삿대질까지 해가며, 서훈이 채원과 성준을 번갈아가며 가리킨다.

누구도 부정하지 않고, 누구도 해명하려 들지 않자 혼자 해석하고, 혼자 상황 정리를 마친 서훈은 그제야 판도라의 상자를 열었음을 깨달았다. 더없이 쪼그라든 눈빛을 하며 서훈은 채원을 향해 나직하게 입을 열었다.

"어…… 선배님…… 혹시 제가…… 눈치 없이 살아 있는 걸까요……?"

"네. 그런 것 같군요."

끙. 채원은 탄식하며 차창 밖으로 고개를 돌렸다.

난 누구? 여긴 어디……?

이런 느낌으로 운전대를 잡은 서훈의 눈동자가 정처 없이 흔들린다.

"이봐요, 남서훈 씨."

"네. 네, 대표님!"

"정채원 씨 결혼 안 했어. 법적 미혼인데, 사정이 있어서 대외적으로는 결혼한 사람으로 알고 있습니다."

"아…… 네……."

충격의 연속이다.

"물론 이 이야기는 오프 더 레코드고, 아는 사람이라곤 나, 김 실장, 그리고 남서훈 씨."

"아…… 네……."

다른 곳에 발설하면 죽는다는 표현보다 더 무섭게 다가온다. 충격과 공포에 휩싸인 운전석의 신입 사원은 새까맣게 지워진 자신의 미래에 정신줄을 놓았고, 이제 사이다 좀 마셔보겠다는 듯 라디오 노래를 흥얼거리는 상석의 대표는 한결 편안해졌다.

입이 열 개라도 할 말이 없는 시간. 채원은 입술을 꾹 깨물었다.

아, 열 받아. 아! 열 받아!

성준보다 뒤늦게 출발한 민권이 시상식장에 도착했다. 보도 자료를 정리하고, 최종으로 검토한 뒤 언론사에 넘긴 민권은 안으로 들어서기 전, 잠시 비서실과 통화를 했다.

"몇 시에 올라오는지 잘 체크하고 여기서 찍은 사진은 바로 보내줄 테니 2차 보도 자료 준비하고."

민권이 통화를 하며 밖을 서성이던, 그때였다.

앞뒤가 우월하게 긴 검은 세단이 도착한다. 민권은 무심결에 차량을 바라보고는 빠르게 뒤돌았다.

"내가 다시 전화할게. 그래요, 수고."

휴대폰을 재킷 속에 집어넣으며 차량으로 다가갔다. 열어주는 차량의 상석에서 홍진그룹의 윤필목 회장과 태리가 나란히 내렸다. 민권은 허리를 구부렸다.

"오셨습니까, 회장님."

그를 먼저 알아본 태리가 눈을 동그랗게 떴고, 윤 회장은 탐탁지 않은 눈길로 민권을 훑었다.

"자네는 누구?"

누구냐는 윤 회장의 질문에 민권의 입술이 열리기 전, 태리가 먼저 다가왔다.

"아빠, 에어밸런스 한성준 대표 비서실장이에요. 김민권 실장."

"아아. 비서라고."

"안녕하십니까. 김민권입니다, 회장님."

김민권. 이름을 또박또박 알려주지만 윤 회장의 기억에 남을 이름일 리 없다. 이런 인사에 감흥이 없는 윤 회장은 갈 길이 정해진 듯 걸음을 옮겼다.

태리는 머쓱한 표정을 지으며 여전히 허리를 굽히고 있는 민권의 팔을 툭, 쳤다.

"일어나. 보는 사람도 없는데."

"가, 어서."

그녀가 알은척하는 것이 부담스러운 민권은 조용히 말했고, 태리는 씁쓸한 표정을 지으며 아빠의 곁으로 빠르게 걸음을 옮겼다. 느릿느릿 앞으로 걷던 윤 회장은 난데없이 뒤를 돌았다.

"한 대표는 안에 있나?"

"예, 회장님."

민권은 즉각 반응하며 다시금 고개를 숙였고, 태리는 아빠의 팔짱을 끼고 서서 그를 바라보았다.

"아빠, 한 대표한테 전화해볼까요?"

"들어가면 만나겠지. 그런 일 직접 할 필요 없다."

민권을 훑듯 바라보던 윤 회장은 다시 걸음을 틀었고, 민권은 빠르게 앞으로 나아가며 공손히 손으로 안내했다.

"제가 모시겠습니다. 따라오십시오."

한없이 낮은 자세와 한없이 내려간 음성. 민권은 적당한 거리를 유지하며 태리와 그의 부친을 시상식장 안으로 안내했다.

그녀의 부친에겐 이름 석 자 남기지 못할 사람. 민권은 열린 엘리베이터에 급히 올라 버튼을 눌러두고, 다시 내렸다. 자연스럽게 윤 회장과 태리가 올라탔다.

"7층입니다."

묵례하는 사이 엘리베이터가 닫히고, 민권은 올라가는 엘리베이터를 보다가, 다음 엘리베이터를 눌렀다.

……사는 세계가 다르다는 것을 인정하면 편하다. 민권은 고개를 숙인 채 조용히 침묵했다.

질투는 나의 것

우여곡절 끝에 시상식장에 도착한 성준과 채원은 사람들을 피해 조용한 자리를 찾았다.

터진 멘탈을 수습하고 오겠다며 신입 사원 서훈이 비틀비틀 사라지고, 채원은 성준의 옷매무새를 최종 점검했다. 이를 꽉 깨문 채원의 굳은 표정을 내려다보던 성준은 입을 열었다.

"표정을 좀 고쳐볼 생각은 없나? 오늘은 기쁜 날인데."

분위기는 지가 그지같이 만들어놓고 분위기를 띄워보란다.

하! 채원은 이건 무슨 신박한 헛소리냐는 듯 두 눈에 쌍심지를 켰다. 한 번만 더 헛소리를 하면 이곳에 묻어버리고 말겠다는 의지가 번뜩였다.

"지금 그걸 말이라고 해요? 분위기 걱정되는 사람이, 서훈 씨한테 그런 소리를 해?"

"나 오늘 좋은 날인데. 되게 되게 좋은 날인데."

"시끄러워요! 좋은 날은 개뿔이나! 욕이나 안 먹으면 다행인 줄 알아요!"

쿵. 본전도 못 건졌다.

성준은 눈으로 욕하고 있는 채원의 검은 기류에 입술을 꾹 닫았다. 소프트 왁스를 손끝으로 뭉근하게 눌러 녹인 뒤 잔머리를 정리하며, 채원은 드문드문 성준을 노려보았다.

"생각할수록 열 받아."

"생각을 하지 마, 그러면."

"그게 돼요? 되겠어요? 사람을 당황시켜도 정도가 있지."

"당황을 왜 해? 내가 없는 이야기 지어낸 것도 아니고, 부풀려 과장을 한 것도 아닌데."

"대체 그 머릿속엔 뭐가 들었어요? 뭐가 들었는데 이렇게 사리분별을 못 하는 거예요?"

"뭐가 들긴, 니가 들었지. 가득."

왁스를 얼굴에 비벼버릴까 보다.

"내가 운전대 잡았으면 황천길로 갔을 거예요."

"어딜 가도 상관은 없는데 같이만 가주라. 마다하진 않을 테니까."

"대체 좋은 날 왜 이러세요? 함께 좋을 순 없어요?"

"넌 언제까지 나하고 밀당할 건데? 아하, 입 맞춘 정도로는 어림도 없다?"

"뭐, 뭐예요?"

이자의 헛소리를 듣는 자가 있다면 함께 황천길로 데려가야겠다. 채원은 황급히 주변을 살폈다.

"목소리 낮춰요. 누가 들으면 어쩌려고 이래 진짜?"

"대체 들으면 안 되는 이유는 뭐냐? 답을 해 그러니까. 입 맞춘 정도로는 썸도 힘들다? 그 정도로는 턱도 없다?"

"대표님!"

흐어어어어, 이자가 하는 말 좀 들어보소!

채원은 왁스 묻은 손을 어정쩡하게 들고 서서 입에 거품을 물 듯 눈을 크게 떴다. 하루가 다르게 발전하는 대표 놈의 진상 스킬에 어지러울 지경이다.

"내, 내 의지 아니었잖아요! 쌍방 합의도 없이 들이댔으면서 무슨."

"뭐라? 합의가 없어? 니가 나보다 더 적극적이었잖아."

헐. 채원은 감당 안 된다며 탄식했다.

"내가 뭐, 뭐가 더 적극적이었다는 거예요. 내가 뭘 어쨌다고 발목을 잡고 늘어져요?"

"너 대단히 능동적이었는데. 아닌가? 막, 어? 굴러다니던데 내 입안에서."

"허어어어어얼."

헐. 채원은 너무 놀라 손으로 제 입술을 가렸다. 굴러? 굴러다녀? 굴렁쇠냐? 굴렁쇠야? 어딜 굴렀다는 거야!

"왁스 묻네, 이 사람아. 손은 닦아야지."

성준은 채원이 손으로 제 입술을 가리자 손을 잡으며 제 손으로 그녀 손바닥을 쓱쓱 문질렀다.

그러더니 얼굴을 가까이 디밀고는 시선을 맞추기 시작했다. 놀란 채원이 뒷걸음을 걷자 다시금 손목을 잡고는 눈을 맞췄다.

"왜 이래요 진짜. 누가 보면 어쩌려고."

"기다려봐. 여기 거울이 없잖아."

그녀 눈동자에 투명하게 비치는 자신의 얼굴을 들여다보던 성준은 씩 웃었다. 예고 없이 훅, 치고 들어오니 채원은 옅은 숨만 내쉬었다. 이 좋은 날 험한 말로 대표의 기분을 망칠 수도 없고, 환장할 노릇이다.

"어때, 나 오늘 괜찮아?"

"네네, 괜찮네요. 사람이 겉만 멀쩡해서 문제지만요."

채원이 꿍얼거리듯 말하자 성준은 큰 웃음을 터트렸다. 아직 놓아주지 않은 그녀의 손목을 붙잡고, 그는 진심으로 유쾌한 표정을 지었다.

"니가 오고 나서 좋은 일이 많다, 주변에."

"대표님이 이루신 일에 숟가락 얹고 싶은 생각 없어요. 공치사하지 마세요."

"진심으로 하는 말인데. 너 오고 나서 좋은 일이 생긴다, 자꾸."

말려도 듣질 않고 다그쳐도 멈추질 않으니, 이런 당신을 어떻게 하면 좋을까. 채원은 수상을 앞두고 어쩐지 들떠 보이는 성준을 바라보다가, 마음을 내려놓기로 한다.

그래. 내 마음 하나 어쩌지 못하는 내가, 누구의 마음을 달래고 막을 수 있단 말인가.

"수상 축하드려요, 대표님. 누구보다 멋있게 상 타고 오세요."

"알았어."

채원은 그를 따라 웃었다. 미소가 가득한 대표의 얼굴이 보기 좋아, 멈추게 하고 싶지 않았다.

그래. 오늘은 좋은 날이다.

"다 됐으면 안으로 들어갈까?"

"네, 대표님."

세상 밖의 그가 빛날, 좋은 날.

잠시 후. 채원과 안으로 들어선 성준은 윤필목 회장을 발견하곤 급히 발걸음을 옮겼다.

여러 기업 총수들과 인사를 나누던 윤 회장은 곁으로 다가온 성준을 바라보았다. 채원은 자연스럽게 두어 걸음 멀어졌고.

"오셨습니까. 어려운 걸음 하셨습니다, 회장님."

"아아. 왔는가, 자네. 한 대표."

태리는 자연스럽게 부친의 곁에 섰다.

"선배, 왔어?"

"회장님 모시고 올 거면 미리 연락을 좀 주지 그랬어. 직접 모셨을 텐데."

"선배가 그럴까 봐 말 안 했지. 선배가 상 타는 날인데, 괜히 신경 쓰게 할까 봐."

채원은 조금 멀어져 두 사람의 대화를 들었다.

그래, 맞다. 대표님이 꽃다발을 건네주며 생일을 축하해주던. 아마도 대학 후배라 했던가.

"자네 상 받는 날인데 우리 태리가 와서 축하도 해주고 해야지. 또 우리 애만 덜렁 보내기가 껄끄러워 같이 왔네."

"그러셨습니까, 회장님. 감사합니다."

도시적인 외모, 세련된 음성, 단정한 웃음. 다른 말로 정의 내리기 힘든, 한마디로 예쁜 사람.

"인사할 사람들 많으니까, 끝나고 시간 좀 내게. 알아두면 다 한 대표 사업에 도움 될 사람들이니."

"예, 회장님."

"태리 너도 한 대표 옆에 서서 인사드리고."

"나도? 나도 인사드려요?"

단순한 대학 후배라던 그의 말과는 달리 풍기는 분위기는 어딘가 모르게 묘했다.

채원은 들지 못한 시선을 발끝에 고정했다. 하지 않으려고 해도, 자꾸만 이상한 생각이 드는 거다. 자꾸만. 자꾸만 이상한 생각이.

"한 대표 따라다니면서 너도 같이 인사드려야지. 어차피 날 잡기 전에 전부 인사해야 할 사람들이다."

"아빠, 여기 듣는 귀도 많은데 갑자기."

당황한 딸의 음성이 급히 아버지의 말을 덮어보지만 이미 공기 중에 흐른 그 말은 지워질 리 없다. 묵직하고 느린 회장님의 말끝에 채원은 느리게 눈을 감았다가 떴다.

"이목이 집중되고 듣는 귀가 주변에 많을 때가 좋은 시절이지. 무슨 말을 뱉어도 사람이 모이지 않는다는 건 끈 떨어진 신발인 거고. 어이, 한 대표."

"예, 회장님."

"따라오게. 앞줄에 자리 마련되어 있으니 가자고."

"예, 회장님."

아, 그런 건가…….

돌아가는 이야기가 심상치 않다는 것이 느껴져 채원은 입술만 사리물었다. 하염없이 바닥만 바라보고 있자니 자신이 서 있는 방향으로 그의 구두가 돌아서는 게 보인다.

지금 고개를 들면 그와 시선이 마주칠 것이다. 시선을 마주하면, 그는 분명 눈빛으로 무언가 해명하려 들 것이다.

"가지, 한 대표."

"……예, 회장님."

채원은 끝까지 숙인 고개를 들지 않았고, 그와 시선을 마주치지 않았다. 동행인까지 신경 쓸 이유가 없는 윤 회장이 먼저 걷자 태리가 그를 끌다시피 하며 앞으로 나아갔다.

고개를 들지도 못하겠고, 다리를 움직이지도 못하겠다. 모르고 살던 세상의 반대편을 들여다본 것만 같아 채원의 마음은 이상하게 심란해졌다.

"이제 그만 뒤로 갈까요, 채원 씨?"

"아, 김 실장님."

때마침 자신을 찾으러 온 민권의 음성에 채원은 고개를 들었다.

민권은 그녀의 움츠린 어깨가 무엇 때문인지 알고 있다는 것처럼 미소 지었다.

"원래 이쪽은 동상이몽이 많은 곳이라. 채원 씨는 내 말 무슨 뜻인지 알죠?"

"아, 네, 실장님."

"아시다시피 대표님은 식구가 많은 분이셔서, 너무 많은 것과 싸우고 이기고, 때로는 질 수밖에 없어요."

회사를 위해, 지금의 대표는 윤 회장에게 질 수밖에 없다고 민권은 채원을 위로했다. 채원은 조용히 침묵했다. 머리로는 완벽하게 이해하는, 슬픈 긍정이었다.

민권은 분위기를 전환하듯 목소리를 높였다.

"자, 갑시다. 비서진 대기석이 있어요. 가서 편하게 있죠, 우리."

"네."

채원은 민권을 따라 걸음을 옮기다가 힐끔, 그가 떠난 자리를 바라보았다. 누구보다 앞자리에 앉게 된 그의 옆에 태리가 앉아 있다.

"좋은 날은 픽이나. 누가 좋은 날이라고 했냐……."

에효. 채원은 한숨을 쉬었다. 때아닌 그녀의 한숨에 민권이 힐끔, 바라보자 채원은 힘 빠진 얼굴로 흐릿하게 웃었다.

"짧은 시간이었지만 그들이 사는 세상을 본 것 같은 기분이에요. 갑자기 현타 오는데요, 실장님."

"대표님이 사는 세상에 채원 씨도 있어요. 걱정하지 마요."

당신이 사는 세상에, 내가 있다.

괜찮을까. 언제이건, 우리의 모든 태풍이 지나가고 나면 함께 있나, 우리.

"어어, 여기. 여기 앉아요, 채원 씨."

"네, 실장님."

문득 자신이 없다.

"그러니까 말이에요, 여사님. 제가 부적을 붙이러 갔다가 얼마나 놀랐겠어요? 거기서 채원 양을 볼 줄 누가 알았겠어요. 그렇지요?"

곽씨는 매끈하게 손질받고 온 손톱을 내려다보며 주 여사와 통화했다. 평소보다 과하게 붙이고 온, 반짝거리는 스톤 개수가 마음에 든다는 듯 슬쩍 미소 짓다가, 곽씨는 고개를 들었다.

"얼마나 놀랐는지 몰라요, 여사님. 저는 또 우리 마음 약한 여사님께서 저 몰래 정채원 양을 입사시킨 줄 알고."

— 내가 곽 선생에게 말하지 않을 이유가 뭡니까. 그런 일 없소, 선생.

"네네. 물론요. 물론 그러셨겠지요. 여사님께선 제게 숨기는 게 하나도 없으신 분이니까요."

에어밸런스에 채원이 있더라는 사실을 주옥선 여사에게 미리 언급하며, 곽씨는 대화를 정리했다. 며칠 컨디션이 좋지 않은 주 여사의 목소리는 어두웠고, 평소보다 더 낮았다.

"우선 대표실에 부적을 잘 두고 왔으니 좀 지켜봐야겠어요."

— 그럽시다.

"기운이 순환하는 것에도 시간은 필요한 법이니, 당분간 여사님께선 에어밸런스 대표님과 만나는 일이 없어야겠습니다."

— 며칠 말미를 두란 말인가?

"네. 자칫 순환하지 않은 기운이 여사님의 기운을 해칠까 봐 염려가 되네요. 여사님의 기운을 해치는 일은 또 아드님의 천도와도 관계가 있으니까요."

— 그러지요. 어차피 요양을 하러 와서, 내 이곳에 얼마간 있을 생각이라.

"네. 푸욱, 푸욱 쉬세요, 여사님. 다 잘될 거랍니다."

곽씨는 전화를 끊을 때까지 미소를 짓고 있다가, 휴대폰을 내리는 동시에 오만상을 찌푸렸다.

"돈 많고 시간 많은 노인네, 허구한 날 요양이야. 도대체 별장이 몇 개야, 몇 개."

바닥에 신경질적으로 휴대폰을 던진 곽씨는 가만히 서 있는 단희에게 시선을 돌렸다. 기분이 좋지 않을 때면 그 화살은 어김없이 단희에게 꽂히곤 했다.

"애, 정승이니? 숨소리라도 좀 내면서 서 있어."

"네, 선생님."

난데없이 숨소리를 크게 내라니 단희는 머뭇거렸다. 에어밸런스에 다녀온 뒤로, 며칠째 곽씨의 기분이 널을 뛰니 신경을 긁지 않는 것이 최선이다.

이래도 저래도 기분이 풀리지 않는다는 듯 미간을 구기던 곽씨는 책상 위에 올려놓은 장식품으로 시선을 옮겼다. 그걸 바라보자마자 이마의 주름은 금세 펴졌다.

"가만히 보면 대표가 센스가 좀 있는 사람이야."

에어밸런스에서 선물로 준비한 것은 다름 아닌, 번쩍거리는 크리스털로 만들어진 장식품이었다. 곽씨가 좋아하는 주얼리 브랜드의 한정판이었고, 귀여운 곰의 형상을 한 장식품엔 여러 천연 보석이 붙어 있어 압도적인 빛을 뿜어냈다.

눈에 붙은 블랙 진주의 색은 어찌나 영롱한지, 바라보고 있노라면 오묘한 기분마저 들게 했다.

"사람 참, 감각이 있어. 내가 이런 걸 좋아하는지 어떻게 알고 선물을 이렇게."

열어보고 까무러칠 뻔했다. 너무나 마음에 드는 고가의 장식품에 비명이 나올 뻔했다. 책상 위에 고이 모셔두고 바라볼 때마다 얼굴 가득한 주름이 하나씩 지워지는 기분이었다.

"대표에게 잘해줘야겠어."

이런 마음을 먹다가.

"정채원만 없으면 내 기분이 더 맑을 것 같아."

그 탱글탱글하고 어린 계집애가 대표와 붙어 있는 모습이 또 못마땅해, 불쾌해졌다. 게다가 에어밸런스 대표와 주 여사 사이에 끼어 자신의 일을 망가트릴 것 같은, 그런 더러운 기분.

"남자들은 예쁜 것들한테 사족을 못 쓰니까. 어리고 예쁘니 대표하고 붙여놓으면 안 될 일이잖아."

정채원은 불행해야 한다. 정채원은 두려움에 휩싸여야 한다. 기댈 곳 하나 없이 깜깜한 미래를 더듬거리며 살다가, 망가진 인생을 짊어지고 살아야 한다.

그것이 2억의 대가다. 피 같은 2억을 나누어 주었을 땐 그 정도 불행은 예감했어야지.

"얘, 나가봐. 그리고 멍청하게 서 있지 말고."

"네, 선생님. 나가보겠습니다."

사람들이 행복한 게 싫다. 불행하지 않은 것을 견딜 수가 없다. 곽씨는 단희가 나가는 모습을 바라보다가 짧은 한숨을 쉬었고, 다시 장식품으로 시선을 돌리며 흐뭇하게 웃었다.

누구든 나보다 더 많이 가지거나, 행복하거나, 그러면 안 돼.

"다음엔 가서 식사나 하자고 할까, 우리 대표한테?"

인정할 수 없어. 절대로.

"어…… 밥…… 먹을래?"

"아뇨, 대표님. 저 그냥, 집에, 혼자, 갈래요."

오늘 많은 취재진 앞에서, 대표는 예상대로 빛이 났다. 채원은 빛나고 돌아온 성준의 앞에서 감춰지지 않는 검은 기운을 풍겼다.

"아아, 그냥, 집에, 혼자? 아…… 어……."

시상식이 끝난 뒤 윤 회장 뒤를 따라 성준은 태리와 나란히 각계각층의 고위 인사들에게 인사를 다녔다. 결혼을 앞둔 선남선녀의 투 숏이라며 대부분의 사람들은 성준과 태리를 반겼다.

그 모습을, 채원은 내내 지켜보았다.

"아니, 어차피 밥은 먹어야 할 텐……."

"안 먹어요. 안, 먹, 어, 요."

한 글자 한 글자 곱씹듯 말하니 성준은 아…… 탄식하는 얼굴을 했다. 그녀의 기분이 상한 이유도 알겠고, 이렇듯 검은 오라를 뿜어내는 이유도 알겠고.

말대로 보는 눈과 듣는 귀가 많던 자리였다. 소신을 지킨다며 윤 회장님을 난처하게 할 순 없으니 차선은 없었다. 태리와 성준 사이에 암묵적인 합의가 이루어졌지만 단 한 명, 채원과 합의는 이루지 못한 것이다.

"어쩔 수 없었어. 미안해."

"뭐가요? 대표님께서 대체 저한테 뭐가 미안하시죠?"

목소리가 툴툴 부었다. 성준은 소파 팔걸이에 걸터앉으며 돌아서는 그녀를 바라보았다. 인사를 다니는 내내, 뒤통수가 타들어가는 것만 같았다.

"기승전결 이야기를 모두 하자면 끝이 없고, 일단 오늘을 면해야 다음을 기약할 수 있는 입장이라, 내가."

"네네. 무슨 말인지 전혀 모르겠지만 그러셨군요."

아우, 아무리 곱게 말하려고 해도 뒤틀린 심보가 따라주질 않는다. 채원은 엉망으로 일그러진 얼굴을 보여주고 싶지 않아 시선을 돌렸다.

"태리, 대학 후배야. 그뿐. 더 이상 아무것도 없는."

"네네. 그뿐요. 그런데 그 댁 어르신, 그 회장님께선 그렇지 않으신 것 같던데요."

"결혼은 내가 하는 거지 그 댁 어르신이 대신 뭘 어떻게 해줄 수 있는 부분은 아니라서."

"보기엔 대신 뭘 어떻게 해주실 것 같던데요?"

머리와 마음이 따로 놀아 미치기 일보 직전이다.

"말했잖아. 오늘은 날이 아니라고. 회장님 입장도 생각해야 해서."

"……."

"알아. 그래서 네 입장 고려 못 한 거. 진심으로 미안하게 생각하고 있네."

……사람을 미안하게 만드는 이상한 구석이 있다. 채원은 멋대로 화를 내고 멋대로 짜증을 부리고 있는 자신의 모습이 한심해서, 서둘러 이 자리를 벗어나야겠다는 생각이 들었다.

나가자마자 해경에게 전화를 걸어야겠다. 한잔하자고, 불러내야겠다.

"저 갈래요. 말도 섞고 싶지 않아요."

"내가 그렇게 미워?"

"아뇨. 내가 너무 미워서. 미운 모습 보여주고 싶지 않다고요."

눈길도 주지 않으며 말하는 그녀의 모습이 귀여워, 성준은 빙그레 미소 지었다.

"질투하니까 귀엽네."

"사람이 두 번만 귀여웠다간 죽음을 면치 못할 수도 있죠."

"나 너랑 밀당에 처음으로 성공한 것 같은데, 약간 지금을 즐겨도 될까?"

"아, 놔요! 집에 갈 거예요!"

채원이 진짜로 열 받는다는 듯한 표정을 짓자 성준은 웃음을 터트렸다. 성준은 채원의 손목을 잡으며 멀찍이 뒤에 서 있는 민권과 서훈을 바라보았다. 대표 놈의 연애를 생중계로 보고 있는 두 사람의 표정은 그다지 좋지 않다.

"어이! 김 실장! 밥 먹자! 배고프다!"

"네! 대표님! 가시죠!"

입술만 내민 채 시선을 내리깐 채원과 어떻게든 눈을 맞춰보려고 성준이 아등바등한다.

"가자, 밥 먹으러. 나 배고파. 축하 안 해주냐?"

"……밥은 나 없어도 먹잖아요."

"너 없이 내가 밥을 어떻게 먹어. 안 될 말이지."

가자. 응? 가자.

성준이 손목을 이리저리 돌리며 가자고 중얼거리자 채원은 낮은 한숨을 내쉬었다. 아아, 휘둘리고 싶지 않은데, 자꾸만 휘둘린다.

"가시죠! 대표님! 어서 채원 씨하고 오세요!"

"어어! 간다, 가!"

성준은 채원의 손목을 끌며 앞으로 나아갔다. 채원은 어쩔 수 없이, 정말 어쩔 수 없이 끌려간다는 표정을 지으며 터덜터덜 걸음을 옮겼다.

"뭐? 그냥 대학 후배? 그냥 후배? 신부 후보 아니고요?"

"신부 후보 정도 데려와야 질투해주는구만? 윤태리 포지션이 이렇게 훌륭한 줄 여태 몰랐네."

"정강이를 걷어차버릴까 보다. 아, 열 받아."

아 열 받아. 하루에도 몇 번씩 열 받아서 못 살겠다 정말!

정원 의자에 앉아 휴식을 취하는 주 여사의 곁으로 비서가 다가
왔다.

"여사님, 정채원 씨는 에어밸런스에 단기 계약직으로 입사한 것
으로 확인됩니다."

근자 들어 컨디션이 저조했던 주옥선 여사는 며칠 휴식을 취하
고자 하는 목적으로 별장에 내려왔다. 아무래도 서울 본가에 있다
보면 이런저런 신경 쓸 거리가 많아, 외부와의 접촉 및 연락을 최
소화한 채 여가를 보내고 있었다.

그런 와중에 곽씨에게 전화가 걸려왔다. 채원이 에어밸런스에서
일하고 있다는 사실과, 대표와 친분이 두텁다는 이야기를 함께 전
하며, 염려되는 바가 있다고 조언을 남긴 채 곽씨는 전화를 끊었다.

"사내에선 정채원 씨를 기혼자로 알고 있다고 합니다."

"특별한 사항은 더 없고?"

"네. 입사 시기가 맞물린 것은 확실하지만 여사님께서 대주주로
계신 것을 알고 입사한 정황은 없습니다."

비서를 통해 간단히 알아보니 채원은 스페인 통역을 위해 단기
입사를 했으며, 석 달 후 퇴사 예정이라 했다.

"곽 선생이 다녀간 후로 한 대표에겐 연락이 없었던가?"

"안 그래도 오늘 아침에 비서실장에게 연락이 왔습니다. 한성준 대표께서 여사님을 만나 뵙고 싶다 하셔서 휴가 중이시라 말씀드 렸습니다."

"잘했네. 알았어."

"네, 여사님."

비서는 조용히 사라졌다. 곽씨의 전화를 받고 공연히 심란해졌 기 때문일까. 읽으려고 가지고 나왔던 책을 곁에 내려놓으며, 동시 에 작은 숨을 터트렸다.

……생기를 잃어버린 주 여사의 눈빛이 녹음 진 정원을 향한 다. 반듯하게 정리된 잔디 위로 내려앉는 빛이 조금씩 붉은 기운 을 띤다.

"해가 지고 밤이 온다, 형재야."

노을이 내려앉은 별장 정원의 풍경을, 아들 형재가 유난히도 좋 아해 몇 번이고 함께 앉아 바라보곤 했다.

아들이 죽은 날로부터 세상이 끊어져 삶은 그곳에 멈춰버렸다. 젊디 젊은 아들의 청춘을 한순간에 앗아간 놈은 어딘가에서 행복 하게 살고 있을 텐데. 아들이 좋아하던 노을을 어딘가에서 지켜보 며, 자신의 삶을 살고 있을 텐데.

"노여워 어찌 갔니……. 어찌 갔어…… 형재야……."

네가 좋아하던, 네가 아끼던 이 많은 것을 세상에 던져두고, 어 떻게 갔니. 눈에 밟힐 수많은 것을 어찌 끊어내고, 지면에서 발을 떼었니.

……갔니, 말았니.

"보고 싶다…… 우리 아들……."

가기는 했니. 가지도 못했니. 아들아, 아들아.

"잘 있어? 엄마 보고 있어? 엄마 여기 있는데, 형재야."

억만 번을 불러도 모자란 아들아, 내 아들아.

외롭지 말아라. 서럽지 말아라. 너는 떠나도 나는 여기 있다. 너는 사라져도 나는 여기 남아 있다.

"엄마가 절대로 외롭지 않게 해줄게. 서럽지 않게 해줄게, 우리 형재. 형재야."

주옥선 여사는 한참이나 아들의 이름을 불러댔다.

아들이 살아 있을 때도 떠난 후에도 엄마는 아들의 행복을 위해 무엇이든 할 준비가 되어 있었다. 무슨 일이든, 어떤 일이건 간에.

"퇴근했으니까 술 마셔도 되죠?"

말리면 그 누구도 용서하지 않겠다는 표정을 한 채원이 이미 답을 정해놓고 묻는다.

"물론."

결정권이 있는 성준은 빠르게 응답했고.

"그럼요, 채원 씨."

분위기를 파악한 민권도 빠르게 긍정했고. 결정권도 없고 분위기 파악도 안 되는 신입 사원 서훈은 저도 모르게 고개를 끄덕였다.

"사장님! 여기 술부터 좀 주세요!"

메뉴도 정하지 않은 자리로 술병부터 깔린다. 그와 태리의 투 숏이 실로 엄청난 충격이었는지 행동 하나하나가 다소 과격하다.

성준은 어서 이 거지 같은 분위기를 바꾸어보라며 민권의 다리를 쿡, 찔렀다.

"채원 씨, 오늘 수고 많았어요."

"네. 정말 수고한 것 같아요. 심신을 험하게 다친 오늘의 저에게 치얼스를 하고 싶은 날이네요."

무슨 말을 해도 안 될 것 같은데요. 민권이 슬쩍 고개를 가로저으며 이른 포기를 선언한다.

콸콸콸 따른 술을 나눠 줄 인정도 없이 벌컥벌컥 혼자 마시더니 쿵, 하며 채원이 잔을 내려놓는다. 성준은 이리저리 눈치를 보다가 신입 사원 서훈을 바라보았다.

'어이. 이봐, 자네.' 눈으로 말을 걸자,

'네, 대표님.' 서훈이 눈으로 대답한다.

어서 분위기를 바꾸어보라고 눈빛으로 지시하자 알아들었다는 듯 고개를 끄덕이고는 서훈이 채원에게 잔을 내밀었다.

"선배님! 저도 한잔⋯⋯."

"서훈 씨, 우리 각개전투해요."

"넵."

서훈이 빠르게 잔을 내리며 성준에게 안 되겠다 힐끔 사인을 보낸다. 이 거지 같은 분위기의 원흉, 성준은 헛기침을 연발하다가 채원을 바라보았다.

사람이 말이야, 아무리 화가 나도 그렇지. 앞에 있는 사람한테 술 한잔 권하지도 않고 말이야. 어?

"이봐요, 정채원 씨."

"뭐요."

이름만 불렀을 뿐인데 요단강 도하 직전이다.

"아니, 빈속에 술 마시면 속 버린다고. 여기 안주도 좀 먹고 천천히 마시라고."

도하하기 전에 빠른 태세 전환만이 살길.

성준은 천천히 마시라며 미리 나온 찬을 자상한 손길로 앞에 놓아주었다. 그러자 꼴도 보기 싫다는 듯 놓아준 찬을 다시 제자리에 가져다두며 채원은 눈꼬리를 올렸다.

"그냥 두죠? 이미 진작 엉망진창, 더 이상 버릴 속도 없거든요?"

"어……. 그럼…… 마셔…….."

귀여운 질투인 줄 알았는데, 목숨을 위태롭게 하는 분노였을 줄이야.

한 대표 따라다니면서 너도 같이 인사드려야지.

채원은 눈썹을 꿈틀거렸다. 에어밸런스의 대주주, 윤 회장의 목소리가 몇 번이고 재생되었다.

어차피 날 잡기 전에 전부 인사해야 할 사람들이다.

"뭐? 어차피 날 잡기 전에 전부 인사해야 할 사람들?"

하도 어이가 없고 기가 차니 채원은 대놓고 성준을 바라보며 윤 회장의 말을 곱씹었다. 성준은 시선을 회피했다.

"무, 무슨 소리를 하는 건지 모르겠네, 도대체."

"날을 잡아? 날을 잡는다고요?"

"글쎄요, 저는 무슨 말씀을 하시는지 잘……."

콸콸콸콸 술을 따르더니 채우기가 무섭게 비워낸다. 쿵, 술잔을 내린 채원은 박력 있게 손등으로 입가를 닦으며 가늘게 눈을 떴다.

빈속에 급하게 술이 들어가서 그런 건지 원래 그런 건지, 천불이 났다.

"제가 몰라뵀네요. 조만간 날 잡고 인사드릴 분이 곁에 계신 줄 제가 어떻게 알았겠어요? 그것참 드럽게 미안하네요?"

"아니야. 뭔가 오해가 있는 모양인데, 어이, 김 실장. 자세히 설명 좀 해."

"아닙니다. 저는 그냥 조용히 있겠습니다."

설명하라고! 안 도와주면 어쩌자는 거야!

"아주 그사세네요? 네? 막 정략결혼? 이런 건가? 드라마로만 봤지 이런 걸 현실 세계에서 본 적이 없어서요, 제가. 지금 너무 당황스럽고 좀, 그러네요?"

"이봐요, 남서훈 씨. 어때, 회사 생활은 할 만한가?"

"잘 모르겠습니다, 대표님."

단답형으로 답하지 말고 말을 길게 해! 화제를 바꾸란 말이야, 어서!

성준은 곁에 있어도 전혀 도움 되지 않는 민권과 서훈을 향해 눈꼬리를 올렸다. 그러거나 말거나 채원의 세 번째 잔이 비워진다.

"와, 날을 잡아. 날을 잡는대. 날을……."

"무슨 날을 잡는다고 아까부터 자꾸……."

"결혼식 때 불러주실 거죠? 아, 전 여친은 불청객인가? 두 다리

뻗고 못 잔 전 여친은 하객에 해당 사항이 없긴 하겠죠?"

그냥 요단강 도하를 할 걸 그랬나. 그쪽이 더 나을 뻔한 것 같기도 하고.

"난장판은 만들지 않을 테니 꼭 좀 초대해주세요. 제가 화환도 보내고 축의금도 빵빵하게 내고, 온 마음 다해 축하도 해드릴게요. 꼭 좀 불러주세요."

"내가 있는 식장에 너도 있어야 하는 건 맞는데 그게 하객으로 오는 건 아니고……."

"됐거든요! 됐다고요!"

콸콸콸콸 따른 네 번째 잔이 시원하게 비워진다. 채원은 조금 더 과격한 손짓으로 입가를 닦고는 성준을 노려보았다.

대표가 요단강을 건너느냐 마느냐 하는 절체절명의 살벌한 분위기. 움츠러든 서훈은 아주 낮은 음성으로 민권을 불렀다.

"……저, 실장님."

"네, 서훈 씨."

채원의 앞에 앉아 쩔쩔매고 있는 성준을 바라보다가.

"이런 게…… 비서의 회사 생활인가요……."

"어쩌면요."

비서의 일이란 멀고도 험한 것이로구나, 처음으로 실감했다.

"저는…… 믿음을 쌓은 걸까요, 벌써 버려진 패가 된 걸까요."

"뭐, 어느 쪽이든 서훈 씨의 회사 생활이 편안하진 않을 겁니다."

하……. 서훈은 시간을 돌릴 수 있다면 오늘 아침 운전대를 잡기 전으로 되돌아가고 싶다.

"대표님이 절대 갑은 아니셨던 거죠, 에어밸런스에서."

"보다시피. 그렇죠 뭐."

하늘에 떠 있는 줄로만 알았던 대표의 위에 슈퍼 갑이 존재했다.

"그리고 서훈 씨, 입 무거워야겠다. 그렇지?"

"아, 그럼요. 당연하죠. 이걸 어디 가서 말하겠어요."

그 슈퍼 갑이란 에어밸런스의 대주주도 아니요, 오래 일해온 김 실장님도 아닌.

"어이, 어이, 정채원 씨. 천천히 마시라니까. 어어? 천천히, 천천히……."

"됐고요. 남이사 술을 마시든 말든 대표님이 신경 쓸 일 아니고요. 제 인생이고 제 위장이거든요."

석 달의 단기 계약직, 채원이었다.

"나쁜 놈……."

딸꾹.

"나쁜 놈…… 거짓말쟁이……."

딸꾹.

"나더러 거짓말한다고 하더니, 히끅, 나쁜 노오오옴……."

어쩐지 급하게 마신다 했다. 언제는 취해도 예쁘기만 하더니 지금 그녀의 분위기는 뭐랄까, 무서워서 눈도 못 마주칠 지경이다.

"김 실장님!"

"예예, 채원 씨."

민권은 채원의 부름에 즉각 반응했다. 홍진그룹에서 성준과 엮으려는 태리의 존재가 그녀에게 얼마나 충격적이었을지, 충분히 가늠되었다.

처음엔 놀랐을 것이고, 다음엔 온갖 부정적인 생각이 쏟아졌을 것이다. 윤 회장의 지시에 따라 나란히 서서 인사를 다니는 두 사람을 바라보며, 그녀는 많은 생각을 했겠지.

혼자 상처받지 않고 차라리 술주정이라도 부려줘서 고마운 마음. 민권이 빠르게 답하자 삐거덕거리며 고개를 흔들던 채원은 느리게 말을 뱉었다.

"너무 못됐잖아요. 그렇죠? 김 실장님이 봐도 그렇죠?"

주어가 없어도 누군지 잘 알겠다.

"네네, 맞습니다. 채원 씨 말이 맞아요."

"나쁜 놈."

"맞아요. 나쁜 놈."

눈빛에 초점이 흐릿한 것을 보니 종일 고단했을 영혼과 분리된 상황인 듯했다.

민권은 참지 말고 마음껏 터트리라며 손짓했다. 입사 며칠 만에 대표의 1급 기밀에 도달한 서훈도 옆에서 거들었다. 살기 위해선 어쩔 수 없었다. 지금은 이쪽이 슈퍼 갑이다.

"하, 대표님께서 우리 선배님의 마음에 상처를 내었네요. 하……."

감히 니들만 살겠다고…… 나를 버려……?

성준은 고분고분 듣는 시늉을 하며 째진 눈빛을 했다. 편들어주기를 포기한 이것들은 대놓고 채원의 라인으로 합류했다. 김 실장이야 원래 의리가 없으니 그렇다고 치고.

"그렇죠! 서훈 씨가 봐도 그렇죠! 결혼, 날짜, 와, 날을 잡, 날을 잡는대요, 세상에!"

"정말 충격적입니다, 선배님!"

"그렇죠! 안주 먹어요, 서훈 씨!"

"네, 선배님! 그런데 주시는 건 술입니다!"

신입 사원의 빠른 태세 전환 좀 보소. 짧은 식견에 잠시 보아도 채원에게 붙는 게 유리하다는 걸 아는 거지.

당장이라도 매우 섭섭하다 칭얼거리고 싶지만, 입이 열 개라도 할 말이 없으니 그냥 듣고만 있어야겠다. 니들은 나중에 보자…….

"아니지, 아니죠. 제가 이런 말을 할 자격이 없죠. 우리 대표님이 행복하다면 저는 진심으로 빌어줄 자신이 있는 거죠."

인격은 급변한다. 쿨럭쿨럭. 성준은 크게 헛기침을 하며 술잔을 비웠다.

"다 알거든요. 뭐, 다 이해하고, 다 알고, 다 좋거든요. 그럼요, 우리 대표님에게 좋은 일은 제게도 좋은 일이고요, 그걸 누구보다 더 바랐던 저고요. 그럼요, 그렇죠."

"차라리 욕을 해. 그 버전이 더 낫다."

이게 더 괴로우니 차라리 욕을 하라고 말해도 채원의 눈빛이 변하질 않는다.

"근데요, 질투가 막 나는데 어쩌겠어요? 그런데, 또 제가 질투를 하면 뭘 어쩔 수 있겠어요? 아, 엄청 속상하네. 왜 생각처럼 쿨하게 안 되는 거죠 저는? 네?"

채원은 답답하다는 듯 제 가슴 한쪽을 쿡쿡 찔렀다. 상상엔 근사하게, 그리고 쿨하게 별일 아니다 웃으며 넘기고 싶은데. 정략결혼 같은 건 그가 원하지 않는 일이라는 것도, 그럼 앞으로 일어나지 않을 일이라는 것도 다 알겠는데.

아니, 설령 벌어진대도 할 말 없는 나인데.

"하, 속상하다. 아아, 속상해. 난 왜 이렇게 질척거리고 못났냐, 왜 이렇게……."

취한 김에 실컷 화를 내고 나니 또 그런 자신의 모습이 마음에 들지 않는 모양이다. 채원이 한껏 미간을 구기며 술을 따르자 세 남자는 조용히 침묵했다.

할 수 있는 일도, 해줄 수 있는 말도 없었다. 그러다가.

"나쁜 놈."

잠시 숨이 끊기더니 세 번째 인격이 등장했다.

"나쁜 놈. 그래놓고 내 입술 빼앗아갔어."

"헐."

"허어어어어얼."

채원의 돌발적인 충격 발언에 민권과 서훈의 입이 쩍 벌어진다. 풉, 물을 마시다가 그대로 뿜은 성준은 급하게 휴지를 뽑아 입을 가렸다.

"헐…… 대표님……. 헐…… 대박……."

"아니야, 그런 거 아니야."

신입 사원이 탄식하듯 중얼거리자 성준은 손을 내저었다.

"어떻게…… 정채원 선배님께…… 이런……."

아니야. 그런 거 아니야.

"저 시키, 아니, 저분이, 아니, 저 남자가 내 입술을 빼앗아갔어……."

"조용히 해. 어이, 정채원. 이제 그만."

두 손으로 입술까지 가려가며 눈물 젖은 목소리를 하니, 성준이 이제 그만 집에 가자며 채원의 어깨를 흔들었다. 흔들기가 무섭게 그녀의 상체가 앞으로 하강한다.

"어어!"

성준은 빠르게 일어나 두 손으로 그녀 머리를 받쳤다. 미동도 없는 것을 보아하니 오늘의 일과를 끝마친 모양이다.

"채원 씨 괜찮을까요? 술 많이 마시던데."

민권은 채원의 자리로 가 휴대폰과 화장품을 가방 안에 넣어주었다. 성준은 그녀의 옆으로 다가가 앉으며 손으로 받친 그녀 얼굴을 내려다보았다.

식당에서 함께한 지 세 시간째, 이제 겨우 옆에 앉아본다.

"대표님은 괜찮으세요?"

어느덧 아군으로 빠르게 돌아오는 민권의 질문에 성준은 짧은 한숨을 내쉬었다.

"식은땀이 다 난다, 휴."

"대표님이 어떻게 정채원 선배님께……."

"정신 차려, 신입 사원. 지금은 그런 분위기 아니야."

"아아. 이제 아닙니까?"

성준의 대꾸에 머쓱해진 서훈은 찬물을 가득 마셨다. 흐어, 오늘 하루가 어떻게 돌아가는지도 실은 잘 모르겠다.

"무슨 애가, 꼬장을 이렇게 부려. 막지도 못하게."

하. 성준은 길고도 험했다는 듯 채원을 내려다보았다. 재킷을 입으며 민권은 피식 웃었다.

"이 정도로 끝난 걸 다행으로 여기세요. 채원 씨가 얼마나 놀랐겠어요?"

"아니, 날 그 정도도 모르나? 날 그 정도로 못 믿어?"

"확실한 물증 앞에 어설픈 심증이란 미약해질 수밖에 없죠."

하아…… 험난하다…….

성준은 이러지도 못하고 저러지도 못하겠다는 눈빛을 했다. 아무 일 없다는 듯이 쌔근쌔근 자는 채원을 내려다보다가.

그래, 잊어라, 차라리 싹 다 잊어버려라, 하는 마음과 함께 헛웃음을 터트리기 시작했다.

"대리운전 불러드릴게요, 대표님."

민권이 서둘러 전화를 걸고, 머쓱한 서훈만 잠든 채원을 멀뚱멀뚱 바라보며 있던 그때.

"어우, 깜짝이야."

채원이 상체를 급하게 일으키며 눈을 번쩍 떴다. 얼굴을 받치고 있던 손을 빼며 성준이 바라보자 채원이 여긴 어딘가 싶은 표정으로 주변을 두리번거리더니 이내 시선을 준다.

"어?"

마치 오랜만에 보는 사람을 쳐다보듯 눈을 크게 뜨더니 이내 방실방실 웃고는.

"어, 우리 오빠다."

심쿵…….

성준은 느닷없는 채원의 오빠 드립에 깜짝 놀란 표정으로 입을 멍하니 벌렸다. 업체와 통화를 하던 민권도 멈추고, 앞에 앉아 있던 서훈은 돌처럼 굳었다.

채원의 입에서 터진 낯선 단어. 성준을 향하는 말이라고 믿기엔 너무나 뜬금없는 그 단어.

"오빠아, 오빠아……."

네 번째 인격이다.

"오빠아…… 나 졸려어……."

풀 파워로 일어난 지금은 전혀 다른 인격이 되어 오빠를 남발하고 있다. 그러더니 어깨에 폭, 기대며 졸리다고 칭얼거리까지 한다.

"헐……."

"허어얼……."

민권과 서훈은 동시에 탄식했고, 얼떨결에 기대오는 채원을 감싼 성준은 이게 무슨 상황인가, 눈을 느리게 감았다가 떴다.

다시 아무 일 없다는 듯 잠에 빠진 채원을 토닥이던 성준은 딱딱하게 굳은 민권과 서훈에게 시선을 주었다.

……미치겠다.

"지금 이분의 영혼이 잠시 스페인으로 갔나 보다."

"아…… 스페인. 스페인 좋죠."

"가셨군요, 선배님께서 그곳으로."

다신 듣지 못할 것 같던 그 호칭. 스페인에서 물리고 질리도록 들어왔던, 그 정겹고 반가운 호칭.

오빠아, 소리에 녹아난 성준이 감동 서린 얼굴로 앉아 있자 민권은 통화를 마저 끝내며 다가왔다.

"그렇게 좋으세요?"

"내가 뭘."

"입꼬리가 귀에 닿겠어요. 좀 내리시죠."

내리라고 말을 해도 들을 생각이 없다. 폭 안겨 온 그녀가 예쁘고 사랑스러워, 성준은 깊은 잠에 빠진 채원을 꽉 안았다.

"아오, 안 귀여우면 진작 버리고 갔다, 너."

욕을 먹어도, 나쁜 놈이라 삿대질을 당해도 어떡해. 나는 니가 좋은걸.

"아…… 머리야……."

채원은 몸살이 난 것처럼 온몸이 쑤시고 저려 인상을 찌푸렸다. 무거운 몸을 이리 돌려봐도, 저리 돌려봐도, 편안한 자세를 잡는다는 건 무리였다.

"으으, 미치겠다……. 으으으……."

으어으. 온몸이 부서지는 것 같다. 움직일 때마다 몸 안에서 피 대신 술이 찰랑찰랑 흔들리는 것 같아, 채원은 몇 번이고 앓는 소리를 내었다.

이제 일어나야 하는데. 첫 번째 알람이 울리다 꺼졌으니 이젠 정말 일어나야 하는 시간인데.

"아직도 자는 거야?"

때마침 동생 이든이 들어온다. 채원은 구세주가 등장했다는 듯 입을 열었다. 가뭄에 말라비틀어진 땅이 쩍쩍 갈라지는 듯한 음성이다.

"이든아…… 누나 꿀물 한 잔만……."

"여기 있어. 마시고 빨리 일어나."

한강 물을 전부 빨아들여도 사라질 것 같지 않은 갈증. 채원은 힘겹게 눈꺼풀을 밀어 올리며 눈을 떴다.

이러니저러니 해도 동생밖에 없다. 채원은 비실비실 일어나 동생이 타온 꿀물을 받았다.

"얼씨구."

부들부들 손을 떠니 이든이 어인 일로 혀를 찬다. 그래도 먹고살아보겠다고, 채원은 생명수를 삼키듯 꿀물을 마셨다.

어후. 어젠 정말, 어후.

"빈속에 술을 들이켜서. 아후, 만신창이가 됐어."

채원은 빈 물잔을 동생에게 주며 선수 치는 멘트를 던졌다. 잔소리가 쏟아지기 전에 빨리 사태를 해결해야 한다.

"어제 회사에서 좀 안 좋은 일이 있었거든. 회사원들만 알 수 있는 그런, 뭐, 힘들고 고된, 말 못 할 그런 일이 있었어."

"그래? 어제 누나 춤추면서 들어오던데."

"아……."

아…… 춤췄대…….

"정채원 요즘 좀 빠졌다? 외박을 하지 않나, 술 취해서 업혀 오질 않나."

"업혀 와? 나? 어제 업혀 왔어?"

"누나 이렇게 회사 대표님한테 진상 부리고도 안 잘리는 거야? 괜찮은 거 맞아?"

"나 어제 대표님한테 진상 짓 했어? 아니, 대표님이 나 업고 우리 집까지 왔어?"

"좋겠다. 누나는 기억이 없어서."

"뭐, 뭔데! 말을 좀 해봐, 자세히!"

채원은 빈 잔을 들고 나가려는 동생의 옷자락을 붙잡았다. 진실을 알고자 하는 자의 악력에 못 이긴 이든은 빙글, 뒤를 돌았다.

하루 사이 폭삭 늙은 얼굴을 한 채 퀭한 눈을 깜빡거리는 누나를 보고 있자니 저절로 탄식이 흐른다. 어후, 진상. 어후, 저 진상.

"야, 정이든. 욕을 할 거면 말로 해. 눈으로 하지 말고."

"시끄러워. 뭘 잘했다고."

"우씨, 잘한 건 없지만."

"빨리 일어나. 늦기 전에 출근 준비나 해."

"어제 무슨 일이 있었는지 얘기를 좀 하라니까? 너 이대로 나가면 어떡해? 말해줘!"

"모르는 게 약일 텐데?"

"야! 정이든! 나 답답해서 미쳐 죽는단 말야! 빨리이!"

"목소리 낮추는 게 좋을 텐데, 누나. 빨리 머리 제대로 묶고 나와 씻어."

별말 하지 않고 이든이 밖을 나서자 채원은 이불을 풀 파워로 걸어차며 일어났다. 쿵쿵, 하며 동생의 옷자락을 잡고 죽, 늘어지며 그대로 방 밖을 나서는데.

"야! 진짜 말 안 해줄 거야? 어? 말 안 해줄⋯⋯."

"여어, 일어났나?"

⋯⋯이어 들리는 낯익은 음성과 믿고 싶지 않은 얼굴.

채원은 좁은 주방에 앉아 있는 성준을 발견하곤 느리게 눈을 감았다가 떴다. 밥을 먹는 공간으로 사용하는 작은 주방에, 대표와 동생이 사용했을 베개 두 개가 나란히 놓여 있다.

아? 여긴 우리 집이 아니던가요?

이건 꿈일 거라며 두어 번 고개를 옆으로 흔들고 다시 눈을 떴다. 아흐, 골이 다 흔들리는 아찔한 가운데 여전히 그의 모습이 보인다.

"대표님. 대, 대표, 대표님이 왜 우리 집에 있어요?"

"내가 여기 있었으니까?"

"아니, 아니, 그러니까요. 대체 대표님이 여기 왜 있⋯⋯?"

채원은 말꼬리를 흐렸다.

'계속 더 해보지 왜?' 하는 표정을 지으며 성준이 바라본다.

으아아! 이게 대체 무슨 일이냐!

"데려다주러 오긴 왔는데 대리가 안 잡혀서, 어쩔 수 없이 신세를 졌네."

"아⋯⋯."

그녀의 입술 사이로 안도의 탄식이 터진다. 가겠다는 사람의 바짓가랑이라도 잡고 늘어졌을까 봐 짧은 시간 동안 얼마나 속이 탔는지.

"덕분에 자네 춤 실력도 구경하고."

닥쳐요, 좀!

"자네 동생과 한껏 친해지고, 좋은 시간이었어."

……끙. 채원은 이마를 짚었다. 춤이라니. 걷는 것 외엔 사용하지 않는 두 다리가 대체 뭔 짓을 어떻게 한 건지 감도 오질 않는다.

"춤을…… 췄군요, 제가. 저는 대체 뭐가 그렇게 즐거웠을까요."

"나도 그걸 모르겠어."

"그러게요. 제게 어젠 최악의 날이었는데 말이죠."

"아아, 정채원 씨. 모쪼록 즐거운 일만 기억하자고. 사람이 안 좋은 일을 오래 가지고 있어봐야 득 될 게 없거든."

하…… 미치고 팔짝 뛰겠다.

채원은 더욱 인상을 쓰며 꿍얼거렸다. 열 받아서 술을 마셨는데 어째서 흥이 오른 거야, 도대체!

"일단 저 좀 씻을게요. 씻어도 되죠?"

휴. 채원은 어제의 자신에게 속으로 험한 말을 늘어놓으며 터덜터덜 욕실로 걸어갔다. 찬물을 틀고 세면대를 붙잡고 멍하니 서 있자니 현생 유지가 불가할 것 같은 자괴감이 무한 생성되었다.

"어제 춤을 춰서 이렇게 팔다리가 아픈가……. 무슨 춤을 대체 어떻게 췄길래 나는…….."

아흑. 채원은 찬물로 세수나 하고 정신 차려야겠다, 싶은 마음에 두 손 가득 찬물을 받았다. 동생의 옷을 입고 편안하게 앉아 있는 대표의 모습은, 정말이지 아찔했다.

밖에선 그와 동생이 나누는 이야기가 들린다.

"어이 동생, 밥은 나가서 누나랑 셋이 같이 먹을까?"

"좋죠, 대표님."

"형이라니까. 그냥 편하게 형이라고 불러."

기어이 사는 곳까지 침투해버린 이 남자, 막을 방법이 없다.

"네, 형."

곽씨의 피부과 스케줄을 확인하려고, 단희는 스케줄을 적어놓은 다이어리를 폈다. 아무 생각 없이 사락사락 장을 넘기는데, 납작하게 마른 달맞이꽃이 모습을 드러낸다.

"……아."

단희는 잠시 이게 뭔가 생각에 잠겼다가 낮은 탄식을 터트렸다.

달맞이꽃인데, 시기상 원래 좀 더 있어야 꽃이 피거든요.

그래.

병원에서 마주친 정든이가 건네준 꽃이다.

달맞이꽃은 꽃말이 좀 많은데, 기다림, 마법, 소원 등등? 가져가서 소원 하나 빌어보세요. 이대로 버려지긴 너무 예쁘잖아요.

가져가서 소원을 빌어보라며 뜬금없이 건네준 작은 꽃. 단희는 가만히 내려다보다가 제법 마른 꽃을 꺼냈다.

험하게 잡으면 바스러질까 봐, 조심스럽게 손가락 끝으로 마른 줄기를 잡은 단희는 한참이나 꽃을 내려다보았다.

사실 제가 며칠 뒤에 오래 준비한 시험을 보는데요.

자전거 교환증을 주려고 다시 만났을 때, 정든이는 뜬금없는 말을 꺼냈다. 만날 때마다 뜬금없고, 만날 때마다 말이 많은 사람.

그때 자전거 타고 갈게요. 덕분에 좋은 기운 듬뿍 싣고, 시험 잘 치르고 올게요. 감사합니다.

타인에게 아무렇지도 않게 자신의 이야기를 하는 사람.

일생이 거짓뿐인 환경 속에서 시간을 보낸 단희는 그가 너무나도 이상했다. 궁금하지도 않고, 알려주지 않아도 되는 자신의 이야기를 굳이 보태며 기억을 쌓는 사람이라니.

가져가서 소원 하나 빌어보세요.

웃는 얼굴이 말간 사내였다. 정직해 보이는 표정, 말투, 눈빛.

시험 잘 치르고 올게요. 감사합니다.

아무것도 진실을 말할 수 없어 항상 입을 다물어야 하는 자신과는 무엇이 달라도 달라 보이던, 그런 사람.

그렇게 비가 쏟아지는데, 하나뿐인 우산을 제게 주고 후드 티셔츠 모자를 뒤집어쓰는 사람이라니. 아무리 생각해봐도 이상한 사람.

단희는 말끝마다 웃던 그의 얼굴이 떠올라 피식, 헛웃음을 지었다. 그러곤 본인의 웃음에 본인이 놀라 이내 표정을 굳혔다. 애꿎은 달맞이꽃만 무표정으로 바라보다가 단희는 천천히 눈을 감고, 조용히 중얼거렸다.

"시험, 잘 보게 해주세요."

잠시 눈을 감고 침묵하던 단희는 달맞이꽃을 다이어리에 조심스럽게 넣었다. 다시 일상으로 돌아간 눈빛을 하며 곽씨의 스케줄을 찾았다.

……시험, 잘 보세요.

그녀는 태어나 처음으로 타인의 내일을 빌어보았다.

"이봐요, 정채원 씨. 동생 시험이 얼마 안 남았으면 최대한 신경 쓰이는 일 없게 해야지 말이야."

반강제적 화목함을 유지하며 이든과 성준, 채원은 함께 식사를 끝마쳤다. 그러고 난 뒤 출근길 차량에 올라탄 성준은 있는 대로 잔소리를 늘어놓았다.

"누나라는 사람이 말이야, 동생의 컨디션 같은 건 신경도 안 쓰고 말이야. 어? 그게 보통 시험이야? 어?"

채원은 째진 눈을 하고 차창 밖만 바라보았다.

"발소리도 죽이고 숨소리도 안 내고 눈치 보며 지내야 한다고, 이 사람아. 동생한테 지금이 얼마나 중요한 시기인데 말이야. 그것도 모르고 말이야."

"우리 동생은 알아서 잘하거든요?"

"허, 누나라는 사람의 대꾸 좀 보소. 동생이 누나 주정이나 받아줄 시기가 아니라고."

"그 술은 누구 때문에 마셨더라?"

"회사 다 와간다. 커피 한잔할래?"

"말 돌리지 말죠?"

……쿵. 성준은 조용히 입을 다물었다. 채원은 옷에 코를 대며 냄새를 맡았다.

"아직도 술 냄새가 나. 어후, 내 술 냄새에 내가 울렁거려."

"이기지도 못할 술을 왜 그렇게 많이 마셨어……가 아니라 사람이 살다 보면 그렇게 취하고 싶은 날도 있는 거지."

"노선은 하나만 타요. 은근슬쩍 하고 싶은 말 전부 다 하지 말고요."

"그렇게 질투 나면 나 니 거 시켜주면 되잖아. 그러면 되는 일 아닌가?"

"그러게요. 그때까지 기다려주겠다고 한 사람이 누구더라?"

"기다리는 사람 입장도 생각을 해줘야지."

"기간에 대해선 충분히 어필했다고 생각하는데요. 아닌가요?"

"정정. 너무 길어. 천 일 같은 소리 하고 있네."

"뭐, 뭐예요?"

이 배신자!

채원은 하루아침에 다른 소리를 해대는 성준을 향해 눈꼬리를 올렸다. 아직도 질투가 식질 않아 돌기 일보 직전인데, 그래도 할 수 있는 게 없어서 속이 부글부글 끓어 죽겠는데!

"무슨, 무슨 소리가 하고 싶은 건데요. 이제 와서 못 기다리겠다는 거예요?"

"뭐, 사람 일은 모르는 거니까? 안 그래?"

"나 내릴래요. 여기서 내려줘요."

"어허, 사람, 성질 급한 것 좀 보게."

채원이 안전벨트를 빼려 하자 성준은 다급히 그녀의 손을 잡았다.

"이건 툭하면 어디 간다고 협박하지. 무서워서 무슨 말을 못 하겠네."

"무서우면 그런 말은 하지 않는 걸로 하죠?"

"니 거 시켜달라니까? 간단한 걸 왜 못 하고 사람을 들들 볶아대는 건지? 이게 다 날 혼자 둬서 생기는 문제라곤 생각 안 해봤어?"

"시켜줄 수 있었으면 내가 진작 했네요, 진작! 누군 뭐, 마음이 없어서 못 하는 줄 알아요?"

서로 좋아한다고 말을 하고 있는 것 같긴 한데, 분위기가 험악한 것이 다소 이상한 풍경.

성준은 아직도 분이 풀리지 않는지 툴툴거리는 채원을 바라보다가 은근슬쩍 손을 잡았다. 예쁜 손을 만지작만지작하며 화 풀어라, 은연중 말하고 있는데 이 망할 반지가 자꾸 걸리적거린다.

성준은 채원의 손을 들어 올렸다.

"너, 이거, 이거, 어? 반지 빼라고 말했다."

"안 돼요. 안 된다니까요."

"빼. 당장."

"안 된다고요. 이게 무슨 반지인 줄 알고 자꾸 빼라는 거예요."

"뭐긴 뭐야, 정채원이 사기당했다는 증거지."

……신호에 차가 멈추고. 몇 번이고 그의 말을 곱씹던 채원은 그에게 천천히 고개를 돌렸다.

"지금 뭐라고 말했어요?"

"너 사기당했다고."

그는 힐끔, 그녀를 바라보았다. 잡은 손을 이리저리 흔들다가, 놀라지 말라는 듯 꽉 쥐었다.

"놀랄 것 없어. 나보단 니가 먼저 알아야 하는 일이니까 말하는 것뿐이야."

"아니, 아뇨. 뭘 알아듣게 얘기를 해줘야……."

"곽 선생? 그 사기꾼을 너도 선생이라고 부르나?"

"아……."

와장창, 세상이 무너지는 소리가 들린다. 채원은 낯선 이명에 두 눈을 힘껏 감았다가 떴다. 머리가 아픈 건지 심장이 뛰는 건지, 그것도 구분이 되지 않았다.

별다른 부연 설명이 이어 붙지 않아도 무슨 소리인지 너무나도 확실하게 알아들을 수 있었다. 곽씨는 사기꾼이다.

"뭐가 뭐예요, 도대체. 무슨 소리 하는 거예요, 아니, 어떻게 알았어요? 아니, 뭘 어떻게, 어디서부터 어떻게 뭘 아는 거예요."

충격이 크다 보니 말도 헛나온다. 채원은 두서없는 질문을 쏟아냈다. 숨이 꼴깍꼴깍 넘어가게 생겼는데 그는 명쾌한 답을 주려 하지 않는다.

"내가 다 알아내겠다고 했잖아. 너에게 관련된, 모두. 니가 나한테 오지 못하는 이유, 전부."

바뀐 신호를 따라 다시 차는 출발했다. 곽씨가 사기꾼이라는 말에 놀란 건지, 그가 모든 사실을 알고 있다는 것에 놀란 건지, 그것조차도 종잡을 수 없는 그녀 얼굴이 창백해진다.

모든 것이 엉망진창으로 쏟아져 아무것도 기쁘지 않았고, 아무것도 슬프지 않았다. 그저 놀란 마음만 쿵덕쿵덕 미친 듯이 뛰어올랐다.

"아아. 그 사람이 사기꾼이건 말건, 니가 사실을 알아도 할 수 있는 일은 없어."

친절한 설명 따위 건너뛴다.

"그냥 지금처럼 지내. 그러면 돼. 나머지는 내가 해결할 거니까."

그를 믿지 못하는 건 아닌데. 난데없이 엄습하는 불안함에 채원은 마른침만 삼켰다.

넌 가만히 있어도 된다는, 모든 것을 알아서 하겠다는 그의 말이 황당하게도 행복하게 들리지 않았다.

"아, 니가 해야 할 일이 하나 있구나."

나의 안전과 당신의 안전을 바꾸고 있는 것만 같은, 그런 느낌만 밀려들었다.

"반지 빼."

"선배하고 나하고 결혼 날짜 잡았다고 벌써 증권가에 소문이 빤하단다. 정말 빠르지 않아?"

주인 없는 대표실에 들어와 앉아 있던 태리는 커피를 홀짝 마시며 중얼거렸다. 어제, 성준의 시상식에 따라가 여러 관계자에게 인사를 한 것이 세간에 퍼진 것이다.

태리와 마주 앉은 민권은 덤덤하게 입술을 열었다.

"그렇게 다정했는데 소문이 안 날 수가 없지. 윤 회장님도 그걸 바라고 오신 거 아냐?"

"우리 아빠? 아, 그런 거였나? 아…… 그랬나?"

아아, 그런 건가?

태리가 눈을 느리게 깜빡깜빡하며 전혀 몰랐다는 표정을 짓자 민권은 고개를 옆으로 저었다. 시상식장을 방문한 목적이 훤하게 드러나던 부친의 의도를 전혀 몰랐다니.

"너는 눈치가 없는 거냐, 생각이 없는 거냐."

"쳇. 이왕 욕할 거면 한없이 해맑다고 해줘. 나잇값 못할 정도로 순수하고 해맑다고."

"그래그래, 어련하실까."

성의 없이 대꾸하며 민권이 커피를 마시자 태리는 쳇, 하며 입술을 삐죽거렸다. 이른 시간의 비서실은 대체적으로 한가했다.

"선배는 왜 안 와? 대표라고 막 늦게 오고 그래?"

"니가 일찍 온 거야. 대표님 그런 분 아니고."

"편들지 마. 한성준 해바라기니? 아주 조강지처 나셨네, 나셨어."

"조강지처 자리는 임자가 있어서 나는 해바라기에서 멈춰야겠다."

"뭐라는 거야."

태리는 대수롭지 않게 민권의 이야기를 넘기며 차를 마셨다. 에어밸런스 창립기념일을 맞아 워크숍을 한다기에, 숙소 등의 지원으로 찾아온 태리는 어느덧 빈 찻잔을 내려다보았다.

"그냥 결혼……, 할까 봐."

느닷없는 음성. 민권은 멈칫했다.

"솔직하게 나는 우리 아빠 이길 자신 없거든. 이대로 나이만 먹는 것도 무섭고."

대단히 권위적인 가정환경 속에 자라온 그녀는, 여전히 아버지를 두려워하고 어려워했다. 속에 있는 말 따위 드러내놓는 일 같은 건 평생 해본 적도, 꿈꿔본 적도 없었다.

"난 여태까지 살면서 나 스스로 뭔가 결정해본 적이 없어. 전부 아빠의 뜻대로 살았으니까. 이번에도 그래야 하는 건 아닌가, 자꾸 그런 생각이 들어."

자라며 이렇게 살면 안 된다는 걸 깨달았지만, 변화는 두려웠다. 몇백 년을 지나온 오래된 나무 같은 아버지를 꺾는다는 건 불가능하다고 믿었다. 죽을 때까지, 아버지를 이길 수는 없을 거다.

"아빠가 하라는 대로 살아서 실패한 적은 없었어. 버틸 게 아니라 그냥 아빠가 하라는 대로 사는 게 먼 미래엔 내게도 좋은 일일 것 같……."

"그래서, 뜬금없이 결혼을 하겠다?"

"그냥 뭐, 그런 생각이 요즘 든다고."

"……."

"뭐, 이렇게 하염없이 기다린다고 니가 나한테 오겠어, 아니면 내가 다 버리고 너한테 가겠어. 아이고 의미 없다, 아이고 의미 없어.”

슬쩍 본심을 흘려보지만 끄떡도 하지 않을 녀석. 에효, 내 팔자야. 태리는 탄식을 흘렸다.

“그래서, 결혼을 하면 누구랑? 우리 대표님하고?”

“무, 무슨 헛소리야! 내가 선배랑 무슨 결혼! 자꾸 그런 끔찍한 소리 해댈 거야?”

“맥락과 흐름이 그랬잖아, 방금. 자연스러운 전개가.”

“미, 미쳤나 봐!”

태리가 펄쩍 뛴다. 민권은 차를 후룩 삼켰다.

“야, 김 실장. 남의 인생이라고 너무 막말하는 거 아냐? 어? 야, 내가 염색체 무시하고 선배랑 알고 지낸 게 벌써 몇 년인데 결혼 같은 소리 하고 있네! 징그러워!”

“염색체 무시하고 오래 알고 지낸 나는 안 징그럽고?”

“징그럽긴. 뭐랄까, 넌 좀 사랑스럽지.”

“얼씨구.”

“그리고, 나 니 앞에서 염색체 무시한 적 한 번도 없는데? 난 나의 염색체를 반드시 지키며 널 만났는데, 지금까지?”

민권은 기도 안 차는 태리의 말에 피식 웃음을 터트렸다. 이걸 웃기다고 해야 하나, 슬프다고 해야 하나. 이 철없는 부잣집 아가씨의 마음을 대체 어찌해야 하나.

“하여튼 이왕 결혼할 거면 남편 될 사람 잘 보고 잘 골라서 결혼해라. 알겠냐?”

“아…… 정말 재수 없다……. 정말…… 최고다…….”

이 상종 못 할 자식. 태리는 째진 눈을 하며 민권을 바라보았다.

"아주 그냥 랜덤으로 골라 아무나 붙잡고 결혼해야지. 세상 다시 없는 망나니 그지 같은 놈팡이한테 시달리며 내가 불행하게 살아야 정신 차리지, 김 실장 너."

"무슨 소리. 행복하게 살아야지."

민권은 빈 잔을 내렸다. 태리는 금세 슬픈 눈을 했다.

"행복하게 사는 게 나한테 복수하는 거야."

모진 말은 언제나, 그의 부드러운 마음을 찢으며 나왔다.

너덜너덜하게. 만신창이를 만들며.

"대표님, 말을 시작했으면 끝까지 해야죠. 왜 하다가 말아요?"

회사 입구에 차량이 진입한다. 성준은 주차 관리 직원의 인사를 받으며 주차장 안으로 들어섰다.

"말을 계속해보라니까요? 왜 갑자기 말을 끊냐구요."

"술 좀 깼나? 조금 전까진 골골대더니."

시끄럽다는 듯 귀를 후볐다.

"어떻게, 어떻게 알았어요? 대체 어떻게 알았는데요. 네?"

"말 걸지 마. 술 냄새 장난 아니야, 너."

"……."

차량이 지정된 주차 라인을 향해 부드럽게 달리자 채원은 초조함에 마른 주먹을 쥐었다. 이대로 사무실에 올라가고 나면 한마디도 못 섞을 게 뻔한데.

"그 사람이 사기꾼인 건 어떻게 알았어요? 그거라도 얘기해줘요. 나한텐 중요한 문제거든요."

"나한테도 중요한 문제야. 아니, 나한테 더 중요한 문제지."

"……그 사람한테 돈을 받았단 말예요."

"알아, 2억."

헐……. 채원은 입술을 멍하게 벌렸다. 대체 어떻게? 이걸 어떻게 알고 있는 거지?

성준은 놀라 말을 잃은 채원을 힐끔 바라보았다.

"표정 뭐야. 2억 아니고 더 받았나?"

"아, 아녜요. 2억 맞는데. 맞긴 한데."

"갚자. 돈 돌려줘야지."

"돈 없어요. 아빠 공장 직원분들 밀린 급여 청산했거든요."

"지출 내역까지는 알고 싶지 않았는데. 그 돈이 아직 있을 거라고 생각하지도 않았고."

"그런데 어떻게 돌려주라는 거예요, 있지도 않은 돈을."

"내가 갚아."

"……네?"

"내가 갚는다고."

채원은 엉망이라는 표정을 지었다.

"뭘 대표님이 갚아요? 그걸 왜 대표님이 갚아요?"

"리치리치 하니까? 그 정도에서 합의 보자."

"아뇨, 아뇨. 아니죠, 대표님. 그러면 안 되는 일이죠. 그걸 왜 대표님이. 아뇨, 안 돼요."

"돼."

"안 돼요. 싫어요."

"니 의견 안 물어봤어."

"내 일이에요. 그걸 왜 대표님이 갚겠다며 관여하는 건데요?"

성준은 시계를 내려다보았다. 아침에 처리해야 할 일이 네 개, 끝나고 나면 회의가 두 개. 점심때까지는 눈코 뜰 새 없이 바쁘겠다.

"대표님!"

"귀청 떨어진다. 나 오늘 병원 갈 시간 없어. 조심해줘."

"계속 이러시면 저 진짜 화내요. 화낼 거예요. 사기건 뭐건 제가 해결할 테니까 그냥 아무것도 하지 마시라고요."

"니가 뭘 어쩔 건데."

"뭘 어째요. 뭘 어쩌든 그냥 두세요. 모르는 척해달라고요."

"모르는 척이 돼? 이미 알았는데?"

주차 라인에 맞춰 주차를 시작했다. 성준은 온통 집중한 표정으로 후진했고, 채원은 발을 동동 굴렀다.

"전 남친한테 빚까지 갚아달라는 여자 만들고 싶어서 이래요? 제가 그 돈을 넙죽 받을 거라고 생각하셨어요?"

아오, 주차가 삐뚤어졌다. 좀처럼 하지 않는 실수에 성준은 미간을 좁히며 다시 앞으로 차량을 뺐다. 채원은 애가 타 죽겠다는 목소리다.

"그러시면 저 진짜 대표님 못 봐요. 여기서 일하는 것도 수치스러워 죽겠는데, 대표님한테 돈까지 쓰게 하라고요? 한두 푼도 아닌 돈을?"

아하. 주차 성공했다.

띠띠띠. 성준은 벽과 가깝다는 경고음이 들려오는 것을 끝으로 후방 주차를 끝냈다.

"꿈도 꾸지 마세요. 저 진짜 가만히 안 있을 거예요. 저도 자존심 있는 사람이에요. 빌려도 갚을 자신 없고, 대표님한테 그런 신세 지는 건 죽기보다 싫⋯⋯."

"알겠고. 넌 니 방식대로 니 자존심 지켜, 이렇게."

"⋯⋯."

"화를 내건 협박을 하건, 다시 도망을 치건 말건 넌 니 알아서 니 자존심 지키라고."

성준은 시동을 껐다.

"이게 니가 자존심 지키는 방식이거든 뭐든 해. 대신 나도 내 방식대로 자존심 지켜야겠으니까 말리지 말고."

"대표님⋯⋯."

"날 어디까지 무능력하게 만들 셈이야."

당신의 화난 음성을 듣고 있자니, 문득 그런 생각이 들었어.

"언제까지 나는 너에 대해 아무것도 몰라야 하는 건지?"

"보여주고 싶지 않은 모습도 있는 거예요. 때로는 모르는 척해주는 게 상대방에 대한 예의일 수도 있다고요."

"넌 그렇게 예의를 잘 아는 사람이라 이런 말도 안 되는 일을 겪으면서도 나에게 함구한 건가? 그건 나에 대한 예의가 맞고?"

상상으로만 그려왔던 당신의 모습은 정말 한 치도 틀림이 없구나, 하는.

"좋은 모습만 보고, 좋은 모습만 보여줄 순 없어요, 우리?"

좋은 것만 주고받는 사랑이란 세상에 없는 걸까. 정말로?

"미안한데 그런 건 가서 이웃끼리 해. 난 너하고 이웃하고 싶은 생각 없으니까."

"좋아하지 않으면 좋은 모습만 보여주고 싶을 리 없잖아요. 주변 사람들이 나에 대한 어떤 모습을 보건 그게 나랑 무슨 상관이라고."

"니가 생각하는 좋은 모습과 내가 생각하는 좋은 모습엔 차이가 있는 것 같은데, 이건 나만의 생각인가?"

그는 물러설 생각이 없어 보였다.

"정채원 씨, 내 앞에서 웃고 떠든다고 좋은 모습이 아니야. 되도 않는 거짓말을 하는 것보다 돈이 없다고 말하던 니가 나한테는 훨씬 더 좋은 모습이었으니까."

"내가, 어디까지 대표님에게 짐이 되어야 하는 건데요? 그런 일들이 내 마음을 더 불편하게 할 거라는 생각은 안 해봤어요?"

"안 해. 지금 내 마음이 너무 불편해서 니 마음 신경 쓸 겨를이 없어."

그때도 지금도 변한 것이 없는 당신은, 그저 내 일에 뛰어들고 보는. 지켜주려고만 하는.

"뭘 어쩌라는 거야. 모르고 당하는 천치보단 전 여친 빚 갚아주고도 좋아 죽겠다는 호구 쪽이 백번 천번 낫겠는데."

그래서 숨겨왔는데. 당신이 이럴까 봐, 이렇게 나올까 봐.

만고에 다시없을 해결사처럼 모든 일을 짊어지고, 쓸어가려 할까 봐.

"그러니까 그쯤에서 합의 봐. 난 뱉은 말 무를 생각 없어."

이래도 저래도 기뻐 웃음이 나지 않는데, 어떻게 해야 할까요, 나는.

"그리고 오해 마. 이야기를 꺼낸 건 그사이 또 니가 무슨 일에 휘둘릴지 몰라 언급해둔 거니까."

짧은 말을 끝으로 그는 운전석에서 내렸다. 따라 내릴 자신이 없는 채원은 가만히 앉아 그가 움직이는 모습을 바라보았다.

성준은 성큼성큼 걸었고, 보조석 문을 열었다.

……네가 내게 오는 길이라면 무슨 일이든 다 해주고 싶은 마음, 양보가 안 된다. 네 마음이 다쳐도 할 수 없다.

사랑이 반짝거려 뵈는 게 없어.

"내려, 올라가자."

그저, 너 하나밖엔.

"뭐야, 분위기 왜 이래? 너무나 흉흉한데?"

굳은 표정으로 사무실에 올라온 성준을 바라보며, 태리는 눈을 가늘게 떴다. 평소라면 시원찮은 아재개그로 받아치며 으르렁거릴 그가 말이 없다.

태리는 성준과 간발의 차로 들어온 채원을 바라보았다. 대표실 유리창 너머 자리에 앉는 그녀의 표정도 썩 좋지 않았다.

"선배, 어제 외박했어?"

성준은 어제 입은 옷 그대로 입고 출근했다. 눈썰미 좋은 태리가 그걸 놓칠 리 없다.

"집에도 안 가고 뭐 했대?"

"김 실장, 준비하라는 건 준비했어?"

"네, 대표님. 준비해뒀습니다."

물어도 답도 안 해주고 쳐다보지도 않는다. 태리는 어지간히 저기압인 성준을 바라보다가 고개를 갸우뚱했다.

자꾸만 대표실 밖 채원의 표정도 신경이 쓰였다.

"혹시 두 사람, 사랑싸움했니?"

아아. 말이 안 되지. 태리는 급히 뱉은 말을 정정하겠다는 듯 손을 내저었다. 유부녀와 사랑싸움이라니. 장난도 이런 장난은 치면 안 되는 거지.

"김 실장, 여사님은 연락돼?"

"아직 요양 중이시라고, 연락을 그쪽에서 주겠다고 합니다."

말끝에 민권은 태리를 바라보았다. 분위기 파악 좀 하라는 듯 눈짓을 하자 태리는 알겠다는 표현으로 입을 꾹 닫았다.

잠시 급한 서류 먼저 처리하던 성준은 고개를 들었다. 뿌, 하며 볼바람만 불어넣고 있는 태리를 향해 작게 손을 들어 보였다.

"미안. 내가 너무 정신이 없다, 지금."

"아, 아냐. 내가 너무 일찍 왔지 뭐."

아침엔 저기압인 모양이네.

태리는 어제완 사뭇 온도가 다른 성준의 표정을 살피며 눈치를 보았다. 평소 감정을 드러내지 않는 사람이라 낯설게 다가오는 건 어쩔 수가 없었다.

"윤태리, 낮에 바쁘냐?"

"나? 아니 뭐, 딱히 그건 아닌데."

"그럼 김 실장하고 놀다가 점심 먹고 가. 내가 살게."

"그래? 나 점심 먹고 갈까? 선배가 사겠다면 뭐, 얼마든지."

태리의 얼굴에 화색이 돈다. 점심을 사겠다는 성준의 말보다, 김 실장과 놀다 가라는 말이 사실은 더 반갑게 들린다.

"김 실장, 손님 섭섭하게 대접하지 말고 나가서 카페에서 광합성이라도 좀 해."

"한성준 대표님…… 진심 최고다……."

태리가 격하게 반기자 바라보던 민권은 짧은 한숨을 내쉬었다.

그나저나 점심나절까지 무얼 하나. 대표님 말대로 태리를 데리고 나가 카페라도 가서 볕이라도 쐴까. 쟤가 뭘 좋아하더라. 민권은 회사 근처 인테리어가 예쁜 카페 목록을 떠올렸다.

……말은 쉽게 끊겼다. 성준의 저기압은 이어졌고 종잡을 수 없는 긴박한 분위기는 가라앉지 않았다. 태리가 멀뚱멀뚱 민권의 얼굴만 들여다보고 있던 그때 띵동, 성준의 휴대폰이 울린다.

어제부터 밀린 결재 서류를 보던 성준은 무심한 손길로 휴대폰을 잡았다.

[화 많이 났어요?]

뜬금없는 메시지에 성준은 눈을 크게 떴다. 채원이다.

고개를 들어 힐끔, 유리 너머 자리에 앉아 있는 채원을 바라보았다. 여전히 굳은 표정을 한 채 휴대폰을 붙잡고 있는 그녀는 메시지를 보내기에 열중하고 있었다.

띠링, 메시지가 이어 도착한다.

[지금 나, 많이 미워요?]

성준은 무심히 바라보다가 툭툭 액정을 터치했다.

[밉다면. 어떻게 할 건데.]

[나는 뭐 대표님 안 미운 줄 아나 봐.]

[2차전의 장소는 톡방인가?]

[아뇨. 그런 뜻은 아니고요.]

태리는 성준의 표정 변화를 관찰했다. 불친절한 손길로 메시지를 보내는 것과는 달리 표정은 조금씩 온화해지고, 입꼬리는 조금씩 올라간다.

태리는 다시 한번 고개를 갸우뚱했고, 성준은 그러거나 말거나 다시 휴대폰 액정을 터치했다.

[밥 같이 먹어. 점심.]

성준은 메시지를 보내고 다시 힐끔 채원의 표정을 살폈다. 그러다가 이어 메시지를 보냈다.

[얼굴 좀 보자. 화내느라 출근길에 얼굴을 제대로 못 봐서.]

네 얼굴 좀 보자 하니 그녀는 잠시 망설이다가 뭐라고 답을 해야 하나 머뭇거리고는 결심한 듯 톡톡톡 액정을 터치했다.

[알았어요.]

피식, 그의 입가로 웃음이 샌다. 순식간에 바꾸어버린 분위기에 태리는 황당하다는 듯 성준의 얼굴을 바라보았다. 시선이 느껴지는지 그는 웃고 있던 표정을 수습했다.

"미안한데 점심은 니들 둘이 먹어라. 난 약속이 있어서."

"아…… 선배……. 무슨 약속인진 모르지만 너무 좋아……."

김 실장과 둘이 점심을 먹으라니 세상 행복해한다. 성준은 오만
상을 찌푸렸다.

"넌 좀, 진심 좀 어떻게, 못 숨기냐? 어? 아주 엉망이네."

"시끄럽고. 나 그럼 김 실장이랑 나간다. 선배, 김 실장 나랑 점
심때까지 놀아도 되는 거지?"

성준의 마음이 바뀌기 전에 부리나케 자리에서 일어선 태리는
졸지에 팔려가게 생긴 민권의 팔을 끌었다.

"나가자, 나가자. 개떡 같은 선배 마음 바뀌기 전에."

"그럼 나가보겠습니다."

민권이 묵례하자 성준은 어서 나가보라 팔을 흔들고 다시 휴대
폰으로 시선을 돌렸다.

……그녀의 말 한마디에 세상이 뒤바뀐다.

사랑은 그런 거야.

[대표님, 그리고 화내서 미안해요.]

꽃이 피고 비가 내리더니, 우박이 쏟아지다가 해가 떠.

눈이 내리다 나비가 날아들고, 번개가 내리치더니 볕이 좋아져.

들이마시는 숨에 봄인가 싶더니 뱉는 숨 사이로 겨울이 다가오지.

[내가 더 미안해. 상처받지 마라.]

사랑, 그 모든 일을 찰나에 겪게 한단다.

곽씨가 주문해둔 신상 옷을 정리하던 단희는 세탁해야 할 것들을 분류했다.

성격상 한두 번 입었던 옷은 잘 입으려 들지 않는 곽씨의 옷장은 언제나 미어터질 듯 넘쳐났다. 나눔이라도 하면 좋으련만 고가의 화려한 의상은 어디에 내어놓기도 애매했다.

"이건 이제 안 입으시려나⋯⋯."

그래도 제법 마음에 들었는지 곽씨가 서너 번 입었던 노란색 투피스를 앞뒤로 바라보며 단희는 중얼거렸다. 항상 검은 재킷, 검은 바지, 혹은 검은 치마만 입는 단희에게 샛노란 투피스는 바라보는 것만으로도 부담스러웠다.

타인의 시선을 즐기는 곽씨와는 달리 단희는 전혀 그렇지 않았다. 곽씨와 함께 다니면 모두가 그녀만 바라보니, 단희는 외려 다행이라 생각했다.

그림자가 편했다. 어차피 이제 와 세상 밖으로 드러낼 수 있는 존재도 아니었다.

정리할까 말까, 노란 투피스를 들고 잠시 고민에 빠졌던 그때 띠링, 한 통의 메시지가 도착한다.

"⋯⋯아."

휴대폰을 꺼내 메시지를 확인한 단희는 낯선 탄식을 터트렸다. 정든이의 메시지다.

[짜잔! 자전거 개시했습니다!]

자전거 사진 한 장과 짧은 메시지 하나.

단희는 정든이가 보내준 사진을 바라보았다. 온통 초록빛이 만발한 공간 한가운데, 솜씨 좋은 사진작가가 찍은 것처럼 자전거가 반짝였다.

가만히 바라보다가 단희는 답장을 보냈다.

[자전거도 사진도 예쁘네요.]

영혼 없이 답을 하고 휴대폰을 내리는데 다시 알람이 울린다.

[사진 잘 나오는 장소 찾느라 애먹었어요.]

본인은 한마디 입력하는 일에 한 2분 걸린 것 같은데, 10초 만에 답이 온다.

뿐인가. 아직 끝이 아니다.

[타던 자전거는 많이 낡아서 처음 모습이 기억나지 않았는데 이렇게 예쁜 아이였더라고요.]

[예전에 아버지가 사줬던 때가 어렴풋이 기억나는 것 같아요.]

[감사합니다. 단희 씨 덕분에 추억 여행도 했어요.]

허. 연달아 오는 메시지.

속도가 장난 아니다.

두다다다 메시지가 오자 단희는 놀라 손톱을 깨물었다. 이럴 땐 뭐라고 답장해야 하는 거지? 아, 뭐라고? 뭐라고 말해야 하지?

답장을 바라고 하는 말인가? 그냥 읽기만 하면 되는 건가? 어떻게 해야 하는 거지?

망설이는 사이 시간이 흐른다. 긴장으로 식은땀이 날 지경인 단희가 망설이다가 다시금 꾹꾹 액정을 터치한다.

[시험은 잘 보셨어요.]

"아, 물음표로 보내야 하는데."

시험은 잘 보셨어요? 이렇게 보내야 하는 건데.

"아아, 물음표야 물음표. 물음표인데."

엄청난 실수처럼 여겨져 단희의 목덜미가 더욱 뜨끈하게 달아오른다. 타인과 메시지를 나누는 일에 면역이 없는 단희가 당황하기 바쁜 그때.

[아뇨. 아직요. 이번 주에 봐요.]

"아, 이번 주."

정든이가 앞에 서 있는 것도 아닌데 육성으로 말이 터진다. 단희는 다시 무슨 말을 해야 할지 몰라 손끝만 오므렸다.

[저 시험 보는 거, 기억하고 계시네요. :D]

"뒤에 저건 뭐지? 점 두 개, 알파벳 대문자 디? 저게 뭐지?"

이든이 웃는 얼굴을 표현한 것뿐인데 그런 걸 알 리 없는 단희는 눈을 동그랗게 떴다. 모든 것이 처음이었고, 사사로운 모든 것에 긴장되었다.

[시범 삼아 자전거 타러 나왔어요. 시험 날 타고 가려고요.]

[네.]

"아, 우산. 우산!"

단희는 할 말이 기억났다는 것처럼 급히 액정을 터치했다. 느리고 답답하던 속도가 향상된다.

[우산을 돌려드려야겠습니다.]

"아, 말이 너무…… 이상한가……?"

살갑게 말하는 방법 따위 모르니 말투대로 메시지를 보냈는데, 본인이 읽어봐도 정든이가 보낸 메시지와 온도 차가 사뭇 크다.

상대 쪽은 별생각 없는지 또다시 메시지가 온다. 우다다다, 빠르게.

[괜찮아요. 집에 우산 많아요.]

[그냥 단희 씨 쓰세요.]

[자전거도 받았는데 쓰던 우산 하나 드려서 미안하지만요 :( ]

그냥 가지란다. 단희는 뭐라고 말을 이어야 하나, 이젠 도저히 모르겠다는 표정을 지으며 액정만 뚫어지게 바라보았다.

"얘, 뭐 하니?"

"아!"

들려온 곽씨의 음성에 깜짝 놀란 단희는 홱, 뒤를 돌며 휴대폰을 허리춤으로 숨겼다. 별생각 없이 드레스 룸으로 들어온 곽씨는 질겁하고 놀라는 단희를 바라보며 얘가 왜 이러나 싶은 표정을 지었다.

떵동떵동, 메시지는 연이어 도착했다.

"단희 너, 지금 누구랑 연락해?"

"아, 그게……."

단희는 마른침을 꿀꺽 삼켰다. 와중에도 알람은 계속 울려댔다.

[그럼 단희 씨, 시험 끝나면 밥 먹어요, 우리.]

[너무 비싼 자전거를 받아서 제가 식사라도 대접하고 싶어요.]

[제가 시험 끝나고 다시 연락드릴게요.]

곽씨는 수상하다는 표정을 지었다.

"얘, 누구야?"

"여사님 비서실에서 조금 전에 연락이 왔는데요."

회의를 마치고 들어선 성준에게 민권이 말했다.

"여사님께서 다음 주까지는 외부와의 연락을 받지 않으시고 휴식에만 전념하시겠다 합니다."

"다음 주까지?"

"네, 대표님."

의자에 앉으며 성준은 달력을 바라보았다.

"여사님께서 많이 편찮으신가? 평소완 달리 이번엔 요양이 좀 길어지시는데."

"글쎄요, 비서실장 말로는 기력이 많이 쇠약하신 것 같다고."

"아아, 그래."

손깍지를 끼며 성준은 생각에 잠겼다. 여사님을 생각하면 하루라도 빨리 곽씨의 신상을 알리고 밝히는 게 옳은 일이었지만.

"사실을 전부 알게 된 이후에 여사님께서 충격받진 않으실까 걱정이다. 가뜩이나 기력도 쇠하시다는데."

"충격이 만만치 않으실 거예요. 몇 년간 철석같이 믿고 의지했던 사람이 사기꾼이라니."

드러난 진실이 여사님을 얼마나 더 괴롭힐지는 알 수 없는 형국이었다. 피해자가 더 많은 피해를 감내해야 할 것만 같아 이래저래 마음이 씁쓸한 때.

"어떻게 할까요, 대표님. 급한 일이라고 다시 연락을 넣어볼까요?"

"아냐, 됐어. 여사님 쓰러지실까 봐 걱정이다. 기력 되찾으셔서 돌아오실 때까지 기다려보자고."

"네, 대표님. 알겠습니다."

성준은 무심결에 책상 서랍을 열다가 곽씨가 넣어두고 간 부적을 바라보고는 멈칫, 했다.

그러다 꺼내 들었다. 두툼한 비단보에 싸인 부적 한 장.

"……생각할수록 열 받는데, 이걸 진짜 어떻게 하면 좋을까, 김실장."

생각 같아선 당장 조각조각 찢어버리고 싶은, 부적이라 칭하고 싶지도 않은 종이 한 장.

"영혼결혼식? 천도? 사람이 어떻게 그럴 수가 있지?"

무속인 흉내나 내고 다니며 사람들에게 돈을 빼앗고 두려움을 심었다. 절대적 존재가 되길 희망하며 내 것과 네 것의 경계를 허물어트리고, 모든 것을 쥐고 흔들었다.

여사님은 제 것을 빼앗겼고, 채원은 잡힌 채 흔들렸다.

"어떻게 자식을 잃은 사람한테 접근해서 그 간절함을 이용할 수 있나고. 그게 사람인가."

시간이 지날수록 분노가 튀었다. 흉기를 들고 위해를 가하는 자들과 우열을 가릴 수 없는 극악무도였다.

인간으로 태어나, 인간이기에 하지 말아야 할 일. 누가 알려주지 않아도, 일부러 가르쳐주지 않아도 인간이라면 알 수밖에 없는 일.

"이해는 물론이고 한 조각도 용납이 안 된다, 용납이."

곱게 되돌려주지는 않겠다. 받은 것 이상으로 돌려주되, 세상 제일 치졸하고 사악한 방법을 동원해서 되돌려주고 말리라.

휴. 태울 것처럼 손에 쥔 부적을 노려보던 성준은 짧은 숨을 내쉬며 서랍에 다시 넣었다. 민권은 좀처럼 들끓는 마음이 가시질 않아 미간을 좁힌 그를 바라보았다. 대표의 복잡한 심정은 단지 곽씨 때문만은 아닌 것 같았다.

"김 실장, 워크숍 관련해서 내가 처리해야 할 사안 있나?"

"없습니다. 제가 알아서 처리할게요, 대표님."

"혼자 하려고 들지 말고 나한테 넘겨."

"대표님이나 모든 걸 다 혼자 하려고 하지 마세요."

정신이 쏙 빠져 뭐부터 해야 하나 갈팡질팡하던 성준은 고개를 들었다.

"혼자 다 못 해요. 책임감 있는 것도 좋지만 너무 짊어지려고 하지 마세요, 대표님."

"……그러게, 그러게나 말이다."

새삼스럽게 그 말이 꽂힌다. 성준은 느리게 고개를 끄덕이다가 의자 헤드에 머리를 기댔다.

하나부터 열까지 다 해주고 싶은데. 뭐든 내가. 뭐가 되었든 내가 다, 전부.

"전부 내가 할 수 있다면 좋겠다. 마음은 그런데, 쉽지가 않네."

"대표님 혼자 너무 애쓰지 마세요. 저도 있고."

있잖아, 김 실장······.

"채원 씨도 있어요."

말은 고마운데 나 아침에 걔랑······ 싸웠어······.

성준은 차마 다음 말을 잇지 못하고 씩 웃었다.

그래, 녀석의 말처럼 모든 걸 다 짊어지고 갈 수는 없다. 능력 밖의 일이고, 그렇게 몸부림치다가 지쳐 떨어질지도 모르는 일이다. 마음만으로 전부 다 끌어안을 수는 없는 거니까.

"말이라도 고맙네. 그럼 수고."

"예. 그럼 나가보겠습니다, 대표님."

하지만 전부를 책임질 수 없대도 도저히 타협할 수 없는 게 있는데, 그게 바로 너. 너의 일이었다.

"이번 워크숍은 홍진그룹 리조트로 간대요. 거기 진짜 좋은데."

"맞아. 나도 가보고 싶었어. 거기 홍진그룹이 인수한 뒤 리모델링하고 SNS에서 난리잖아, 요즘."

태리가 다녀가고 알음알음 퍼진 숙소 정보에 비서실 직원들은 상기된 표정을 지었다.

에어밸런스에 다니면서 홍진그룹의 복지를 함께 이용할 수 있음은 그들에게 무척 좋은 조건이 되었다. 홍진그룹은 대기업이었으니까.

"분위기가 이제 슬슬 혼담이 오갈 것 같지 않아? 홍진그룹하고 대표님하고.”

“이제 대표님께서 홍진그룹 패밀리가 되는 걸까요? 완전 멋져.”

속닥거리는 직원들 사이에서 채원은 묵묵히 타자를 쳤다. 딱히 껴들 주제의 이야기도, 그렇다고 거들 말이 있는 호사가도 아니었으므로.

완전히 사라지지 않은 분노가 오장육부 사이 어디쯤에서 꿈틀꿈틀거렸다. 으으, 한시도 편할 날이 없다.

“어쨌든 잘돼서 우리도 홍진그룹으로 흡수되면 좋겠다. 그럼 우리도 대기업 되는 거잖아.”

“음, 그냥 지금처럼 에어밸런스로 쭉 성장하면 안 되나? 흡수되는 게 더 좋은 일일까요?”

“무슨 소리야. 뱀 머리보단 용 꼬리지. 우리가 아무리 성장한다고 어느 천년에 대기업이 되겠어.”

한 공간에 앉아 각자는 다른 꿈을 꾸었다. 채원은 입술을 꾹 닫고 일에 열중했다.

안 듣고 싶지만, 간격이 간격인지라 너무나 잘 들려왔다. 아, 이어폰이라도 끼고 싶다.

“처음에 에어밸런스에 홍진그룹이 투자할 때부터 오갔던 얘기라는 소문도 있어. 생각해봐. 그런 일이 아니면 홍진그룹이 뭐가 아쉬워서 에어밸런스 초창기에 투자를 했겠어?”

“하긴, 그것도 그러네요. 그럼 윤태리 씨랑 대표님이랑 잘되길 바라야 하는 거죠?”

“그렇지, 당연하지. 아아, 생각만 해도 좋다. 홍진그룹이면 두말

할 것도 없어. 내 친구 홍진그룹 계열사 다니는데 진짜 급이 달라, 급이.”

채원은 모니터만 뚫어지게 바라보다가 힐끔, 대표실을 바라보았다. 언제부턴가 대표실 유리를 투명으로 해두고 있던 그가 오늘은 반투명 유리 속에 숨어 보이질 않는다.

……치사하게. 얼굴도 안 보여주고.

미안하다는 말들을 메시지로 주고받았지만 두 사람은 오전 내내 서먹서먹했다. 업무 시간 틈틈이 주고받던 사사로운 대화도 일절 나누지 않았다.

다툼을 했고 독한 말로 상처를 주었음은 마음에 걸렸지만 슬프게도 미안하다는 말은, 앞으로 벌어질 일들을 바꿔주지 않았다. 아무것도.

“그리고 대표님하고 윤태리 씨, 너무 잘 어울리는 것 같아. 근사해.”

휴. 더 듣고 있다간 오장육부 사이에 끼어 있던 분노가 튀어나올 것만 같아 채원은 자리에서 조용히 일어섰다. 그녀가 일어서자 대화를 나누던 직원들은 말을 멈추며 바라보았다. 이럴 때 표정 관리는 필수. 채원은 빈 잔을 들고 씽긋 웃었다.

“저 커피 좀 타 올게요.”

“아아, 그래요, 채원 씨. 다녀와요.”

미안하게도 대표님이 결혼할 일은 없을 거고, 사실 그 대표님은 나를 좋아한다고. 당장이라도 입을 벌리면 말들이 쏟아질 것 같았지만 그저 참는 수밖에.

"아…… 오늘 왜 이렇게 시간이 안 가냐……. 점심시간 언제
와……."

오늘, 그 작자랑 대판 싸웠다. 처음으로.

"이럴 땐 같은 회사에 있다는 게 단점이네. 차라리 모르는 게 약
인 것도 많은데."

평소보다 많은 얼음을 잔에 담으며 채원은 중얼거렸다. 그녀는
상대에 대해 모르는 게 때로는 약일 수도 있다 여기며 살았고, 그
렇기에 그가 이토록 저돌적으로 다가오는 것에 불안함을 느꼈다.

아무리 사랑하는 사이라도 모든 것을 공유할 수 없다 믿었다. 사
랑한단 이유가, 상대에게 피할 수 없는 멍에가 되어서는 안 되는
거라고도 생각했다.

"2억이 뉘 집 개 이름도 아니고, 그 돈을 어떻게 넙죽 받냐고……."

사랑이라는 단어로 아름답게 포장할 수 있는 액수가 아니었다.
나를 사랑한다면 당연히 해줄 수 있는 거라 정신 승리할 수 있는
금액도 아니었다.

그가 모든 것을 해결해줄 것만 같아 기쁜 것이 아니라, 그에게
왜 이런 것까지 신경 쓰게 만들어야 했는지 스스로가 한심해졌다.

"진짜 양심도 없다, 정채원."

그런 와중에 화를 냈다. 조금 더 예쁘게 진심을 전할 수도 있었
는데. 그런 도움은 받고 싶지 않다고, 조금 더 정중하게 말할 수도

있는 거였는데.

에효. 이제 와 후회해본들 무엇할까. 채원은 무거운 시선을 내리깐 채 커피를 내렸다.

"아니지, 이것도 문제지만 그 아줌마 진짜, 하……."

하……. 그러다가 곽씨가 떠올랐다.

채원은 그동안 형체 없는 두려움에 싸여 벌벌 떨었던 자신을 떠올리며 입술을 꽉 깨물었다. 이유 없이 기분 나빴던 웃음, 눈초리, 말투. 알고 보니 그게 다 이유가 있었던 거라고!

"아, 분해. 진짜 분하다. 나쁜 사람. 어떻게 그럴 수가 있지?"

생각만 해도 눈에 불꽃이 튀는 것만 같다. 채원은 커피잔에 얼음을 조금 더 집어넣어야겠다는 생각에 뒤를 돌았다. 그러다가 반지를 내려다보았다.

"뭐? 영혼을 불러들이는 반지?"

곽씨가 제게 했던 말을 떠올리던 채원은 더 열 받는다는 듯이 반지를 내려다보았다. 아무 의미 없는 반지를 족쇄처럼 차고, 설마 하니 주변 사람에게 해가 되는 일이 생길까 봐 얼마나 노심초사했던가.

"아, 멍청해. 나도 진짜 멍청하다. 어떻게 그런 말을 철석같이 믿었지……. 하……."

정황을 차근차근 따져보니 모든 것이 엉망이다. 채원은 한심하다는 듯 반지를 노려만 보다가 천천히 돌려 밖으로 뺐다.

반지가 손가락을 벗어나는 순간 세상이 무너져 내릴 것만 같더니. 어쩐지 무형의 것이 깃들어 있는 영험한 물건인 것만 같더니.

"뭐야, 별거 아니잖아."

막상 빼고 바라보니 그저 액세서리에 불과한 작은 링일 뿐이다.

채원은 기어이 제 손가락에서 분리하고 만 반지를 가만히 내려다보다가 자신의 손으로 시선을 옮겼다. 그래도 얼마간 끼고 있었다고, 약지엔 반지 자국이 미약하게 남았다.

……기가 막혀 헛웃음이 났다.

"와, 이 아줌마를 어떡하지? 이걸 어떻게 갚아주지? 사람을 바보로 만들어도 정도가 있지, 하……."

어우. 속고 있는 줄도 모르고 끙끙 앓으며 지내온 시간이 억울해 죽겠다. 채원은 왼손을 의식적으로 구부렸다 폈다 하며 눈을 가늘게 떴다. 그때였다.

"아, 대, 대표님."

언제부터 서 있던 걸까, 탕비실 문 앞에 그가 있다. 채원은 느닷없이 마주한 성준을 바라보며 당황한 듯 말을 더듬었다.

"대표님 커피, 커피 한잔 드릴까요?"

그는 불러도 답이 없고, 손가락과 분리된 반지만 뚫어지게 바라보고 있다. 채원은 그의 시선을 따라 천천히 고개를 내리며 자신이 쥐고 있는 반지를 바라보았다.

반지 빼.

오늘 아침, 출근길 차 안.

단호했던 그의 음성이 메아리치는 것만 같다. 채원은 반지를 어색하게 앞으로 내밀며 웃었다.

"짠! 이것 좀 보세요. 저 완전 말 잘 듣죠? 하하하. 하하."

같이…… 웃어주면 좋을 텐데……. 참 고마울 텐데…….

"막상 빼고 보니까 속이 다 시원하네요. 역시 이런 건 좀, 거추장스러워요. 그렇죠?"

"……."

무슨 말이든 받아쳐주면 좋겠는데 대표 놈이 말이 없다. 채원은 무안함에 반지만 이리저리 만지작거리다가 다시 씩 웃었다. 아! 화해라는 건 정말 어렵다.

"해보고 나면 이렇게 별거 아닌데, 그동안 왜 그렇게 힘들었을까요."

"……."

"그리고 이 반지는 정말 제 스타일 아니에요. 그 아줌마 스타일인가 봐."

채원은 아무 말이나 덧붙였다. 어색한 공기를 들이마시느니 차라리 아무 말 대잔치를 하겠다.

"반지가 쓸데없이 너무 크고 화려하고. 전 심플한 게……."

좋거든요…….

채원은 말꼬리를 흐렸다. 그도 그럴 것이 대표가 탕비실 안으로 들어섰고, 탕비실 문을 꽉 닫으며 철컥, 문을 잠갔다.

그러곤 채원이 무슨 반응을 어떻게 하기도 전에 성큼성큼 걸어 들어왔다. 반지를 들고 있는 그녀의 손목을 붙잡고, 가볍게 품으로 끌며, 소중한 것을 다루는 손길로 그녀 목덜미를 감싸 안았다.

그의 품에 꽉 안긴 채원은 놀라 두 눈을 크게 떴다.

회사에서 이게 뭐 하는 짓이냐고, 남들이 보면 어쩔 거냐고 화를 내야 하는데 머릿속은 엉망진창이 되어버렸다. 이제야 보여주는 그의 환한 웃음 때문에.

"반지 뺐네."

아침의 일을 아무것도 아닌 걸로 만들어버리는, 그 웃음 때문에.

……당신한테 가요, 나.

"아, 예쁘다. 우리 정채원."

한 번도 사라져본 적 없는 이 마음, 이 사랑 가득 싣고.

살아서 만나 우리

"어서 오세요! 이루 리조트에 오신 것을 진심으로 환영합니다!"

꽤 많은 수의 관광버스가 리조트 안으로 일사불란하게 들어오고, 에어밸런스 직원들이 쏟아져 내렸다. 기다리고 있던 리조트 직원들이 그들을 환한 웃음으로 반기며 연회장으로 안내했다.

홍진그룹 소유의 이루 리조트는 리조트 왕국을 꿈꾸는 윤필목 회장의 야심 찬 기획의 첫걸음.

"세상에, 해외여행 온 것 같아. 여기 한국 맞아?"

"나도 사진으로만 봤지. 진짜 너무 잘해놨다, 여기."

안팎으로 시선을 강탈하지 않는 것이 없었다. 에어밸런스 직원들은 새벽부터 일어나 관광버스로 네 시간을 달려온 노력이 아깝지 않다며 감탄을 이어갔다.

모든 것이 아름답고, 모든 것이 여유로운 공간.

"숙소 배정해드리겠습니다! 각 부서의 리더들께선 앞으로 나와 주세요!"

오늘은 에어밸런스의 창립기념일 맞이 워크숍의 시작. 바쁜 와 중이었지만 기념하지 않을 수 없었고, 쉬어가지 않을 수 없었다.

리더들은 직원들의 룸 키를 지급 받기 위해 앞으로 나갔고, 남 은 직원들은 입을 멍하니 벌린 채 주변을 구경하며 사진 찍기에 바빴다.

"다음에 가족이랑 같이 와야겠어. 우리 애기가 너무 좋아할 것 같아."

"저도요. 부모님 모시고 한번 와야겠어요."

좋은 것을 마주하고 있자니 자연스럽게 가장 먼저 떠오르는 사 랑하는 사람들. 채원도 직원들을 따라 사진을 찍고, 주변을 둘러보 다가 동생 이든을 떠올렸다.

"나중에 이든이랑 같이 놀러 와야겠다. 좋아할 텐데."

중얼거리다가 은연중 주변을 살펴보았다. 대표가 있을 리가 없지.

성준은 민권과 개인 차량으로 이동을 했고, 아마도 다른 직원들 보다 먼저 도착해 다른 곳에 있으리라. 아아, 그러나저러나 이 리조 트 정말 좋다.

"선배님, 11층이시네요. 박 대리님하고 숙소를 함께 사용하시면 됩니다."

그때, 신입 사원 서훈이 가까이 다가섰다.

"일단 카드 키 받으세요, 선배님."

채원은 곁을 돌아보며 웃었다.

"네, 알겠어요. 고마워요."

"우리 비서실은 전부 11층인 모양이에요. 우리 층 전망이 아주 좋다는 정보를 입수했습니다."

"아아, 그렇구나. 좋은데요?"

비서실 리더인 민권이 성준을 보좌하는 중이니 제비뽑기로 리더를 뽑는 와중에 서훈이 당첨되었다. 진짜 리더들 사이에서 기나 펴겠냐며 처음엔 난감해하더니, 막상 호명하자 제일 먼저 달려나가 카드 키를 받아 온다.

이래저래 의욕이 넘치는 젊은 피, 좋다. 자연스럽게 각자 부서 사람들끼리 옹기종기 모여 있고, 카드 키를 받으며 웃음꽃을 피우는 연회장.

비서실 직원들도 카드 키를 손에 쥐고 모였다. 이렇듯 많은 부서가 움직이는 날에는 소속된 부서를 향한 묘한 동지애가 일었다.

"우리 자유 시간이 있을까? 주겠지?"

"주겠죠. 일정이 빡빡하진 않던데. 원래 부서 친목 도모하라고 워크숍 하는 거 아니야?"

벌써부터 일정 후의 시간만 기다려진다. 창립기념일 행사는 직원들에게도 처음이라, 오기 전엔 귀찮다 이런 걸 왜 해, 라고 불평했지만 막상 오고 나니 뭐가 되었든 다른 부서에 지고 싶지 않다.

"자, 일단 우리 비서실의 궁극적 목표는 어느 부서보다 똘똘 뭉치고, 잘 먹고, 잘 노는 겁니다."

"네!"

비서실의 명예를 걸고!

"자, 그럼 돌아가는 시간까지 솔선수범하는 비서실이 됩시다. 큰 즐거움, 무사고. 파이팅!"

"파이팅!"

한 과장의 구령에 맞춰 열정적인 파이팅을 마친 비서실 직원들은 열을 맞춰 숙소로 올라갔다.

"헐, 대박 예뻐!"

숙소로 들어서자 그림 같은 바다가 전면 유리창을 통해 제일 먼저 반긴다. 채원은 가방을 던지듯 내리며 앞으로 달려갔다.

"와, 반짝거리는 것 좀 봐요, 대리님."

"그러게요. 완전 예뻐……."

두 여자는 찰싹 붙어 하염없이 눈앞에 펼쳐진 바다 구경을 했다. 채원과 한방을 쓰게 된 박 대리는 휴대폰을 들고 이리저리 사진을 찍었다.

"남편한테 보내줘야겠어요. 잘 왔다고."

이어 금세 메시지를 보낸다.

"채원 씨도 사진 찍어서 남편한테 보내줘요. 눈이라도 힐링하라고."

"아, 아. 그럴까요?"

채원은 휴대폰을 꺼내 사진을 찍었다. 찰칵, 찰칵. 몇 장 찍고 가만히 들여다보다가 힐끔, 박 대리를 살피고 성준에게 빛의 속도로 메시지를 보냈다.

[전망이 너무 좋아요.]

먼저 도착한 중역들과 간단한 회의가 있을 거라더니 금세 연락이 온다.

[여어, 전망이 최고 좋은데.]

채원은 빙긋 웃었다.

[거짓말. 설마하니 대표님 방보다 좋겠어요?]

[난 아직 내 방 구경도 못 했어. 회의 중.]

[아, 네. 힘내세요.]

"채원 씨, 남편이 뭐래요?"

"아, 별말 안 해요. 그냥 전망 좋다고."

"그래요? 우리 남편은 난리 났어. 혼자 좋은 곳 가니까 좋냐고. 그래, 좋다, 인간아. 어휴. 잘 놀다 오라는 소리는 죽어도 안 하지."

채원은 현실 부부 이야기에 웃음을 터트렸다. 때마침 디이잉, 하며 휴대폰 진동이 온다.

[다음엔 둘이 오자.]

"아."

채원의 입에서 탄성이 터지자 박 대리가 힐끔 바라본다.

"채원 씨, 왜? 남편이 뭐라고 하는데?"

"아, 그냥요. 다음엔 둘이 오자고……."

"어후! 좋겠다! 어후 닭살! 좋을 때다, 좋을 때! 애도 없고 금슬도 좋으니 세상 둘이 다니기 얼마나 좋아? 아우, 좋다 좋아!"

박 대리가 눈꼴 시리다는 표정을 짓자 채원은 더 큰 웃음을 터트렸다.

[네. 좋아요.]

그에게 메시지를 보냈다. 푸른 바다가 반짝거려서일까, 오늘은 유난히도 마음이 반짝거렸다.

이곳 어딘가에 있을 당신을 떠올리며.

[네. 좋아요.]

성준은 채원의 답장을 받고 입술을 멍하니 벌렸다. 자신이 뭐라고 보냈는지 다시 한번 확인하고, 이어 채원의 메시지를 다시 들여다보았다.

다음에 둘이 오자고 하니 좋단다. 이런 반응을 기대한 건 아니었는데. 하는 거 봐서 오겠다는 둥, 헛소리 말라는 둥, 욕이나 안 먹으면 다행이라고 생각했는데.

오호. 성준은 그녀의 긍정적 반응에 철없는 미소를 지었다.

"대표님, 무슨 좋은 일이 있으신 모양입니다?"

"……아."

성준은 급히 고개를 들었다. 대화의 흐름을 잠시 벗어났던 성준은 모두가 자신을 바라보고 있음에 멋쩍어 씩, 웃음을 흘렸다.

모처럼 도심을 벗어나 캐주얼한 의상을 입고 회의를 진행하던 성준은 이만 정리하자는 뜻으로 손을 들었다.

"여기까지 와서 회의하느라 다들 수고하셨습니다. 이만하죠."

"네, 대표님."

회사 중역들이라고 해봐야 스타트업 특성상 평균 나이가 많지 않았고, 회사의 기반을 잡는 것에 누구보다 혁혁한 공을 세워준 능력자들이었다.

다소 밀도 높은 회의가 끝나자 직원들은 가볍게 몸을 풀었다. 얼마 남지 않은 주주총회를 준비해야 했고, 따라서 상반기 실적은 상당히 절실했다.

"오늘 하루는 실컷 놀아봅시다. 실적은 모레의 우리가 다시 책임지는 걸로 하고."

"알겠습니다, 대표님. 그럼 오늘은 숨 좀 돌리겠습니다."

기다렸다는 듯 다들 일어나 회의장을 빠져나간다. 성준은 모두 사라지는 것을 확인하고 다시 휴대폰을 꺼내 들었다. 손바닥 뒤집듯 표정이 바뀌니 곁에 서 있던 민권이 조용히 타박했다.

"전면 광고를 하시죠. 대표님 연애 중이라고."

"연애? 나 연애 중이야? 나 연애 중 아닌데?"

표정 따로 말 따로 노는 성준의 답에 민권은 눈을 동그랗게 떴다.

"아니, 무슨 썸을 이렇게 오래 타요. 아직도 썸입니까?"

"나 말고 정채원한테 물어봐. 우리의 현재 포지션은 나도 궁금하니까."

입도 맞췄고 반지도 빼긴 했다만, 곽씨와의 일이 정리되지 않아 그녀 마음을 종잡기가 어렵다. 완전히 마음을 연 건지, 해결이 될 때까지 주저주저하는 건지.

"여태 뭐 하셨어요? 연애 시작도 못 하고?"

"너무 밀어붙이는 것도 안 좋아. 그런 거 별로 안 좋아하더라고. 경험상 그래."

"아. 경험자시죠. 차였던."

"……."

이 자식은 같은 말을 해도 뼈를 때리는 것 같은 느낌이 든다.

"대표님, 헤어졌다가 다시 만나는 거 어렵지 않아요? 어려운 일 같은데."

"글쎄, 찬 사람은 어려울 수도 있을 것 같긴 한데 차인 나는 잘 모르겠네."

"아아. 이 질문은 채원 씨한테 해당하는 거였군요."

"그래. 물어봐서 꼭 좀 알려줘라, 걔가 뭐라고 답하는지."

성준이 말끝에 다리까지 덜덜 떨며 휴대폰을 바라본다. 딱히 메시지를 주고받는 건 아닌 것 같은데, 대체 뭘 보고 저렇게 웃는 거지?

"뭔데요. 같이 좀 봐요."

말이 끝나기가 무섭게 쓱, 휴대폰을 보여준다. 민권은 채원과 성준이 나눈 대화 내용을 훑었다. 어느 지점에서 웃어야 하는지 잘 모르겠다.

"다음에 둘이 오자니까 좋다잖아. 어때?"

"……아. 아아. 네. 그거였군요."

민권이 뜨뜻미지근하게 고개를 끄덕이자 성준은 흰자 많은 눈빛을 했다.

"이게 얼마나, 어? 얼마나 큰 진도인지 니가 알아? 아냐고."

"왜 이러세요, 연애 세포 다 죽은 사람한테."

"야, 말도 마. 비 쫄딱 맞고 한 지붕 아래 있어도 아침까지 아무 일도 없던 사이야, 우리가."

"와우."

와우. 민권의 입에서 낯선 탄식이 터진다. 성준이 '그렇지? 내가 대단한 거지?' 눈으로 묻자 민권이 격렬하게 고개를 끄덕인다.

"기회 좀 보고 오늘 심야 데이트라도 하세요. 모처럼 밖으로 나왔는데."

"나야 그러고 싶은 마음이 굴뚝같지만."

"썸 종료하셔야죠. 언제까지 썸만 탑니까? 애도 아니고."

"애? 애? 허, 얘 좀 봐라. 내가 말이야, 어? 얼마나 비공식적으로 어덜트인데 무슨 소리 하는 거야, 지금."

"네네. 어련하시겠습니까."

민권은 대강 대답하며 시계를 들여다보았다. 이제 전체 인원 일정이 시작될 시간이다.

"시간 봐서 좀 빼드릴게요. 오후에 대표님 일정 꽉 차 있긴 한데 열심히 알리바이를 만들어보죠."

"아…… 김 실장…… 역시 너밖에 없다……."

"채원 씨의 협조가 있을진 모르겠지만."

"너의 능력을 발휘하란 말이야. 알아듣겠어? 언제까지 수동적인 인간으로 살 거야, 어?"

대번에 말을 바꾸는 대표를 바라보다가 민권은 일어나자며 손짓했다. 아아, 썸. 좋을 때지.

"그런데 나는 그렇다 치고, 정채원은 알리바이 만들기가 힘들 텐데. 직원들 2인 1조 아니야?"

"길게는 못 해도 잠깐은 어떻게든 되겠죠. 너무 기대하진 마세요."

"기대를 하고 싶지 않은데 기대가 된다 너무나, 김 실장."

벌써부터 시름시름 앓는 표정을 한 채 성준이 축 늘어진다. 사랑에 빠진 대표가 낯선 민권은 큰 웃음을 터트렸다.

"대표님! 저희 부서랑 같이 놀아요!"

"대표님! 저희랑 같이 한 팀 해요!"

강당으로 내려오자마자 정신이 없다. 성준은 어떻게든 자신을 팀으로 끌어들여 인질을 획득해보려는 직원들에게 둘러싸였다.

"대표님! 저희 팀을 버리시는 건 아니죠! 총무팀은 대표님을 격하게 원합니다!"

미안한데 나는 하나도 원하지 않아…….

"에이, 대표님! 오늘은 저희랑 한 팀 하셔야죠! 기술지원팀은 대표님을 더 많이 원해요!"

비켜! 은근슬쩍 밀지 말고!

이런 제길. 채원은 어디에 있는지 보이지도 않는다. 잠시 후 열릴 부서 간 체육대회를 앞두고 여러 부서 사람들에게 둘러싸인 성준은 고개를 휘휘 저으며 채원을 찾아보았다.

없다, 없어! 어딜 간 거야, 대체!

"대표님! 한잔하시죠!"

아니, 아직 인사말도 안 했는데 술잔부터 쥐여준다. 양은으로 된 사발인 걸 보니 주종은 막걸리인 모양이다.

나 곡주 싫어…….

"뭐야, 소주야?"

"예예! 드시죠, 한잔!"

아아. 다행인가. 소주잔이란다.

예상과는 달리 투명한 액체가 녹색 병에서 콸콸콸 쏟아져 내린다. 성준은 찰랑거리는 막걸리 잔을 내려다보다가 고개를 들었다.

차라리 곡주를 줘라 이럴 거면…….

"뭐야, 내가 죽어야 시작되는 게임인가? 나 이제 막 내려왔는데 벌써 보내려는 거야?"

"에이, 대표님 주량은 저희가 아는데요. 이 정도 거뜬하시잖아요."

물론 이 정도는 거뜬하지. 거뜬한데.

"완 샷! 완 샷!"

이게 시작이라는 게 문제 아니냐?

끙. 성준은 이 길을 뚫고 가려면 어쩔 수 없이 마셔야 한다는 걸 잘 알고 있다. 단상에 올라가 격려 말을 해야 하는데 개뿔이나, 처음부터 되는 일이 없다.

"우와아아아아아!"

성준이 꿀꺽꿀꺽 마시자 손이 불쑥 튀어나오더니 안주를 입안에 밀어 넣는다. 우어억, 정신 차릴 사이도 없이 받아먹고 보니 감자튀김이다.

"조금만 기다려. 알았어. 알았다고. 조금만 있다가."

"대표님! 제 잔만 받고 가세요!"

"알았어. 조금만 있다가. 나 말 좀 하자, 말 좀."

흐어, 성준은 가까스로 태풍처럼 밀려오는 직원들의 틈을 빠져 나왔다.

어어어! 저기 있다, 정채원! 채원을 발견한 성준은 눈을 희번덕 거렸다. 주변에 삼삼오오 모여 있는 남자 직원들과 수상한 기운을 풍기는 게 아닌가?

"웃어? 웃고 있어? 저건 나만 없으면 얼굴이 꽃밭이지, 아주."

휴. 유부녀로 두길 잘했다. 아무리 생각해봐도 채원이 유부녀로 공식 인증되어 있음은 신의 한 수가 아니겠나.

"내가 봐도 이렇게 예쁜데 남의 눈엔 더 예쁘겠지."

성준은 미혼인 채원의 신상이 아찔해 고개를 휘휘 저었다. 빈속 에 들이부은 소주가 불을 지핀다.

"어이! 어이!"

"네! 대표님!"

때마침 멀찍하게 서서 자신을 바라보고 있던 신입 사원 서훈을 발견한 성준은 손을 흔들었다. 기다렸다는 듯 잽싸게 달려온다. 성 준은 어깨동무를 하며 서훈과 구석진 자리로 걸어갔다.

"내가 지금부터 자네에게 큰 임무를 주겠어."

"아, 임무요. 네, 대표님. 말씀만 하십시오."

듣는 건 귀인데 움츠러드는 건 어깨다. 서훈은 성준과 나란히 걸 으며 조금씩 성준에게 기댔다. 어깨동무를 하며 걷다 보니 어쩐지, 기대고 싶게 만드는 어깨 깡패다.

"난 보다시피 아주 바빠. 내가 바쁘면 김 실장도 바쁘지. 우린 함께 바쁘고, 따라서 오늘 함께 죽을 운명이야."

"아…… 네, 대표님."

"그래서 자네가 필요해. 내가 격하게 믿고 있는 거 알지?"

"아…… 대표님…… 감사합니다……."

격하게 믿고 있다니 신입 사원의 미래에 꽃잎이 흩날린다. 서훈은 잠시 연분홍 미래를 보고 온 것처럼 눈을 빛냈다. 성준은 조금 더 목소리를 낮췄다.

"고개를 돌리면 5시 방향. 슈퍼 갑이 있어."

"5시요."

서훈은 슬쩍 고개를 돌렸다가 다시 앞을 바라보았다. 돌릴 때부터 알았지만 역시나 채원이 있다.

"네, 대표님. 좌표 확인했습니다."

"자네의 임무는 오늘 그 슈퍼 갑을 통제하는 거야."

"통제……요?"

"술버릇 봤잖아. 또 보고 싶어?"

"아……, 아뇨. 안 보고 싶습니다. 무슨 말인지 금세 알겠습니다."

좋았어. 성준은 서훈의 어깨를 툭툭 쳤다. 믿을 건 너밖에 없다는 표정을 짓자 다시 한번 신입 사원의 미래가 핑크빛으로 물든다. 이미 신입 사원은 머릿속으로 초고속 승진까지 갔다.

"걱정하지 마십시오, 대표님. 제가 알아서 잘 통제하겠습니다."

"자네만 믿고 난 죽으러 가볼게. 살아 돌아오지 못할 것 같아."

"아…… 힘드시겠습니다."

"어쩔 수 없어. 소주잔이 막걸리 잔이더라고. 날 죽이려고 작정한 게 분명해."

"제가 대신 마셔드릴까요?"

"됐어. 한 번은 겪을 일이야. 일하다가 맺힌 게 많으니까 달려드는 거겠지. 이럴 땐 당해줘야 하니까 또."

하…… 슬픈 우리 대표님…….

서훈은 짠하다는 눈빛을 보냈고, 성준은 어쩔 수 없는 운명이라며 고개를 끄덕였다. 어딘가 모르게 이 두 사람, 끈끈하다.

"걱정 마십시오, 대표님. 저는 그럼 임무 수행하러 가겠습니다."

서훈은 이만 가보겠다며 굳은 의지를 보였다.

가라! 신입 사원! 성준은 내 걱정은 말라는 듯 아련한 눈빛으로 서훈을 배웅했고, 서훈은 그길로 채원이 서 있는 곳으로 달려갔다. 스페인에 관련된 질문을 받고 있던 채원은 느닷없이 곁으로 오는 서훈을 맞이했다.

……이때부터 이상했지. 하루 종일 서훈이 따라다녔지만, 느낌 탓인 줄 알았거든.

"자! 에어밸런스 창립기념일 기념 워크숍 체육대회를 시작하겠습니다!"

와아! 함성이 쏟아지며 모두는 들고 있는 막걸리 잔을 하늘 위로 흔들었다.

야간 데이트, 할 수 있을까? 성준은 아무래도 어려울 것 같다며 고개를 저었다. 대표의 두 번째 잔이 채워지고 있었다.

에어밸런스 체육대회 행사는 빠르게 진행되었다. 한쪽에서는 피구가, 또 다른 한쪽에서는 발야구가, 또 다른 곳에서는 족구가 한창이었다.

왕년에 이름 좀 날렸던 운동 실력을 상상해보지만 마음만큼 몸이 따라주지 않는 서글픈 직장인들의 몸부림이 개그처럼 쏟아지는 이곳.

"대표님! 한잔 받으시죠!"

"대표님! 제 술도 받으세요!"

나도 피구 하고 싶어…….

"어어? 대표님 지금 밑장 까는 거죠! 그런 거죠!"

나도 발야구 잘해…….

"대표님! 약한 척하지 마세요! 오늘은 봐주지 않을 거예요!"

나도 족구 한 판만 하고 오면 안 될까……?

"잠깐만, 잠깐만. 알겠으니까 잠깐만."

전용 막걸리 잔을 강제로 들고 직원들 사이에 파묻혀 있던 성준은 지쳤다는 듯 손을 들어 보였다.

하, 이 작자들 좀 보게. 니들은 한 잔씩 마시지만 나는 어쩌라는 거야.

"잠깐이 어디 있어요, 대표님. 잠깐은 없어요."

어쩌라는 거야! 어지럽잖아!

"아니, 잠깐만. 나 술 못 해. 취하긴 너무 이른 시간…….''

말을 채 맺을 시간도 없다. 다시금 전용 막걸리 잔이 술로 가득 차오른다. 닥치고 마시라는 걸 보니 내빼기도 글렀고, 마시다가 도망갈까 봐 심지어 둥글게 모여서 틈도 주질 않는다.

성준은 채워진 전용 막걸리 잔을 노려보다가 긴 숨을 뱉고 단숨에 들이켰다. 따스한 햇볕 아래 시작된 낮술. 저 멀리 하늘 위로 떠오르는 공이 두 개로 보이는 건 기분 탓이겠지만.

"불만이 있으면 다들 말로 해. 내가 안 들어주는 사람은 아니잖아. 나 쿨 한 사람이라고."

버겁다 보니 쿨 하다는 거짓말도 술술 나온다.

"에이, 불만은요. 이게 다 대표님을 진심으로 존경하고 사랑한다는 증거죠."

니들도 거짓말하지 마⋯⋯. 존경한다면서 술을 이따위로 따라주는 사람이⋯⋯ 어딨냐⋯⋯?

쿵. 나름 직원들에게 좋은 대표라고 생각했는데 절대 오산이었던 모양이다. 그나저나 얘는 어디 있나? 성준은 직원들의 틈새를 요리조리 둘러보며 채원을 찾았다. 남들은 1초라도 눈도장 찍어보려 안간힘을 쓰는데, 이건 눈 빠지게 찾아봐도 그림자도 보이질 않으니.

"아, 대표님. 왜 갑자기 멈추세요, 저랑도 짠 해요, 짠! 건배!"

"하나만 묻자. 목적이 나의 만취냐, 객사냐?"

"에이. 이 정도 드셔도 끄떡없는 거 다 알아요. 대표님 술 잘하시잖아요."

"누가 그래. 나 술 못 해. 못 한⋯⋯."

그때였다. 대표를 구하러 도착한 비서실 직원들이 하나둘 모습을 드러낸다.

"대표님 여기 계셨어요?"

속속 도착한 직원들이 곁을 정리하며 구원의 손길을 내밀자, 성준은 그제야 안도의 한숨을 내쉬었다. 아, 죽을 뻔했네.

"여기서 다들 뭐 하세요?"

비서 중 누군가 묻자.

"뭐 하긴. 우린 대표님하고 좌담회 중이지."

모여 있던 직원들은 집중적으로 술을 먹이던 사실을 은폐한다.

웃기지 마! 이게 무슨 좌담회야!

"자자, 다들 그만하시고 각 부서 챙기셔야죠. 대표님은 비서실에서 잘 챙기겠습니다."

노련한 비서들이 상냥하게 웃으며 아직 시간이 많이 남았으니 적당히 끊어 가자고, 직원들의 열기를 식혔다. 성준은 열과 성을 다해 취기가 오른다는 표정을 지었다.

"으어어, 취한다. 으어어어, 취해."

"들으셨죠? 대표님 취하셨대요. 그만, 그만."

사실 낮부터 거나한 술 파티가 벌어져도 크게 상관은 없지만 오늘은 절대 안 돼. '야간 데이트'라는 목적을 달성하려면 무슨 수를 써서라도 정신줄을 꽉 잡아야 한다.

"아…… 취한다……. 회의 준비 좀 해줘……."

"방금 것도 들으셨죠? 대표님 취하시면 비서실 너무 힘듭니다. 양해 좀."

옳지! 잘한다!

성준과 쿵짝이 잘 맞는 비서실 직원들은 미소를 유지하며 모여 있는 직원들을 달랬다. 대표와의 술자리가 흔한 일도 아니요, 원래 술을 즐겨 마시던 사람이 아닌 것도 잘 알기에, 그냥 돌아서기 어지간히 아쉬운 모양이다.

"아, 몇 명 안 남았는데. 아쉽네."

"그럼 비서실에서 모두의 염원을 담아 한잔 올리는 것으로 끝낼게요. 괜찮죠?"

뭐, 뭐라는 거야! 나 야간 데이트 해야 한다니까? 술 마시면 절대…….

"그럼 제가 한잔 올릴게요, 대표님한테."

"아아, 그럴래요, 채원 씨?"

된다고 말하고 싶어. 돼. 무조건 돼.

어느 틈에 나타난 채원이 생글생글 웃으며 술병을 잡는다. 조금 전까지 취한 듯 흔들거리던 성준은 채원을 올려다보았다.

어딜 갔다가 이제 와? 하는 표정을 지으며 원망이 가득한 눈망울을 해보지만.

"대표님, 제 술 한잔 받으세요."

닥치고 술이나 받으란다.

"아아, 그래요. 정채원 씨."

성준은 기꺼이 전용 막걸리 잔을 내밀었다.

사랑이 넘치는 줄은 알지만 조금만 따라줘. 조금만. 너는 내 편이잖아. 조금만.

"아아, 그만. 그만 그만."

내 편이잖아. 아니야? 아니야?

"그만. 옳지, 그만. 어어, 그만, 그만."

응. 니 편 아니야.

채원은 다른 직원들이 따라주던 딱 그만큼, 그만큼을 채웠다. 성준은 탄식하듯 입술을 벌렸다.

"아…… 넘치네……."

"대표님을 향한 마음이라고 생각해주세요. 언제나 감사합니다."

"……됐습니다."

성준은 채원이 술을 따라준 전용 막걸리 잔을 내려다보다가 단숨에 털어 비웠다. 와아아아아! 마지막 잔을 시원하게 비우자 직원들이 해산을 하려는 듯 박수를 치며 유종의 미를 장식했다.

다들 저녁 시간을 기대하며 돌아서려는 순간.

"정채원 씨도 한잔 받아야지."

"네?"

자연스럽게 섞여 사라지려던 채원은 성준의 목소리에 뒤를 돌았다. 성준은 어딜 내빼냐며 손을 까딱까딱, 흔들었다.

"아…… 저는 할 일이 있어서……."

"할 일?"

무슨 할 일? 성준이 눈으로 묻자 당황한 채원은 그저 허둥대는 손길로 운동장을 가리켰다. 도망가는 일을 하고 싶다는 것 같다.

흥, 니 발로 찾아왔는데 내가 곱게 보내줄 것 같으냐? 어림없는 소리!

"오는 게 있으면 가는 것도 있어야지. 안 그렇습니까?"

"……맞습니다, 대표님."

성준은 천지에 깔린 막걸리 잔을 하나 들어 술을 따라 채원에게 건네주었다. 자신에게 따라주었던, 꼭 그만큼을 따라 그녀에게 건넸다.

"아…… 이거…… 마시라고요?"

"받은 만큼 주는 건데, 모자란가?"

"아뇨. 아닙니다, 대표님."

채원의 눈이 얄밉다며 가늘어지지만, 어쩌겠나. 함께 있으려면 이 방법밖엔 없겠는데.

"저희는 이만 가보겠습니다."

"대표님! 저녁 식사 때 봬요! 가보겠습니다!"

대표님의 올가미에 채원이 걸려들었다고, 모두는 황급히 돌아서며 생각했다. 채원은 얼떨결에 자리에 앉았다.

우씨. 이걸 어떻게 마셔? 채원은 찰랑거리는 잔만 노려보다가 후, 긴 숨을 한 번 들이쉬고 입을 가져다 댔다. 성준은 멀리 시선을 주며 입을 열었다.

"어이, 스톱. 스톱."

그녀는 멈칫, 했다.

"왜요. 저 숨 참고 마시려는데."

"누가 마시라고 줬나. 들고 있어, 그냥."

사악하게 웃으며 함께 죽자고 할 땐 언제고.

"마시지 마요, 진짜? 그럼 왜 따라준 건데요?"

"위장용이야, 위장용. 너 잡아두려고 따라준."

서로 마주 보며 대화를 나누기 껄끄러워, 각자 앞을 보며 입만 놀렸다. 다른 이들이 바라보기에 가까워 보이거나 살가워 보이지 않도록.

"마시면 일어나야 하잖아. 들고 있어, 그냥."

은연중 사랑하는 눈빛이 흘러나오지 않게.

나들이의 하루는 금세 저물어간다. 채원과 자연스레 떨어진 성준은 일정대로 움직이며 임원들과 함께했다.

바야흐로 저녁 시간. 성준은 이런저런 이야기를 나누며 임원들과 모처럼의 시간을 즐겼다. 저녁을 먹고 나면 간단한 술자리가 이어질 것이고, 격려차 임원들과 오랜 시간을 보내야 할 것이다.

"대표님, 식사는 입에 맞으십니까?"

"네네. 다들 어떠세요?"

"음식 맛이 아주 좋습니다. 홍진그룹이 리조트 하나 끝내주게 만들었네요."

"특별히 신경을 더 썼다 합니다. 많이 드세요."

……아무리 봐도 야간 데이트는 물 건너갔지 싶다. 틈을 봐서 시간을 만들어주겠다던 망할 김 실장은 낮부터 코빼기도 보이질 않고. 이쯤 되면 낚인 게 분명하지.

이리저리 견적을 내봐도 새벽이 되지 않고서야 따로 개인적인 시간을 낸다는 건 엄두도 나질 않았다. 어디를 가도 시선이 따라올 테고, 그러니 채원과 단둘이 산책이라도 한다는 건 불가능에 가까 웠다.

아아, 슬픈 인생이여.

"대표님, 더 필요한 건 없으십니까?"

없어!

어쭈. 이제야 곁으로 다가온 민권이 필요한 게 없느냐고 물어온 다. 성준은 기다렸다는 듯 눈꼬리를 올렸다. 눈으로 한바탕 비속어 를 쏟아내고 있는데, 용케 알아들었는지 민권이 웃는다.

"종일 바빴나 봐, 김 실장?"

배배 꼬인 속내에 툭 하고 말을 던지자, 녀석이 긍정하며 고개를 끄덕인다.

"이리저리 불려 다니면서 확인할 게 많아서요. 정신이 하나도 없 었어요."

할 말 없게 만드는 녀석의 대꾸에 임원들은 칭찬 일색이다.

"김 실장이야 항상 수고하지. 김 실장, 식사는 했어?"

"아직요. 저는 조금 있다가 먹겠습니다."

"우리 김 실장 같은 사람도 없습니다, 대표님. 어찌나 꼼꼼하고 세심한지요."

"김 실장, 그러지 말고 같이 먹지그래. 자리도 많은데."

임원들이 한마디씩 거들지만 녀석은 됐다며 정중히 사양했다. 함께 앉아 밥을 먹을 자리는 아니었으므로.

"괜찮습니다. 모처럼 야외로 나왔는데 다들 편히 식사하십시오. 대표님께서 오늘을 위해 신경 많이 쓰셨습니다."

민권은 모든 공을 성준에게 돌리며 귓속말을 하듯 허리를 구부렸다. 영혼 없는 식사를 계속 이어가던 성준은 멈칫, 했다.

"대표님, 식사 중에 죄송합니다만 일이 좀 생겼어요."

"일? 무슨?"

성준은 일이 생겼다는 민권의 말에 긴장했다. 무슨 일이 생긴 건가, 머리는 빠르게 회전했다. 식사 시간임을 감안하면 녀석이 찾아온 일이 보통 일은 아닐 거라고, 심장은 위험을 감지했다.

"다미안 씨가 연락을 주셨는데, 급히 보셔야 할 것 같아서."

"……아."

아……!

"그래? 다미안 씨가 연락을 줬다고?"

"네, 대표님."

드디어 때가 왔다! 성준은 시간을 만들어주려는 민권의 사인을 금세 알아채고 자리에서 벌떡 일어났다. 역시 김 실장. 역시 김 실장. 오늘따라 피부가 희다 희다 했더니 녀석.

"대표님께서 잠시 자리 비우셔야 할 것 같은데, 다들 괜찮으시다면……."

"아아! 물론이죠! 건축가 쪽에서 무슨 문제가 생긴 모양인데 대표님께서 당연히 가보셔야죠!"

우윳빛깔 김민권이었나…….

"대표님, 어서 가보십시오. 저희도 알아서 적당히 먹고 일어나겠습니다. 이렇게 된 거, 오랜만에 직원들하고 시간 좀 보내야겠는데요."

모두는 성준에게 어서 가보라 말했다. 다들 은연중 자유 시간을 가지고 싶었던 모양이다. 성준은 먼저 자리를 떠서 미안하게 됐다는 표정을 지었다.

"그럼 일어나겠습니다. 아시다시피 중요한 일이라. 김 실장, 통역은?"

"안 그래도 정채원 씨 불렀어요. 식사를 못 해서 대표님이 직접 챙겨주셔야 할 것 같습니다."

하…… 사랑해도 될까…… 너란 녀석…….

성준은 이제야 민권의 큰 그림을 이해했다는 듯 민권의 어깨를 툭툭 쳤다.

"가시죠, 대표님."

민권은 성준을 안내하며 걸음을 옮기기 시작했다. 완벽한 알리바이의 시작이었다.

"대표님 어떻게 시간 냈어요? 임원분들하고 식사하시는 거 아니었어요?"

잠깐 좀 보자던 민권의 말을 따라 올라와 기다리다 보니 성준이 들어온다. 뜻밖의 등장인에 깜짝 놀란 채원은 자리에서 일어섰다. 루프톱의 문을 닫고 안으로 들어선 성준은 그녀의 동그란 눈을 보고 웃음을 터트렸다.

"밥 못 먹었다며. 배는 안 고파?"

"중간중간 많이 집어먹었더니 배가 엄청 불러요. 그나저나 무슨 일인데요."

"일은 무슨, 데이트하라고 김 실장이 빼준 거지."

"……아."

아. 채원은 한 템포 느린 탄성을 내질렀다. 그러니까, 그러니까, 여기서 직원들의 눈을 피해 데이트를 즐기라, 이런 말이었던 모양이다.

"훌륭한 비서님을 두셨네요, 대표님."

"내 말이 그 말이다. 오래는 못 있어. 금방 내려가봐야 해."

막상 둘이 있으려니 당황스럽고 어색하다. 종일 많은 사람 틈에 섞여 움직인 탓인지, 말 사이 밀려오는 침묵이 길게 느껴졌다.

"어땠어, 오늘?"

그는 의자 팔걸이에 걸터앉으며 물었다. 채원이 웃었다.

"서훈 씨가 엄청 잘 챙겨줬어요. 미안할 정도로. 내가 챙겨줘야 하는데."

"그래, 다행이네."

녀석이 임무를 완수한 모양이다. 적당한 포상을 내려줘야겠어. 성준은 마음에 든다는 듯 씩 웃었다.

또다시 묘한 기운의 침묵이 물든다.

"그나저나 야경이 환상이네요."

……이곳. 리조트 옥상에 마련된 루프톱. 펜트하우스를 통해서만 입장이 되었고, 그래서 직원들과 분리될 수 있는 최적의 공간이었다.

까만 밤에 따뜻한 빛을 쏘아대는 조명이 반딧불처럼 반짝였다. 앉아보고 싶게 만드는 예쁜 의자, 펄럭이는 보드라운 옥외 커튼. 아래로 펼쳐지는 리조트의 정원이 어우러져 근사한 분위기를 만들었다.

침묵이 싫었던 채원은 마음에 든다는 듯 천천히 주변을 둘러보다가 성준을 바라보았다.

"괜찮아요? 술 그렇게 마시고?"

"안 취하려고 얼마나 애를 썼는지 알아? 죽을 뻔했다고."

그는 괜찮다며 천천히 움직이는 그녀를 바라보았다. 바람은 어찌나 부드럽게 밀려오는지, 온전히 느끼려 눈을 감고 싶게 만들었다.

"아, 행복하다."

채원은 낮게 중얼거렸다. 팔을 조금 벌리고, 눈을 감으며, 지금의 모든 것을 만끽했다.

"너무 행복해요, 진짜로."

"별게 다 행복하다."

"행복이 좀 낯설었거든요, 얼마간은."

그녀가 말간 웃음을 띠며 말하자 성준은 표정을 굳혔다. 조금은 멀리 떨어진 그녀가 내뱉은 말을 되새기다 보니 어쩐지 아득해진다.

행복이 낯설었다니. 그 짧은 말이 만들어낸 감정 앞에 그의 마음은 잠시 휘청였다. 눈을 감은 채 바람을 맞는 채원을 바라보다가, 그는 어렵게 입을 열었다.

"행복이 낯설 만큼, 힘들었어?"

……내가 너를 행복하게 해주고 싶은데. 오히려 네가 나를 행복

하게 해주는 것 같아, 안타까워지는 마음.

"집이 갑자기 어려워졌다는 말 들었을 때, 꿈인가 싶었겠다."

"아뇨. 글쎄요, 그것보단 오히려 스페인에서 있었던 시간이 더 꿈같았어요."

덤덤한 그녀는 뜻밖의 말을 했다.

"뭐랄까. 음, 꿈에서 깨고 현실로 돌아온 느낌? 그랬던 것 같아."

여전히 눈을 감은 채. 두 팔을 벌리고 바람을 맞으며.

"한 번도 겪어본 적 없었던 가난이 눈앞에 있는데 웬걸요, 오히려 그게 더 현실처럼 느껴졌어요."

"……."

"스페인에서 보낸 시간이 너무 꿈같아서, 현실이 그냥 겸허히 받아들여졌다고 해야 하나? 아, 내가 말하면서도 무슨 말인지 잘 모르겠다. 대표님도 내 말 이해 안 가……."

불어오라 기다렸던 바람이 뚝 그치며 검은 그림자가 그녀의 감은 눈앞을 막는다. 눈을 감아도 알 수 있던 전구의 반짝임이 느껴지질 않아 채원이 눈을 뜨려 할 때, 성준은 두 팔을 벌리고 서 있던 그녀의 팔 사이에 자신의 팔을 넣어 껴안았다.

덤덤해서 오히려 더 서글프게 느껴진 그녀의 말은, 아마도 사는 내내 잊히지 않을 것만 같다. 그토록 꿈같았던 정인을 그곳에 두고 혼자 현실로 돌아온 그녀의 시간들이 손끝에 만져지듯 저려왔다.

"미안해, 내가 너무 늦게 와서."

"무슨, 그런 말이 어딨어요. 늦은 건 난데. 이렇게 다시 만난 것만으로도 너무 벅찬데 나는."

전생의 삶을 읊었던 사람처럼 다 지나친 목소리로 그녀가 웃는다. 꽉 끌어안은 어깨를 토닥토닥하며, 외려 그의 마음을 위로했다.

어쩔 바를 모르겠다는 것처럼 그녀를 꽉 끌어안고 있던 그는 천천히 입술을 열었다. 보여주고 싶은 게, 들려주고 싶은 게 너무나도 많았다.

"이제는 내가 너에게 완전한 현실이었으면 좋겠다."

그녀는 조용히 미소 지었다.

"다 내가 할게. 전부 내가 해. 그냥 나 좀 믿어주면 안 될까. 그냥 아무 생각 말고 나 좀 그냥, 그냥 믿고 기대주면 안 될까."

그러다가, 조용히 고개를 끄덕였다. 그래. 이곳이 나의 세상, 나의 현실.

채원은 도무지 거절할 수 있는 변명거리를 찾지 못해 그의 말을 따르기로 했다.

"나, 그럼 이제부터 염치없이 기대요. 나중에 뭐라고 하기 없음."

"안 해. 절대 안 해. 그냥 기대고 있어. 나 그냥 믿어도 돼."

"믿어요. 내가 대표님 안 믿으면 누굴 믿겠어."

……우리를 두고 흐르는 시간이 나는 몹시 안타까웠다.

숨을 짧게 했다. 손끝을 놓을 수 없게 했다.

"절대로 대표님을 끌어들이는 일은 하고 싶지 않았는데. 그것만은 진짜로 하고 싶지 않았는데."

어떤 날은 지구상의 단 하나의 연인처럼 우리가 특별했고, 또 어떤 날은 지나치게 평범한, 무리 속의 흔한 연인처럼 느껴졌다.

"휴. 세상에, 내 의지가 이 정도밖에 안 돼요. 의지박약은 너무 슬퍼."

"끌어들였다고 말하지 마. 내 발로 직접 걸어가는 중이니까."

당신은 여전히 변함없군요.

"그리고 네가 의지박약인 게 아니라, 그냥 내가 엄청난 사람인 거야. 그 정도에서 합의 보자고."

"그럴까요, 그럼."

고마워요. 이런 말, 한참 동안 되뇌어도 괜찮을까요.

"얘, 단희야. 나 오늘 머리 어때?"

"예쁘십니다, 선생님."

"그래? 평소보다 괜찮지? 디자이너를 바꿨더니 훨씬 낫네. 진작 갈아치울걸."

곽씨는 한껏 기분이 들뜬 듯 거울을 이리저리 들여다보았다. 단골 숍의 디자이너가 마음에 들지 않아 한바탕 소란을 일으키고 나니 원장이 직접 머리를 만져주더라.

"내 머리 만지던 애가 거기서 경력이 제일 안 된 애래. 세상에, 나한테 그런 애를 붙여놓고. 말이 되니? 말이 돼?"

업스타일 전문가라고 설명해도 곽씨는 들으려 하지 않았다. 사실은 실력에 불만이 있었다기보다, 실력에 비해 뻣뻣한 디자이너의 태도가 마음에 들지 않았다.

"남의 머리나 만지고 사는 주제에 말이야. 립 서비스는 필수라고 필수. 그렇게 뻣뻣해서 밥 벌어먹고 살겠어?"

조금 더 젊게 보이게 해달라고 했더니 업스타일로는 한계가 있다고, 디자이너가 선을 그은 게 화근이었다. 아직도 분이 안 풀린다는 듯 눈꼬리를 올리고 거울을 보던 곽씨는 원장이 만져준 머리가 마음에 드는지 조금 누그러진 표정을 했다.

"머리가 어떤데? 구체적으로 말을 좀 해봐. 예쁘다고만 하지 말고."

"네? 아……."

질문을 넘겨받은 단희는 당황하는 표정을 지었다. 사실 뭐가 달라진 건지도 잘 모르겠다.

단희가 우물쭈물하자 곽씨는 신경질이 난다는 듯 홱, 고개를 돌려 그녀를 바라보았다.

"어휴, 뻣뻣하기로는 여기가 세상 제일이지. 넌 진짜 나 아니면 어떻게 밥 벌어먹고 살았을까? 응? 내가 부처지 부처야."

"……죄송합니다."

몸에 밴 사과.

"부처는 괜히 부처라니? 너 같은 목석을 거둬줘, 먹여줘, 재워줘. 따박따박 월급 주지. 얘, 내 입으로 이런 말 하긴 정말 그렇지만 너 진짜 나한테 잘해야 해. 알아?"

"네, 선생님. 항상 감사드리고 있습니다."

건조한 음성.

"내가 너한테 험한 일을 한번 시켜봤니, 어디 가서 사기를 치라 하니. 일은 전부 내가 하고 너는 그냥 내 꽁무니나 따라다니는데

과분한 대우 받는 거야. 알고 있으라고."

"네, 선생님."

"에휴, 내가 엎드려 절을 받지, 엎드려 절을 받아."

기계적인 답이 돌아오자 곽씨는 한참 단희를 바라보다가 에휴, 한숨을 내쉬었다. 아부라도 할 줄 아는 성격이면 더 잘해줄 텐데 말이야. 백날 천날 말해봐야 본인 입만 아픈 거지.

"말을 말자, 말아. 그나저나 모처럼 머리도 잘됐는데 이런 날은 또 갈 곳이 없어요. 단희야, 오늘은 만들어볼 스케줄도 없니?"

"확인해보겠습니다."

곽씨가 다시금 자신의 머리를 감상하듯 거울을 들여다보자 단희 는 슬그머니 휴대폰을 꺼냈다.

……그날. 드레스룸에서 정든이와 연락을 주고받다가 곽씨에게 발각되었을 때. 대단한 잘못이라도 저지른 사람처럼 덜컥 심장이 내려앉았다. 손이 벌벌 떨려 허둥지둥했다.

가까스로 정신을 차리고 사고 당일 도와주었던 사람에게 연락이 왔다고 말하니, 가지가지 한다며 말 몇 마디 퉁명스럽게 던지곤 돌 아서더라. 사실은 사실이니 빼고 더할 것은 없었지만 왜 그렇게 심 장이 벌렁벌렁거렸는지 모를 일이다.

그나저나 정든이에게 답장을 보내긴 해야겠는데. 시험 끝나고 식사나 하자던 말에 아직 답장을 못 했는데.

"애, 단희야. 왜 말이 없어?"

"네, 네! 선생님! 아, 스케줄이 없습니다!"

딴생각을 했으니 단희의 음성이 다소 높아진다. 머리 스타일에 정신이 팔렸던 곽씨는 이 예쁜 머리를 하고 갈 곳이 없음에 탄식하다가 눈을 반짝였다. 또 무슨 생각을 하나 했더니.

"거기 있잖아, 에어밸런스."

"네, 선생님."

"대표한테 연락 좀 넣어봐. 식사 좀 하자고. 내가 할 말이 있다고."

"아…… 네. 알겠습니다, 선생님."

지루했던 곽씨의 표정이 금세 밝게 변한다. 젊고 유능한, 심지어 잘생기고 훤칠한 남자와 근사한 곳에서 식사할 생각에 벌써부터 설레는 것이다.

"조심하라는 몇 마디 만들어서 얘기해주고 식사해야겠어. 음, 어디가 좋지? 어디서 만날까?"

두 볼이 상기된 채 곽씨는 아이처럼 떠들어댔다. 분위기가 좋았던 식당을 하나하나 떠올리며 곽씨는 어서 연락을 넣어보라고, 어서 약속을 잡으라고 재촉했다.

에어밸런스로 전화를 넣었던 단희는 잠시 후 다시 사무실로 들어왔고, 곽씨는 종전보다 더욱 환하게 웃었다.

"대표님께서 식사 괜찮다고 하십니다, 선생님."

"어머머머, 애, 어서 준비해. 어서어서. 아후 나 왜 떨려? 당장 옷을 갈아입어야겠어. 메이크업 좀 더 진하게 받고 올걸! 아휴 나 못 살아 정말."

곽씨는 분주하게 움직였다. 대표에게 예쁘게 보이고 싶어서. 모처럼 젊은 사내와 마주 앉아 웃음을 나눌 생각에, 가슴이 들떠서.

"장소는 선생님께서 편하신 곳으로. 아니면 백경백화점은 어떨까요?"

워크숍이 끝나고 일상으로 돌아온 성준은 곽씨의 비서와 직접 통화를 했다. 민권에게 걸려온 전화를 건네받은 것이다.

"아아, 그렇습니까. 알겠습니다. 그럼 연락 주십시오. 네. 네네. 끊겠습니다."

전화를 종료한 성준은 민권에게 휴대폰을 넘겨주었다. 떠올리기만 해도 불쾌한지 성준의 표정은 금세 날카로워졌다.

"오늘 만나자는데, 그쪽에서."

"오늘요? 왜요?"

"부적 관련해서 할 얘기가 있다는데."

이번엔 또 어떤 기도 안 찰 말들로 사람을 현혹하려 할지 벌써부터 뒷골이 뻐근하다. 민권은 사뭇 진지한 표정을 지었다.

"어떻게 하시려고요. 담판 지으실 거예요?"

"담판?"

성준은 다시 일에 몰두하려는 듯 모니터를 바라보다가 힐끔, 녀석에게 시선을 돌렸다.

"김 실장, 니 생각은 어때?"

"일단 여사님께 알릴 때까지 그쪽하고 담판을 짓는 건 무리라고 생각해요. 무슨 수를 또 쓸지 모르니까."

주옥선 여사는 아직 돌아오지 않았다. 요양이 길어지는 것엔 곽씨의 권유도 있었다. 주 여사가 돌아오면 자신이 귀찮아질 것이 뻔해 길일을 잡아주겠다는 핑계로 이래저래 돌아오는 날짜를 늦추고 있는 것이었다.

이런 사사로운 주 여사의 일정 하나하나까지 손아귀에 쥐고 있는 곽씨였다.

"무슨 수를 쓸지 모른다."

"그렇잖아요. 지금까지 사기 쳐서 먹고산 사람인데, 우리 같은 사람들이 잘못 덤비면 악수가 될 수도 있어요."

"하긴, 만만한 사람은 아니니 여사님도 속이고 있겠지. 그 현명한 분을."

섣불리 패를 드러내면 안 된다. 오히려 역습을 당할 수도 있다. 채원이 개입되어 있고, 그러므로 모든 일은 신중해야 했다.

언뜻 생각해보아도 2억을 되돌려주는 것으로 무마될 일은 아니지 싶었다.

"식사나 하고 오세요. 패는 감춰두시고. 오늘은 날이 아닌 것 같습니다."

"밥이 넘어가겠냐? 얼굴만 봐도 토악질이 나올 것 같은데."

하……. 성준은 생각만 해도 끔찍하다는 것처럼 몸서리를 쳤다. 조금도 선한 구석이 없어 보이는 곽씨의 눈동자는, 쳐다보는 것만으로 상당한 피로감이 있었다.

"오늘은 아무 일 없다는 듯 식사하시는 걸로 해요, 대표님."

"아무 일 없단 듯. 아무 일 없다는 듯이."

성준은 김 실장의 말을 곱씹다가 그러고 싶지 않다는 것처럼 고개를 절레절레 저었다. 곧 죽어도 그렇게는 못 하지 싶다.

"김 실장."

"네, 대표님."

"내가 말이야, 사실은 사람을 소심하게 괴롭히는 데 일가견이 있어."

"알죠. 잘 알죠."

성준이 힐끔, 다시 고개를 들자 민권은 진정하라는 뜻으로 손을 내저었다. 못마땅하다는 표정을 지으며 성준은 다시 입을 열었다.

"난 신사적으로 이 일을 대할 생각이 조금도 없고, 상식선에서 매듭을 지을 생각도 전혀 없어."

"어떻게 하시려고요?"

"뭘 어떻게 해. 가장 드럽고 치사한 방법은 다 동원해야지. 난 곱게 해결 못 해."

눈에는 눈. 이에는 이. 사기에는 사기.

성준은 눈을 가늘게 떴다. 민권은 질색하는 표정을 지었다.

"대표님 그런 표정 지으실 때마다 식은땀이 납니다. 무슨 생각 하시는 거예요, 지금."

"……훗."

훗? 후우웃? 민권은 성준의 입술 사이로 튀어나오는 이상한 웃음소리에 더욱 기함했다.

아, 대표가 위험하다.

"두고 봐. 보면 알겠지."

아니다. 곽씨가 위험하다.

＊

"어디 가세요?"

곽씨와의 약속 시간에 맞춰 이른 퇴근을 감행하던 성준은 복도에서 채원을 마주쳤다.

"안 그래도 자리에 없어서 전화해보려고 했는데."

성준이 부드럽게 웃으며 다가오자 채원은 일단 주변부터 살폈다. 앞뒤 가리지 않고 살가운 척을 하니 경계는 항상 그녀의 몫이었다.

적당한 간격을 두고 섰다. 엘리베이터 버튼을 누르고 성준은 다시 채원을 바라보았다.

"오늘은 선약이 있어서 먼저 퇴근해야겠어."

"아아, 선약요."

선약이란 말에 채원은 고개를 끄덕였다.

"조심히 다녀오세요."

"무슨 약속이냐고 안 물어봐?"

"네? 선약이라면서요."

"그러니까. 누구 만나러 가냐고 안 물어보냐고."

"누구 만나러 가는데요?"

채원이 뚱한 표정을 지으며 별 질문을 다 보겠다는 듯 묻자 성준은 눈썹을 꿈틀거렸다. 이렇게 무심한 사람을 보았나.

"싫어. 안 알려줄 거야."

"진짜 이상한 사람이시네요. 다녀오세요."

그녀가 시시하다는 듯 전투력을 끌어올리지 않자 성준은 답답하다는 표정을 지었다.

나에 대해 궁금한 게 이렇게 없어? 내가 누굴 만나러 가는지, 뭘 하러 가는지 몰라도 되는 거야?

…….

관심이 없는 거 아냐?

"섭섭하네. 영 섭섭해서 발길이 안 떨어지네."

"별소리를 다 듣겠네요. 엘리베이터 왔는데, 어서 가시죠?"

채원이 어서 올라타라는 듯 고갯짓을 하자 성준은 마음에 들지 않는다는 표정을 지으며 엘리베이터에 올라탔다. 문이 닫히기 전, 그는 다급히 말했다.

"칼퇴해. 나도 없는데."

"대표님은 없어도 일은 있죠. 가세요."

그녀가 무심히 손을 흔들어준다. 성준은 할 말 많은 표정을 지었지만 이내 문이 닫혔다.

어라, 닫히나 싶더니 다시 문이 열린다. 그가 다시 모습을 드러내자 채원은 뚱한 표정을 지었다.

"오빠 믿지?"

"헐…….”

채원은 다시 주변을 살폈다. 진정 미쳤냐는 듯 눈을 희번덕거리자 그가 미쳤다는 것처럼 웃는다.

"믿고 있어. 다녀올게."

그녀가 뭐라 답하기도 전에 엘리베이터 문이 닫힌다.

"아, 저…….”

채원은 입술만 벙긋거리다가 엘리베이터 위쪽, 층수가 내려가는 숫자를 빤히 바라보았다.

"누굴 만나러 가는데 저렇게 기합이 잔뜩 들어갔어. 싸우러 가는 사람처럼."

유난히도 어깨에 힘이 들어간 것만 같던 그가 완전히 사라지자 채원은 중얼거렸다. 몇 걸음 걷다가 멈춘 그녀는 그가 사라진 엘리베이터를 다시 돌아보았다. 그러다가 고개를 갸우뚱했다.

"오빠라니. 오빠라니. 나 참."

술 마시고 남발했던 오빠는 기억에서 삭제해버리고, 느닷없는 성준의 오빠 타령에 채원은 고개를 절레절레 저었다.

별일이다 싶은 마음과는 달리 얼굴엔 웃음꽃이 피었다. 그 시절, 스페인의 달콤한 향수가 밀려오는 것 같았다.

"어머나, 대표님!"

허. 성준은 자신을 부르는 소리에 뒤를 돌아보았다가 그대로 굳었다. 굳이 자신을 부르지 않아도 단번에 찾을 수밖에 없을 곽씨의 화려한 옷차림과 과도한 메이크업. 32첩 반상이 온몸에 펼쳐진 것처럼 여기저기 주렁주렁, 액세서리를 많이도 매달았다.

지나가는 사람들이 전부 곽씨를 쳐다보니 성준은 눈을 질끈 감았다가 다시 떴다. 곽씨가 온몸에 두른 것들은 전부 다, 주옥선 여사에게 뜯어낸 돈의 결과물일 것이라.

"선생님!"

피가 거꾸로 솟는 것 같다.

"어머나 대표님, 혼자 오셨어요? 막히진 않던가요?"

향수 한 통을 뿌렸는지 코가 마비되는 것 같다. 조금도 향긋하지 않고 외려 역하게 다가오는 냄새에 성준은 입으로 숨을 쉬기 시작했다. 그런 와중에 부드러운 미소를 지었다.

"일적인 약속이 아니라서 혼자 나왔습니다. 오래 기다리셨어요?"

"아니, 나도 방금 왔는데. 어머나, 그러셨구나. 그래서 혼자 오셨구나."

일적인 약속이 아니라는 성준의 멘트에 곽씨의 표정이 밝아진다. 이곳, 만남의 장소는 언젠가 곽씨를 마주쳤던 주얼리 숍이 자리한 백경백화점이었다.

곽씨의 제안이었다.

"대표님, 오늘 너무, 너어무 근사하신데요?"

과도한 콧소리를 내며 곽씨는 흡족해했다. 기를 꺾어버리고 싶던 어린놈의 이미지를 벗겨내고 보니 남다른 피지컬을 자랑하는, 누구나 탐낼 것만 같은 근사한 외모의 소유자였다.

"선생님이야말로 오늘 정말 아름다우십니다."

"어머나 세상에……."

곽씨는 홀린 것 같은 탄성을 내질렀다.

"하긴, 선생님 아름다우신 일이야 어제오늘 일만도 아니지만요."

"어머나…… 난 몰라……."

곽씨는 이렇게 설레도 되나 하는 표정을 지으며 가슴에 손을 올렸다. 소녀 같은 표정을 지으며 성준을 올려다보았다.

그래. 이런 말, 이런 눈빛. 그래! 내가 원한 건 이런 거였어!

"가실까요, 선생님?"

"그래요. 가요, 우리."

곽씨는 구름 위를 걷는다는 표정을 지으며 성준의 옆에 가까이 섰다. 그가 자연스럽게 가방을 받아주며 팔을 내민다.

"신고 계신 힐이 높아 보이는데 선생님, 에스코트해드리겠습니다."

"어머나, 그럼 실례 좀."

조심스럽게 성준의 팔에 팔짱을 낀 곽씨는 천천히 걸음을 옮기기 시작했다. 자신의 속도에 맞춰 걸음을 옮겨주는 대표의 배려에 다시 한번 감탄했다.

마치 영화 속 한 장면에 들어와 있는 것처럼 심장이 쿵쾅거렸다.

"어어, 조심."

통로가 좁아진 곳에 사람이 몰려오자 성준은 곽씨를 보호하듯 끌며 손으로 막았다. 콱 이대로 팔뚝을 터트릴까 싶을 정도로 힘줘 잡았지만 곽씨는 그런 물리적 통증 따위 느끼지 못했다.

"실례했습니다. 다친 곳 없으십니까, 선생님?"

"없어요. 고마워요, 대표님."

"제가 경황이 없어서 좀 세게 잡은 것 같은데요."

"괜찮다니까. 괜찮아요, 난 괜찮은데 뭘."

거칠게 날 보호해주는 남자라니. 이렇게 멋있을 수가. 이렇게 신사적일 줄이야! 완벽해!

곽씨는 앞으로 걷다가 뒤를 슬쩍 바라보고 떨어지라는 듯 손을 아래로 휘이휘이 저었다. 몇 걸음 뒤에서 따라가던 단희는 곽씨의 신호에 멈춰 섰다.

두 사람은 에스컬레이터를 탔고, 단희는 따라가지 못한 채 그곳에 멈췄다.

"우리 뭐 먹을까요? 내가 살게, 대표님."

"아닙니다. 이미 예약해뒀으니 제가 대접하겠습니다."

"오늘은 내가 사려고 했는데. 아유, 참."

곽씨가 괜히 머리를 쓸며 몸을 이리저리 흔들자 그는 괜찮다며 낮게 웃었다.

"가시죠. 오늘은 끝까지 제가 모시겠습니다."

"어머나…… 완벽해……. 완벽해……."

하……. 모든 것이 완벽하다. 곽씨는 이 핸섬한 대표와 자신을 바라보는 주변의 시선을 느끼며 우월감에 빠졌다.

"어서 오십시오. 예약하셨습니까?"

"네. 예약자 한성준입니다."

"두 분 모시겠습니다. 이쪽으로 오십시오."

그를 따라 식당에 들어선 곽씨는 정말 오랜만에 두 눈을 빛냈다. 직원이 곽씨의 의자를 빼주려고 하자 성준은 자신이 빼겠다며 손을 들었다.

"제가 하죠."

"네, 손님."

의자를 빼고 난 뒤 성준은 고개를 들었다.

"이쪽에 앉으세요, 선생님. 재킷은 저 주시고요."

"뭘 이런 것까지 대표님이 직접……."

"주세요. 선생님 것은 제가 해야 마음이 편합니다."

곽씨는 못 이기는 척 재킷을 벗어 성준에게 건네주었고, 성준은 옆자리에 잘 걸쳐놓았다. 의자에 앉기 편하게 간격을 조정해 곽씨를 앉힌 성준은 테이블을 돌아 자신의 자리로 돌아갔다.

"선생님, 우리 식사 주문할까요?"

"그래요."

우리. 곽씨는 메뉴판을 펼쳐 자신에게 건네주는 성준의 손끝을 바라보다가 감상에 젖은 눈빛을 했다.

"여긴 뭐가 맛있죠, 대표님? 이 백화점을 그렇게 많이 다녔어도 여긴 처음인데."

"그러십니까? 선생님께서 해산물을 좋아하신다고 해서. 그럼 제가 추천하겠습니다. 와인은 어떠신가요?"

"술은 잘 못 하는데, 대표님 봐서 한 잔 정도는."

"알겠습니다."

메뉴판을 빠르게 훑더니 성준이 지배인을 부른다. 명령이 없으면 아무것도 알아서 하지 못하는 단희와 오랜 시간을 보내온 곽씨는 이런 상황을 겪어본 적이 없어 황홀했다. 알아서 모든 것을 해결하는 성준의 태도가 곽씨에게는 신선하고, 한편으로 섹시하게 다가왔다.

대표의 옆모습은 또 왜 이렇게 근사해? 바라보고만 있어도 마음의 평화가 찾아오는 것 같다.

"선생님, 혹시 가리는 음식이 있으십니까?"

"아뇨, 없어요. 다 잘 먹어요, 난."

대답하자 성준이 웃는다. 아찔하게 치고 들어오는 웃음에 곽씨는 저절로 고개를 흔들었다. 데이트, 마치 데이트하는 것 같다.

자신이 대표와 비슷한 또래로 돌아간 것만 같은 착각이 인다. 누가 보아도 우리 둘은 어색하지 않은, 그런 모습일 거라고.

"네, 손님. 그럼 빠르게 준비해드리겠습니다."

"네. 부탁합니다."

그녀의 눈빛은 어느 때보다 빛났다. 죽고 못 사는 주얼리를 손에 쥐었을 때보다도 더. 수십억의 현금을 쌓아놓았을 때보다도 더.

지금, 그의 앞에서.

"선생님, 이렇게 만나 뵙게 되어 영광입니다. 바쁘실 텐데 시간 내주셔서 감사합니다."

주문을 마친 성준은 다시 한번 정중하게 인사하며 부드러운 눈빛을 했다. 지독한 향수 냄새에 여전히 입으로 숨은 쉬었지만.

"바쁜데 시간 내준 건 대표님이죠. 안 그런가요?"

"이런 시간은 아무리 바빠도 낼 수 있습니다. 걱정 마십시오."

우아한 선율이 흘러나온다. 마치 두 사람을 위한 것처럼.

"선생님과 저의 이야기는 천천히 나누죠. 천천히."

"그래요. 우리 천천히, 천천히 나눠요."

쇼 타임이었다.

시계를 붙잡고 싶지만

"대표님은 요즘 무슨 고민이 있으신가요?"

종잡을 수 없는, 정체 모를 환상에 빠진 곽씨는 자신의 본분을 잊었다. 사람을 자신의 발아래 두려고만 했던 오만함은 흔적도 없이 사라지고, 관심과 애정을 구걸하고 싶은.

곽 선생이라는 허울을 벗어던진.

"나에게 말해봐요. 대표님의 근심은 무엇이죠?"

……여자.

"근심이랄 게 뭐 있겠습니까, 하고 있는 사업이 잘되었으면 하는 것 말고는 딱히."

58세 곽진미가 있을 뿐이다.

성준은 애매모호하게 답을 하며 곽씨의 와인 잔을 채웠다. 어느 때보다 입꼬리를 한껏 끌어올린 곽씨는 와인 잔을 바라보다가 매끄러운 유리잔을 손가락으로 훑었다. 무기처럼 날카롭게 다듬은 화려한 손톱이, 와인 잔을 긁을 것만 같았다.

"하는 사업이 잘되는 것 말고 다른 걱정은 없나요?"

"다른 걱정을 할 만큼 한가하지 않아서, 별다른 걱정은 없습니다."

"그렇군요."

곽씨는 근심이 없다는 성준의 말이 안타깝게 들린다는 것처럼 중얼거렸다. 결혼은 언제쯤 하는 것이 좋겠느냐, 연애운은 있느냐, 그런 것들을 물어오길 바랐는데.

"우리 주 여사님께서 사람을 참 잘 보는 것 같아."

곽씨는 뜬금없이 주옥선 여사를 입에 올렸다. 성준은 조용히 와인을 삼켰다.

"한 대표님은 큰 사람이 될 거예요. 지금보다 더. 앞으로 더 많이 성공할 테니까."

곽씨는 두 손으로 턱을 괴었다. 나이는 잊은 지 오래. 곽씨는 소녀 같은 표정을 지었다.

"대신 대표님에겐 앞에서 끌어주고, 뒤에서 밀어줄 사람이 필요하죠."

다음 말은 듣지 않아도 알 것 같았다. 앞에서 끌어주는 이는 주옥선 여사일 것이고 뒤에서 밀어줄 사람, 본인이라 칭하고 싶은 거겠지.

"대표님이 혼자 간다면 동산에, 나와 함께 간다면 태산에 도착할 거랍니다."

예상을 벗어나지 않는다. 성준은 와인 잔을 내려다보던 시선을 들어 곽씨를 바라보았다.

"선생님께서 대표실에 다녀가시고 난 이후 뭐랄까요, 주변에 변화가 있는 것 같습니다."

"어머나, 그래요? 어떤?"

"막혔던 일이 풀리기도 하고, 또 새로운 사업이 추진되기도 하고."

"거봐요. 내가 뭐라고 했어. 다 잘될 거라고, 나만 믿으라고 했죠?"

"사실 처음엔 선생님에 대한 불신이 좀 있었습니다."

그가 머뭇거리며 속내를 꺼낸다. 성준의 진지한 모습이 더욱 곽씨의 표정을 수줍게 했다. 대표의 말을 하나도 놓치지 않으려는 듯, 집중력은 최고조에 달했다.

"한데 왜 그렇게 주 여사님께서 선생님을 믿고 의지하는지, 알 것 같더군요."

"나의 어떤 면에서……?"

구체적으로. 구체적으로 말해봐요, 구체적으로.

"선생님은 평범한 사람의 시선에서 판단할 수 없는 분이구나, 나와 같은 평범한 사람에게 길잡이가 되기 위해 태어나신 분이구나."

"아……."

"그렇게 생각하고 난 이후로 많은 게 변했습니다. 앞으론 절대적으로 선생님을 믿고 따르며 제 불안한 인생을 헤쳐 나갈까 하고, 오늘 선생님을 뵈러 나왔습니다."

지금까지 사기를 치며 수많은 사람을 만나오고, 수많은 사람의 간절함을 바라보며 쾌락을 느꼈지만 오늘의 감정은 참으로 달랐다.

상대의 모든 것을 빼앗고 싶은 게 아니라, 상대에게 모든 것을 안겨주고 싶은 희한한 감정. 곽씨는 처음 느껴보는 감정이었다.

"한 대표, 나만 믿어요. 내가 한 대표의 미래를 탄탄대로로 만들어줄 테니까."

이 남자를 성공시켜주고 싶다. 내가 직접, 이 남자의 성공을 만들어주고 싶다. 이 남자가 간절히 원하는 성공 같은 거, 이루게 해줘야겠다.

내가 다 해주고 싶어! 전부 다!

"선생님도 고민이 있으십니까?"

"나? 나 말인가요?"

"네."

이런 질문도 처음 받아본다. 곽씨는 자신에게 보여주는 관심에 감동받아 다소 과한 웃음을 터트렸다. 성준의 말 한마디 한마디에 기분은 요동을 쳤다.

"글쎄요, 항상 타인의 앞날만을 위해 살아온지라 개인의 고민 같은 건 담아둘 여유가 없어서, 나도."

"아아. 그렇군요."

"나이를 먹어서 그러나, 생전 모르고 살던 외로움이 느껴지는 것 말고는 딱히……."

남사스러운 말을 뱉었다는 것처럼 곽씨가 말꼬리를 흐리자 성준은 쥐고 있던 포크를 내렸다. 가볍게 와인을 홀짝 삼키며, 그는 웃었다.

"선생님, 외로우십니까?"

"아니, 뭐, 그냥저냥 가끔씩……. 워낙 혼자 있다 보니까 뭐……."

귓불까지 붉어진다. 비위 상하는 웃음도 지운 채 진심 어린 얼굴로, 진짜 외로움을 밝히고 있다. 성준은 턱을 괴었다.

"저는 선생님께 미래를 맡겼으니, 선생님의 외로움은 제가 덜어드리겠습니다, 앞으로."

잘 가, 내 영혼…….

성준은 발가락에 힘을 잔뜩 준 채 달콤한 말들을 속삭였다.

"정말? 한 대표가 나의 외로움을 덜어줄 건가요? 정말로?"

곽씨가 믿을 수 없다는 것처럼 두 눈을 크게 뜬다. 성준은 가볍게 고개를 끄덕였다.

"네. 제가 선생님의 곁을 지켜드리겠습니다."

"한 대표……."

"저만 믿으세요, 선생님."

절대적인 믿음을 얻는 쪽이 뒤바뀌는 순간. 누군가를 속일 수 있을 거라 자신하며 살아왔던 곽씨는, 누군가가 자신을 속일 거라 생각해본 적이 없었다.

그런 빈틈이 있는 사람이었다. 성준은 멍한 눈을 한 채 고개를 끄덕이는 곽씨를 보며 씩 웃었다. 전세는 역전되었다.

"채원 씨, 퇴근 안 해요? 난 이제 가려는데."

시간은 어느덧 9시를 훌쩍 넘기고, 채원과 함께 있던 직원이 자리에서 일어났다. 채원은 시계를 바라보다가 웃었다.

"대리님 먼저 가세요. 저는 아직 일이 좀 남아서."

"아직도? 번역할 일이 많은가 보다."

"용어가 어려워서 찾아보면서 해야 해서요. 조심히 들어가세요."

마지막 직원이 떠나고 혼자 남은 공간. 채원은 크게 기지개를 켜며 스트레칭을 했다. 회사를 나선 이후로 연락이 없는 성준을 생각하다가 휴대폰을 바라보았다.

"많이 바쁜가, 연락이 없네."

바쁘냐고 먼저 연락을 해보기도 애매하다.

"나도 그냥 퇴근할까. 일은 내일 더 하고?"

흠. 막상 혼자 남아 일을 하려니 더 산만해지는 것 같다. 채원은 의미 없이 마우스를 달각거리다가 결국 PC를 껐다.

텅 빈 대표실 안을 슬쩍 들여다보기도 하고, 탕비실에 들어가 물을 마시다가 그의 전용 찻잔을 깨끗하게 닦아놓기도 하고.

"회사로 돌아오진 않으시겠지. 그냥 집에 가야겠다."

내심 그를 기다렸던가. 채원은 더 늦기 전에 차라리 집엘 가는 게 낫겠다 싶은 마음에 자리로 돌아왔다.

앗. 전화가 온다.

"여보세요?"

— 퇴근했나?

그의 목소리만 들어도 심장이 울렁거릴 지경이다.

"아뇨, 아직. 회사에 있어요."

— 아직도?

"응. 아직도."

입꼬리 올라갈 일 없이 몇 시간 동안 굳어 있던 얼굴에 생기가 돈다. 채원은 괜스레 마우스만 만지작거리며 웃는 얼굴을 했다. 지극히 예상되었던 잔소리가 쏟아진다.

— 나도 없는데 이 시간까지 회사에 왜 남아서 일을 해. 일찍일찍 들어갈 것이지.

"야속하지만 대표님은 없어도 일은 있었네요. 일을 해야 월급 루팡은 피할 것 아닌가요?"

— 난 이 시간까지 할 만큼 일을 준 적이 없는 것 같은데. 나 기다린 건 아니고?

"무슨요. 기다리긴 누굴 기다렸다고."

쳇. 기다렸지만 사실대로 말해주지 않겠어.

채원은 뻔뻔하게 물어오니 오히려 부정하고 싶어지는 마음에 아니라고 둘러댔다. 그런데 영 믿는 눈치가 아니다.

— 너는 거짓말에 참 재주가 없어.

"고맙네요. 듣던 중 위로가 됩니다."

— 기다린 김에 조금만 더 기다려. 나 10분 정도 있으면 회사 도착해.

"회사로 들어오는 거예요? 일 많이 남았어요?"

채원은 다시 PC를 켰다. 그가 도착했을 때 퇴근할 준비를 끝마친 채로 마주하고 싶진 않았다. 할 일이 남았다면 끝날 때까지, 그를 기다릴 용의가 있었다.

— 아냐. 일이 남은 건 아니고.

하지만 그의 생각은 조금 다른 것 같았다.

— 나 지금 너 데리러 가는 중인데.

아……. 채원은 다시금 PC를 종료했다. 한동안 잠잠했던 심장은 쿨떡거리기 시작했다.

"대표님, 지금 나 보고 싶구나?"

설렘 지수가 높아지다 보니 성격에 맞지 않는 말이 잘도 나온다. 당황했는지 조금 뜸을 들이던 그의 목소리가 들려왔다.

— 뭐라는 거야. 니가 나 보고 싶을까 봐 얼굴 보여주러 가는 길인데.

"아아, 그래요. 그럼 그쯤에서 합의 봐요."

채원은 웃음을 터트렸다. 누가 보고 싶건 간에 그게 무슨 소용인가 싶다. 지금, 내 마음이 당신 마음일 텐데.

— 다 와간다. 준비하고 지하로 내려와. 나 택시야.

"네, 알겠어요."

조금 전까지 나른했던 일상에 생기가 감돈다. 채원은 빠르게 의자에서 일어났고 퇴근 준비를 했다.

"야근하길 잘했다."

헷. 성준을 만날 생각에 부푼 가슴을 안고 채원은 지하로 내려갔다. 성준이 언급한 대로 택시 한 대가 서 있는 걸 확인한 채원의 걸음이 빨라진다. 조금이라도 더 일찍 얼굴을 보여주고 싶은 모양인지, 차에서 내린 그가 어서 오라 손짓한다.

아. 매일매일 회사에 오고 싶다. 출근길 지옥철도, 나른한 점심시간도, 숨이 콱콱 막히는 일거리도 전부 좋아.

……뒷좌석에 나란히 앉자마자 그가 손을 잡는다.

"아오, 보고 싶어서 무슨 일을 못 하겠네."

"피차 마찬가지거든요."

"가자, 퇴근하자."

"네."

회사를 매일매일 나오고 싶다는 나, 이상한 거 맞지?

"누, 누굴 만나요?"

분위기 좋은 테라스 카페에서 케이크를 먹던 채원은 포크를 떨어트릴 뻔했다.

"사기꾼 만났다고, 사기꾼. 너도 알고 나도 아는 그 사기꾼."

"곽씨 아줌마? 그 아줌마를 만났다고요? 오늘? 왜? 아니, 왜 말 안 했어요?"

"니가 안 궁금해했잖아. 궁금해하면 말해주려고 했는데."

"그래도 말해줬어야죠. 그래도 말해주고 갔어야지!"

"지금 말하잖아, 그래서."

헐……. 채원은 포크를 쥔 채 황당하다는 듯 그를 바라보았다.

등받이에 기대고 앉아 있던 성준은 상체를 앞으로 일으키며 자신의 포크로 케이크를 잘라 그녀에게 건넸다.

"일단 먹으면서 얘기하자고. 저녁도 안 먹었다며."

"알았어요. 먹어요. 먹긴 먹는데."

영혼 없이 건네받고 먹긴 또 잘 먹는다. 케이크를 급하게 꿀꺽 삼키며 채원이 어서 다음 말을 해보라 눈으로 종용한다.

끙. 성준은 무슨 말을 어떻게 해야 하나 잠시 망설였다. 사기꾼을 상대로 사기를 치고 왔다고, 이실직고를 해야 하나.

"설마, 돈 돌려주고 왔어요?"

"아냐. 돈을 왜 그쪽에 줘. 반환할 거면 주 여사님께 해야지."

"그럼 왜 만났는데요?"

"만나자고 하던데?"

"그 아줌마가 대표님을? 왜?"

"글쎄. 내가 보고 싶었던 모양이지."

채원은 그의 말을 곱씹다가 천천히 포크를 내려다보았다. 케이크 묻은 포크는 흉기가 될 수 없나 잠시 고민하는 듯했다. 성준은 손사래를 쳤다.

"처음엔 돈 돌려주고 그냥 끝내려고 했는데 생각해보니까 너무 괘씸해서."

"괘씸해서. 그래서요?"

"곱게 봐줄 수가 있어야지. 오늘은 기초공사 좀 하고 왔어."

"기초공사?"

하. 스무고개 하는 것도 아니고 답답해 돌아가시겠다. 왜 이렇게

속 시원히 말해주지 않는 거요! 대체 왜!

"무슨 얘기 했는데요? 기초공사는 또 뭐고요."

"그게, 말해주고 싶긴 한데 내 입으로 하자니 너무 수치스러워서 말할 수가 없어. 니가 이해 좀 해줘."

대화를 나누면 나눌수록 오리무중이다. 사기꾼을 만나 수치스러울 일은 대체 뭐지?

"일단 만났어. 만났고, 식사했어. 별말은 없었고, 그냥 다음을 기약하기 위한 친분을 쌓았다 정도만 알고 있으면 돼."

"밥이 넘어가던가요?"

"그럴 리가."

휴. 들어도 도통 무슨 말인지 모르겠으니 그냥 잠자코 있어야겠다. 채원은 포기했단 듯 어깨를 으쓱 올려 보이며 다시 케이크 먹기에 열중했다. 스트레스받을 땐, 달달한 음식이 최고였다.

"사기꾼한테 연락 오거든 평소처럼 대해. 혹시 만나자고 하면 적당히 둘러대고 미뤄."

"내가 거짓말하면 티 난다면서요."

"그건 나만 알 수 있는 거고."

"무슨 생각 하는 건지 알려주면 안 돼요?"

그는 답 대신 빙그레 웃었다. 말해주지 않으려고 작정한 그를 바라보다가, 채원은 다시 체념한 듯 어깨를 으쓱 올려 보였다.

"알았어요. 안 물어볼게. 대신 뭐 위험한 일이라거나 그런 거라면……."

"아니야, 그런 거. 절대 그런 일은 아니니까 걱정하지 마."

위험한 일은 아니고…… 단지 조금…… 수치스러운 일이라…….

"조심해요. 그 아줌마 정말 보통 아니란 말야."

"그래. 조심할게."

채원은 힐끔힐끔 그를 바라보며 케이크를 먹었다. 향긋한 홍차 한입, 달달한 케이크 한입.

그는 턱을 괴고 그녀를 바라보았다.

"먹어요, 대표님도."

"아냐. 난 지금 안구 정화의 시간이 필요해서. 신경 쓰지 마."

무슨 말인지 알겠다는 듯 그녀가 입을 가리고 웃는다. 성준은 가까이 와보라며 손짓했다. 채원이 상체를 앞으로 기울이자 그도 따라 상체를 앞으로 기울였다.

"뭐, 뭐 하는 건데요."

"오늘 내 후각이 중노동을 하고 와서, 여기도 청정 구역이 좀 필요해."

그는 채원의 목덜미 부근에서 숨을 깊게 들이마셨다. 이윽고 그가 내뱉는 숨결이 퍼지자 채원은 깜짝 놀란 듯 다시 상체를 폈다.

짧은 시간 그녀의 귀가 붉어진다. 그러거나 말거나 성준은 이제 좀 살겠다는 듯 긴장 풀린 표정을 하며 등받이에 기댔다.

"흐어, 좀 낫다 이제."

"그 아줌마 향수 냄새 엄청나죠?"

그가 긍정하듯 웃음을 터트리자 채원이 따라 웃었다. 이렇게 웃으며 해도 되는 이야기인지 아닌지 아직은 종잡을 수 없지만.

"잘 먹네. 하나 더 주문해줄까?"

"아뇨, 적당해요. 지금 아주 좋아."

만족스럽다는 듯 채원이 편한 표정을 지으며 포크를 내리자 성준은 고개를 비스듬히 꺾은 채 그녀를 바라보았다.

"콱, 휴가 쓰고 놀러 갈까?"

"안타깝지만 우리 워크숍 다녀온 지 얼마 안 됐네요."

"그건 일이잖아. 군식구가 너무 많았고."

"대표님 한가해요, 요즘?"

"바쁘지, 너무나."

하······ 바빠······. 마음은 굴뚝같은데 아무것도 할 수가 없어······.

"대표님 바쁜 거 내가 아는데. 내가 휴가 가자고 해도 못 갈 거면서, 말은."

"휴······. 인생이 왜 이렇게 고달프냐."

으어, 고달프다, 고달퍼.

성준이 고개를 꺾고 천장을 바라보며 한탄하자 채원은 홍차를 한입 삼키고는 상체를 앞으로 숙였다. 그녀가 움직이자 천장을 바라보던 성준이 시선만 내려 채원을 바라보았다.

"청정 구역 필요하시죠?"

"아, 격하게."

채원의 마음이 변하기 전에 냉큼 상체를 앞으로 꺾었다. 그녀의 어깨에 이마를 기대고 깊게 숨을 내쉬었다. 토닥토닥, 제 어깨를 쓸어내리는 그녀의 손길에 저도 모르게 마음을 놓았다.

"너무 힘들겠다, 우리 대표님."

"기력 회복 중이니까 말 걸지 말아줄래."

"그래서 내가 이렇게 위로해주잖아요. 우리 대표님 힘내라고."

"예전처럼 오빠라고 불러주면 더 힘 날 것 같은데."

그녀의 웃음이 잘게 부서진다. 성준은 눈을 감고 그녀의 웃음소리를 들으며 따라 둥근 미소를 지었다.

"사랑해요, 대표님."

감았던 눈이 떠진다. 어루만지는 그녀의 손끝이 고백을 이어가는 것만 같아, 등이 따뜻해졌다.

"사랑한다고요, 대표님."

"언제부터?"

조금 더 듣고 싶어서 안달 나기 시작했다.

"언제부터 사랑했는데? 말해봐. 언제부턴데."

"음. 언제부터?"

……어른과 어른이 만나 사랑을 하는데, 아이처럼 유치해진다.

"기원전 3세기부터?"

우리만 알 수 있는 말들을 밀어처럼 주고받으며.

"내가 사람을 잘못 봐도 한참 잘못 봤어. 그렇게 신사적인 사람을 못 알아보고 밟으려 들었지 뭐야, 세상에."

성준을 만나고 돌아온 곽씨는 다음 날이 되어서도 쉽게 흥분을 가라앉히지 못했다. 틈만 나면 어제를 떠올렸고, 입만 열면 내내 그의 이야기를 했다.

그런 친절 그런 자상함, 정말이지 오랜만이었다. 곽씨는 턱을 괴고 그를 떠올리며 상사병에 걸린 듯한 표정을 했다.

"한성준 대표, 사람이 진국이야, 진국."

주변의 사람들은 돈이나 쥐여줘야 친절을 팔았다. 어딜 가나 자신에게 공손했지만 돈을 뿌리지 않으면 곧바로 등을 돌릴 사람들이 전부였다. 유명한 마사지 숍의 원장도, 살롱의 디자이너도, 명품관의 그들도 모두 마찬가지. 그러니 한성준 대표의 자상함이 특별하게 느껴질 수밖에 없었다.

"얘, 단희야."

화장대 앞의 거울을 들어 올리며 단희를 불렀다.

"네, 선생님."

"그거 있잖아, 나 그거 해야겠어. 얼굴 리프팅."

"아, 네, 선생님."

단희는 태블릿을 들며 고개를 끄덕였다. 하네 마네, 할까 말까 몇 달이나 고민하더니 무슨 바람이 불어 리프팅을 하겠다고.

"그거 하고 나면 확실히 얼굴이 지금보단 팽팽해질 거야. 보톡스로는 한계가 있어. 한 5년은 젊어 보이지 않을까? 10년?"

"아…… 네, 선생님."

"더도 말고 덜도 말고 10년만 젊어 보였으면 좋겠다. 사실 내가 나이보다 어려 보이는 건 맞잖아? 안 그래?"

"네, 선생님."

시시하게 답하는 단희를 노려보던 곽씨는 다시 거울로 시선을 돌렸다. 늘어진 턱 주변의 피부를 억지로 당겨 올려 보이며 흉측하게 웃었다. 한 대표 곁에서 자신이 어울렸으면 하는 말도 안 되는 상상을 이어가다가, 거울을 탁 내렸다.

"아, 정채원. 갑자기 생각나네."

자신이 무슨 수를 써도 그 어리고 예쁜 것을 따라갈 수 없을 거라 생각하니 속에서 은근한 부아가 치밀었다.

언젠가 에어밸런스 대표실 앞에서 채원과 성준이 함께 서 있었을 때, 서로 바라보기만 해도 그림 같던 모습이 떠올랐다. 자신도 한 대표와 그런 선남선녀의 모습이라면 좋겠다만.

곽씨는 이내 째진 눈빛을 하다가 휴대폰을 들었다. 곧바로 전화를 건 상대는 채원이었다.

— 여보세요.

"나예요."

— 네. 무슨 일이시죠?

어쭈, 얘 봐라.

대놓고 반감을 드러내는 목소리에 곽씨는 불쾌하다는 듯 미간을 좁혔다. 지가 누구 때문에 2억이라는 큰돈을 만졌는데?

"기분이 좋은 것 같지 않은데, 무슨 일이라도 있는 건가요?"

— 아뇨. 일하는 중이라서요.

"아아, 일하는 중. 에어밸런스?"

— 네. 그렇죠.

"우리 한 대표님은 출근하셨나?"

— ……네, 출근하셨어요.

흐응. 곽씨는 숨기지 못하고 묘한 콧소리를 내었다. 그러다가, 채원이 성준과 한 공간에서 일하고 있음을 떠올리고 금세 불쾌한 표정을 지었다.

"거기선 언제까지 일할 생각이죠?"

― 계약 종료일까지요.

"계약 종료일까지, 거기서 일을 하겠다?"

― 이런 건 왜 물어보시는 건데요?

"내가 꿈자리가 뒤숭숭해서 그래. 정채원 씨 때문에."

곽씨는 도저히 애를 가만히 놔둘 수가 없겠다는 생각에 입을 놀렸다. 가급적 빠른 시간 내에 에어밸런스에서 쫓아내고 싶다.

"정채원 씨, 불 지른 사람은 잡았나요?"

아니, 대표의 곁에서 떨어트려놓고 싶다.

― 아뇨, 아직요. 곧 잡겠죠.

"아하, 곧 잡는다."

곽씨는 단희를 바라보며 조소를 흘렸다. 방화와 연관이 있는 단희는 바닥만 내려다보며 손끝을 움찔거렸다.

"그래요. 곧 잡길 바라. 내 꿈자리가 뒤숭숭하니 조심 좀 하고."

― 네, 그럴게요.

"무슨 일이 생긴 뒤에 수습하려거든 늦는다는 걸 명심해요. 그때 가서 후회 말고, 내 말 잘 새겨듣고."

― ……네, 선생님.

기어이 '선생님' 소리를 듣고 난 뒤에야 곽씨는 마음을 누그러뜨렸다. 평소 같으면 조금 더 부아가 치밀 법도 한데 어제부터 곽씨는 평소보다 너그러웠다. 모처럼 전신에 퍼진 핑크빛 마음을 헝클어트리고 싶지 않았으니까.

곽씨는 채원과 전화를 끊었다. 대표실에 앉아 일하고 있을 성준을 떠올리니 저도 모르게 콧소리가 흘러나온다.

"얘, 단희야."

"네, 선생님."

"그날 처리 잘한 거 맞지? 걸려서 잡혀 들어갈 일 생기면 너만 손해잖아. 잘 처리했던 거 맞지?"

"네. 맞습니다, 선생님."

곽씨는 다시 거울을 들어 올렸다. 자신과 사랑에 빠진 것 같은 눈빛을 하며, 입을 열었다.

"공사 하나 더 짜봐."

"……네?"

"공사 하나 더 짜라고. 이번엔 조금 더 센 걸로."

웃으며 하는 말이라기엔 무게가 상당해, 단희는 입술을 멍하니 벌렸다.

"단희야, 나 얘 싫어."

어쩐지 가만히 놔두고 싶지 않아졌다.

"내 말, 무슨 말인지 알지?"

"아……."

"짜봐. 근사하게. 깜짝 놀라 뒤집어질 정도로."

곽씨는 다시금 콧노래를 흥얼거렸다.

보고 싶지 않은 건 없애버리면 그만이다. 간단하잖아. 제 발로 걸어 나가게 해주리라. 세상 어디도 숨을 곳이 없게 해주리라.

곽씨는 그런 생각을 했다.

"걔 동생 있다고 했지?"

"아. 네, 선생님."

"동생 좋다, 동생. 이번엔 동생으로 가자. 잘 짜봐."

행복은 나눠 가질 수 있는 것이 아니고 홀로 독식하는 거다. 곽씨의 철학이었다.

"아, 열 받네. 이 아줌마 진짜."

채원은 전화가 끊기고 나서야 낮게 숨을 내쉬었다. 탕비실에서 커피를 내리고 있는데 곽씨에게 전화가 걸려왔다. 생각 같아선 한바탕 퍼붓고 싶었는데.

"사기꾼인 거 알고 통화하려니까 진짜 엉망진창이네. 하……."

우선은 기다려보라던 그의 말이 떠올라 정말이지 이를 악물고 참았다. 채원은 가만히 생각하는 듯한 표정을 짓다가 뒤로 돌아섰다.

아무리 생각해봐도 아버지 병원 화재와 곽씨가 연관되어 있는 것만 같은 께름칙한 기분을 지울 수가 없었다.

"잡히기만 해봐, 진짜 가만히 안 둬."

"혹시 내 얘기하는 건가?"

"아, 대표님."

빙글 돌아섰다. 대표실에 앉아 코 박고 일만 하는 줄 알았더니, 탕비실 언제 가나 감시하고 있었던 모양이다.

채원은 자신을 따라온 것이 분명한 성준을 바라보며 눈꼬리를 휘었다. 자연스럽게 커피 캡슐 하나를 더 집어 들었다.

"뭐, 대표님 얘기일 수도 있고요."

"그래, 듣던 중 반가운 소리다. 나 좀 가만히 내버려두지 말고 어떻게 좀 해줘 봐."

"뭘 어떻게 해달라는 건데요."

"뭐, 여러 가지 있잖아, 여러 가지."

품. 채원은 웃음을 터트렸다. 에둘러 말하고 있지만 이 남자가 무슨 말을 하는지 너무나 훤히 알아듣겠다.

"어쩌죠, 대표님 닳을까 봐 아무것도 못 하겠네요."

"닳자 좀. 나 좀 닳아보자. 어? 닳고 닳아도 좋으니까 좀, 어떻게 안 되겠어?"

"어후, 진짜 못 들어주겠네요. 낮부터 왜 이러십니까?"

"밤엔 가능한 대화인가? 그럼 밤에 다시 하고. 줄기차게."

"됐어요. 왜 이래, 정말?"

쪼르륵 커피를 내리니 고소하고 따뜻한 향이 퍼진다.

채원은 곽씨에게 전화가 왔다 말했다. 꿈자리가 뒤숭숭하니 조심하라고 하더라. 말을 전해 들은 성준은 미간을 일그러트렸다.

"또 뭐라더라? 우리 대표님은 뭐 하냐고 묻더라고요? 우리 대표님이래, 우리 대표님."

"이 아줌마 안 되겠네, 진짜."

성준이 눈으로 험한 말을 뱉어내자 채원도 지지 않을 만큼의 험한 말을 눈으로 뱉어냈다. 그러다가 생각만으로 지친다는 듯, 그녀는 어깨를 으쓱 올려 보이며 탄식했다.

"알고 속아주려니 진짜 성격 나올 것 같아. 아오, 이 아줌마."

"진짜 성격은 어떤데."

"험악하죠, 보기보다."

성격이 험악하다는 말에 성준은 웃었다.

"그 험악한 성격 좀 보고 싶다."

"성격 진짜 이상하시네요. 그게 왜 보고 싶을까?"

"나중에 사기 결혼 당했다고 생각 들면 어떡해. 험악한 정도를 보고 결혼해야지."

난데없이 훅, 치고 들어오니 채원은 따뜻한 아메리카노를 그에게 건네며 볼 바람을 불었다. 헤어진 연인끼리 다시 마음 붙인 지 얼마나 되었다고 결혼이라니.

"혼자 너무 진도 빨리 빼지 말아요, 숨차다고요."

"이게 뭐가 진도가 빨라. 난 이미 머릿속에선 자식들 초등학교까지 보냈는데."

하도 허무맹랑하다 보니 웃음이 터진다. 채원은 탕비실 밖을 힐끔 바라보고는 어서 가라, 그에게 손짓했다.

"비밀 연애 하실 분은 아니네요. 온 동네방네 떠들지 왜?"

"너만 허락하면 나는 문제없는데. 지금이라도 떠들고 올⋯⋯."

"자, 장난이에요, 장난!"

그가 바로 실행에 옮길 것처럼 굴자 채원은 다급히 그를 잡았다.

정말 못 말리겠다는 듯 채원이 고개를 가로저으며 눈꼬리를 올리자 성준은 탕비실 밖을 바라보다가 그녀 손을 잡았다.

"하여튼 전화 통화한 일은 잊어. 신경 쓰지 말고."

"그런데 정말 손 놓고 있어도 되는 일인지 모르겠네요. 내 일인데."

"네 손 떠난 일이야. 이제 내 손에 들어온 일이니까, 그냥 있어도 돼."

"알겠어요."

믿으라니 믿는 수밖에. 가만히 있으라니, 그저 가만히 있는 수밖에.

채원은 해줄 거라곤 웃어주는 일밖에 남지 않은 것 같아 마음을 담아 사랑스럽게 웃었다.

"대표님, 남은 시간도 힘내요."

"그래. 저녁에 봐."

둘 사이에 허락되었던 2분이 지났다. 성준은 그녀가 내려준 아메리카노를 들고 탕비실을 나섰고, 채원은 얼음을 가득 채운 커피를 들고 잠시 후 탕비실을 나섰다.

시선만 돌리면 언제든지 서로를 볼 수 있는 공간. 아, 사내 연애 좋다.

"이번엔 약속을 내 쪽에서 먼저 잡고, 장소는 적당한 곳 섭외해주고.”

“네, 대표님.”

성준과 대화를 나누던 민권은 그의 일정을 체크하며 적당한 시간을 빼보기로 한다. 무슨 영문인지 곽씨를 자꾸 만나려 든다.

“대표님, 도대체 그 사람 따로 만나서 뭐 하세요?”

“뭐 하긴. 사기 치지.”

“……사기요?”

사기꾼을 만나 사기를 치고 있단다. 뭔 소리인가 싶어 민권이 빤히 바라보자 모니터를 보던 성준은 힐끔, 시선을 들었다.

“말했잖아. 가장 치졸한 방법으로 접근해주겠다고.”

“…….”

“믿음을 사고, 상대가 경계를 허물 때. 그때.”

“믿음을 사요? 원래 그런 사람들은 사람 쉽게 안 믿어요, 대표님.”

“그러니까. 쉽게 안 믿는 사람이 오히려 무너질 땐 쉽게 허무는 법이거든.”

나처럼. 성준이 말끝에 중얼거리자 민권은 의심 많은 눈초리를 했다. 이쯤 되면 곽씨를 걱정해야 하는 건 기정사실이다.

“어떻게 걸려도 대표님 같은 사람한테 걸려서.”

“지금 뭐라고 했지? 나 무슨 말 들은 것 같은데. 비속어 안 쓴다고 고운 말이 아니야, 김 실장.”

성준이 금세 으르렁거리자 민권은 다음 스케줄을 확인하는 척하며 태블릿 PC를 켰다. 아, 말해주고 싶지 않은 스케줄이 있다.

"윤 회장님 쪽에서 모레 점심 식사 어떠냐고, 오늘 연락이 왔어요."

"⋯⋯그래?"

드디어 올 것이 오는가. 성준은 느리게 고개를 끄덕였다.

"아마 회장님께서 이번엔 담판 지으시려고 할 텐데. 태리하고, 대표님."

"뭐라고 말을 꺼내야 하는지 모르겠다. 서로 마음이 없는데 왜 그렇게 무리하게 추진하시는지 모르겠네."

"대표님은 아까운 인재니까요. 먼 미래를 보셨겠죠."

⋯⋯아.

성준은 별생각 없이 민권과 대화를 주고받다가 아차 싶은 마음에 마우스를 달깍거렸다. 녀석과 태리의 이야기를 하고 있는 것. 그 것도 결혼 이야기를 하고 있는 것.

"이런 이야기 너하고 길게 하고 싶지 않다, 김 실장."

"저하고 하셔야죠. 누구하고 하시려고."

"됐어. 싫어. 일정 보고했으면 얘기 끝내."

녀석의 마음에 오늘도 작은 흠집이 났으리라. 내색하지 않아도 알 수 있다. 녀석과 태리는 마음이 없어 피하는 게 아니라, 현실을 이기지 못해 포기한 거니까.

"나 오늘 일찍 퇴근할 건데, 그래도 되지?"

성준은 시계를 바라보다가 민권을 응시했다. 음, 생각에 잠긴 듯 하던 민권은 고개를 뒤로 돌려 유리창 너머 채원을 바라보았다. 일 에 열중인 채원은 무언가를 중얼중얼하며 다미안의 메일을 번역하고 있었다.

"일찍 퇴근하시는 건 좋은데 채원 씨는 그럴 마음이 없어 보이는데요."

"됐어. 바늘이 가는 데 실이 따라와야지. 나보다 일이 더 중요하겠어?"

"그 일, 대표님 회사 일입니다. 잊지 마세요."

"저건 낮엔 설렁설렁하다가 꼭 퇴근할 때 되면 열심히 일하더라."

중얼거리던 성준은 수화기를 들고 내선 번호를 눌렀다. 느닷없이 전화가 걸려오니 화들짝 놀란 채원이 전화를 받는다.

— 네. 비서실 정채원입니다.

"퇴근합니다. 5분 뒤."

— 아, 어, 네, 네네.

당황했는지 얼버무리며 슬쩍 바라본다. 성준은 굼뜨지 말고 서둘러 퇴근 준비하라며 표정으로 압박하다가 수화기를 내렸다.

"퇴근하고 채원 씨하고 뭐 하시게요?"

"어허. 그런 걸 어떻게 내 입으로 얘기하나, 사람 아찔하게."

"대표님 계획이 아찔하다는 걸 채원 씨도 아는지 모르겠네요."

"알면 따라오겠어?"

성준은 피식 웃으며 PC를 껐다. 그러곤 재킷을 들며 민권을 향해 가볍게 손을 들어 보였다.

"내일 보자고. 수고했어."

"네. 들어가세요, 대표님."

그는 먼저 회사를 빠져나갔다. 잠시 후. 채원도 퇴근에 성공했다.

"시간 참 빨라요. 금방 석 달이 채워지겠어요."

의도적으로 고이는 것 같은 바람을 맞으며, 채원은 따뜻한 홍차를 마셨다.

"그러게. 시간 빠르다."

그녀가 먹을 부드러운 버터 쿠키를 잘게 자르며 그는 동의했다.

퇴근 후, 두 사람은 여타의 연인들과 같은 시간을 즐겼다. 화려하지 않은 식사를 했고, 중간중간 끊임없이 대화를 나누었고, 질문과 답을 이어가다가.

"웨딩 숍에서 대표님 마주쳤을 때가 엊그제 같은데요."

"아아, 그날."

웃었다.

성준은 기억났다는 듯 고개를 두어 번 끄덕였다. 여전히 그날만 떠올리면 발끝이 저릿저릿할 정도로, 당황했던 감정이 살아났다.

"뭐? 결혼을 해?"

그러다가, 그는 여전히 분하다는 듯 눈을 가늘게 떴다.

"뭐랬더라, 우리 그이가 출장을 가? 무슨 출장을 저세상으로 가냐?"

"쿠키나 먹어요. 다 지난 일을 왜 또 끄집어내서 곱씹어요, 소심하게."

"너한테는 지난 일이지만 나한텐 아직 지나가고 있는 중이거든. 가루가 될 때까지 곱씹어줄 테다."

별생각 없이 웃던 채원은 웃음기를 쏙 지워내며 입술을 내밀었다. 그때 생각만 하면 아직도 발가락이 오그라들 정도로 수치스럽다.

"그렇게 말하는 나는 뭐 쉬웠는지 아세요? 거짓말할 때마다 코가 늘어나는 느낌이었다구요."

"거짓말인 걸 알고 보니 정말 최악이긴 하더라. 거짓말을 어쩜 그렇게 못해."

"쳇. 거짓말 못하는 걸로 욕먹기는 또 처음이네요."

"뭐든 못하면 욕먹게 돼 있어."

잘게 자른 쿠키 위에 블루베리 잼을 올린 성준은 접시에 덜어 그녀 앞에 놓아주었다. 홍차와 몹시 잘 어울리는 디저트 쿠키를 입안으로 쏙 집어넣은 채원은 밉지 않게 눈을 흘기며 그를 바라보았다.

성준은 턱을 괴었다.

"계약 기간 끝나면 계획은 있고?"

"계획요? 없어요. 계획은 무슨 계획."

달고 부드러운 쿠키를 삼키며 그녀가 답한다.

"인생 계획을 짜도 생각처럼 안 살아지던데요. 이거 봐, 난 분명 3년 동안 아무도 안 만날 생각이었는데 망했잖아요."

"아아, 그것도 그렇네."

"알바나 뛰자고 들어온 회사에서 대표님을 만날 줄 누가 알았어요."

"그러게. 그래서 전 남친과 결혼까지 하게 될 줄 누가 알았겠냐고."

훅 치고 들어오는 결혼 이야기. 채원은 접시를 내렸다.

"대표님, 진짜 나하고 결혼하고 싶어요?"

"하고 싶다면 해주는 건가?"

애매한 질문으로 답을 회피하며 성준은 미지근하게 식은 홍차를 삼켰다. 그녀가 무어라 답할지, 실은 긴장되었다.

"우리 다시 만난 지 얼마 안 됐어요, 대표님. 결혼을 그렇게 성급하게 생각하면 어떡해요."

"……."

"인생이 걸린 문제인데, 천천히 신중하게 생각해야 하는 거잖아요."

이유야 어찌 되었든 헤어짐이 있었고, 서로의 부재를 견디며 보내온 시간이 있었다. 지금의 서로를 사랑하는 건지, 기억 속 우리를 사랑하는 건지.

"나는 많이 변했어요. 대표님이 좋아하던, 기억 속 내 모습과 지금의 내 모습엔 차이가 있을 거고요."

우리는 구분할 필요가 있었다.

"서두르고 싶지 않아요. 서두를 형편도 못 되고요. 부연 설명은 하지 않아도 대표님이 잘, 아시겠지만요."

"많이 솔직해졌네."

"용기 내는 중이거든요."

"좋네. 변명 없는 이야기."

그는 깍지 긴 손을 무릎에 떨궜다.

"내가 너 보내고 제일 잘하게 된 일이 뭔지 알아?"

"……"

"기다리는 거."

초조함을 의연하게 견디며, 불안함을 평범하게 안고 사는 일.

"그 잘하게 된 일이 다시 널 만나고 또 안 되기 시작했어. 성급해졌고, 불같아졌어."

눈에 보이지 않으면 금세 초조해지고, 밤이 꼴딱 넘어가는 새벽 즈음엔 모든 게 꿈인 것 같아 불안해졌다. 분리불안을 겪는 사람처럼, 마침내 아침이 찾아와 네 얼굴을 보기 전까진, 모든 시간이 길고 더디기만 했다.

"하지만 뭐든 서두르고 싶지 않아. 네 의견도 존중해. 언젠가 결혼을 하게 되거든 너의 남편은 나다. 한성준이 정채원의 배우자다."

"……"

"틈날 때마다 세뇌시키고 있는 중이라고, 그냥 그렇게 생각하면 돼."

잔뜩 긴장한 손끝을 놀리던 채원은 웃음을 터트리고 말았다. 성준은 웃을 일이 아니라는 것처럼 손을 내저으며 물었다.

"웃지만 말고 답해봐. 어때, 그동안 세뇌는 좀 됐고?"

"물론이죠. 대표님 훈련의 결과가 아주 좋아요."

"굿."

말로는 그를 이길 재간이 없다. 채원은 고개를 절레절레 흔들며 다짐하듯 입술을 열었다.

"언젠가 결혼을 하면 정채원의 배우자는 한성준이다. 잊지 않을
게요."

"좋아. 그럼 나한테 매달려봐."

"네?"

"너도 날 세뇌시켜야 할 거 아냐. 날 너무 방치하지 말라고."

매달려봐.

뜬금없이 턱을 들어 올리며 어서 매달려보라고 거들먹거리자,
그녀가 당황한 듯 하더니 이내 웃는다. 블루베리를 올린 쿠키 하나
를 들고 팔을 뻗으며, 어서 이거나 먹으란다.

"이거 먹어요."

"매달려보라니까 웬 쿠키. 나 단 거 싫어."

"먹어요. 잘 먹이고 잘 키워서 내가 때 되면 대표님 보쌈하게."

시간은 둥글게 지난다. 지나고, 지나는 중이고, 지나갈 시간 안에
당신이 있다.

"이제는 내가 매일매일 대표님한테 매달릴게요."

아니, 우리가 있다.

"여보세요? 여사님, 저예요."

일과를 시작하듯 곽씨는 주옥선 여사에게 전화를 걸었다. 고객
관리를 하듯 때때로 주 여사의 상황을 체크해야 했다.

— 그래요, 곽 선생.

5분 남짓의 통화였고 항시 별 내용은 없었지만 곽씨는 그마저도 귀찮아했다. 대단한 일을 하는 사람처럼, 통화를 시작하기 전엔 단희 앞에서 법석을 떨었다.

"여사님, 몸은 좀 어떠세요?"

— 많이 좋아졌소. 이제 서울로 올라갈까 하는데.

"아, 이제 오신다고요?"

곽씨는 내리깔고 있던 시선을 들었다. 벌써? 벌써 온다고?

— 병원 검진일도 다가오고, 집을 오래 비워서 일정이 차 있기도 하고.

"아아, 그러셨군요."

주 여사가 서울 외곽에 머무는 건 곽씨에게 좋은 일이었다. 그만큼 신경 쓸 일이 줄었고, 아들의 천도를 지내는 거짓 행위를 하지 않아도 됐으니까.

— 조금 더 있어야 할까, 안 그래도 곽 선생에게 물어보려던 참인데.

"아, 네네. 오셔도 될 것 같아요, 여사님."

주 여사가 서울에 올라오면 한 가지 좋은 점은 있다. 돈을 뜯어낼 수 있다는 것. 이참에 이런저런 핑계를 만들어 돈을 챙겨와야겠다. 요즘 너무 뜸했으니까.

"안 그래도 강형재 군의 천도를 지내다 보니 상의 드릴 일들이 있어 뵐 때가 되긴 했어요."

— 그런가? 그럼 내가 올라가서 연락을 드리리다.

"그러세요, 여사님. 올라오시자마자 연락 주세요. 제가 찾아뵐게요."

— 아니, 내가 형재 있는 곳으로 가겠소. 보고 싶기도 하고.

"네. 그러세요."

망할 노인네. 또 찾아온단다.

곽씨는 생글생글 웃는 얼굴로 통화를 하다가 전화가 끊긴 것을 확인하고 나서야 미간을 좁혔다. 이번엔 또 무슨 일로 돈을 뜯어내야 하나, 이리저리 생각하는 눈빛을 했다.

"이것도 보통 일이 아니야. 힘들어 죽겠어. 이렇게 힘들게 사는데 노인네가 그걸 아나 몰라."

에휴. 곽씨는 머리가 아프다는 듯 관자놀이 부근을 지그시 누르다가 고개를 들었다. 금세 표정이 밝아지는 것을 보아하니 성준을 떠올린 게 분명했다.

"단희야, 주문한 건 오늘 도착하는 거지?"

"네, 선생님. 한 시간 전에 퀵이 출발했다고 합니다."

"한 대표한테 연락 좀 넣어봐. 오늘 만날 수 있겠느냐고."

"네, 선생님."

단희가 바로 수긍하자 곽씨는 금세 손을 휘저었다.

"아니, 아니다. 내가 직접 해봐야겠어."

"선생님께서요?"

"응, 내가. 목소리도 들을 겸 내가 하지 뭐."

주 여사와 통화를 할 때만 해도 저기압이더니 표정이 상냥해진다. 통화 전 목소리를 가다듬더니, 눈앞에 성준이 앉아 있다는 것처럼 눈꼬리를 둥글게 휘었다.

— 네. 한성준입니다.

"어머, 대표님! 저예요, 곽 선생!"

그녀의 과도한 콧소리에 단희는 고개를 숙였다.

"네네, 잘 지냈어요? 아유, 나는 잘 지냈지. 우리 한 대표님 덕분에 말이죠."

자신을 포함해 정상적인 사람이 하나도 없는 공간. 이곳은 이상한 세계였다.

"대표님! 한 대표님!"

백경백화점. 성준을 발견한 곽씨는 좋아하는 배우를 발견한 팬처럼 반갑게 손을 흔들었다. 곽씨의 목소리가 귓가에 닿은 성준은 고개를 돌렸고, 오늘도 임금님 수라상을 온몸에 차린 곽씨를 바라보다 썩은 미소를 지었다.

"선생님!"

바라보는 것만으로 상당한 정신 승리가 필요했다.

"아유, 대표님. 일이 바쁘죠?"

"죄송합니다. 서둘러 끝내려는데 회의가 길어져서."

성준은 곽씨를 향해 정중하게 허리를 굽혔다. 만나기로 한 시간보다 두 시간이나 늦은 성준이지만 곽씨는 괜찮다며 부담스러운 웃음을 터트렸다. 제시간에 나오기 싫어 일부러 늦게 나온 그였지만 곽씨는 알고 있을 리 없었다.

"괜찮아요, 괜찮아요. 나야 한가하지 뭐. 그냥 쇼핑이나 하며 기다렸어요."

"정말 죄송합니다. 귀하신 분 모셔다가 이런 불찰이."

"괜찮다니까. 한 대표가 자꾸 그러면 내가 더 불편한데."

기다리는 일에 질색인 곽씨가 어인 일로 너그럽다. 쇼핑을 도와줄 단희도 떼어놓고 나와 혼자 두 시간을 버텼지만 한 대표의 얼굴을 보자마자 지루했던 기분이 싹 날아간다.

아아, 그는 오늘도 참으로 핸섬하게 생겼다.

"대표님, 일단 우리 차라도 한잔 마실까요?"

"네, 선생님."

오늘도 역겨운 향수 냄새를 풍기며 곽씨는 자연스럽게 성준의 곁에 섰다. 에스코트를 바라는 것처럼 손가락을 꼼지락거렸다.

성준은 팔을 내밀었고, 곽씨는 기다렸다는 듯 팔짱을 꼈다. 아무리 높은 구두를 신어도 성준의 어깨 근처밖에 오지 않는 곽씨는 힐의 굽 때문에 뒤뚱거리며 걷기 시작했다. 그 우스꽝스러운 패션과 분위기에, 사람들은 모두 그녀를 쳐다보았다.

"사람들이 우리를 너무 쳐다보는 것 같지 않아요, 대표님?"

그녀는 우월감에 빠졌다. 젊고 잘생긴 남자를 끼고 다니는 자신을 모두가 동경하리라.

"선생님이 아름다우셔서 다들 쳐다보는 것 같습니다."

"말이라도 참. 아유, 대표님은 정말."

평소보다 더욱 턱을 추켜들었다. 뒤뚱뒤뚱 우스꽝스러운 걸음을 연신 옮기며, 곽씨는 백화점 카페에 들어섰다.

한성준 대표를 만나는 일. 곽씨에겐 새로운 삶의 활력이 되었다.

"여기 앉으세요, 선생님. 재킷과 가방은 저를 주십시오."

"고마워요, 한 대표."

그동안 알고 지냈던 것과는 차원이 다른.

"이게 뭡니까?"

다짜고짜 만나자고 하더니, 차나 한잔 마시자고 하더니, 성격 급한 곽씨는 앉자마자 가방에서 무언가를 꺼내 성준의 앞에 내밀었다.

고급스러운 포장지에 둘러싸인 박스를 내려다보던 성준은 고개를 들었다. 곽씨는 부담스러운 표정을 지으며 어서 뜯어보라, 눈으로 종용했다.

"어서 뜯어봐요. 내 선물."

"……선물, 말씀이십니까?"

성준은 뚱한 표정으로 내려다보다가 포장지를 뜯었다. 포장 값만 수십만 원이 들었는데, 휴지 뜯듯 거침없이 뜯어내니 곽씨는 눈썹을 씰룩거렸다. 그러다가 이내 온화한 표정을 유지했다.

"아…… 이건……."

포장지를 거침없이 뜯어낸 성준은 위풍당당한 로고에 말을 흐렸다. 차마 열어볼 엄두도 나지 않는다는 듯, 가만히 박스를 내려다보았다.

"어서, 어서 열어봐요."

"아······."

잠시 머뭇거리다가 성준은 박스를 열었다. 튀어나올 만큼 눈을 커다랗게 뜨고 박스 안을 바라보던 성준은 이윽고 고개를 들었다.

"아······ 선생님······."

"아유, 왜 이래, 사람 부끄럽게."

시계다.

성준은 믿을 수 없다는 듯 다시 박스 안을 내려다보았다. 익숙한 로고만큼이나 엄청난 분위기를 풍겨내는 시계는, 차마 꺼내보기도 힘들 만큼 압도적인 가격대를 느끼게 했다.

비싼 것에 그다지 흥미가 없는 그였지만 억, 소리가 나는 시계 값을 모를 수가 없었다.

"일전에 보니 대표님 시계가 격이 맞지 않는 것 같아서 내가 하나 준비해봤어요."

"아······ 이런 걸 어떻게 제가······."

"받아요, 내 마음이니까. 우리 에어밸런스 대표님께서 이 정도 시계는 차고 다녀야 하지 않겠어요?"

그는 난감하다는 표정을 지었다. 말아 쥔 주먹으로 입을 가리며 한참이나 시계를 내려다보았다.

곽씨는 답답하다는 듯 박스를 가져가 시계를 꺼냈고, 성준에게 어서 착용해보라며 내밀었다.

"아뇨. 받을 수 없습니다. 이건 너무 값이······."

"내 마음이라니까 그러네. 남자는 모름지기 시계지, 시계."

"그래도 이건 너무 비싼데요, 선생님. 마음만 받겠습니다."

"한 대표. 자꾸 그러면 나 화낼 거야. 내 정성인데."

촘촘하게 다이아가 박힌 시계가 빛에 반짝인다. 성준은 도저히 받을 수 없다는 듯 얼굴을 굳히고 거부했다. 그러면 그럴수록 곽씨의 마음은 더욱 확고해졌다.

"이거 안 받으면 나 대표님 못 봐요. 알겠어요? 내가 항시 대표님과 주 여사님을 위해 기도하는 사람인데, 다 필요해서 주는 거라니까."

"제게 필요한 물건입니까?"

"그렇대도. 다 필요한 물건이니까 받아줘요, 제발."

희한하지. 주는 쪽이 매달린다.

"제가 이걸 받고 어떻게, 선생님께 신세를 갚아야 할지……."

"신세는 무슨 신세. 잘 차고 다녀요. 내가 기도 많이 했으니까 좋은 기운을 불어다 줄 겁니다."

"……감사합니다."

성준은 정말 어쩔 수 없다는 표정을 지으며 시계를 찼다. 주인을 만난 것처럼 그의 손목에 자리하고 나니 시계는 더욱 근사해 보였다. 곽씨는 어울릴 줄 알았다는 것처럼 웃었다.

"어머! 너무 잘 어울린다! 내가 보는 눈이 있어, 세상에. 대표님 거네, 대표님 거."

한국엔 들어오지도 않은 시계를 잘도 구해 와, 잘 어울린다며 좋아한다.

"이걸 받아도 되는 건지……."

"받아요, 받아. 내가 한 대표한테 못 해줄 게 뭐가 있어? 다 해줄 게, 내가."

"선생님……."

성준이 진심으로 감동했다는 표정을 지으며 바라보자 곽씨는 그 것만으로 보상받았다는 듯 고개를 끄덕였다. 타인에게 무언가를 선물하는 일이 이토록 기쁠 줄이야.

"저번에 보다 보니 대표님 타고 다니는 차도 별로야. 격이 맞지 않아요."

"법인 차량이라 그냥 타고 다닙니다. 슬슬 바꿀 때가 되긴 했는데."

"저런. 대표님, 사람은 격에 맞게 살아야 해요. 내가 조만간 차도 한 대 보내줄게."

"아닙니다. 아닙니다, 선생님."

"쉿."

쉿. 곽씨는 조용히 그 입 다물라는 것처럼 제 입에 손가락을 가져다 댔다. 그러곤 속삭였다.

"나와 함께 있으면 이렇게, 좋은 일이 많이 생길 거예요, 대표님."

봐봐. 난 가진 게 돈밖에 없어. 내가 너를 황홀하게 꾸며줄게.

"내가 대표님을 우리나라에서 가장 근사한 사람으로 만들어줄 테니까, 기다려요."

그러니 나와 함께 있어. 돈은 얼마든지 쓸 테니, 그냥 옆에서 숨만 쉬어도 돼.

"시계도 잘 어울리는데 우리 내려가서 쇼핑할까? 내가 오늘 대표님을 근사하게 꾸며주고 싶은데."

곽씨는 일정이 촉박하다는 것처럼 일어섰다. 성준은 아니다, 안 그러셔도 된다, 말하면서도 은근슬쩍 자리에서 일어나 곽씨를 따라갔다.

이날. 하루 종일 곽씨는 주체하지 못할 만큼의 돈을 써댔고, 성준은 주체하지 못할 만큼의 쇼핑백을 안고 회사로 복귀했다. 백화점 직원들은 주차장까지 내려와 두 사람을 배웅했다.

"이게 다 그 사기꾼이 사준 거라고요?"

헐. 민권은 대표실에 올린 쇼핑백을 바라보다 입술을 작게 벌렸다. 아무렇게나 널브러진 쇼핑백을 바라보던 성준은 진절머리가 난다는 듯 고개를 저었다.

수갑처럼 차고 다니던 시계를 끌러 책상에 놓고, 원래 제 시계를 찼다. 가지고 있는 것 중에 가장 오래되고 허름한 시계. 얼마간 의도적으로 차고 다녔던 시계의 쓰임은 성공적이었다.

"전부 현금이야. 그 많은 현금을 가방에 넣고 다니면서 물처럼 쓰더라."

"와, 이게 다 얼마치야. 이걸 다 샀다고요, 그 사기꾼이?"

"내 돈 주고 사진 않았어."

뭘 얼마나 집었는지 기억도 나질 않는다. 오랜 쇼핑에 기가 빨렸다는 표정을 짓고 의자에 늘어져 있던 성준은 후, 한숨을 내쉬었다.

그러다가 곽씨에게 메시지를 보냈다. 정중하게. 아무리 생각해 봐도 이 물건들은 받을 수 없을 것 같다고. 내일 중에 되돌려드리겠다고.

"내가 원해서 받은 게 아니라는 증거를 남겨놔야 해. 나중에 다 쓸모가 있어."

역시나, 곽씨에겐 그저 자신의 성의고 선물이니 받아달라는 간절한 메시지가 온다. 몇 번 더 받네 마네 하며 실랑이를 하던 성준은 되었다는 듯 휴대폰을 내렸다.

"대표님이 뭘 어떻게 했길래 사기꾼이 사기를 치다 말고 돈을 써요. 이해가 안 되네."

"봤냐? 내가 이런 사람이야. 차도 사준단다. 뭐로 살까?"

의미 없는 손길로 쇼핑백 안을 이리저리 뒤적거리던 민권은 고개를 들었다.

"이렇게 다 받고, 뭘 어쩌시려고요?"

"뭘 어째. 싹 다 되팔아야지."

"되팔아요?"

꼴도 보기 싫다는 듯 책상 위에 있던 시계를 다시 박스 안에 넣으며, 성준은 민권을 바라보았다. 그러곤 피식 웃었다. 살다 보니 별일이 다 있다는, 황당한 웃음이었다.

"되팔아서 여사님 드려야지. 전부 여사님 돈인데."

곽씨에게서 돈을 되돌려 받는 일. 그래서 원래 주인에게 되돌려주는 일.

"내가 2억을 되돌려주는 게 문제가 아니더라고. 사기꾼한테 받아 올 수 있는 만큼 다 받아 와야겠어."

성준의 첫 번째 계획이었다.

"대표님, 퇴근 안 하세요?"

오늘도 마지막까지 남아 성준을 기다리던 채원은 빼꼼, 대표실 문을 열었다. 하루 종일 쇼핑에 시달렸던 그는 유난히 핼쑥한 얼굴을 하고 있었다. 쇼핑에 특화된 곽씨를 따라다니는 것만으로 중노동이었다.

"아아, 나 조금만. 한 30분, 아니, 15분만."

"네네. 천천히 일 보세요."

자연스럽게 함께 퇴근하는 일이 잦아졌으니 채원은 대표실에 슬그머니 들어섰다. 어인 일로 나가질 않고 안으로 들어서니, 성준이 그녀를 힐끔 바라보았다.

"안에서 기다리게? 웬일로 고마운 일을 다 해?"

"아뇨, 그게 아니라."

두 손을 허리춤에 숨기고 천천히 걸어오던 채원은 그의 책상 앞에 다다르고 나서야 불쑥 팔을 내밀었다. 성준은 제게 내미는 작은 박스를 바라보다가 다시 그녀를 바라보았다.

"이게 뭔데?"

"별건 아니고요."

멀뚱멀뚱 바라보던 성준은 두 손으로 공손히 박스를 받았다. 그러곤 그녀의 핸드메이드 작품이 분명한 포장지를 신중한 손길로 뜯었다.

"그냥 막 뜯으셔도 되는데."

"무슨 소리. 누가 준 건데."

신경을 곤두세우고 포장지를 뜯어낸 성준은 내용물을 보고 눈썹을 꿈틀거렸다.

"시계네?"

"어라? 어떻게 아셨어요?"

"알지, 왜 몰라."

브랜드 로고만 보고도 알아맞힌다. 성준은 기대에 찬 눈빛을 하며 박스를 열었다. 열자마자 입이 찢어질 듯 미소가 걸린다.

"여어, 예쁜데?"

가죽 밴드가 인상적인 심플한 시계. 채원은 다소 민망하다는 듯 작게 중얼거렸다.

"비싼 건 아니고요. 그냥 캐주얼하게 입으실 때 가끔 하시라고."

"……."

"좋은 건 아니니까 일할 때 차고 다니진 마세요. 그냥 가끔, 가끔 주말 같을 때……."

"아니, 이렇게 기특한 생각은 어떻게 했지?"

"같은 시계만 차고 다니시는 것 같아서요, 대표님."

"아, 이거."

성준은 당황한 듯 자신이 차고 있는 시계를 내려다보았다. 곽씨속이려고 차고 다녔던 시계가, 그녀 마음에도 걸렸던 모양이다.

"괜히 무리한 거 아니야? 월급이 통장을 스쳐 지났다며."

"진짜 저렴하게 샀어요. 드려도 되나 고민될 만큼. 저번에 월급을 많이 주시기도 해서."

채원은 연신 불안한 목소리였다. 주제에 비싼 시계를 살 엄두는 나질 않고, 사실 선물을 할 생각도 없었지만 우연히 시계를 봤는데 대표님 생각이 나더라.

잘 어울릴 것 같다는 생각이 들었다. 몇 번이고 검색하고 고민하고 들여다보고 나서야 구매를 결정했다. 오랜 시간이 걸린 일이었다.

"마음에 들어요? 아니면 교환하셔도 되는데요."

성준은 답 대신 차고 있던 시계를 풀고 그녀가 사준 시계를 찼다. 마음에 들고 말고 할 것도 없이, 오랫동안 차고 다녔던 시계처럼 손목에 착 감긴다. 그는 감상에 젖은 눈빛을 하며 시계를 내려다보았다.

점심경 억, 소리가 나는 시계를 영혼 없이 받고 난 이후라서일까. 차가운 메탈 시계가 서늘하게 느껴졌던 것과는 달리, 가죽의 온기가 따뜻하게 스며드는 것만 같았다.

"왜 말이 없어요? 마음에 안 들어?"

"아니, 나 좀 울어도 될까 싶어서. 너무 감동적인데."

긴 시선으로 시계만 내려다보던 성준은 자리에서 일어섰다. 여전히 반신반의하는 표정으로 자신을 바라보고 있는 그녀의 곁으로 다가갔다.

그녀를 앞에 두고 책상에 비스듬히 기대앉았다. 감동이 사무친 까닭에 별말 없이 그녀 손끝을 잡자, 그녀의 입술이 열린다.

"좋은 거 못 해줘서 미안요. 나중엔 정말로 좋은 시계 선물해줄 게요."

"훅 치고 들어와 사람 감동시키는 재주가 있네, 정채원 씨."

"그거 알아요? 시계 선물해주면 그 사람의 시간을 소유하고 싶다는 거래요."

……언젠가 그녀에게 구두를 선물했을 때가 떠오른다. 그는 조용히 미소 지었다.

"좋은 의미네. 미신이라도 믿고 싶다."

손끝만 만지작거리다가, 그녀의 손바닥을 쥐었다. 자연스럽게 손가락을 포갰다.

"그래서, 내 시간 다 소유해보게?"

"음, 할 수 있다면?"

"장족의 발전이네."

"매달려보라면서요."

지친 하루의 끝, 그녀가 보여주는 마음에 이를 데 없는 위로를 받는다. 아침부터 저녁까지, 오늘 하루가 내심 고되었다고 그는 그녀의 어깨에 머리를 기대며 작게 숨 쉬었다.

"부탁해. 내 시간 다 가져, 다."

내가, 너 때문에 산다.

"다 너 줄게."

너, 이번엔 나 못 피해.

내게만 들리는 소리

"아빠, 다은이 머리 다 묶었어. 나 예뻐?"

타이를 매고 있는 민권의 방으로 다은이가 들어선다. 민권은 아이를 향해 빠르게 고개를 돌렸다.

"어디 보자, 우리 다은이 오늘은 공주님 머리 했네?"

"할머니가 해줬어. 이 머리가 다은이는 제일 좋아."

아이는 조금씩 자기주장이 강해졌다. 원하는 것과 원하지 않는 것, 하고 싶은 것과 하고 싶지 않은 것의 경계를 명확하게 구분 지었다.

"다은아, 그런데 이 옷 어제도 입지 않았어? 엊그제도 입었던 것 같은데?"

"응. 그런데 다은이는 이 옷이 제일 좋아."

"애, 말도 마라. 오늘 세탁기 돌리려고 빨래통에 숨겨놓은 걸 어떻게 알고 또 찾아서 꺼내 입는단다. 에효."

방문 앞을 지나치던 민권의 모친, 황 여사가 한숨 섞인 말을 뱉자 민권은 피식 웃음을 터트렸다. 마음에 드는 옷만 입으려 드는 손녀딸의 성화에, 할머니는 아침마다 진을 빼기 일쑤였다.

유달리 집착하며 입어대려고 하는 옷 한 벌. 언젠가 태리가 건네준 옷들 중 하나였다.

민권은 나갈 채비를 모두 마쳤다. 아이는 오늘 신고 나갈 신발을 고르겠다며 현관 앞으로 달려갔고, 황 여사는 아들 민권을 바라보았다.

"회사 일 바쁘다며, 괜찮은 거야?"

"괜찮아요. 아침에 좀 늦는다고 말해뒀어요."

오늘은 다은이가 다니는 유치원에 부모님 모시기 행사가 있는 날이었다. 아침에 중요한 회의가 있었지만 어찌어찌 일정을 조율했다.

"어머니도 오늘 모임 있다고 하지 않으셨어요?"

"모처럼 시간이 비니 요 앞에 성희 할머니네랑 몇몇 모여서 온천 좀 다녀오려고 해. 오래 걸리지는 않을 거야."

황 여사도 나갈 채비에 서둘렀다.

"가신 김에 잘 놀다 오세요. 천천히 오시고. 맛있는 것도 실컷 드시고 오세요. 친구분들도 좀 사주시고."

"아이고, 일없다. 내 아들이 뼈 빠지게 번 돈을 왜 남의 입에 먹을 걸로 털어 넣어준다니. 싫다."

"그 정도는 얼마든지 괜찮아요. 가서 기분도 좀 내시고, 잘 놀다 오세요."

육아에 치여 자유 시간이랄 것이 없는 어머니의 삶이 안타깝고 죄스럽기만 하다. 민권은 신발을 신고 기다리고 있는 다은이를 데리고 집을 나섰다.

"아빠, 우리 반에 민태욱이라고 내 친구 있는데 오늘 보여줄까?"

"민태욱? 다은이 남자친구야?"

"아니야. 남자친구 아니야. 친구야."

"남자친구랑 친구랑 뭐가 다른데?"

"음. 몰라. 몰라아. 그런데 아니야. 아니야아아."

"알았어. 아니야. 태욱이는 다은이 친구."

부끄러운 건지 좋은 건지 아이가 발까지 동동 구르며 까르륵 웃는다. 모처럼 아빠 차를 타고 유치원으로 향하는 길이 좋아, 아이는 평소보다 많은 말을 했다.

민권은 아이의 말을 하나도 놓치지 않으려고 하며 대화를 이어갔다. 아이는 생각보다 빠르게 자랐고, 모든 것을 캐치하기엔 그가 너무 바빴다.

"태욱이 말고 친한 친구 또 누구 있어?"

"응. 많은데. 임가율, 선소정, 임희권, 유주미."

무심한 아빠가 되고 싶진 않았는데. 결국은 아이의 친구 이름 하나 알지 못하는, 그런 아빠가 되고 말았다.

"가율이는 있잖아, 아빠. 키가 커. 키도 크고 목소리도 엄청 커."

"아아, 그렇구나. 가율이는 키도 크고 목소리도 크구나."

"어, 그리고 소정이는 노래를 잘해. 소정이가 노래하면 우리가 막 잘한다고 칭찬해줘."

아이가 친구들의 이야기를 한창 늘어놓던, 그때였다. 민권은 걸려온 전화를 받았다.

"여보세요."

— 실장님, 저 김 대리인데요. 지금 큰일 났어요.

"무슨 일입니까?"

— 협력 업체에서 노조 총파업에 들어갔다는데 길어질 건가 봐요. 수급에 문제 생긴 것 같다고 지금…….

"업체 어디 말하는 거죠?"

설마. 삼도이엔씨는 아니겠지.

— 삼도이엔씨입니다.

"아…….'

민권은 낮은 탄식을 터트렸다. 많은 협력 업체 중 삼도이엔씨는 부품 생산에 가장 큰 부분을 차지하고 있는 곳이었다. 현재 진행 중인 사업과 조만간 진행해야 할 사업에 문제가 생길 수도 있었다.

"대표님은?"

— 지금 회사로 들어오는 중이세요.

"알았어요. 나도 곧 들어갈게."

— 네, 실장님.

전화는 끊겼다. 민권은 숨을 길게 내쉬며 핸들을 툭툭, 쳤다. 블루투스 스피커로 통화했으니 아이가 다 들었을 게 분명해, 민권은 천천히 다은이를 바라보았다.

"아빠 지금 가야 해?"

"아…… 그게, 다은아."

어머니께 연락을 드리기도 이미 늦었다. 바로 출발하신다 했으니, 떠나셨으리라.

민권은 차마 말을 잇지 못하고 숨을 길게 내쉬었다. 하트 스티커를 붙여놓은 자그마한 손등만 내려다보던 다은이는 심경에 변화가 생긴 듯 이번엔 다리를 무겁게 흔들었다.

"아빠 바쁘면 가도 돼. 누가 막 아빠 찾잖아."

숨이 잘리는 기분이 든다. 민권은 입술만 꼭 깨물었다.

"다은이는 혼자 해도 돼. 태욱이는 다음에 소개해줄게."

민권은 대로변에 차를 세우고 뒤돌아 시트에 앉아 있는 아이를 바라보았다. 완벽한 진심은 아니었던지, 눈망울이 실망으로 가득 찼다.

"있잖아, 다은아. 아빠가 어……."

"……."

"미안해."

설명할 말도, 아이를 납득시킬 단어도 알 수가 없다.

미안해. 말주변 없는 사람의 사과처럼 짧게 말이 끊기자, 딸아이는 가만히 아빠를 바라보다가 고개를 끄덕였다. 아빠는 바쁜 사람이다.

"미안해. 아빠가 다은이 따라서 정말 가고 싶은데, 회사에 큰일이 생겨서."

"괜찮아. 할머니가 아빠가 바쁜 건 좋은 거라고 했어. 아빠가 안 바쁘면 다은이 발레 학원 못 다닌댔어. 괜찮아."

이런 상황이 더욱 슬프게 여겨지는 건 더 이상 지체할 시간이 없다는 거였다. 민권은 차를 몰아 유치원 앞에 도착했다. 엄마의 손을 잡고 안으로 들어서는 아이들 사이로, 선생님 손을 잡고 들어가는 딸아이를 바라보았다.

3일째 입고 있는, 아이가 좋아하는 옷이 왜 이렇게 슬프게 보이는지 모르겠다.

"휴, 미치겠다."

어금니가 주저앉을 것처럼 이를 물었다. 입을 열면 뜨거운 것들이 쏟아질 것 같아, 입술 또한 사리물었다.

"뭐야, 왜 이렇게 일찍 왔어?"

성준은 민권의 등장에 뚱한 표정을 지었다. 분명 오늘 다은이 유치원 행사가 있다고, 늦을 거라 했는데.

"삼도이엔씨로 바로 출발할까 해요. 오는 길에 경지부 박 부장님하고 통화했는데, 상황이 영 좋지 않은 모양이에요."

물어도 답이 없는 얼굴로 민권이 일 이야기를 시작한다. 성준은 바쁘게 움직이는 녀석을 빤히 바라보았다.

"다은이는?"

"유치원 갔죠."

"행사는?"

"뭐, 제가 안 가도 되겠더라고요."

아마 비서실 누군가가 전화를 한 모양이다. 혼자 움직이려던 성준은 흠, 낮게 숨을 내쉬었다. 슬그머니 휴대폰을 들고 액정을 툭툭 눌렀다.

"대표님, 가시죠. 빨리 움직이셔야 할 것 같은데."

"알았어. 안 그래도 나 혼자 가보려고 했어. 그리고 우리도 대안 마련해야지."

"네. 리스트 다시 뽑아볼게요."

디이이잉, 진동이 온다. 성준은 가만히 휴대폰을 내려다보다가 고개를 들었다. 서류 가방을 챙기곤 일어섰다.

"다은이 다니는 유치원 이름이 뭐라고 했지?"

"한우리유치원이요. 그건 왜요?"

"애비가 돼서 유치원 이름은 아나 싶어 물어봤다."

"혼내지 마세요. 안 그래도 다은이가 너무 쿨 해서 슬플 지경이 니까요."

민권은 이것저것 서류를 챙겼고, 성준은 멈춰 서 다시 휴대폰 액정을 툭툭 터치했다.

[다은이 다니는 곳이 한우리유치원이란다.]

보내기가 무섭게 태리로부터 답장이 온다.

[알았어, 선배. 나 지금 출발.]

"대표님, 뭐 하세요?"

"아아, 간다. 가."

……이봐, 김 실장. 너 없는 자리로 내가 용병을 불렀어.

"그리고 걱정 마라, 김 실장. 다 잘될 거야."

"네? 뭐가요? 지금 파업이 길어질지도 모르는데. 긍정적일 때가 아닙니다, 대표님."

"알았어, 알았어. 하여튼 걱정 마. 다 잘될 테니까."

그 용병이 극단적인 스타일이라, 약간 염려는 되지만.

"일단 용의자로 의심되는 사람이 있는데 신원 파악이 안 돼서 조사 중입니다."

채원은 한 통의 전화를 받고 경찰서로 향했다. 병원의 방화범으로 추정되는 사람을 찾았는데, 혹시 관련이 있는 사람인지 와서 확인해보라는 연락이었다.

채원은 모니터 속 남자를 뚫어지게 바라보았다. 하지만 작정하고 가린 얼굴, 금세 사라지고 마는 몇 초의 영상만으로는 도저히 짐작 가는 사람이 없었다.

"글쎄요, 얼굴이 보이질 않아서 잘 모르겠어요."

채원이 고개를 가로젓자 형사는 그럴 줄 알았다는 듯 고개를 끄덕였다. 희미한 실루엣만으로 특정인을 가린다는 건 어려웠으므로.

"우선 병원 측하고 협조해서 조사하고 있어요. 원한 관계가 아니라고 하면 방화의 장소 섭외가 큰 의미가 있지는 않을 수도 있거든요."

"네."

"우리도 조금 더 자세하게 알아볼 수 있도록 기관에 정밀 조사

요청해둔 상태니까 기다려봅시다."

방화라고 해도 불이 크지 않았고, 신고가 늦어진 까닭에 조사는 더디게 이루어졌다.

"일단 알겠으니 가보세요. 다시 연락드리겠습니다."

"네. 아, 저, 형사님."

화면을 종료하려고 하던 형사는 채원의 음성에 고개를 들었다. 채원은 다시 화면을 되감기 해보라는 듯 손짓했다.

"잠깐만요. 잠깐만, 화면을 조금 뒤로 돌려봐주세요."

"아, 네."

형사는 빠르게 뒤로 감았고 천천히 다시 재생을 해주었다. 채원은 가만히 모니터를 바라보다가 멈췄다. 한 번 더 보기를 청하고 다시 뒤로 감은 영상을 재생했다. 동일한 지점에서 멈췄다.

"아…… 저기."

"뭘 좀 알아보겠습니까?"

"그게 아니라, 저기 서 있는 사람이요."

채원이 가리킨 곳은 뜻밖의 공간이었다. 용의자로 지목된 사내가 움직이는 곳이 아닌, 그 반대의 공간.

"저기 앉아 있는 사람이랑 용의자랑 서로 아는 사람 같지 않아요?"

형사는 무슨 소리냐는 듯이 채원이 가리킨 곳의 화면을 바라보았다. 뒤로 감아 느리게 재생하고 집중해서 바라보던 형사의 눈썹이 미세하게 움직인다.

"아, 등장하고 사라지는 타이밍이 비슷하네요."

"그러게요. 비슷한데. 약간, 앉아 있는 방향이 남자를 보는 것 같기도 하고요."

여자의 실루엣으로 확인되는 인물이 같은 공간, 다소 먼 곳에 홀로 앉아 있다. 할 일 없이 휴대폰을 바라보는 듯하지만 눈동자만 움직인다면 충분히 사내를 볼 수 있는 각도 안에서. 게다가 사내가 등장할 때쯤 나오고, 사내가 사라지자마자 그녀도 사라진다.

형사의 손놀림이 빨라졌다. CCTV를 등지고 서 있는 까닭에 얼굴을 확인할 수는 없었지만 찰나에 스치는 옆모습을 잡아냈다. 채원은 가만히 바라보다가 중얼거렸다.

"환자 보호자는 아닐 거예요. 방문자라면 처음이거나."

"근거는 있습니까?"

채원은 고개를 끄덕이며 화면 속 여자가 서 있는 곳을 가리켰다.

"저 의자는 1603호에 입원 중인 할머니 전용 의자거든요. 저 의자에 앉으면 할머니가 엄청 화를 내서 환자 가족들이나 방문자는 아무도 가지 않아요. 오래전부터요."

아. 형사는 느리게 고개를 끄덕였다.

"그럼 병원에 저 사람 방문자 기록이 있는지부터 봐야겠네요. 일단 알겠습니다."

"네. 확인해주세요."

채원은 모니터에서 쉽게 눈을 떼지 못했다.

"어디 한번 잡히기만 해봐라. 요단강을 건너게 해줄 테니."

"예? 요단강이요?"

"형사님, 잡히면 저한테 제일 먼저 연락 주세요. 지금 심정으로는 애인 얼굴보다 더 보고 싶거든요."

당황하는 형사를 두고 채원은 경찰서를 빠져나왔다. 기다렸다는 듯 성준에게 전화가 걸려온다.

— 일은 잘 봤나?

"네. 이제 회사로 들어갈까 해요."

— 무슨 일이었는데 경찰서까지 갔어?

"그냥 뭐, 웬 나쁜 놈을 하나 찾고 있어서."

— 아, 나쁜 놈도 직접 찾으러 다니시나 봅니다?

"직접 잡기만 하겠어요? 잡으면 요절을 내주겠어."

분하다는 듯 채원이 볼멘소리를 하자 그가 웃는다. 휴. 채원은 이마를 짚다가 손을 내리며 다시 입술을 열었다.

"회사에 큰일이 생겼다면서요. 대표님 목소리는 편안하네?"

— 벌써 절망하기엔 아직 일러서 정신 승리 하고 있는 중이야. 아직 정확한 사태 파악은 못 했고.

"별일 아니었으면 좋겠어요. 오늘 늦겠네요?"

— 많이 늦을 수도 있어. 적당히 봐서 퇴근해. 난 김 실장하고 같이 가고 있어.

"알겠어요. 힘내요. 무슨 일인지 잘은 모르겠지만 해결사가 출동했으니까 잘 해결되겠지."

— 아아, 날 너무 과대평가하진 말라고.

"대표님 말고 김 실장님이요. 난 김 실장님 말한 건데."

— 이만 끊을까? 우리 너무 오래 통화한 것 같지?

그가 못 들은 척 능청을 떨자 그녀는 웃음을 터트렸다.

일상은 질척거리고, 기쁜 일보단 힘에 겨운 일들이 더 자주, 더 빠르게 일어나지만 사랑한다는 말이 있어 가끔은 위로가 되었다.

"대표님 사랑해요. 잘 다녀오세요."

아무리 뱉어내도 줄지를 않고, 늘어나기만 하는 그 말.

사랑해요. 오늘도 한 뼘씩 자라고 늘어나.

— 나도 사랑해. 잘 다녀올게.

사랑해요, 사랑해요.

부아아앙.

특유의 디자인으로 차체가 낮고 길게 잘 뻗은, 빨간색 카브리올레 한 대가 유치원 앞에 멈춰 섰다. 길 안내를 하던 내비게이션이 종료되고, 여러 자가용이 주차된 공간에 덧대어 주차를 마친 태리는 운전석을 열고 발을 내디뎠다.

아침부터 쨍쨍한 햇빛을 차단하는 커다란 선글라스를 끼고 블랙과 화이트의 조화가 멋스러운, 그 자체로 브랜드를 알 수 있을 명품 슈트를 입은 태리는 유치원 간판을 바라보았다. 아이들의 등원이 모두 끝나 안으로 들어가려던 교사 한 명이 그녀에게 다가왔다.

"죄송한데 여기는 유치원 건물이라 주차하시면 안 되는데요."

"아, 저 여기 온 거 맞아요. 김다은 어린이, 여기 다니는 거 맞죠? 5세 반."

"네? 아, 다은이요? 네. 맞는데……."

의심쩍은 얼굴로 자신을 위아래로 훑어보니, 태리는 선글라스를 벗을까 하다가 말았다. 매너가 아닌 걸 알고 있다는 듯 태리는 가볍게 손끝을 까딱 움직였다.

"죄송해요. 제가 자외선 알레르기가 있어서 선글라스는 실내에서 벗도록 할게요."

"네? 아…… 네. 그런데 누구…….."

"다은이 고모예요."

"아아! 고모님이시구나!"

그제야 오해가 풀렸다는 듯 선생님의 얼굴이 밝아진다.

"어머나! 다은이가 오늘 아빠 바쁘셔서 못 온다고 하던데, 고모님이 대신 오셨나 봐요!"

"네네. 애 아빠가 바빠서."

달리 설명할 길이 없다. 처음 보는 선생님한테 사실은 고모도 되고, 이모도 되고, 어쩌면 엄마도 될지 모른다고 어떻게 말할 수 있겠어.

"고모님이 오셔서 다은이가 엄청 좋아하겠어요!"

누군가 대신해줄 사람이 왔다는 사실에 선생님은 자신의 일처럼 기뻐했다. 태리는 시계를 들여다보다가 다시 고개를 들었다. 선글라스를 벗어주고 싶은데 제길, 눈부심이 너무 심해서 벗을 수가 없어.

"두 시간 정도 후에 적당히 드실 만한 것들, 도착할 거예요."

"네? 도착이요?"

"간소하게 출장 뷔페 불렀으니까, 오늘은 그걸로 점심 대신하도록 하죠."

헐……. 유치원 학부모 모임에 출장 뷔페를……?

간단한 다과나 먹고 사진이나 남기던 행사에 전례 없던 일이 생기게 생겼다. 그러거나 말거나 태리는 어서 다은이가 보고 싶어 견딜 수가 없다는 것처럼 손끝으로 문을 가리켰다.

"그럼 저 이만 들어가도 되죠? 5세 반, 어디예요?"

아이를 키우며 이미 친분이 있는 엄마들끼리 삼삼오오 모여 대화를 나누고 있다. 간간이 아빠와 엄마가 함께 참석한 훈훈한 풍경 속, 아이들은 자유롭게 놀고 있었다.

또각. 또각. 또각. 태리는 높은 굽 소리를 내며 나무로 된 복도를 걸었다. 유리문으로 안을 바라보니 다은이가 친구와 뿌, 하고 볼 바람을 분 채 앉아 있다.

아. 귀여워, 귀여워!

어서 다은이를 만날 생각에 태리가 안으로 들어서자 찬물을 끼얹은 듯 장내가 조용해진다. 저 슈트, 저 가방, 저 구두, 전부 올해의 컬렉션 상품이 아닌가. 지우개로 지운 것처럼 작은 얼굴을 하고 안으로 들어선 태리는 이런 시선 집중 같은 건 익숙하다는 표정을 지었다.

"다은아!"

선글라스를 벗었다. 친구와 앉아 다리만 흔들고 있던 다은이는 고개를 돌렸고, 태리를 알아보았다.

"어?"

폴짝. 앉아 있던 자리에서 뛰어내렸다. 태리는 다은이를 맞이할 자세로 무릎을 굽혀 앉았고, 아이의 입술이 열리기 전에 먼저 입을 열었다.

"다은아! 고모야! 태리 고모!"

아이는 말보다 행동이 빨랐고, 두 팔을 벌린 채 뛰어가 태리에게 안겼다. 보드라운 냄새가 섞이고, 태리는 지그시 눈을 감으며 활짝 웃었다. 아이의 귓가에 아주 작게 속삭였다.

"오늘은 아줌마가 다은이 고모야. 알겠지?"

"아, 고모? 고모! 고모!"

사실은 고모가 뭔지도 모르면서, 다은이는 태리를 따라 활짝 웃었다. 못 본 사이 얼굴을 잊어버렸으면 어떡하지, 내내 마음을 졸이고 왔던 태리는 그제야 마음을 놓았다.

부자 고모의 등판으로, 이상한 유치원 행사가 시작되었다.

"그래, 애비냐? 나다."

온천을 다녀온 황 여사는 부랴부랴 손녀딸의 유치원을 향해 걸음을 옮겼다.

아들은 딸아이의 등원 길에 일이 터져 곧장 회사로 들어갔단다. 황 여사는 그게 무슨 대수냐는 듯 목소리가 편안했다. 아들이 가진

복합적인 미안함이, 수화기 너머에서 들려오고 있었다.

— 죄송해요. 일이 갑자기 터져서 대표님 모시고 외근 나왔어요.

"죄송은 무슨. 사람 사정 봐주며 일 터지는 경우는 본 적이 없다. 신경 쓰지 마라."

황 여사는 부지런히 걸음을 옮겼다. 저기, 유치원 지붕이 보이기 시작한다.

— 다은이한테 얘기 좀 잘해주세요. 급해서 말도 제대로 못 하고 유치원에 내려주고 그냥 와서.

"알았다. 애가 어려서 그렇지 나중에 크면 다 이해할 문제니 너는 바깥일이나 잘 신경 써. 끊자."

— 네. 들어가봐야 해서, 끊을게요.

단출한 통화는 종료되었다. 황 여사는 손가방을 움켜쥐며 작은 한숨을 내쉬었다. 그 어린것이 아빠와 유치원에 간다고 몇 날 며칠 좋아했던 얼굴이, 눈앞에 선연하다.

할머니가 아무리 지극정성으로 사랑을 베풀어도 아이는 아빠와 함께하는 시간을 항상 기다렸고, 제일 좋아했다.

"또 시무룩한 얼굴을 어찌 보누. 에효."

부모 손을 잡고 나서는 아이들 속에 섞여 어깨가 축 처진 다은이의 모습을 또 어찌 볼까 싶은 마음에, 황 여사는 작은 한숨을 내쉬었다.

내 팔자에 온천은 무슨 온천이냐, 그냥 아들하고 손녀하고 같이 유치원이나 따라갈걸. 노인네가 따라가는 것보단 낫겠지 싶어서 일부러 걸음 하지 않은 건데 이런 일이 기다리고 있을 줄이야.

아들에겐 내색하지 않았지만 황 여사 나름의 불편한 마음을 가득 안고 걸음만 옮기고 있던 때. 행사가 끝났는지 유치원 문이 열리며 사람들이 쏟아져 나왔다.

황 여사는 아이가 마지막까지 남아 있을까 더욱 걸음에 속도를 내었다. 대부분은 엄마의 손을 잡고, 솜사탕을 닮은 웃음을 지으며 아이들이 선생님들과 인사를 나눈다. 다은이의 선생님을 찾아볼 생각에 시선만 요리조리 돌리던 때.

"다은아! 김다은!"

아이를 발견한 황 여사는 큰 소리로 손녀딸의 이름을 불렀다. 주변이 얼마나 소란스러운지, 아이가 듣지 못해 황 여사는 더욱 빨리 걸었다.

그러다가 우뚝 멈췄다. 다은이를 맡고 있는 선생님과 이야기를 나누던 젊은 여자가, 대화 끝에 다은이의 손을 잡는 게 아닌가?

뉜가 싶어 황 여사는 유심히 여자를 바라보았다. 새로 온 선생인가? 황 여사는 멈췄던 걸음을 옮기며 유치원 앞으로 갔다. 쏟아져 나오는 사람들 틈에 섞여 아이가 여자와 걸음을 옮긴다.

"다은아!"

"어? 할머니!"

그제야 목소리를 들은 다은이가 고개를 돌리며 알은체를 한다. 시종일관 아이만 바라보던 젊은 여자 또한 따라서 자신을 바라보고, 멈춰 선다.

"할머니! 할머니이!"

"아이고, 내 새끼 오늘 잘 놀았어?"

황 여사가 달려오는 아이의 손을 붙잡기 위해 허리를 조금 숙이며 손을 내밀었다. 치마폭에 매달린 아이는 예상과 달리 기가 죽은 흔적 없이, 웃음꽃이 만발했다.

"할머니, 할머니, 나 오늘 엄청엄청 재밌었어. 사진도 막 찍었어."

"아이고, 그랬어?"

"응응! 태리 고모랑도 사진 찍고. 있잖아 할머니, 내 친구들이 태리 고모 예쁘대. 할머니, 그리고 우리 반 선생님도 태리 고모 예쁘댔어."

"고모? 누가 니 고모인데? 할머니는 딸을 낳은 적이 없는데 고모라니, 뭔 소리냐?"

아이의 얼굴을 둥글게 쓸어내리던 황 여사는 천천히 시선을 들었다. 손을 공손히 모으고, 젊은 여자가 앞으로 다가온다.

"저…… 안녕하세요. 다은이 할머님 되시죠."

"예, 그렇습니다만. 뉘신지?"

쓰고 있던 검은 선글라스를 황급히 벗고 머리를 가지런히 쓸어 넘긴 여자는 허리를 굽혔다. 아이는 무엇이 좋은지 싱글벙글 웃기만 하고.

"인사가 늦었어요, 어머님. 저는 민권 씨 대학 동기예요."

"대학 동기?"

……늦은 인사일까.

"네. 민권 씨 친구, 윤태리라고 합니다."

때가 된 인사일까. 아직은 알 수 없었다.

"그간 격조했습니다, 회장님. 잘 지내셨습니까?"

노조 총파업에 들어간 협력 업체를 방문한 성준은 최대한 확보할 수 있는 현재 물량을 체크하고, 해외무역관에 들러 관계자를 만났다.

김 실장은 저녁쯤 이뤄질 예정이라는 삼도이엔씨 노사협정을 지켜보기 위해 그곳에 남았고, 성준은 여러 회사 사람들과 갈래를 나누어 남은 업무를 추진했다. 그리고 미리 약속이 되어 있던 태리의 부친, 홍진그룹 윤필목 회장을 만났다.

"공사가 다망한 모양일세. 끼니는 해결하고 다니는가?"

"여러모로 죄송합니다, 회장님."

점심 약속은 저녁으로 미뤄졌다. 어쩔 수 없는 일이었다.

성준은 예를 다해 진심 어린 사과를 건넸고, 어지간한 일엔 반응하지 않는 윤 회장은 괜찮다며 손을 저었다.

"남자가 사업을 하다 보면 이런 일 저런 일 불시에 생길 수도 있지. 이해하네."

"미리 살피지 못한 불찰입니다. 주의하겠습니다."

대기업 총수와의 식사 자리를 미룬다는 것은 어떠한 의미인가. 어지간한 배포 없이는 행할 수 없는 일이다.

자신과의 약속을 차선으로 미룬 것이 괘씸하기도 하지만 윤 회장은 성준의 그런 면을 꽤나 높게 샀다. 권력에 한없이 고개를 숙이는 요즘 세상에, 보기 드문 젊은 친구였다.

"그래서, 일은 잘 해결되었고?"

"해결하고 있는 중입니다. 협력사에서 노조 총파업이 들어가서 최대치의 물량 확보를 하고 오는 길입니다."

"고용주는 항상 그런 일들에 대비해야 하지. 개인은 무섭지 않지만 하나가 열이 되고, 열이 백이 되면 힘이 막강해지거든. 에어밸런스라고 그런 일이 없으라는 보장은 없으니."

"새겨듣겠습니다."

"식사하세."

"예, 회장님."

성준은 윤 회장과 마주 앉아 식사를 시작했다. 간간이 뜻 없는 짧은 질문과 영양가 없는 짧은 답이 오고 갔다. 윤 회장은 본디 말이 없는 사람이었고, 성준 또한 대화로 환심을 사는 성격은 아니었다.

무뚝뚝한 식사는 한동안 이어졌다.

"앞으로의 계획은 어떠한가?"

어느 정도 식사가 마무리된 이후. 윤 회장의 입술이 열렸다. 본격적인 대화가 시작되나 싶어 성준은 냅킨을 들어 입가를 닦았다.

"추진하고 있는 사업이 일정 궤도에 오르면 우선 홍콩과 대만을 중심으로 확장할 계획입니다. 준비 중입니다."

"투자금은?"

"특허권을 담보로 생산 설비 가치 평가 중입니다. 긍정적입니다."

"그렇구만."

에어밸런스에 막대한 초기 사업 자금을 투자했던 만큼, 윤 회장은 떼려야 뗄 수 없는 관계였다. 윤 회장이 없었다면 지금의 에어밸런스도 없을 것이다. 그 역할 가운데엔 태리가 있었고.

"사업은 그렇다 치고."

그러한 사실을 지금에 와 부정할 수 없었다.

"언제까지 이렇게 자네하고 나하고 바깥에서 만나 밥을 먹어야겠나 해서."

"……"

"사업을 더 확장하고 분야 개척을 하려면, 자네하고 내가 더 많은 이야기를 나눠야 하지 않겠나. 상시적으로."

집으로 들어오라.

"나는 그렇게 생각하네만, 자네는 어떤가?"

"……"

"때가 되었지 싶은데. 조금 늦은 감도 있고."

결혼을, 하라.

"회장님, 드릴 말씀이 있습니다."

"자식 일에 나서서 참견하는 애비는 되고 싶지 않아 기다렸네만, 맡겨놓자니 소식이 늦는 것 같아서 말이야."

말해보게. 윤 회장은 할 말을 마친 것처럼 따뜻한 차를 마시며 손짓했다. 성준은 가만히 눈을 내리깔고 곱씹다가 고개를 들었다.

"따님과 저는 친한 대학 선후배 그 이상도 아니고 그 이하도 아닙니다."

"알고 있지. 우리 딸도 그렇게 말하더군."

"서로 이성으로는 생각해본 적, 없습니다."

차를 마시던 윤 회장의 손길이 느려진다. 표정으로는 쥐고 있는 수를 보여주지 않아 태연한 눈길에, 성준은 마른침을 삼켰다.

예견된 자리였고 예상한 내용의 대화였지만 정말이지 미루고만 싶었다. 하지만 언제고 해야 하는 이야기라는 것을 알기에. 늦으면 늦을수록 서로에게 폐가 될 거라는 것 또한, 잘 알고 있기에.

"기대에 부응하지 못해 송구합니다만 서로에게 이상적인 배우자상은 아닌 것 같습니다. 죄송합니다."

윤 회장의 시선은 찻잔 끝에 닿아 있다. 한참이나 침묵이 물들어 마주 앉은 성준 또한 무거운 숨만 내쉬고 있을 때.

"우리 딸도 그렇게 얘기하던데. 하여 놀랄 일은 아니네."

"……예, 회장님."

"그러면 말이야, 내가 뭐 하나 물어보겠네."

"……."

"우리 딸이 처음에 내게 찾아와, 에어밸런스에 투자를 권고한 이유가 뭐라고 생각하나?"

성준은 다시금 마른침을 삼켰다. 머릿속에 둥둥 떠다니는 민권의 얼굴을 지워보려고, 그는 무던히 애를 썼다. 사실을 말할 수 있는 입장은 아니었다.

"추진하는 사업의 가치를 알아봤을 거라고 생각합니다. 제가 청하기도 했고, 서로가 윈윈할 수 있는 길……."

"아니, 틀렸어."

성준은 입술을 닫았다.

"그런 원론적인 이야기를 듣자는 게 아닌 건 자네도 알 테고."

"……."

"우리 딸을 내가 모른다고 생각한다면 그건 더 큰 오산이고."

윤 회장은 자신의 찻잔에 차를 조금 더 따랐다. 후룩, 따뜻한 차를 한 모금 삼킨 윤 회장은 다시 찻잔을 내렸다.

"본디 애비가 하는 사업에 관심이 있는 애도 아니고, 신사업의 가치를 판단할 만큼 경영에 관심이 있는 애도 아니지. 지인의 청이라고 곧장 들어주는 성격도 아니네."

하나도 어려운 성격에, 세 개가 맞물릴 리는 없다.

"그런 애가 나를 찾아와 에어밸런스 사업 계획서를 내밀며 한번만 자기를 믿고 투자해줄 수 없겠느냐고 물어오는데, 분명 다른 이유가 있었지."

"……."

"자네는 알지 싶은데."

눈에 보이지 않는, 형체 없는 기운이 가슴을 짓누르는 것 같다. 아무리 밀어도 끄떡도 하지 않는 바위처럼, 윤 회장의 분위기는 보통 사람이 견딜 만한 것이 아니었다.

입술이 버석버석 말라 들어간다. 성준은 고개를 조금 숙이며 즉각 답했다.

"예상하기를 답변드렸던 것과 같고, 이후의 것들은 알 수 없습니다. 알 수 없다기보다 다른 이유는 없는 것으로 알고 있습니다."

"분명 사람이 엮여 있었지. 자식인데, 내가 그걸 모르겠는가."

"……"

"그런데 그 사람이 자네는 아니란 말이지."

혼잣말처럼 중얼거리는 윤 회장의 말끝에 성준은 느리게 눈을 감았다가 떴다. 윤 회장은 무슨 생각을 정리하는 중인지 고개만 끄덕거리다가, 성준을 바라보았다.

딸아이의 배우자가 될 사람이라면, 이왕이면 마주 앉은 한성준 대표이길 바랐다.

"초창기에 에어밸런스를 시작할 때, 자네 혼자 하지 않았던가?"

"네, 그렇습니다."

"유일하게 있었던 사람이라면 현재 자네 비서실장이겠고?"

……말문이 막힌다.

"비서실장도 태리 대학 동기라고 했던가."

"아, 회장님. 제 비서실장은 따님과 동기이긴 합니다만 저만큼 친분이 있지 않고, 또……."

"자네가 아니면 그 비서겠지. 내 결론은 그러한데."

"……"

"그 집 딸은 많이 컸겠고."

윤 회장은 알고 있었다. 민권을 마주칠 때마다 녀석의 이름, 녀석의 환경, 녀석의 이력까지.

"한 대표, 내가 처음에 자네 회사에 투자를 결정했을 때, 그만한 조사도 안 하고 시작했겠나."

다만 모르는 척했을 뿐이다. 아니길 바랐으니까.

휴. 오늘 하루가 어떻게 저무는지도 모르겠다.

지하 주차장에 주차를 마친 민권은 터덜터덜, 집으로 향하는 엘리베이터에 몸을 실었다. 긴 시간 양측이 열을 올린 노사협정은 별소득 없이 정리되었고, 다시 하루를 넘겼다. 갈등이 심화될 경우를 고려하여 새로운 판로를 개척해야 함이 점점 확실해져가고 있었다.

"휴⋯⋯."

엘리베이터 거울에 머리를 기대고 서서 눈만 감았다가 뜨던 민권은 열린 문으로 내려 집 앞 현관 앞에 섰다. 딸아이가 몇 날 며칠 기다려온 유치원 모임에도 참석하질 못하고 달려갔는데, 소득 없이 끝난 하루가 길고 허망하기만 하다.

그래도 들어갈 땐 웃어야지. 가장의 무게 같은 건, 집 안으로 끌고 들어가는 게 아니니까. 민권은 생각 끝에 비밀번호를 누르고 집 안으로 들어섰다.

"어머니, 저 왔⋯⋯."

평소처럼 구두를 벗으며 안으로 들어서려던 민권은 현관에 그대로 멈춰 섰다. 자연스럽게 내렸던 시선에 사로잡힌 여자 구두 한 켤레. 어머니가 새로 산 구두라고 하기엔 앞코가 뾰족하고.

"아범 왔냐?"

"아빠! 아빠아!"

지나치게 높은.

민권은 자신이 돌아왔음을 인지한 가족들이 현관으로 걸어오는 소리에 다시 고개를 들었다.

"아……."

피곤해서 헛것이 보이나 싶다가, 다은이의 웃는 얼굴에 맺힌 즐거움이 눈앞의 너 때문인 것이 느껴져.

"니가 여긴 어떻게……."

"아빠! 아빠! 나 태리 고모랑 마트 갔다 왔는데 태리 고모가 나 인형 이따만 한 거 사줬어! 얼른 들어와서 봐봐! 응? 얼른얼른!"

태리 고모? 민권은 어서 들어오라 성화인 딸아이의 손을 엉겁결에 잡고 다시 태리를 바라보았다.

멀찍하게 서서, 태리는 엉망진창으로 웃었다. 그가 어떻게 반응할지 무서웠고, 또 그래서 긴장되었다. 일단 손을 들었다. 그리고 흔들었다.

"아, 안녕, 김 실장."

황 여사는 아무것도 모르겠다는 듯이 방으로 들어갔다.

핸들을 잡은 성준의 손에 힘이 실린다. 입술을 힘주어 닫은 것이 느껴질 만큼, 그는 어금니를 꽉 깨물었다.

회장님은 언제부터 알고 계셨던 걸까. 언제부터 상황을 예의주시하고 계셨던 걸까.

"미치겠다……."

이걸 또 태리에게 어찌 말해야 하나. 녀석에겐 또 어찌 알려야 하나.

마음에 무거운 추를 달아놓은 듯 한없이 가라앉기만 하던 그때.

성준은 도저히 견디기가 힘들다는 듯 블루투스로 채원에게 전화를 걸었다. 오늘 하루가 너무 길고 더뎌, 목소리라도 듣지 않고는 숨 쉬기도 버거웠다.

— 여보세요.

처음으로 희미한 미소가 입가에 걸린다. 성준은 그녀의 목소리에 숨을 깊게 쉬었다.

"나야. 아직 회사인가?"

— 아뇨. 지금이 몇 시인데. 퇴근했죠.

"아아, 잘했네."

회사 건물이 보이기 시작할 때쯤에 건 전화. 그는 유턴을 하려고 차선을 변경했다. 채원이 없다면 당장 회사로 들어갈 이유가 없으니까.

— 아직도 바빠요?

"아니. 이제 끝났어."

— 힘들었나 보다. 목소리가 영 별론데.

나의 기분을 간파해주는 사람. 성준은 다시 숨을 깊게 내쉬며 채원의 목소리에 집중했다. 그녀 또한 귀를 쫑긋 세우고 자신의 목소리에 집중하고 있으리라.

"일이 다 그렇지 뭐. 뭐 하고 있었어?"

— 나? 나 이제 밥 먹으려고 밥하는 중이죠.

"오, 밥. 밥 좋지. 밥 먹어야지."

신호가 바뀌고, 그는 둥근 원을 그리며 유턴했다. 서울의 밤거리가 불빛들로 반짝거린다.

"늦게 먹네. 뭐 하다가 이제 먹어."

— 대표님 전화 기다리다가 지쳐서 이제 먹으려구.

"저런. 미안하게 됐네."

— 식사는요?

"그냥. 그럭저럭."

　목소리를 듣는 것만으로 끝내려고 했는데. 음성을 듣다 보니 얼굴이 그립다. 얼굴이 그리워지더니, 향기가 그리워진다.

"나 실은 저녁을 먹는 둥 마는 둥 했는데, 가면 밥 남은 것 좀 주나?"

— 아, 어쩌죠. 조금밖에 안 했는데. 2인분.

"아. 2인분."

　2인분. 동생 것과 자기 것만 했단다. 성준은 너털웃음을 지었다.

"밥은 됐고, 그럼 얼굴이라도 보여주라. 집 앞으로 갈게."

　조금 더 속도를 내볼까 말까 하며 신호를 받아 달리는데, 그녀가 웃는다.

— 찌개 졸아들기 전에 와야 할걸요.

"나 시간 좀 걸리는데, 거기까지 가려면. 여기 회사 앞이거든."

— 회사 앞? 그럼 금방 오겠네요.

　응? 금방? 성준은 회사에서 거리가 있는 채원의 집을 떠올렸다.

— 이 먹을 복 있는 사람. 시간 잘 맞춰서 오네요. 어서 와요.

　부스터를 달고 날아가야 하나 말아야 하나 잠시 고민하고 있던 때.

……하루의 근심이 녹아내린다.

— 여기 대표님 집이에요.

다들 이렇게 버티고 사는구나, 하며.

"화났어?"

속도 모르고 딸아이는 태리와 온종일 붙어 있다가 결국 무릎에 누워 잠이 들었다. 일어나면 어디론가 사라질 것 같았는지, 그녀의 옷자락을 꽉 쥐고 있는 작은 주먹이 씁쓸했다.

"화 많이 났어? 기분 풀어, 미안해."

침대에 걸터앉아 태리는 티 테이블 의자에 앉아 있는 민권을 바라보았다. 민권은 집에 들어온 내내 말이 없었고, 내리깐 시선에 감정이 가득 실려 있었다.

휴. 성준 선배의 연락을 받고 좋다고 유치원으로 달려갈 때만 해도 별생각이 없었는데.

"나도 집에까지 올 생각은 없었어. 중간에 어머님을 마주쳐가지고, 어머님이 들렀다 가라 하셔서 할 수 없이……."

잔뜩 화가 났구나. 태리는 이리저리 눈치를 보며 목소리를 낮췄다.

당황했을 것이다. 성준 선배가 미리 언질을 해주지 않았을 것이고, 집에 돌아오자마자 자신을 발견했으니 오죽 당황했을까.

여전히 말이 없는 민권의 시선이 아이의 얼굴로 향한다. 세상모르고 잠든 아이가 태리의 옷자락을 꽉 쥐고 있으니, 그는 저도 모르게 깊은숨을 내쉬었다. 속뜻을 알아챈 태리는 슬그머니 아이의 손등 위로 자신의 손을 내렸다.

"미안해. 미리 말했어야 하는데 사실 너무 즐거워서 잊어버렸어. 다은이랑 놀다 보니까 시간이 너무 금방 지나가서……."

"그래서 이러는 거 아니야."

그는 처음으로 입을 열었다. 태리는 숨을 죽였다.

"대표님한테 전화가 왔는데."

"……."

"회장님……께서."

입으로 뱉어내기 어려운 말을 하려는지, 말은 이어지지 않고 자꾸만 끊겼다.

회장님. 태리는 그의 입술을 뚫고 나온 단어에 금세 굳어버렸다. 이름이 앞에 붙지 않아도 그 호칭이 당연하게 가리키는 사람은 단 한 명. 아빠.

"알고 계신단다. 너하고 나. 너하고 나, 그러니까, 너하고 나."

너하고 나.

그는 다음 말을 잊은 사람처럼 연신 같은 말을 반복했다. 태리의 입술은 멍하니 벌어졌고, 아이의 손등을 덮고 있던 그녀의 손은 아래로 툭 떨어졌다.

"너 지금, 뭐라고…… 했어?"

그는 쓰고 있던 안경을 벗어 테이블 위에 올렸다.

"우리 아빠가 안다고? 너하고 나? 너하고…… 너하고 나……?"

마른세수를 하며, 그는 미약한 숨을 내쉬었다. 그러곤 짤막하게 말을 붙였다.

오늘 대표님과 회장님 사이에 식사 약속이 있었다. 대표님은 혼사 이야기 매듭을 지으려 하셨던 것 같은데, 외려 회장님께서 이미 알고 계신다 했다더라.

"이미, 이미 아빠가 알고 있었다고? 그럼 대체 왜 선배를 불러서 물어본 건데?"

"글쎄. 아마도 확인 사살이 아니었을까."

확인 사살. 어쩐지 그 단어가 신랄하게 들려온다. 태리는 어떻게 말을 이어야 할지 몰라 벌어진 입술 사이로 숨만 끊어 내쉬었다.

……너하고 나.

새삼 웃긴다. 해본 거라곤 네 그림자를 밟고 다닌 것밖에 없는데. 가진 거라곤 너의 오늘에도, 너의 내일에도 그늘처럼 생길 그림자밖에 없었는데.

"잠깐만, 김 실장. 잠깐만. 나 지금 머리가 어지러워서……."

태리는 이마를 짚었다. 아버지가 알고 있다는 말이 무엇을 의미하는 건지, 또 무슨 일을 암시하는 건지 알 수가 없어 심장은 불안함을 경고했다. 서로가 가진 불안함을 나눌 수가 없어 침묵만 지키고 있던, 그때.

"회장님께선 네게 이 사실이 전해졌을 거란 것도 아실 거야."

어쩌면 노림수였을지도 모른다. 자신이 나서기 전에 모든 것이 정리될 수 있도록, 일부러 대표의 손을 빌린 것일지도 모른다.

그렇다면 이제 어떻게. 어떻게?

"미안해. 아, 미안해, 김 실장."

태리는 멋대로 움직이는 입술을 그대로 두었다.

"아, 일단, 일단 미안해. 정말 미안해."

밀어내는 너의 마음 주변을 함부로 맴돈 것은 나이니, 벌어진 일의 주범 또한 나였다.

"미안해. 정말 미안해. 아빠가 알고 계실 거라곤 상상도 못 했어. 미안해. 진짜, 정말 미안해."

사랑하는 마음에 증거가 어디 있겠나. 그래서 보란 듯이 사랑했다.

"이제라도 너한테 피해 가는 일 없도록 할게. 최대한, 무슨 일이 있어도 그런 상황은 없도록 할게. 미안해."

"……."

"지금 경황이 없어서 그러는데 나 일단 집에 가볼게."

태리는 아이가 쥐고 있는 옷자락을 슬그머니 빼내었다. 조심스럽게 아이의 머리를 베개에 눕히고 나서야 자리에서 일어섰다. 가방을 어디다 뒀더라. 거실에 뒀나, 재킷이랑 같이 뒀던 것 같은데. 아아, 소파에 뒀다.

태리는 서둘러 거실로 나서려 걸음을 옮겼다. 티 테이블 의자에 앉아 있던 민권은 자신을 스쳐 가는, 그녀의 흔들리는 손목을 잡았다.

"윤태리. 내가 다치는 건 문제가 안 돼."

시간은 거기서부터 멈췄다.

"최대한 아무도 모르게 지내고 싶었는데, 만약에 누군가 너하고 나를 알게 된다면 변명은 하고 싶은 생각 없어."

"……."

"예전부터 없었어. 내내 그런 생각은 하고 있었으니까."

솔직하게 말할까, 차라리 누군가 우리를 알아차리길 바랐는지도 모르겠다.

"김 실장, 그게 무슨…… 뜻이야?"

"혹시 나 다칠까 봐 걱정하지 말란 뜻이야. 난 다치는 거 모르는 사람이니까."

손목을 잡고 있던 그의 손이 천천히 내려가고, 그녀의 손바닥에 닿았다.

"윤태리 너, 이젠 진짜로 내 뒤에 숨어도 되겠다."

버티고 있음이 분명한, 아직은 작은 떨림이 가득한 그녀의 손을 꽉 쥐었다. 너는, 이렇게 떨고 있었어.

"아무 생각 하지 말고 숨어. 니가 내 등 뒤에 숨어 있어야 내가 힘이 나지."

"김민권……."

"욕을 먹어도 내가 먹고, 책임을 져도 내가 져. 그러니까 걱정 마라."

서로 다른 세상 속에 살고 있다 믿었던 시간이 힘없이 부서진다. 그녀의 손을 쥐고 있다가, 조금 더 힘줘 잡았다. 이제야 하나의 세상에서 만났을까.

"윤태리 두고 나 도망 안 가."

"……."

"그러니까 너도, 도망치지 마."

너하고, 나.

"일찍 가봐야 해요. 곧 동생 시험이라 컨디션 조절하고 있어서 늦게 들어가면 안 되거든요."

무슨 바람이 들어 혼자 집까지 찾아와 밥을 차려놓고, 말이 끊길 시간도 없이 재잘재잘 수다를 떨더라.

성준은 간간이 웃었다. 채원이 내뱉는 이야기가 즐거워 웃었다기보다 무얼 알고 저러나 싶어, 그 마음이 그저 예뻐, 웃음이 났다.

"이번 주가 동생 시험이라 했던가?"

"응, 이번 주. 조심해야 한다구요. 말은 안 해도 우리 동생 엄청 예민할 때라."

"그럼 차라리 혼자 있게 해주는 건 어때. 동생의 컨디션을 위해 하루쯤 외박을 해도 괜……."

아니야……. 조심히 들어가…….

성준은 찌릿, 하며 노려보는 채원의 눈빛에 말꼬리를 흐렸다. 채원은 당신 때문에 다 망했다는 듯한 목소리였다.

"이제 나 외박하면 거짓말도 안 통하고, 대표님 집에서 외박하고 들어오는 거 이든이가 다 알걸?"

"그러니 이참에 공식 세대 합가를 하여 정당하게 출가하는 건 어때."

"밥이 너무 맛있었죠? 헛소리가 나올 만큼."

허물없이 지내는 남매 사이다 보니 더욱 내외하는 구간들이 생겨났다. 고생하며 공부하는 동생 앞에서 연애 놀음이나 하는 것 같은 누나는 영 미안하고 무안했다. 동생이 합격할 때까지라도, 연애를 하는 듯 하지 않는 듯 있어주고 싶었다.

"저녁 또 대충 먹었을 텐데, 가서 동생 밥 좀 챙겨줘야겠어요. 걔는 나만 없으면 부실하게 먹거든요."

"나도 너 없으면 부실하게 먹어."

"피붙이 챙기는 것만도 벅찬데, 건강 정도는 우리 각자 알아서 챙기며 살죠? 저 가볼게요."

채원은 미련 없다는 듯 가방을 들었다. 그러자 앉아 있던 그가 급하게 옷자락을 잡는다.

"진짜 가?"

"진짜 가죠, 그럼."

"벌써?"

"벌써라니. 지금 시간이 몇 시인데."

"원래 들어올 땐 마음대로 들어와도 나갈 땐 함부로 나갈 수 없는 게 우리 집인데. 발병 난다는 전설이 있다고."

"제가 오늘 그 전설을 박살 내볼게요."

채원은 그가 붙잡고 있는 옷자락을 쓱 뺐다. 미적거리다간 정말로 가고 싶지 않을 것 같아, 서두르기로 한다.

나는 뭐 가고 싶어서 가는 줄 아나! 쳇!

"하, 집에 와서 서프라이즈 해주길래 나는 더 많은 것을 기대했는데. 기대했는데."

그의 탄식에 웃음이 비집고 흘러, 채원은 급히 고개를 돌렸다.

"나 오늘 진짜 바쁘고 힘들었는데. 일이 영 고되고 생각처럼 안 풀려서 되게 힘들었는데."

"알죠. 내가 다 알죠. 아, 놔요."

어지간히 놓고 싶지 않은지 옷이 주우우욱 늘어진다.

"아, 옷 늘어나요! 사주지도 않을 거면서!"

"안 늘어나게 니가 나한테 붙으면 될 일 아닌가? 안 사줘! 도망치다가 늘어나는 건데 내가 왜 사줘!"

채원은 웃음을 꽉 참으며 계속 놓아라, 놓아라.

어느 순간 그가 획, 하고 옷을 놓는다. 놓은 힘에 밀려 앞으로 두두두 걸어간 채원은 뒤로 돌았다. 눈썹이 꿈틀거리는 성준의 얼굴을 보고 있자니 결국 웃음이 터지고 말았다.

사무치게 섭섭하고 아쉬운지 얼굴로 혼신의 힘을 다해 아쉬움을 토로하고 있는 그를 바라보다가, 채원은 기습적으로 다가갔다. 그의 얼굴을 붙잡고, 입을 맞췄다.

"아, 귀여워."

입맞춤 끝에, 그녀는 둥글게 눈가를 휘었다.

"귀, 귀엽다니. 나 그런 이미지 아니야. 난 귀엽고 싶지 않거든."

"귀여운데 어떡해요. 나 집에 간다고 툴툴 부었는데."

"부어? 대체 어디가? 이 날렵하고 뾰족해서 베일 것 같은 시니컬한 턱선, 안 보여? 어딜 봐서 내가 부은 얼굴이라는……."

"다음에 놀러 오면 자고 갈게요. 약속."

"아니, 뭐, 약속이라니까 뭐."

"오늘은 봐줘요. 진짜 집에 가봐야 해서."

"아니, 뭐, 누가 가지 말랬나. 가야지, 집엔 들어가야지."

전혀 마음에도 없는 소리를 잘도 내뱉다가, 그녀의 머리를 쓸어넘겼다. 그러곤 천천히 입술을 열었다.

"나 내일 여사님 뵙기로 했어."

"아…… 내일?"

"그래, 내일. 이제 다 끝이야. 내일 여사님 만나 뵙고 모든 사실을 말씀드릴 거니까."

내일이면 모든 게 끝이라는데, 실제로 와닿는 기쁨이 없다. 채원은 반은 믿고 반은 믿지 못하는 눈빛을 했다.

"그동안 잘 참았어. 앞으론 참지 않아도 돼."

"뭐, 딱히 참은 것도 없어요. 그 아줌마한테 내색 못 하는 게 좀 답답했을 뿐."

"전화 오거든 질러버려. 하고 싶은 대로 다 해."

"그런데 딱히 그러고 싶진 않아요. 똑같은 사람은 되기 싫거든요."

"무슨 소리. 아무도 널 똑같은 사람이라고 생각 안 해."

채원은 성준의 말에 흐릿하게 미소 지었다. 그는 앞으론 무엇이건 마음대로 하라는 표정을 지으며 따라 미소 지었다.

"비단 이번만의 일이 아니라고 해도, 피해받은 만큼 상대에게 되돌려줘. 가급적이면 더 큰 무게로."

"아무나 할 수 있는 일은 아니네요."

"해. 당하고 살지 마. 모두에게 착한 사람일 순 없어."

"음. 오케이. 노력해볼게요."

그는 안심하라는 듯 연거푸 그녀의 머리를 쓸어 넘겼다. 내일이면, 우리 내일이면 모든 게 다 제자리로 돌아올 거라고, 손끝이 위로하는 것만 같았다.

······사랑이 다가올 땐 쿵쾅쿵쾅, 요란한 소리가 나고 천지가 개벽하며 사방에 종소리가 울려 퍼지는 줄 알았다.

"그런데 너 말이야."

"응?"

이렇게 서서히, 코앞까지 온 줄도 모르게, 아무런 소리 없이 스며들 줄이야.

"다음에 자고 간다는 말이······ 다음부턴 안 올 생각은 아니고?"

"어라? 어떻게 알았지?"

"하······."

스며들었다. 쥐도 새도 모르게.

이튿날.

"잘 해결되고 있는 걸까······."

채원은 근심 어린 표정을 지으며 탕비실에 들어섰다. 얼음을 내리고 커피를 타다가, 힐끔힐끔 탕비실 문을 바라보았다.

이 공간에만 들어서면 귀신같이 알고 따라 들어오던 대표가 생각나, 자꾸만 문을 홀깃거리게 되었다. 대표가 회사에 없다는 걸 잘 알고 있는데도.

"전부 다 잘됐으면 좋겠다."

휴. 채원은 커피를 저으며 중얼거렸다. 믿으라는 그의 말을 지나치게 믿으면서도, 한편으로는 자신의 일인데 자신만 너무 빠져 방관하는 건 아닌가, 답답함이 실렸다.

막상 무얼 할 수 있는 주제도 아닌데, 정말 가만히 있어도 되는 건지 알다가도 모르겠어. 일이 잘 해결되고 나면 그에게 어떻게 신세를 갚나, 그런 것도 너무 막막하고.

"오늘 집에 못 들어간다고 이든이한테 전화할까……."

며칠 동안 바쁜 대표를 회사에서 못 봤더니 갈증이 쌓이는 것 같다. 채원은 동생한테 차마 외박한다는 말이 떨어지지 않을 것 같아 이리저리 휴대폰만 만지작거렸다.

그때였다. 디이이잉, 진동이 오는데 발신자가 전혀 달갑지 않은 사람이다.

"여보세요."

곽씨다. 발신자 이름을 확인하는 순간부터 분노가 천천히 올라와 목소리를 가다듬는 것만으로도 꽤나 고역이었다.

— 나예요.

"네. 알아요."

— 대표님은 회사에 계시나?

"네? 대표님이요? 아뇨. 안 계신데요."

허 참. 당연하다는 듯 곽씨가 그를 찾자 채원은 황당하다는 듯 헛웃음을 흘렸다.

이 아줌마가 진짜, 보자 보자 하니까. 지금 누구 앞에서 누굴 찾는 거야!

— 이봐요, 정채원 씨.

"네. 말씀하세요."

······언제였지. 처음에 곽씨를 대면했을 때.

그녀의 기에 눌리고 목소리에 위축되어 이성적인 판단을 할 수가 없었다. 세상에 없는 법도 만들 수 있는 사람처럼 굴어대는 곽씨의 모든 행동과 말을, 곧이곧대로 믿을 수밖에 없었다.

사람들이 왜 사기꾼한테 속아 넘어갈 수밖에 없는지, 이제야 알겠다.

— 당신 말이야, 요즘 통 내 말을 듣지 않네?

"그건 무슨 말씀이세요?"

기분 따라 화풀이를 하고 있다는 느낌이 강하게 밀려든다. 채원은 이걸 언제까지 받아줘야 하나 생각하다가, 문득 어제 성준의 말을 떠올렸다.

피해받은 만큼 상대에게 되돌려줘.

가급적이면 더 큰 무게로.

— 내가 요즘 당신 때문에 기분이 좋지 않다고. 돈을 받았으면 대가를 치러야지, 엉망이잖아.

가만히 들어보면 참 주어 없이 말한다. 그런 허술함이 이제야 느껴져, 채원은 눈을 크게 떴다.

— 내가 말했지. 눈에 보이지 않는다고 안 보이는 게 아니라고. 난 당신을 다 보고 있다니까?

"그래요? 그럼 뭐, 그럴 수도 있겠네요."

채원은 무성의하게 답했다. 그러자 휴대폰 너머 곽씨의 음성이 더욱 올라간다. 네까짓 게 날 무시하느냐는 느낌, 딱 그 정도의 느낌이다.

— 반지는 잘 끼고 다니나?

"보인다면서요, 내가. 그럼 알겠네요. 끼고 다니는지 아닌지."

— 어디서 건방지게 말대꾸야? 내가 너하고 지금 말장난이나 할 사람으로 보여?

"말장난 아닌데. 보인다니까 한 말인데."

— 반지야 잘 끼고 있겠지. 세상이 무너질까 봐 한 번쯤 빼볼 용기도 없는 겁쟁이 주제에.

"어머. 반지 안 끼고 다니는데. 한참 됐는데, 몰랐나 보네."

— 뭐, 뭐? 반지를 안 껴? 그럼 그 반지는! 반지는 어디에 두고!

툭하면 전화 걸어 시비 거는 이 아줌마. 이런 그지 같은 사람한테 속아 벌벌 떨었다니 한심해 죽겠다.

"이봐요. 반지를 안 끼고 다닌다고 하면, 반지의 행방보다 천도에 영향이 있는지 먼저 걱정해야 하는 거 아닌가?"

— 그게 얼마짜리인지 알아? 설마, 내다 판 거야?

"내 거라며. 줄 때 나 가지라고 준 거 아니었나?"

허. 충격받았는지 곽씨가 말이 없다. 그러다가.

— 이렇게 나온다 이거지. 이건 명백한 계약 위반이니까, 돈 갚아.

"내가 계약 위반을 했으면 여사님하고 말을 해야 한다고 생각하는데."

— 니가 뭔데 우리 여사님을 함부로 만나려고 들어? 어디서 근본도 없는 게 감히. 그리고, 너 말은 왜 이렇게 짧아?

"댁이 먼저 말 놨잖아."

— 뭐, 뭐야?

2연타로 충격을 받았는지 다시 말이 끊긴다. 채원은 제 손톱을 바라보다가 후, 하고 바람을 불었다.

"반지 빼고 다녀도 아무 일도 벌어지지 않는데. 나 반지 빼고 다닌 지 한참 됐는데. 몰랐나 봐?"

— 너…… 내가 가만히 둘 것 같아?

"아. 나한테 무슨 일이 벌어지면, 댁이 저지르는 일인가 봐. 그렇죠?"

— 야! 너 어디야!

"회사야! 왜! 뭐!"

— 허…….

충격의 3연타를 당한다. 똑같이 소리를 질러주자 곽씨가 다시 말을 잃는다.

채원은 고개를 들었다.

"당신, 날 아랫사람 부리듯 말하지 마. 경고하는데 나 당신 아랫사람 아니야. 이래라저래라, 나한테 함부로 말하지 말라고."

— 너…… 후회할 거야, 분명히. 분명히.

후회를 한다. 약간은 섬뜩하기까지 한 곽씨의 말에 채원은 심장이 쿵, 하고 떨어졌다. 실제로 그런 일이 또 생기면 어쩌나, 짧은 시간 많은 불안과 염려가 다녀갔다. 하지만.

"후회하면 뭐, 어쩌라고."

난 이제 그렇게 살지 않아. 앞으론 그런 것에 현혹되거나, 휘둘리지 않겠어. 똑같은 사람이 되고 싶지 않아 참았던 지난날들처럼 앞으로의 시간도 흘려보내진 않겠다.

당한 만큼 되돌려주겠어. 모두에게 착한 사람 같은 거, 안 할 거니까!

"이봐요, 곽씨 아줌마."

특히 당신 같은 사람에게는 절대로!

"후회? 하면 하는 거지. 뭐 어쩌라고!"

절대로!

다르게 주어진 시간

어느덧 한 대표를 만나는 일이 인생의 낙으로 변해버린 곽씨가 급히 그를 찾았다.

"대표님, 나 요즘 너무 속상한 일이 있어요."

도저히 채원을 가만히 놔둘 수가 없었다. 이 괘씸한 어린 계집애를 어떻게든 손을 봐주지 않으면 잠도 이루지 못할 것 같았다.

곽씨는 제법 침울한 표정을 지으며 운을 뗐다. 성준은 왜 그러느냐는 표정을 지었다.

"있잖아, 대표님. 정채원이라는 직원 말이에요."

"아, 네."

성준이 답하자 곽씨는 다소 망설이는 것처럼 뜸을 들였다. 이런 종류의 말을 꺼낼 땐 듣는 사람의 입장을 충분히 고려하고 있다는 뉘앙스가 필요했다.

단지 '정의'를 위하여 언급한다는, 개인적으로는 정말 관여하고 싶지 않았다는, 그런 느낌.

"내가 정말 이런 말을 하고 싶지는 않지만⋯⋯."

"뭐든 편안하게 말씀 주세요, 선생님."

"그럼 뭐, 편안하게 말할게요. 요즘 아침 기도를 올릴 때마다 자꾸 눈앞에 어른거리는 사람이 있는데. 그, 정채원 씨."

"⋯⋯정채원 씨요?"

"네. 그 사람은 언제까지 회사에 머물러야 하는 거죠?"

곽씨의 질문에 성준은 가만히 생각하는 표정을 지었다. 그러다가 입을 열었다.

"잘은 모르겠지만 계약 기간이 얼마 남지는 않았습니다. 그런데 왜 그러십니까?"

"대표님, 그 사람을 회사에서 없애야 합니다. 대표님과 상극이에요."

"⋯⋯예?"

"상극. 상극 몰라요? 아주 위험한 기운이 있어요. 그 여자가 회사에 머무는 동안은 될 일도 되지 않고, 하는 일도 꼬이고, 매사가 풀리지 않고, 뭐, 등등등."

곽씨는 어리둥절한 표정을 짓는 성준에게 쉬지 않고 입을 놀려댔다.

긴 설명의 요지는 그러했다. 당장 내쫓으라는. 곁에 두지 말라는.

"그러니까, 선생님 말씀은 정채원 씨가 제게 안 좋은 영향을 끼치는 거라는."

"맞아요. 그동안 문제없었던 에어밸런스에 왜 안 좋은 기운이 섞였나 했더니, 그 여자 탓이었어요. 아주 질적으로 문제가 많고, 또 돈만 밝히며 상스럽기가 이루 말할 수 없는……."

곽씨는 말꼬리를 흐렸다. 지나치게 사적인 감정을 섞었나 싶은 마음에 다시 마음을 가다듬고, 이번엔 매서운 표정을 지었다. 나름은 무속인으로 변신하는 순간이다.

"당장 내보내요, 당장. 회사 근처엔 얼씬도 하지 못하게 해야 할 뿐만 아니라, 대표님의 인생에 점 하나도 찍지 못하게. 당장."

"네. 알겠습니다, 선생님."

"어머나."

어머나. 곽씨는 순순히 대꾸하는 성준의 말에 눈을 동그랗게 떴다. 어머나, 이렇게 쉽게?

"사람 하나 자르고 바꾸는 거야 뭐, 어렵지 않죠. 선생님이 그렇다 하면 그런 걸 테니까요."

"맞아요, 대표님! 나 그 여자 때문에 정말 머리가 아파 죽겠어! 당장 내보내줘요, 당장! 굶어 죽든 이 날씨에 얼어 죽든 그건 지 팔자니까!"

"알겠습니다. 선생님 말씀 새겨듣도록 하겠습니다."

너무 열 올리지 말라는 것처럼 성준이 웃자 곽씨는 호탕하게 웃음을 터트렸다.

아아, 이 성취감. 손안에 무언가를 잔뜩 쥐고 있는 것만 같은 이 만족감, 오랜만이다.

금세 기분이 좋아졌다는 듯 곽씨는 싱글벙글 웃음꽃을 피웠다.

몇 년 묵은 체증이 가라앉는 것만 같다.

"정채원 씨 때문에 만나자고 하신 겁니까?"

"아니 뭐, 하도 급하게 그 여자를 없애야 해서. 내가 또 에어밸런스를 사랑하잖아요? 안 좋은 일은 바로바로 알려드려야 하니까."

기분이 한껏 좋아진 곽씨가 늘어진 웃음을 터트리며.

"대표님, 그럼 이제 우리 뭐 할까요? 우리 또 쇼핑할까?"

그에게 독한 향수 냄새를 풍기던, 바로 그때였다.

"곽진미?"

"네에?"

누군가 자신의 이름을 부르자 본능적으로 답을 하며 곽씨는 고개를 돌렸다. 이름에 반응하며 고개를 드는 순간부터 아차 싶었지만, 이미 늦었다. 성준도 따라 시선을 옮겼다.

"진미 맞지? 곽진미. 응? 맞지?"

"아……."

곽씨는 순간적으로 얼굴이 하얗게 질렸다. 전혀 누군지 감이 잡히지 않는 중년의 여성이, 다짜고짜 알은척을 해오는 것이다. 등줄기를 따라 소름이 돋았다.

"어머나 세상에, 여기서 다 만나네. 어머어머 세상에. 진미야, 너 여기 근처 살아?"

"아…… 사람, 사람 잘못 보셨어요."

고개를 빠르게 돌려보지만 이미 늦었다. 여성은 옆자리에 앉으며 눈을 크게 떴다.

"맞잖아, 진미. 곽진미 맞잖아. ××중학교 6회 졸업생. 맞지? 응?

나 몰라? 나 기억 안 나?"

출신 중학교를 정확하게 언급하자 곽씨는 본능적으로 제 얼굴을 가렸다. 사기를 치고 돌아올 때마다 수없이 성형을 하고 얼굴을 바꾸었는데, 나를 어떻게 기억하지? 이 여자는 누구지?

동창인 것 같은데 당최 모르겠다. 세월에 변한 중년 여성의 얼굴에 앳된 중학생 얼굴이 자리했을 리 없다.

"나야, 나, 박순영. 나 몰라? 진미야, 나 너랑 같은 반이었잖아."

"아, 글쎄 아니라니까요."

"얘, 아니긴 뭐가 아니야. 너 어떻게 지냈어. 잘 지냈어? 우리 동창 중에 너만 연락 안 돼. 너 어떻게 지냈어?"

"아니라고요. 아니라고요. 곽진미가 누군지 모른다고요, 저는."

"에으, 왜 아닌 척을 해, 너 맞는데. 난 다 이해해, 진미야. 친구가 다 이해를 안 하면 누가 이해를 하니?"

이건 또 무슨 소리인가. 곽씨는 필사적으로 가리던 얼굴을 조금 비틀어 여성을 바라보았다.

여전히 신원을 전혀 모르겠지만, 여성은 자신을 잘 안다는 것처럼 친근하게 다가왔다. 성준은 안중에도 없는 것 같았다.

"얘, 우리끼리 만나면 니 얘기 엄청 자주 해."

그러다가 뭔가 의식이 됐는지 곽씨를 향해 허리를 구부정하게 만들며 목소리를 다소 낮추었다. 하지만 주변에 들리지 않을 만큼 작은 음성도 아니었다.

"너 사기 치고 다닌다며. 어떻게, 잘 해결된 거야? 구속됐다는 것까진 들었는데, 살다 나온 거야?"

"이, 이, 이 아줌마가 무슨 소리를……."

곽씨는 흰자 많은 눈길을 하며 가방을 집어 들었다. 이럴 땐 피하는 게 상책이다.

"어머어머, 얘. 동창 사이에서 너 소문 모르는 사람이 없어. 너 사기 치다가 잡히는 걸 누가 봤대. 너 사람들한테 귀신 본다고 사기 치면서 다녔다며. 집이 어렵다 어렵다 하더니 결국 그렇게 평생을 산 거야?"

"아, 아줌마! 대체 무슨 얘기를 하는 거예요!"

"진미야, 사는 게 아무리 힘들어도 사기는 치지 말아야지. 늙어서 감옥 가면 힘들어, 몸이 못 견뎌. 행색 보니까 사기 쳐서 돈은 좀 모았나 보다."

"저기요! 여보세요! 아니라는데 왜 자꾸!"

곽씨의 목소리가 상대적으로 커지니 사람들이 바라본다. 중년 여성은 그럴수록 침착해졌다.

"진미야, 남의 눈에 눈물 내면 니 눈에서 피눈물 난다? 그거 인생 진리야. 지금이라도 회개하고 잘 살고, 돈 좀 모았으면 봉사 활동도 좀 하고 베풀고 그래. 동창회도 시간 되면 나오……."

중년의 여성은 뭔가 낌새가 이상하다는 듯 뒤를 돌아보았다. 그제야 일행을 인식했다는 것처럼 성준을 보고 화들짝 놀라는 표정을 지었다.

"아유! 내 정신 좀 봐! 얘만 보느라고 일행이 있는 줄도 몰랐네!"

허둥지둥하며 자리에서 일어선 중년 여성은 곽씨의 어깨를 툭툭 쳤다.

"아유, 내가 너무 반가워서 그만. 진미야, 우리 그럼 다음에 또 보자. 연락해. 응?"

중년 여성은 누가 잡기도 전에 황급히 사라졌고, 주변에 모인 사람들은 웅성웅성하며 곽씨를 바라보았다.

차마 고개를 들지 못하는 곽씨는 입술을 꽉 깨물었다. 웅성거리는 주변의 소음이 유난히 크게 느껴져, 모두가 자신을 비난하고 있음이 환청으로 가깝게 들려왔다. 그토록 바라던 시선이 몰린 일이지만 죽고 싶어졌다.

"아니에요. 아니에요, 한 대표."

서서히 고개를 들고 보니 한 대표의 표정은 짐작하기도 끔찍할 만큼 굳어 있었다. 곽씨는 부정하듯 고개를 흔들었다. 무엇이 어찌 되었건 간에 가장 아찔한 상황은, 이곳에 한 대표가 있었다는 사실.

"아, 아니야. 저 여자가 미친 여자야. 한 대표, 저 미친 여자가 헛소리, 헛소리를 하고 간 거야. 나는 곽진미가 아니야."

한 대표에게 어떤 말도, 어떤 대꾸도 돌아오질 않는다. 속이 뜨거워져 오장육부가 타들어 가는 것만 같다.

"아니야. 대표님, 나 곽진미 아니야. 나, 나 아니야. 나 믿지? 대표님은 나 믿지? 아니라니까? 난 그런 여자 아니라니까?"

"곽……진미…….."

"아니야! 나, 난 그런 여자 몰라! 모른다고!"

한 대표의 입술 사이로 자신의 본명이 튀어나오자 곽씨는 자리에서 벌떡 일어났다. 어디론가 사라지고 싶은 마음은 간절한데 굳어버린 두 다리가 말을 듣지 않는다.

"나, 날 의심하지 마. 난 그런 여자 몰라. 난 곽진미가 아니야! 아니야!"

아니……야…….

곽씨는 서서히 모여드는 사람들 사이에서 악다구니를 지르다가, 천천히 말꼬리를 흐렸다. 그러곤 조금 더 멀리 시선을 주었다.

"아……."

창백하게 질린 얼굴을 하고 그대로 굳은 곽씨를 바라보다가, 성준은 끝이 다가오고 있음을 예감했다.

시나리오대로 흔적도 없이 사라진, 중년 여성의 연기는 훌륭했다.

"여사님……."

곽씨는 거짓말처럼 자리에 등장한 주옥선 여사를 바라보았고, 주옥선 여사는 성준의 뒤에 서서 말없이 곽씨를 응시했다.

성준은 자리에서 천천히 일어섰다. 그러곤 뒤를 돌아 주 여사를 향해 묵례했다.

"오셨습니까, 여사님."

곽씨는 두 눈을 질끈 감았다.

주옥선 여사는 드디어 서울에 도착했다. 성준이 꾸준히 연락을 해왔음을 알고 있는 주 여사는 제일 먼저 그를 만나기로 결심했다.

약속 장소는 백경백화점이었고 주 여사는 시간에 맞춰 그곳에 도착했다. 성준을 찾느라 두리번거리던 그때, 두 눈을 의심케 하는 장면을 목격하게 되었다.

"여사님, 괜찮으십니까?"

내내 넋을 놓고 말이 없는 주 여사를 바라보다가 성준은 낮은 어조로 입을 열었다. 그동안 휴식을 취한 분의 안색이 맞는지, 주 여사의 얼굴은 전보다 더 좋아졌거나 하는 기색은 없었다.

성준은 근심을 담은 표정으로 주 여사를 살폈다. 물어도 돌아오는 답이 없고, 그렇게 한참이나 침묵만 흐르던, 서로 감당하기 어려운 공기만 폐부를 들락거리던 때.

"한 대표, 이제 말해보오. 나를 그동안 왜 찾았는지."

들을 준비가 되었다는 것처럼 주 여사는 입을 열었다. 성준은 숨을 짧게 끊어 내쉬었다.

진실을 꼭 알리고, 밝혀야 하는 임무를 지니고 있었지만 그건 어디까지나 그의 희망 사항일 뿐. 주 여사가 받을 충격과 이후에 벌어질 신변의 문제가 걱정되는 것은 어쩔 수가 없었다.

"여사님께서 조금 전에 보신 바와 같습니다."

그럼에도 불구하고 밝혀야 하는 일임은 분명했다. 모두를 위해.

"내가 본 것⋯⋯."

"네. 그렇습니다, 여사님."

마치 귀신이라도 본 사람처럼 뻣뻣하게 굳어 있던 곽씨는 무슨 변명을 내놓기도 전에 주옥선 여사의 비서에게 끌려 내려갔다.

한 대표를 만날 생각에 단희도 없이 혼자 길을 나섰으니 누구 하나 자신을 도와줄 사람도 없었다. 결국 한 번의 저항도 해보지 못

한 채, 맥없이 주 여사 비서의 손에 잡혀 주차장으로 향했다.

뒷모습은 혼자 보기 아까울 만큼 처량했다.

"실은 얼마 전부터 곽 선생님이라는 분과 접촉이 좀 있었습니다."

"……."

"대표실에 부적을 하나 가지고 오셨더군요."

"아…… 아아. 그랬지. 그랬어요. 두루두루 좋을 거라기에 내가 그러라고 했지."

주 여사는 이제 기억이 났다는 것처럼 고개를 끄덕이며 간신히 긍정했다. 그래, 그런 일이 있었다. 부적을 써야 한다고.

그래. 부적을 써야 한다고 했지. 결국은 형재의 안위와 연관이 있는 거라고. 모든 건 내 아들, 우리 형재를 위한 일이라고.

"계속 말해봐요, 한 대표."

부적을 붙인 것이 꽤 만족스러운 일은 아니었는지 주 여사의 얼굴에 그늘이 다녀간다. 성준은 다시금 어렵게 입술을 열었다. 듣는 쪽도 말하는 쪽도, 쉬운 일은 아닐 거다.

"단순히 실력이 출중한 무속인으로 알고, 또 여사님께서도 전적으로 신뢰하시기에 믿어보려고 했는데."

했는데. 이야기는 부정적인 방향으로 흘렀다.

"생각보다 많은 사람이 얽혀 있고, 또 많은 일이 잘못된 방향으로 흘러가고 있었습니다."

주 여사는 성준의 시선을 피했다. 이미 식어버린 차를 마셨다.

"대화를 섞다 보니 어딘가 석연치 않은 구석이 많아 의심이 되는 마음에 좀 알아봤는데."

"……."

"보신 바와 같이 무속인을 사칭한 전과가 있는, 사기꾼이었습니다."

주 여사는 천천히 고개를 들었다. 성준은 지금까지 있었던 일, 곽씨가 행해온 파렴치한 사건들을 천천히 나열했다. 주 여사의 낯빛은 심각하게 어두워졌고, 말을 잃은 사람처럼 멍한 채 자리했다.

그 충격이 얼마나 크겠는가. 몇 년을 의지했고, 신앙처럼 믿었으며, 모든 것을 다 바쳤는데. 자신의 아들을 위로해줄 수 있는 오직단 한 사람.

"영혼결혼식도 천도제도, 사실은 여사님께 단지 돈을 뜯어내기 위한 사기에 불과했습니다."

곽씨뿐이었는데.

"단지 돈을 위해 여사님께 접근하고, 여사님께 돈을 뜯어내기 위해 사기를 친 것뿐입니다."

"……."

"그 사람의 신상과 그동안 있었던 일에 대한 기록입니다. 참고하심이 좋을 듯해서."

성준은 마련해 온 서류를 주 여사 앞으로 밀었다. 육안으로 보아도 덜덜 떨리는 손으로 찻잔을 쥔 채, 주 여사는 서류를 내려다보았다.

"지금이라도 바로잡아야 합니다, 여사님. 그 사람은 아드님의 천도를 지낼 능력도 없고 방법도 모르는 사람입니다. 영혼결혼식 같은 건 올린 적도 없습니다."

"……."

"게다가 그 영혼결혼식을 올렸다는 사람, 정채원 씨는."

쿵쿵쿵, 정신을 차릴 겨를도 없이 무거운 돌덩이가 쏟아지는 것 같다. 주 여사는 허망함이 담긴 눈길을 천천히 들었다.

"저와 오래도록 알고 지냈던 사람, 제가 스페인에 머물 때 저와 함께 지냈던 사람."

성준은 무겁게 눈을 감았다가 떴다.

"현재는 제가 사랑하는 사람입니다, 여사님."

"아……."

찻잔은 더욱 흔들렸다. 절반 정도 비운 찻잔의 차가 바깥으로 튀어 흐른다.

그런 찻잔을 쥐고 있다는 것도 잊어버린 눈빛을 하고 있는 주 여사를 바라보다가, 성준은 주 여사가 쥐고 있는 찻잔을 대신 잡고 내려놓았다.

그러곤 재킷 안주머니에서 통장 하나를 꺼낸 성준은 공손히 주 여사 앞에 내려놓았다. 그녀가 영혼결혼식 비용으로 받은 2억.

"우선 무속인을 사칭한 곽진미 씨가 여사님께 받은 현금을 감춘 곳을 찾는 것에 주력해야겠습니다. 드리는 것은 곽진미 씨께 받은 것으로, 극히 일부분입니다."

그리고 곽씨가 물처럼 쓰고 뿌린 것들을 고스란히 되팔아 넣은 금액까지.

주 여사는 허망한 표정으로 통장을 내려다보았다. 성준은 그 허망함을 두고 볼 수 없어 고개를 숙였다.

"하지도 않은 영혼결혼식과 천도제에 묶여, 여사님과 제 사람이 고통받는 것을 더는 지켜볼 수가 없습니다."

이제 끝인가.

"저는 여사님을, 그리고 제 사람을 지키고 싶습니다."

끝인가.

"오늘 제가 여사님을 뵙자고 했던, 이유입니다."

사방에 고이는 어둠과도 같은 침묵이 시간을 대신했다. 대부분의 설명을 마친 성준은 아무 말이 없는 주 여사의 시간을 깊이 헤아렸다.

감당해야 할 사람이 따로 있다는 것은, 참으로 서글픈 일이었다. 이대로 곽씨가 처벌을 받는다 해서, 이렇게 곽씨의 악행이 만천하에 드러난다고 해서, 주 여사가 받은 상처가 사라지는 것은 아닐 거다.

깊은 슬픔이 다녀가는 자리를 지키며 성준은 조용히 숨을 내쉬었다. 할 수만 있다면 해가 지고 다시 내일의 해가 뜰 때까지, 또다시 저물고 또다시 뜰 때까지 기다려줄 수 있었다. 얼마든지.

"한 대표."

"네, 여사님."

아주 한참 후에야 주 여사는 목소리를 내었다. 성준이 천천히 답하자 주 여사는 못이 박힌 듯 내려다보던, 그가 건넨 통장을 들었다.

응당 돌려받을 것을 되찾았다는 시선은 아니고, 통장 안에 얼마의 액수가 찍혀 있는지 궁금한 눈빛도 아니었다.

드디어 서로의 시선이 부딪쳤다.

"알고 있어요."

"……."

"그 여자가 사기꾼이라는 걸 이미 알고 있었다고. 나는."

어둠은 마저 깔렸다.

"알고 있어요."

다소 믿기 어려운 이야기.

"그 여자가 사기꾼이라는 걸 이미 알고 있었다고. 나는."

전혀 상상해본 적 없었던 이야기가 시작되었다. 성준은 당황한 기색을 감추지 못하고 입술을 작게 벌렸다. 주 여사가 곽씨의 정체를 알고 있었다니.

"아……."

이미 알고 있었다고?

"그럼 여사님께선 언제부터……."

"처음부터."

입술은 조금 더 벌어졌다. 당황함이 매달린 눈길로 그가 바라보자, 주 여사는 종전보다 차분해진 눈길을 했다. 대답에 정정이 필요한지 주 여사는 손을 작게 들어 보였다.

"처음 만났을 때부터 알았던 건 아니고, 이런저런 일을 겪다 보니 자연스럽게 그 여자의 신상을 접하게 된 것뿐입니다."

"아……."

"지나치게 허술한 부분도 있었고, 또 아귀가 맞지 않는 부분도 있었으니까. 합리적 의심이 시작되었던 것뿐이오."

그래. 의심이 없었을 리 없다. 자신도 빠르게 찾아낸 곽씨에 대한 의문이, 주 여사에게 비치지 않았을 리도 없다. 역시 알고 있었던 거다.

"헌데 어째서 지금까지……."

그렇다면 어째서 지금까지 사기꾼을 방관하였는가. 달라는 대로 돈을 주고, 아니, 그 이상을 먼저 안겨주며 어째서 사기꾼의 손아귀에서 놀아났는가.

"사실을 알게 되었을 때, 처음엔 분노했지. 그 여자를 용서할 수 없다는 생각도 들었고."

주 여사는 회상하는 듯한 눈빛을 했다.

처음, 곽씨가 사기꾼이라는 사실을 알게 되었을 때. 곽진미라는 여자의 실체를 비서를 통해 보고받았을 때.

"당장이라도 법의 심판을 받게 하고 혹독한 대가를 치르게 해주고 싶었어요. 싶었지, 나도."

"……."

"그런데 그것도 쉽지 않더이다. 매일매일 나를 찾아와, 내 아들의 이름을 불러주고, 내 아들을 찾아주는 이는 우습게도 그 여자뿐이었으니까."

처음엔 이가 갈렸다. 온몸이 떨렸다. 죽은 내 아들을 농락하는 그 죄를 묻고 싶어, 긴 밤을 꼬박 뜬눈으로 지새웠다.

그리고 맞이한 다음 날 아침, 아무것도 모르는 곽씨가 태연하게 찾아와 마음을 위로하고, 아들의 서러운 죽음을 함께 슬퍼해줄 때. 이 여자가 사라지면 누가 대신하여 아들의 이름을 불러주겠나, 싶은 생각이 찾아왔다.

목 끝까지 차올랐던 분노가 발끝으로 가라앉았다. 죽은 아들의 영혼을 달래는 것에 평생을 바치겠다던 곽씨의 말이, 우습게 들리겠지만 안심이 되었다.

"아들이 죽고 난 뒤 석 달이 지나니, 아무도 나를 찾아오지 않더군요. 아무도 아들의 이름을 불러주지 않았어. 난 우리 형재가 죽기 전의 시간에 멈춰 있는데, 모두는 죽음을 인정했지."

모두가 그만 잊으라 말할 때 곽씨만은 잊지 말라 속삭였다. 모두가 이젠 그만 보내주어야 한다 말할 때, 곽씨만은 죽은 형재가 여전히 엄마를 찾고 있다고 말해주었다. 잊지 말라고. 매일매일 가슴에 새기고, 새기라고. 단 한 명, 오직 곽씨만이.

"내게 돈을 뜯어내야 하니 없는 말도 지어 하고, 없는 정성도 가져다 바치는 척하고."

"……."

"그런데, 이상하게 내가 그것에 안도를 했지요."

아들이 죽고 난 이후로 가치를 따질 수 있는 것들은 소멸했다.

그토록 원하고 원하는 돈 같은 건, 그따위 돈 같은 건 얼마든지 줄수 있었다.

"몰라서 곁을 주었던 건 아니오. 영혼결혼식도 천도도, 그저 내 마음의 위안일 뿐 단지 무엇이 더 있겠습니까, 한 대표."

누구라도 내내 나의 아들의 이름을 불러줄 수 있다면. 나의 아들의 원통한 죽음을, 잊지 않을 수 있다면.

"거짓말이라도 나는 원했을 뿐이야. 내 아들을 위해 방 한 칸을 마련하고 사진을 걸어두고, 모든 게 다 잘될 거라 속삭여줄 사람이 필요했다고, 내게는."

"……."

"그런데 한 대표, 당신이 나의 세상을 무너트렸소, 지금."

자신을 갉아먹는다는 것을 알면서도 멈출 수가 없었다. 단지 호의호식에 눈이 먼 사기꾼인 것을 알면서도, 등지고 살 수가 없었다.

"난 진실이 밝혀지길 원치 않았어. 내가 침묵을 택했으니 아무도 진실을 입에 담지 않길 바랐지."

없인 살 수 없었다. 그런 지경에 이르렀다.

"이런 나를 찾아와, 내가 원한 적 없는 진실을 밝힌 겁니다, 한 대표."

주 여사의 눈빛은 냉혹했다. 언제나 깊고 따스한 눈길로 괜찮다, 괜찮다 말해주던 온기는 사라지고.

"난 원하지 않았다고. 이건 내가 원한 일이 아니야."

"여사님……."

뿜어져 나오는 주 여사의 기운마저 살아 있는 자의 것으로 보이지 않았다.

"아무것도 바꾸려고 하지 마시오. 난 그럴 생각이 없고, 영혼결혼식도 천도도, 무엇 하나 헝클어트리고 싶지 않으니까."

"……"

"사랑? 정채원은 내 아들하고 결혼한 사람이야. 거짓이건 아니건 나한테 그런 게 중요할 것 같아?"

감정은 격해지는 듯했고, 서서히 극에 달하는 것 같았다. 주 여사는 들고 있던 통장을 열고, 종이를 찢었다. 단지 종이를 찢는 행위로 잔고가 사라질 일은 없겠지만 그것이 무엇을 뜻하는지는, 모를 수가 없었다.

"이딴 것들을 돌려받자고 내가 내 삶을 갉아먹고 영혼을 팔아가며 이렇게 살아온 줄 아는가?"

"……"

"내 아들이 그렇게 죽었는데, 영혼을 함께하겠다며 감히 약속을 해놓고 이제 와 서로 사랑하니 파기를 하겠다고? 그럼 내 아들은? 내 아들은?"

이성을 상실하고, 현재를 잊고, 형체 없는 무언가에 강력하게 붙잡힌, 말이 통하지 않는 눈빛.

"당신은 당신이 사랑하는 사람을 구원하겠다고 나의 희망을 짓밟은 거요. 감히 내 허락도 없이, 간신히 붙잡고 있던 나의 끈을 잘라버렸어. 감히. 감히."

한 대표라는 다정한 호칭도 사라지고 '당신'이라는 단 한 번 들어본 적 없는 낯선 단어가 성준을 가리킨다.

주 여사는 그를 향해 손을 뻗었다. 똑똑히 들으라는 듯, 음성에 힘을 주었다.

"난 아무것도 필요하지 않고, 아무것도 변하길 원치 않아. 그 여자가 사기꾼이건 내게 돈을 뜯어내건 말건 관여하지 마시오."

하얗게 질린 얼굴, 핏발 선 눈매. 주 여사는 이 세상 사람이 아닌 것 같았다.

"난 오늘 아무것도 보지 못하고, 아무것도 듣지 못했소."

"……."

"무슨 수를 써서라도 아들의 영혼결혼식을 이행하고 천도 기간을 지켜야겠으니까. 이만 일어나지요."

이 세상에 있길 원하지 않는 것도 같았다.

윤태리 두고 나 도망 안 가.

"미쳤다, 미쳤어. 사람 심장 이렇게 때려도 돼?"

러닝머신 위를 열심히 달리던 태리는 속도를 줄이며 멈췄다. 아무리 열을 태워도, 아무리 몸을 바쁘게 움직여도 머릿속에 무한 재생되고 있는 장면, 음성 하나.

윤태리 두고 나 도망 안 가.

"미쳤다……. 진짜 미쳤다……."

터지기 일보 직전인 심장은 달리기를 열심히 한 까닭으로 믿고 싶지만 아닌 걸 잘 안다. 이온음료를 마시던 태리는 피식피식 웃었다. 혼자 웃다가 얼굴을 붉히고, 또 멍한 눈빛을 하다가 혼잣말을 하고.

민권의 집을 나선 이후로 줄곧 이런 상태다.

"도저히 안 되겠어. 내가 꿈을 꾼 걸지도 몰라."

태리는 곁에 놓아두었던 휴대폰을 들었다. 5성급 호텔 안 최고급 헬스장은 한가했다.

— 여보세요.

"나야. 바빠?"

쿵, 녀석의 목소리가 평소처럼 건조한 걸 보니 정말 꿈이었을지도 모른다.

— 대표님이 종일 부재중이시라, 이래저래 대신 처리할 일이 많네.

"비서가 왜 업무까지 맡아서 해. 멀티도 이런 멀티가 없어요. 사람이 너무 잘나도 탈이라니까?"

— 여보세요?

대놓고 칭찬을 하니 못 들은 척한다. 태리는 수건을 들어 땀을 닦았다.

"나 운동 왔어. 헬스 끝났고, 필라테스 갈 거야. 니가 궁금해할까 봐 미리 말해주는 거고."

— 그래. 궁금했다. 수고해라.

"그러고 나면 나 할 일 없어."

— 난 할 일이 많아.

"야, 뭐 이렇게 사람이 변한 게 없어? 뭔가 좀 변화가 있어야 하는 거 아니야? 우리 사이에 그런 게 필요하다는 생각은 안 들어?"

나더러 도망치지 말라며! 미끼는 적당히 줘야 할 거 아니냐?

— 평소라면 전화 돌렸을 텐데 받았잖아. 지금 바쁘다니까.

"뭘 하는데 그렇게 바쁜데 대체! 뭐 하는데!"

— 회의 중.

"……아. 아. 회의."

태리는 당황한 듯 말을 잇지 못했다. '회의 중'이라는 것은 많은 사람이 모여 함께 있다는 뜻.

"음, 그런데 있잖아, 김 실장. 마, 말은 왜 이렇게 울려?"

— 스피커폰이라.

"……회의 중이라며. 혼자 있어?"

— 아니. 다섯 명 정도 같이 있는데.

"네? 여보세요? 김 실장님, 제가 말이 잘 안 들려요. 건강하시죠? 가내 두루두루, 평온하시죠?"

태리는 당황한 나머지 헛소리를 뱉었다. 아니, 사람이 다섯 명이나 모여 있다는데 왜 스피커폰이야? 왜? 왜!

"아, 왜, 어째서 스피커 어, 왜 스피커 연결이 되었을까요, 어쩌다가?"

— 나 지금 휴대폰 연결해서 영상 보며 회의하고 있는데 니가 전화한 거야. 다시 연결하기 귀찮아서.

"아…… 네, 알겠습니다. 고생하세요, 실장님."

— 그래요. 또 통화합시다.

뚝. 전화가 끊긴다. 태리는 통화가 끊긴 휴대폰을 멀뚱멀뚱 바라보다가, 조금씩 현실로 돌아오기 시작했다.

"으아아, 으아아아아아!"

자신이 무슨 말을 뱉었는지 상기하며, 태리는 육성으로 터지는 괴상한 소리를 거듭했다.

"미쳤다! 미쳤어어어어!"

주변 시선도 잊고 태리가 목소리를 높이자 몇몇 안 되는 사람들이 힐끔 그녀를 바라보았다. 그러거나 말거나 태리는 휴대폰을 쥐고 방방 뛰기 시작했다.

"아, 미쳤어! 내 심장 어쩔 거야, 이 인간!"

심장 터지게 만드는 이 망할 자식! 기다려라! 내가 갖고 만다!

"회의 중 미안합니다. 안 받으면 받을 때까지 전화가 올 것 같아서."

통화를 마친 민권은 아무 일 없다는 듯 다시 업무에 돌입하며 끊겼던 영상을 다시 틀었다. 분위기가 이상해 슬쩍 시선을 돌리니 다들 똑같은 표정으로 바라보고 있다.

"왜들 그렇게 봅니까? 회의합시다."

"실장님, 연애하세요?"

비서실 직원이 묻자.

"네. 합니다, 연애."

뜸을 들이고 말 것도 없이 바로 답이 튀어나온다. 헐. 또다시 똑

같은 표정을 지으며 모두는 깜짝 놀랐다.

"실장님 연애, 연애하신다고요? 대박 사건! 대박 사건!"

"하자 많은 사람이라 그냥 생긴 대로 살아보려고 했는데, 이렇게 됐네요."

"허어어얼!"

사생활을 노출하는 경우가 극히 드물어 대부분은 비공개로 되어 있던 김 실장의 근황에, 직원들은 기함하는 표정을 지으며 일제히 박수를 쳤다.

"아, 일하자니까 사람들이 무슨 박수를 또."

"대박! 대박! 발신자명 좀 제대로 볼걸! 못 봤어!"

"실장님! 언제부터 연애 시작하신 건데요! 언제부터요!"

일은 제쳐두고 아우성이다. 민권은 하나하나 답하기 어렵다는 듯 씩 웃다가, 가장 크게 박수를 쳤던 채원에게 시선을 주었다.

목소리만으로 태리라는 것을 알기엔 직원들이 그녀에 대해 아는 바가 없으니 아무도 태리라고는 짐작을 못 하는 상황.

"자자, 일해요, 일. 일합시다."

연애의 상대가 태리라는 것을 직원들에게 알리기란 시기상조였지만 채원에게는 알려줘야겠다. 간간이 신경 쓰였을 경쟁자가 제거되었음을 전해야 하니까.

"축하는 나중에 잘되고 받겠습니다. 지금은 일하죠."

회의실 안으로 한바탕 소동이 지나갔다.

어두컴컴한 서재. 주 여사는 대부분의 시간을 보내는 서재 안 흔들의자에 앉아 창밖을 바라보았다.

가슴에 고통이 박힌 얼굴을 하다가, 굳은살이 너무 많아 무뎌진 얼굴을 하다가, 표정은 시시각각 변했다.

똑똑. 잠시 후 문이 열리더니 비서가 곽씨를 데려왔다. 주 여사는 곽씨가 걸어오는 것을 느끼며 내내 창밖에 시선을 주었다.

"여, 여사님……."

비서가 나가고 쿵, 문이 닫히자 곽씨는 무릎부터 꿇었다. 천천히 무릎걸음을 걸으며 흔들의자가 있는 곳까지 다가갔다.

"여사님, 여사님……."

끼익, 끼익, 흔들의자는 연약한 반동을 이어갔다. 흔들의자 앞까지 다다른 곽씨는 주 여사 앞에 무릎을 꿇고, 고개를 숙였다.

이곳에 오며 전해 듣기로 주 여사는 모든 것을 알고 있다고 했다. 수많은 사기 전과와 접근한 이유를, 알고도 모른 척해준 거라고.

참담한 말로가 당장 눈앞에 놓여 있었다.

"여사님, 여사님, 제가 죽을죄를 지었습니다. 여사님……."

다시 감옥행이 될 거라 생각하니 눈앞이 캄캄하고 끔찍했다. 그 넓은 나는 시설과 작은 방에 갇혀 최소한의 인권만 보장받아야 한다고 생각하니 눈물이 절로 흘렀다.

"여사님, 여사님, 하지만 저를 믿어주세요. 저는 정말, 저는 정말 아드님을 위해 최선을 다했답니다……."

말 몇 마디로 사람에게 돈을 뜯어낼 수 있는 것에 무속인 사칭은 최고의 직업이었다. 형체가 없으니까. 보여줄 것 또한 없으니까.

"제가 정말 없이 살고, 또 너무 쓰레기 같은 인생을 살아서 잠깐 돈에 현혹이 되었던 건 사실이지만 전부 다 거짓은 아니었어요, 여사님. 여사님…….."

간절함이 큰 사람들일수록 쉽게 넘어왔다. 정말 재밌고, 정말 쉬운 일이었다.

"여사님. 아시잖아요, 여사님. 제가 정말 죽을 죄를 지은 건 맞지만 여사님을 위한 마음은 진심이었어요. 여사님, 믿어주세요. 제발…….."

지금 감옥에 들어가면 얼마나 살다 나올 수 있는지, 기약도 없었다. 호화로운 생활에 이미 익숙해져버린 자신이 얼마나 버틸 수 있는지도, 자신 없었다.

"용서해주세요. 용서해주세요, 여사님. 제발 저를 용서해주세요. 죽을 죄를 지었습니다…….."

삐걱삐걱, 흔들의자만 움직일 뿐 주 여사는 아무런 반응이 없다. 곽씨는 조금 더 앞으로 몸을 움직여 주 여사의 다리를 붙잡았다.

"정말 이제라도 개과천선해서 살게요. 여사님, 한 번만 봐주세요. 어디 외딴섬에 들어가 죽는 날까지 반성하며 살겠습니다, 제발 신고만은…….."

도망칠 구멍이 없으니 잡혀 들어갈 일만 남았다. 곽씨는 오열을 하며 더욱 주 여사의 다리에 매달렸다. 감옥행을 피할 수만 있다면 주 여사의 발이라도 핥고, 무릎이 남아나질 않도록 빌고 빌 자신이 있었다.

"제 불쌍하고 가여운 인생을 굽어살펴주세요, 여사님. 저 정말, 저 정말 시키시는 건 뭐든 다 하겠습니다. 뭐든 여사님께서 하라는 대로 다 할게요……."

살고자 하는 곽씨가 기를 쓰고 매달린 채 눈물 섞인 음성으로 읍소를 이어가던 때, 주 여사는 천천히 손을 뻗어 찻잔을 잡았고.

"아……."

곽씨의 머리 위로 쪼르륵 물을 따랐다. 고개를 숙이며 곽씨는 눈을 꽉 감았다.

"너는 재미있었겠지. 달라는 대로 돈을 주고, 하라는 대로 하며 사는 나를 보는 게 그리 재밌던가?"

"여사님, 여사님……."

곽씨의 머리 위로 모조리 물을 뿌린 주 여사는 찻잔을 책상 위에 올렸다. 삐거덕삐거덕, 오늘따라 흔들의자 소리가 을씨년스러웠다.

처분만 기다려야 하는 입장이 되어버린 곽씨가 고개만 조아리고 있자니, 주 여사는 한참 후 입을 열었다.

"내가 너를 신고할 생각이었다면 벌써 했어."

무릎을 잡고 그저 납작 엎드렸던 곽씨의 눈빛이 번쩍하고 살아난다. 주 여사는 창밖만 응시했다.

"하던 대로 해. 니가 원하는 돈 따위, 얼마든지 줄 테니까."

"……네?"

빠르게 상황 파악을 마친 곽씨는 최대한 가련한 표정을 지으며 천천히 고개를 들었다. 마치 구원자를 바라보듯 눈빛에 희망을 신고 주 여사를 응시했다.

"여사님, 지금 하신 말씀은 그렇다면……."

"천도를 지내는 날까지 내 아들만 생각하며 살아. 니가 나에게 구제받을 수 있는 방법은 그것뿐이야."

"여, 여사님……!"

곽씨는 울먹울먹하던 시선을 내리며 다시 오열 모드로 돌아갔다. 고개를 바짝 숙여 볼 순 없었지만, 곽씨의 입꼬리는 귀에 걸릴 듯 올라갔다.

"어흑흑, 여사님. 여사님, 제가 정말 여사님과 아드님을 위해 목숨을 바칠 각오로 살겠습니다. 여사님, 여사님……."

온몸의 수분을 다 빼낼 지경으로 곽씨는 한동안 주 여사의 다리에 매달려 눈물을 쏟아냈다.

"여사님, 평생 충성하겠습니다. 저를 살려주셔서 감사합니다. 은혜 잊지 않겠습니다, 여사님……. 어흑흑……."

참회의 눈물일 리 없다. 모면했다는 안도감이 만들어낸, 기쁨의 눈물이었다.

3권에 계속

퇴근 후에 만나요 2

초판 1쇄 인쇄 2021년 6월 25일
초판 1쇄 발행 2021년 7월 7일

지은이 로즈빈
펴낸이 김문식 최민석
총괄 임승규
기획편집 이수민 박예나 김소정
　　　　　윤예솔 박소호
디자인 배현정
제작 제이오

펴낸곳 (주)해피북스투유
출판등록 2016년 12월 12일 제2016-000343호
주소 서울시 성북구 종암로 63, 5층 501호(종암동)
전화 02)336-1203
팩스 02)336-1209

ISBN 979-11-6479-331-0 (04810)
ISBN 979-11-6479-329-7 (세트)